SEZON
BURZ

Od upiorów, od potępieńców,
od stworów długołapych
I od istot, co nocą łomocą
Zbaw nas, dobry Boże!
Modlitwa błagalna znana jako
„The Cornish Litany",
datowana na ww. XIV–XV

Mówią, że postęp rozjaśnia mroki. Ale zawsze,
zawsze będzie istniała ciemność. I zawsze będzie
w ciemności Zło, zawsze będą w ciemności kły
i pazury, mord i krew. Zawsze będą istoty, co nocą
łomocą. A my, wiedźmini, jesteśmy od tego,
by przyłomotać im.
Vesemir z Kaer Morhen

ANDRZEJ SAPKOWSKI

SEZON BURZ

WIEDŹMIN

super**NOWA**

WARSZAWA

Opracowanie graficzne   Tomasz Piorunowski

ISBN 978-83-7578-059-8

Copyright © by Andrzej Sapkowski, Warszawa 2013

Niezależna Oficyna Wydawnicza NOWA sp. z o.o.

Biuro Handlowe
ul. Nowowiejska 10/12
00-653 Warszawa
e-mail: redakcja@supernowa.pl

Redaktor naczelny   Mirosław Kowalski

Skład   LogoScript sp z o.o.
Druk i oprawa
WZDZ – Drukarnia LEGA, Opole

Ten, kto walczy z potworami, niechaj baczy, by sam nie stał się potworem. Gdy długo spoglądasz w otchłań, otchłań patrzy też w ciebie.

Friedrich Nietzsche, *Jenseits von Gut und Böse*

Spoglądanie w otchłań mam za zupełny idiotyzm. Na świecie jest mnóstwo rzeczy o wiele bardziej godnych tego, by w nie spoglądać.

Jaskier, *Pół wieku poezji*

Rozdział pierwszy

Żył tylko po to, by zabijać.

Leżał na nagrzanym słońcem piasku.

Wyczuwał drgania, przenoszone przez przyciśnięte do podłoża włosowate czułki i szczecinki. Choć drgania wciąż były odległe, Idr czuł je wyraźnie i dokładnie, na ich podstawie zdolny był określić nie tylko kierunek i tempo poruszania się ofiary, ale i jej wagę. Dla większości podobnie polujących drapieżników waga zdobyczy miała znaczenie pierwszorzędne – podkradanie się, atak i pościg oznaczały utratę energii, która musiała być zrekompensowana energetyczną wartością pożywienia. Większość podobnych Idrowi drapieżników rezygnowała z ataku, gdy zdobycz była zbyt mała. Ale nie Idr. Idr egzystował nie po to, by jeść i podtrzymywać gatunek. Nie po to go stworzono.

Żył po to, by zabijać.

Ostrożnie przesuwając odnóża wylazł z wykrotu, przepełzł przez zmurszały pień, trzema susami pokonał wiatrołom, jak duch przemknął przez polanę, zapadł w porośnięte paprocią poszycie lasu, wtopił się w gęstwinę. Poruszał się szybko i bezszelestnie, już to biegnąc, już to skacząc niby ogromny pasikonik.

Zapadł w chruśniak, przywarł do podłoża segmentowanym pancerzem brzucha. Drgania gruntu stawały się coraz wyraźniejsze. Impulsy z wibrysów i szczecinek Idra układały się w obraz. W plan. Idr wiedział już, którędy dotrzeć do ofiary, w którym miejscu przeciąć jej drogę, jak zmusić do ucieczki, jak długim skokiem spaść na nią od tyłu, na jakiej wysokości uderzyć i ciąć ostrymi jak brzytwy żuwaczkami. Drgania i impulsy budowały już w nim radość, jakiej dozna, gdy ofiara zaszamoce się pod jego ciężarem, euforię, jaką sprawi mu smak gorącej krwi. Rozkosz, jaką odczuje, gdy powietrze rozerwie wrzask bólu. Dygotał lekko, rozwierając i zwierając szczypce i nogogłaszczki.

Wibracje podłoża były bardzo wyraźne, stały się też zróżnicowane. Idr wiedział już, że ofiar było więcej, prawdopodobnie trzy, być może cztery. Dwie wstrząsały gruntem w sposób zwykły, drgania trzeciej wskazywały na małą masę i wagę. Czwarta zaś – o ile faktycznie była jakaś czwarta – powodowała wibracje nieregularne, słabe i niepewne. Idr znieruchomiał, wyprężył i wystawił anteny nad trawy, badał ruchy powietrza.

Drgania gruntu zasygnalizowały wreszcie to, na co Idr czekał. Ofiary rozdzieliły się. Jedna, ta najmniejsza, została z tyłu. A ta czwarta, ta niewyraźna, znikła. Był to fałszywy sygnał, kłamliwe echo. Idr zlekceważył je.

Mała zdobycz jeszcze bardziej oddaliła się od pozostałych. Grunt zadygotał silniej. I bliżej. Idr wyprężył tylne odnóża, odbił się i skoczył.

Dziewczynka krzyknęła przeraźliwie. Miast uciekać, zamarła w miejscu. I krzyczała bez przerwy.

•

Wiedźmin rzucił się w jej stronę, w skoku dobywając miecza. I natychmiast zorientował się, że coś jest nie tak. Że został wyprowadzony w pole.

Ciągnący wózek z chrustem mężczyzna wrzasnął i na oczach Geralta wyleciał na sążeń w górę, a krew trysnęła z niego szeroko i rozbryzgliwie. Spadł, by natychmiast wylecieć ponownie, tym razem w dwóch buchających krwią kawałkach. Już nie krzyczał. Teraz przeszywająco krzyczała kobieta, podobnie jak jej córka zamarła i sparaliżowana strachem.

Choć nie wierzył, że mu się uda, wiedźmin zdołał ją ocalić. Doskoczył i pchnął z mocą, odrzucając obryzganą krwią kobietę z dróżki w las, w paprocie. I z miejsca pojął, że i tym razem to był podstęp. Fortel. Szary, płaski, wielonożny i niewiarygodnie szybki kształt oddalał się już bowiem od wózka i pierwszej ofiary. Sunął w kierunku drugiej. Ku wciąż piszczącej dziewczynce. Geralt rzucił się za nim.

Gdyby nadal tkwiła w miejscu, nie zdążyłby na czas. Dziewczynka wykazała jednak przytomność umysłu i rzuciła się do dzikiej ucieczki. Szary potwór dopędziłby ją jednak szybko i bez wysiłku – dopędziłby, zabił i zawrócił, by zamordować również kobietę. I tak by się stało, gdyby nie było tam wiedźmina.

Dogonił potwora, skoczył, przygniatając obcasem jedno z tylnych odnóży. Gdyby nie natychmiastowy odskok, straciłby nogę – szary stwór wykręcił się z niesamowitą zwinnością, a jego sierpowate szczypce kłapnęły, chybiając o włos. Nim wiedźmin odzyskał równowagę, potwór odbił się od ziemi i zaatakował. Geralt obronił się odruchowym, szerokim i dość chaotycznym ciosem miecza, odtrącił potwora. Obrażeń mu nie zadał, ale odzyskał inicjatywę.

Zerwał się, dopadł, tnąc od ucha, rozwalając pancerz na płaskim głowotułowiu. Nim oszołomiony stwór się opamiętał, drugim ciosem odsiekł mu lewą żuwaczkę. Potwór rzucił się na niego, machając łapami, usiłując pozostałą żuwaczką ubóść go jak tur. Wiedźmin odrąbał mu i tę drugą. Szybkim odwrotnym cięciem odchlastał jedną z nogogłaszczek. I ponownie rąbnął w głowotułów.

•

Do Idra dotarło wreszcie, że jest w niebezpieczeństwie. Że musi uciekać. Musiał uciekać, uciekać daleko, zaszyć się gdzieś, zapaść w ukrycie. Żył tylko po to, by zabijać. Żeby zabijać, musiał się zregenerować. Musiał uciekać... Uciekać...

•

Wiedźmin nie dał mu uciec. Dognał, przydeptał tylny segment tułowia, ciął z góry, z rozmachem. Tym razem pancerz głowotułowia ustąpił, z pęknięcia trysnęła i polała się gęsta zielonawa posoka. Potwór szamotał się, jego odnóża dziko młóciły ziemię.

Geralt ciął mieczem, tym razem całkiem oddzielając płaski łeb od reszty.

Oddychał ciężko.

Z oddali zagrzmiało. Zrywający się wicher i szybko czerniejące niebo zwiastowały naciągającą burzę.

•

Albert Smulka, nowo mianowany żupan gminny, już przy pierwszym spotkaniu skojarzył się Geraltowi

z bulwą brukwi – był okrągławy, niedomyty, grubo-
skórny i ogólnie raczej nieciekawy. Innymi słowy, niezbyt różnił się od innych urzędników stopnia gminne-
go, z jakimi przychodziło mu się kontaktować.

– Wychodzi, że prawda – powiedział żupan. – Że
na kłopoty nie masz jak wiedźmin.

– Jonas, mój poprzednik – podjął po chwili, nie
doczekawszy się ze strony Geralta żadnej reakcji
– nachwalić się ciebie nie mógł. Pomyśleć, żem go
miał za łgarza. Znaczy, żem mu nie całkiem wiarę
dawał. Wiem, jak to rzeczy w bajki obrastać potrafią. Zwłaszcza u ludu ciemnego, u tego co i rusz albo
cud, albo dziw, albo inny jakiś wiedźmin o mocach
nadludzkich. A tu masz, pokazuje się, prawda szczera. Tam, w boru, za rzeczułką, ludzi poginęło, że nie
zliczyć. A że tamtędy do miasteczka droga krótsza,
tedy i chodzili, durnie... Na zgubę własną. Nie zwa-
żając na przestrogi. Ninie taki czas, że lepiej nie
szwendać się po pustkowiach, nie łazić po lasach.
Wszędzie potwory, wszędzie ludojady. W Temerii,
na Tukajskim Pogórzu, dopiero co straszna rzecz
się wydarzyła, piętnaścioro ludzi ubił w węglarskiej
osadzie jakiś upiór leśny. Rogowizna zwała się ta
osada. Słyszałeś pewnie. Nie? Ale prawdę mówię, że-
bym tak skonał. Nawet czarnoksiężnicy pono śledztwo w owej Rogowiźnie czynili. No, ale co tam bajać.
My ninie tu w Ansegis bezpieczni. Dzięki tobie.

Wyjął z komody szkatułę. Rozłożył na stole arkusz
papieru, umoczył pióro w kałamarzu.

– Obiecałeś, że straszydło zabijesz – powiedział,
nie unosząc głowy. – Wychodzi, klimkiem nie rzuca-
łeś. Słownyś, jak na włóczęgę... A i tamtym ludziom
życie uratowałeś. Babie i dziewusze. Podziękowały
choć? Padły do nóg?

Nie padły, zacisnął szczęki wiedźmin. Bo jeszcze nie całkiem oprzytomniały. A ja stąd odjadę, zanim oprzytomnieją. Zanim pojmą, że wykorzystałem je jako przynętę, w zarozumiałym zadufaniu przekonany, że zdołam obronić całą trójkę. Odjadę, zanim do dziewczynki dotrze, zanim zrozumie, że to z mojej winy jest półsierotą.

Czuł się źle. Zapewne był to skutek zażytych przed walką eliksirów. Zapewne.

– Tamto monstrum – żupan posypał papier piaskiem, po czym strząsnął piasek na podłogę – prawdziwa ohyda. Przyjrzałem się padlinie, gdy przynieśli... Co to takiego było?

Geralt nie miał w tym względzie pewności, ale nie zamierzał się z tym zdradzać.

– Arachnomorf.

Albert Smulka poruszył wargami, nadaremnie usiłując powtórzyć.

– Tfu, jak zwał, tak zwał, pies z nim tańcował. To tym mieczem go zasiekłeś? Tą klingą? Można obejrzeć?

– Nie można.

– Ha, bo zaczarowany brzeszczot pewnie. I musi drogi... Łakomy kąsek... No, ale my tu gadu-gadu, a czas bieży. Umowa wykonana, pora na zapłatę. A wprzód formalności. Pokwituj na fakturze. Znaczy, postaw krzyżyk albo inny znak.

Wiedźmin ujął podany mu rachunek, obrócił się ku światłu.

– Patrzajcie go – pokręcił głową żupan, wykrzywiając się. – Niby co, czytać umie?

Geralt położył papier na stole, popchnął w stronę urzędnika.

– Mały błąd – rzekł spokojnie i cicho – wkradł się do dokumentu. Umawialiśmy się na pięćdziesiąt koron. Faktura wystawiona jest na osiemdziesiąt.

Albert Smulka złożył dłonie, oparł na nich podbródek.

– To nie błąd – też zniżył głos. – To raczej dowód uznania. Zabiłeś straszne straszydło, niełatwa to pewnikiem była robota... Kwota nikogo tedy nie zdziwi...

– Nie rozumiem.

– Akurat. Nie udawaj niewiniątka. Chcesz mi wmówić, że Jonas, gdy tu rządził, nie wystawiał ci takich faktur? Głowę daję, że...

– Że co? – przerwał Geralt. – Że zawyżał rachunki? A różnicą, o którą uszczuplał królewski skarbiec, dzielił się ze mną po połowie?

– Po połowie? – Żupan skrzywił usta. – Bez przesady, wiedźminie, bez przesady. Myślałby kto, żeś taki ważny. Z różnicy dostaniesz jedną trzecią. Dziesięć koron. Dla ciebie to i tak duża premia. A mnie więcej się należy, choćby z racji funkcji. Urzędnicy państwowi winni być majętni. Im urzędnik państwowy majętniejszy, tym prestiż państwa wyższy. Co ty możesz zresztą o tym wiedzieć. Nuży mnie już ta rozmowa. Podpiszesz fakturę czy nie?

Deszcz dudnił o dach, na zewnątrz lało jak z cebra. Ale nie grzmiało już, burza oddalała się.

Interludium

Dwa dni później

– Bardzo prosimy, szanowna – skinął władczo Belohun, król Kerack. – Bardzo prosimy. Służba! Krzesło!

Sklepienie komnaty zdobił plafon, fresk przedstawiający żaglowiec wśród fal, trytonów, hippokampów i stworzeń przypominających homary. Fresk na jednej ze ścian był zaś mapą świata. Mapą, jak dawno już stwierdziła Koral, absolutnie fantastyczną, z faktycznym usytuowaniem lądów i mórz niewiele wspólnego mającą. Ale ładną i gustowną.

Dwóch paziów przytaszczyło i ustawiło ciężkie rzeźbione karło. Czarodziejka usiadła, kładąc ręce na oparciach tak, by jej wysadzane rubinami bransolety były dobrze widoczne i nie uszły uwagi. Na ufryzowanych włosach miała jeszcze rubinowy diademik, a na głębokim dekolcie rubinową kolię. Wszystko specjalnie na królewską audiencję. Chciała zrobić wrażenie. I robiła. Król Belohun wytrzeszczał oczy, nie wiada, na rubiny czy na dekolt.

Belohun, syn Osmyka, był, można powiedzieć, królem w pierwszym pokoleniu. Jego ojciec zbił znaczny dość majątek na morskim handlu, a zdaje się też i po trosze na morskim rozbójnictwie. Wykończywszy konkurencję i zmonopolizowawszy żeglugę kabotażową rejonu, Osmyk mianował się królem. Akt samozwańczej koronacji w zasadzie formalizował tylko *status quo*, toteż nie wzbudził większych zastrzeżeń ani nie wywołał protestów. W drodze wcześniejszych prywatnych wojen i wojenek Osmyk uładził zatargi graniczne i kompetencyjne z sąsiadami, Verden i Cidaris. Wiadomym stało się, gdzie Kerack się zaczyna, gdzie kończy i kto tam włada. A skoro włada, to jest królem – i przysługuje mu taki tytuł. Naturalnym porządkiem rzeczy tytuł i władza przechodzi z ojca na syna, nikogo więc nie zdziwiło, że po śmierci Osmyka na tronie zasiadł jego syn, Belohun. Synów Osmyk miał co prawda więcej, jeszcze czterech bodaj, ale wszyscy zrzekli się praw do korony, jeden nawet podobno dobrowolnie. Tym sposobem Belohun panował w Kerack już od lat z górą dwudziestu, zgodnie z rodzinną tradycją ciągnąc zyski z przemysłu stoczniowego, transportu, rybołówstwa i piractwa.

Teraz zaś, na tronie, na podwyższeniu, w sobolowym kołpaku, z berłem w ręku, król Belohun udzielał audiencji. Majestatyczny niczym żuk gnojarz na krowiej kupie.

– Szanowna i miła nam pani Lytta Neyd – powitał.

– Nasza ulubiona czarodziejka Lytta Neyd. Raczyła znowu odwiedzić Kerack. I pewnie znowu na dłużej?

– Służy mi morskie powietrze. – Koral prowokacyjnie założyła nogę na nogę, demonstrując trzewiczek na modnym korku. – Za łaskawym pozwoleniem waszej królewskiej mości.

Król powiódł wzrokiem po zasiadających obok synach. Obaj rośli jak żerdzie, w niczym nie przypominali ojca, kościstego, żylastego, ale niezbyt imponującego wzrostem. Sami też nie wyglądali na braci. Starszy, Egmund, czarny jak kruk, Xander, niewiele młodszy, albinotyczny niemal blondyn. Obaj patrzyli na Lyttę bez sympatii. W sposób oczywisty drażnił ich przywilej, na mocy którego czarodzieje w przytomności królów siadali, a audiencji udzielano im na krzesłach. Przywilej miał jednak zasięg powszechny i nie mógł go lekceważyć nikt chcący uchodzić za cywilizowanego. Synowie Belohuna bardzo chcieli za takich uchodzić.

– Łaskawego pozwolenia – przemówił wolno Belohun – udzielimy. Z pewnym zastrzeżeniem.

Koral uniosła dłoń i ostentacyjnie przyjrzała się paznokciom. Miało to zasygnalizować, że zastrzeżenia Belohuna ma gdzieś. Król nie odczytał sygnału. A jeśli odczytał, to umiejętnie to ukrył.

– Doszło uszu naszych – sapnął gniewnie – że babom, co dzieci mieć nie chcą, szanowna pani Neyd magiczne konkokcje udostępnia. A tym, co już brzemienne, spędzać płody pomaga. A my tu, w Kerack, proceder taki za niemoralny uważamy.

– To, do czego kobieta ma naturalne prawo – odrzekła sucho Koral – niemoralnym być nie może *ipso facto.*

– Kobieta – król wyprężył na tronie chudą postać – ma prawo oczekiwać od mężczyzny tylko dwóch podarków: na lato ciąża, a na zimę łapcie z cienkiego łyka. Tak pierwszy, jak i drugi podarek ma za zadanie zakotwiczyć kobietę w domu. Dom jest bowiem miejscem dla kobiety odpowiednim, przez naturę jej przypisanym. Kobieta z wielkim brzuchem i uczepionym jej kiecki potomstwem od domu się nie oddali i nie przyjdą jej do głowy żadne głupie pomysły, a to gwarantuje pokój ducha mężczyźnie. Spokojny duchem mężczyzna może ciężko pracować gwoli pomnażania bogactwa i dobrobytu swego władcy. Pra-

cującemu w pocie czoła i bez wytchnienia, spokojne-
mu o swe stadło mężczyźnie też nie przyjdą do głowy
żadne głupie pomysły. A gdy kobiecie ktoś wmówi,
że może rodzić, gdy chce, a gdy nie chce, to nie musi,
gdy na domiar ktoś podpowie jej sposób i podsunie
środek, wtedy, szanowna, wtedy porządek społeczny
zaczyna się chwiać.

– Tak jest – wtrącił książę Xander, już od dawna
wypatrujący okazji, by się wtrącić. – Tak właśnie!

– Kobieta niechętna macierzyństwu – ciągnął
Belohun – kobieta, której nie uwięzi w domostwie
brzuch, kołyska i bachory, wnet ulegnie chuci, rzecz
to wszak oczywista i nieuchronna. Wówczas zaś
mężczyzna utraci wewnętrzny spokój i równowagę
ducha, w jego dotychczasowej harmonii zazgrzyta
coś nagle i zaśmierdzi, ba, okaże się, że nijakiej harmonii nie ma ani ładu żadnego. Zwłaszcza tego ładu,
który uzasadnia codzienną harówkę. Oraz to, że
efekty tej harówki zagarniam ja. A od takich myśli
tylko krok do niepokojów. Do sedycji, buntu, rewolty.
Pojęłaś, Neyd? Kto daje babom środki zapobiegające
ciąży lub umożliwiające jej przerwanie, ten niszczy
porządek społeczny, podżega do zamieszek i buntów.

– Tak jest – wtrącił Xander. – Racja!

Lytta za nic sobie miała pozory autorytetu i władz-
czości Belohuna, doskonale wiedziała, że jako czarodziejka jest nietykalna, a jedyne, co król może, to
gadać. Powstrzymała się jednak od dobitnego uświa-
domienia mu, że w jego królestwie zgrzyta i śmierdzi
już od dawna, że ładu w nim tyle, co kot napłakał,
a jedyna harmonia, jaką znają mieszkańcy, to in-
strument muzyczny, rodzaj akordeonu. I że miesza-
nie do tego kobiet, macierzyństwa czy też niechęci do
niego dowodzi nie tylko mizoginii, ale i kretynizmu.

– W twoim długim wywodzie – rzekła zamiast tego – uparcie powracał wątek pomnażania bogactwa i dobrobytu. Rozumiem cię doskonale, jako że mój własny dobrobyt jest mi również nad wyraz luby. I za nic w świecie nie zrezygnuję z niczego, co dobrobyt mi zapewnia. Uważam, że kobieta ma prawo rodzić, gdy chce, a nie rodzić, gdy nie chce, ale nie podejmę w tym względzie dysputy, każdy w końcu ma prawo do jakichś tam poglądów. Zwrócę tylko uwagę, że za udzielaną kobietom pomoc medyczną pobieram opłaty. To dość istotne źródło moich dochodów. Mamy gospodarkę wolnorynkową, królu. Nie wtrącaj się, bardzo proszę, do źródeł moich dochodów. Bo moje dochody, jak dobrze wiesz, to również dochody Kapituły i całej konfraterni. A konfraternia wybitnie źle reaguje na próby uszczuplania jej dochodów.

– Czy ty próbujesz mi grozić, Neyd?

– Skądże znowu. Mało tego, deklaruję daleko idącą pomoc i współpracę. Wiedz, Belohun, że jeśli skutkiem uprawianego przez ciebie wyzysku i grabieży dojdzie w Kerack do niepokojów, jeśli zapłonie tu, górnolotnie mówiąc, żagiew buntu, jeśli nadciągnie zrewoltowany motłoch, by cię wywlec stąd za łeb, zdetronizować, a zaraz po tym powiesić na suchej gałęzi... Wtedy możesz liczyć na moją konfraternię. Na czarodziejów. Przyjdziemy z pomocą. Nie dopuścimy do rewolt i anarchii, bo i nam nie są one na rękę. Wyzyskuj więc i pomnażaj bogactwo. Pomnażaj spokojnie. I nie przeszkadzaj pomnażać innym. Bardzo proszę i dobrze radzę.

– Radzisz? – zaperzył się, unosząc się z krzesła, Xander. – Ty radzisz? Ojcu? Ojciec jest królem! Królowie nie słuchają rad, królowie rozkazują!

– Siadaj, synu – skrzywił się Belohun – i bądź cicho. Ty zaś, czarownico, nadstaw no uszu. Mam ci coś rzec.

– No?

– Biorę sobie nową żonkę... Siedemnaście lat... Wisienka, powiadam ci. Wisienka na kremie.

– Winszuję.

– Robię to ze względów dynastycznych. Z troski o sukcesję i ład w państwie.

Milczący dotąd jak głaz Egmund poderwał głowę.

– Sukcesję? – warknął, a zły błysk w jego oczach nie uszedł uwagi Lytty. – Jaką sukcesję? Masz sześciu synów i osiem córek, wliczając bękartów! Mało ci?

– Sama widzisz – machnął kościstą ręką Belohun. – Sama widzisz, Neyd. Muszę zadbać o sukcesję. Miałbym zostawić królestwo i koronę komuś, kto w taki sposób zwraca się do rodzica? Szczęściem jeszcze żyję i rządzę. I rządzić zamierzam długo. Jak rzekłem, żenię się...

– No i?

– Gdyby... – Król podrapał się za uchem, spojrzał na Lyttę spod zmrużonych powiek. – Gdyby ona... Moja nowa żonka, znaczy... Zwróciła się do ciebie o te środki... Zabraniam jej dawać. Bo jestem przeciwny takim środkom! Bo są niemoralne!

– Możemy się tak umówić – uśmiechnęła się uroczo Koral. – Twojej wisience, gdyby się zwróciła, nie udostępnię. Przyrzekam.

– To rozumiem – wypogodził się Belohun. – Proszę, jak pysznie się dogadujemy. Grunt to wzajemne zrozumienie i obustronny szacunek. Nawet różnić trzeba się ładnie.

– Tak jest – wtrącił się Xander. Egmund żachnął się, zaklął pod nosem.

– W ramach szacunku i zrozumienia – Koral na-
kręciła rudy pukiel na palec, spojrzała w górę, na
plafon – jak też w trosce o harmonię i ład w twoim
państwie... Mam pewną informację. Poufną informację. Brzydzę się donosicielstwem, ale oszustwem
i złodziejstwem jeszcze bardziej. A chodzi, mój królu,
o bezczelne finansowe malwersacje. Są tacy, którzy
próbują cię okradać.

Belohun pochylił się na tronie, a twarz skrzywiła
mu się wilczo.

– Kto? Nazwiska!

Kerack, *miasto w północnym królestwie Cidaris, przy ujściu rzeki Adalatte. Niegdyś stolica oddzielnego królestwa* **K.**, *które skutkiem rządów nieudolnych i wygaśnięcia linii panującej podupadło, znaczenie straciło i przez sąsiadów podzielone i wcielone zostało. Ma port, fabryk kilka, latarnię morską i z gruba 2,000 mieszkańców.*

Effenberg i Talbot,
Encyclopaedia Maxima Mundi, tom VIII

Rozdział drugi

Zatoka jeżyła się masztami i pełna była żagli, białych i różnokolorowych. Większe statki stały na osłoniętej przylądkiem i falochronem redzie. W samym porcie, przy drewnianych molach, cumowały jednostki mniejsze i te zupełnie malutkie. Na plażach każde niemal wolne miejsce zajmowały łodzie. Lub resztki łodzi.

Na krańcu przylądka, smagana białymi falami przyboju, wznosiła się latarnia morska z białej i czerwonej cegły, odnowiony relikt z czasów elfich.

Wiedźmin szturchnął ostrogą bok klaczy. Płotka uniosła łeb, rozdęła nozdrza, jakby i ona cieszyła się zapachem morza, niesionym przez wiatr. Ponaglona, ruszyła przez wydmy. Ku bliskiemu już miastu.

Miasto Kerack, główna metropolia identycznie nazwanego królestwa, położone na dwóch brzegach przyujściowego odcinka rzeki Adalatte, podzielone było na trzy wyodrębnione, wyraźnie różniące się strefy.

Na lewym brzegu Adalatte lokował się kompleks portu, doki i ośrodek przemysłowo-handlowy, obejmujący stocznię i warsztaty, jak też przetwórnie, magazyny i składy, targi i bazary.

Przeciwległy brzeg rzeki, teren zwany Palmyrą, zapełniały budy i chaty biedoty i ludu pracującego, domy i kramy drobnych handlarzy, rzeźnie, jatki oraz liczne ożywające raczej dopiero po zmroku lokale i przybytki, Palmyra była bowiem również dzielnicą rozrywek i zakazanych przyjemności. Dość łatwo też, jak wiedział Geralt, można tu było stracić sakiewkę lub dostać nożem pod żebro.

Dalej od morza, na lewym brzegu, za wysoką palisadą z grubych bali sytuowało się właściwe Kerack, kwartał wąskich uliczek pomiędzy domami bogatych kupców i finansjery, faktoriami, bankami, lombardami, zakładami szewskimi i krawieckimi, sklepami i sklepikami. Mieściły się tu też oberże i lokale rozrywkowe wyższej kategorii, w tym przybytki oferujące co prawda dokładnie to samo, co w portowej Palmyrze, ale za to po znacznie wyższych cenach. Centrum kwartału stanowił czworokątny rynek, siedziba miejskiego ratusza, teatru, sądu, urzędu celnego i domów miejskiej elity. Pośrodku ratusza stał na cokole okropnie obsrany przez mewy pomnik założyciela grodu, króla Osmyka. Była to jawna lipa, nadmorski gród istniał na długo przed tym, nim Osmyk przywędrował tu diabli wiedzą skąd.

Powyżej, na wzgórzu, stał zamek i pałac królewski, w formie i kształcie dość nietypowy, była to bowiem dawna świątynia, przebudowana i rozbudowana po tym, jak porzucili ją kapłani, rozgoryczeni kompletnym brakiem zainteresowania ze strony ludności. Po świątyni ostała się nawet kampanila, czyli dzwonnica z wielkim dzwonem, w który aktualnie panujący w Kerack król Belohun kazał bić codziennie w południe i – ewidentnie na złość poddanym – o północy.

Dzwon odezwał się, gdy wiedźmin wjechał pomiędzy pierwsze chałupy Palmyry.

Palmyra śmierdziała rybą, praniem i garkuchnią, tłok na uliczkach był potworny, przejazd kosztował wiedźmina mnóstwo czasu i cierpliwości. Odetchnął, gdy wreszcie dotarł do mostu i przejechał na lewy brzeg Adalatte. Woda cuchnęła i niosła czapy zbitej piany, efekt pracy położonej w górze rzeki garbarni. Stąd niedaleko już było do drogi, wiodącej ku otoczonemu palisadą miastu.

Zostawił konia w stajniach przed miastem, płacąc za dwa dni z góry i zostawiając stajennemu bakszysz, by zagwarantować Płotce właściwą opiekę. Skierował kroki ku strażnicy. Do Kerack można było się dostać tylko przez strażnicę, po poddaniu się kontroli i towarzyszącym jej mało przyjemnym procedurom. Wiedźmina konieczność ta złościła nieco, ale rozumiał jej cel – mieszkańców grodu za palisadą niezbyt radowała myśl o wizytach gości z portowej Palmyry, zwłaszcza w postaci schodzących tam na ląd marynarzy z obcych stron.

Wszedł do strażnicy, drewnianej budowli o zrębowej konstrukcji, mieszczącej, jak wiedział, kordegardę. Myślał, że wie, co go czeka. Mylił się.

Odwiedził w życiu liczne kordegardy. Małe, średnie i duże, w zakątkach świata bliskich i całkiem dalekich, w regionach cywilizowanych bardziej, mniej lub wcale. Wszystkie kordegardy świata śmierdziały stęchlizną, potem, skórą i uryną, jak również żelaziwem i smarami do jego konserwacji. W kordegardzie w Kerack było podobnie. A raczej byłoby, gdyby klasycznych kordegardzianych woni nie tłumił ciężki, duszący, sięgający sufitu odór bździn. W jadłospisie załogi tutejszej kordegardy, nie mogło być wątpliwości, dominowały grubonasienne rośliny strączkowe, jak groch, bób i kolorowa fasola.

Załoga zaś była całkowicie damska. Składała się z sześciu kobiet. Siedzących za stołem i pochłoniętych południowym posiłkiem. Wszystkie panie żarłocznie siorbały z glinianych misek coś, co pływało w rzadkim paprykowym sosie.

Najwyższa ze strażniczek, widać komendantka, odepchnęła od siebie miskę, wstała. Geralt, który zawsze uważał, że brzydkich kobiet nie ma, nagle poczuł się zmuszony do rewizji tego poglądu.

– Broń na ławę!

Jak wszystkie obecne, strażniczka była ostrzyżona na zero. Włosy zdążyły już trochę odrosnąć, tworząc na łysej głowie nieporządną szczecinę. Spod rozpiętej kamizeli i rozchełstanej koszuli wyglądały mięśnie brzucha, przywodzące na myśl wielki zesznurowany baleron. Bicepsy strażniczki, by pozostać przy masarskich skojarzeniach, miały rozmiary wieprzowych szynek.

– Broń na ławę kładź! – powtórzyła. – Głuchyś?

Jedna z jej podkomendnych, nadal schylona nad miską, uniosła się nieco i pierdnęła, donośnie i przeciągle. Jej towarzyszki zarechotały. Geralt powachlował się rękawicą. Strażniczka patrzyła na jego miecze.

– Hej, dziewczyny! Chodźcie no!

„Dziewczyny" wstały, dość niechętnie, przeciągając się. Wszystkie, jak zauważył Geralt, nosiły się w stylu raczej swobodnym i przewiewnym, a głównie umożliwiającym chełpienie się muskulaturą. Jedna miała na sobie krótkie skórzane spodnie, z nogawkami rozprutymi na szwach, by pomieściły uda. A za strój od talii w górę służyły jej głównie krzyżujące się pasy.

– Wiedźmin – stwierdziła. – Dwa miecze. Stalowy i srebrny.

Druga, jak wszystkie wysoka i szeroka w barach, zbliżyła się, bezceremonialnym ruchem rozchyliła koszulę Geralta, złapała za srebrny łańcuszek, wyciągnęła medalion.

– Znak ma – potwierdziła. – Wilk na znaku, z zębcami wyszczerzonymi. Wychodzi, po prawdzie, wiedźmin. Przepuścimy?

– Regulamin nie zakazuje. Miecze zdał...

– Właśnie – Geralt spokojnym głosem włączył się do konwersacji. – Zdałem. Oba będą, jak sądzę, w strzeżonym depozycie? Do odbioru za pokwitowaniem? Które zaraz otrzymam?

Strażniczki, szczerząc zęby, otoczyły go. Jedna szturchnęła, niby niechcący. Druga pierdnęła gromko.

– Tym se pokwituj – parsknęła.

– Wiedźmin! Najemny potworów pogromca! A miecze oddał! Od razu! Pokorny jak gówniarz!

– Kuśkę pewnie też by zdał, gdyby kazać.

– Tedy każmy mu! Co, dziewuchy? Niechaj wyjmie z rozporka!

– Podziwujemy się, jakie to u wiedźminów kuśki!

– Będzie tego – warknęła komendantka. – Rozigrały się, pindy. Gonschorek, sam tu! Gonschorek!

Z pomieszczenia obok wyłonił się łysawy i niemłody jegomość w burej opończy i wełnianym berecie. Od razu po wejściu rozkasłał się, zdjął beret i zaczął się nim wachlować. Bez słowa wziął owinięte pasami miecze, dał Geraltowi znak, by szedł za nim. Wiedźmin nie zwlekał. W wypełniającej kordegardę mieszaninie gazów gazy jelitowe zaczynały już zdecydowanie przeważać.

Pomieszczenie, do którego weszli, dzieliła solidna żelazna krata. Jegomość w opończy zachrobotał w zamku wielkim kluczem. Powiesił miecze na wieszaku obok innych mieczy, szabel, kordów i kordelasów. Otworzył obszarpany rejestr, bazgrał w nim powoli i długo, kaszląc bezustannie, z trudem łapiąc oddech. Na koniec wręczył Geraltowi wypisany kwit.

– Mam rozumieć, że moje miecze są tu bezpieczne? Pod kluczem i strażą?

Bury jegomość, dysząc ciężko i sapiąc, zamknął kratę, pokazał mu klucz. Geralta to nie przekonało. Każdą kratę można było sforsować, a dźwiękowe efekty flatulencji pań ze straży zdolne były zagłuszyć próby włamania. Nie było jednak wyjścia. Należało załatwić w Kerack to, po co tu przybył. I opuścić gród co rychlej.

•

Oberża czy też – jak głosił szyld – austeria „Natura Rerum" mieściła się w niezbyt wielkim, acz gustownym budynku z cedrowego drewna, krytym stromym dachem z wysoko sterczącym kominem. Front budynku zdobił ganek, do którego wiodły schody, obstawione rozłożystymi aloesami w drewnianych donicach. Z lokalu dolatywały kuchenne zapachy, głównie przypiekanych na rusztach mięs. Zapachy były tak nęcące, że wiedźminowi z miejsca zdała się „Natura Rerum" Edenem, ogrodem rozkoszy, wyspą szczęśliwości, mlekiem i miodem płynącym ustroniem błogosławionych.

Rychło okazało się, iż Eden ów – jak każdy Eden – był strzeżony. Miał swego cerbera, strażnika z ognistym mieczem. Geralt miał okazję zobaczyć go w akcji. Cerber, chłop niski, ale potężnie zbudowany, na jego oczach odpędził od ogrodu rozkoszy chudego mło-

dziana. Młodzian protestował – pokrzykiwał i gesty-
kulował, co najwyraźniej cerbera denerwowało.

– Masz zakaz wstępu, Muus. I dobrze o tym wiesz.
Tedy odstąp. Nie będę powtarzał.

Młodzian cofnął się od schodów na tyle szybko,
by uniknąć popchnięcia. Był, jak zauważył Geralt,
przedwcześnie wyłysiały, rzadkie i długie blond włosy zaczynały mu się dopiero w okolicach ciemienia,
co ogólnie sprawiało wrażenie raczej paskudne.

– Chędożę was i wasz zakaz! – wrzasnął młodzian
z bezpiecznej odległości. – Łaski nie robicie! Nie
jesteście jedyni, pójdę do konkurencji! Ważniacy!
Parweniusze! Szyld pozłacany, ale wciąż łajno na
cholewkach! I tyle dla mnie znaczycie, co to łajno
właśnie! A gówno zawsze będzie gównem!

Geralt zaniepokoił się lekko. Wyłysiały młodzian,
choć paskudny z aparycji, nosił się całkiem z pańska,
może nie za bogato, ale w każdym razie elegantszo
od niego samego. Jeśli więc to elegancja była kryte-
rium przesądzającym...

– A ty dokąd, że zapytam? – chłodny głos cerbera
przerwał tok jego myśli. I potwierdził obawy.

– To ekskluzywny lokal – podjął cerber, blokując
sobą schody. – Rozumiesz znaczenie słowa? To tak
jakby wyłączony. Dla niektórych.

– Dlaczego dla mnie?

– Nie suknia zdobi człowieka – stojący dwa stopnie
wyżej cerber mógł spojrzeć na wiedźmina z góry. –
Jesteś, cudzoziemcze, chodzącą tej mądrości ludowej
ilustracją. Twoja suknia nie zdobi cię ani trochę. Być
może inne jakieś ukryte przymioty cię zdobią, wni-
kał nie będę. Powtarzam, to jest lokal ekskluzywny.
Nie tolerujemy tu ludzi odzianych jak bandyci. Ani
uzbrojonych.

– Nie jestem uzbrojony.

– Ale wyglądasz, jakbyś był. Łaskawie skieruj więc kroki dokądś indziej.

– Powstrzymaj się, Tarp.

W drzwiach lokalu pojawił się śniady mężczyzna w aksamitnym kaftanie. Brwi miał krzaczaste, wzrok przenikliwy, a nos orli. I niemały.

– Najwyraźniej – pouczył cerbera orli nos – nie wiesz, z kim masz do czynienia. Nie wiesz, kto do nas zawitał.

Przedłużające się milczenie cerbera świadczyło, że faktycznie nie wie.

– Geralt z Rivii. Wiedźmin. Znany z tego, że chroni ludzi i ratuje im życie. Jak przed tygodniem, tu, w naszej okolicy, w Ansegis, gdzie ocalił matkę z dzieckiem. A kilka miesięcy wcześniej, w Cizmar, o czym głośno było, zabił ludożerczą leukrotę, sam przy tym odnosząc rany. Jakże mógłbym wzbraniać wstępu do mego lokalu komuś, kto tak zacnym trudni się procederem? Przeciwnie, rad jestem takiemu gościowi. I za honor mam, że zechciał mnie odwiedzić. Panie Geralcie, austeria „Natura Rerum" wita was w swoich progach. Jestem Febus Ravenga, właściciel tego skromnego przybytku.

Stół, za którym usadził go maître, nakryty były obrusem. Wszystkie stoły w „Natura Rerum" – w większości zajęte – nakryte były obrusami. Geralt nie pamiętał, kiedy ostatni raz widział obrusy w oberży.

Choć ciekaw, nie rozglądał się, nie chcąc wypaść jak prowincjusz i prostak. Powściągliwa obserwacja ujawniła jednak wystrój skromny, acz gustowny i wykwintny. Wykwintną – choć nie zawsze gustownie – była też klientela, w większości, jak ocenił, kupcy i rzemieślnicy. Byli kapitanowie statków, ogorzali i brodaci. Nie brakowało pstro odzianych panów szlachty. Pachniało też mile i wykwintnie: pieczonym mięsiwem, czosnkiem, kminkiem i dużymi pieniędzmi.

Poczuł na sobie wzrok. Gdy był obserwowany, jego wiedźmińskie zmysły sygnalizowały to natychmiast. Spojrzał, kątem oka i dyskretnie.

Obserwującą – też bardzo dyskretnie, dla zwykłego śmiertelnika nie do zauważenia – była młoda kobieta o lisio rudych włosach. Udawała całkowicie pochłoniętą daniem – czymś smakowicie wyglądającym i nawet z oddali kusząco woniejącym. Styl i mowa ciała nie pozostawiały wątpliwości. Nie dla wiedźmina. Szedł o zakład, że była czarodziejką.

Maître chrząknięciem wyrwał go z rozmyślań i nagłej nostalgii.

– Dziś – oznajmił uroczyście i nie bez dumy – proponujemy gicz cielęcą duszoną w warzywach, z grzybami i fasolką. Comber jagnięcy pieczony z bakłażanami. Boczek wieprzowy w piwie podany z glazurowanymi śliwkami. Łopatkę dzika pieczoną, podaną z jabłkami w powidłach. Piersi kacze z patelni, podane z czerwoną kapustą i żurawiną. Kalmary nadziewane cykorią, z białym sosem i winogronami. Żabnicę z rusztu w sosie śmietanowym, podaną z duszonymi gruszkami. Oraz jak zwykle nasze specjalności: udko gęsie w białym winie, z wyborem owoców pieczonych na blasze, i turbota w karmelizowanym atramencie mątwy, podanego z szyjkami raków.

– Jeśli gustujesz w rybach – przy stole nie wiedzieć kiedy i jak pojawił się Febus Ravenga – to gorąco polecam turbota. Z porannego połowu, rozumie się samo przez się. Duma i chluba szefa naszej kuchni.

– Turbot w atramencie zatem – wiedźmin zwalczył w sobie irracjonalną chęć zamówienia na raz kilku dań, świadom, że byłoby to w złym guście. – Dziękuję za radę. Już zaczynałem doznawać męki wyboru.

– Jakie wino – spytał maître – raczy miły pan życzyć?

– Proszę wybrać coś stosownego. Mało wyznaję się w winach.

– Mało kto się wyznaje – uśmiechnął się Febus Ravenga. – A całkiem nieliczni się do tego przyznają. Bez obaw, dobierzemy gatunek i rocznik, panie wiedźminie. Nie przeszkadzam, życzę smacznego.

Życzenie nie miało się spełnić. Geralt nie miał też okazji przekonać się, jakie wino mu wybiorą. Smak turbota w atramencie mątwy również miał tego dnia pozostać dla niego zagadką.

Rudowłosa kobieta nagle dała sobie spokój z dyskrecją, odnalazła go wzrokiem. Uśmiechnęła się. Nie mógł oprzeć się wrażeniu, że złośliwie. Poczuł dreszcz.

– Wiedźmin, zwany Geraltem z Rivii?

Pytanie zadał jeden z trzech czarno odzianych osobników, którzy cichcem podeszli do stołu.

– To ja.

– W imieniu prawa jesteś aresztowany.

Rozdział trzeci

Przyznana Geraltowi obrończyni z urzędu unikała patrzenia mu w oczy. Z uporem godnym lepszej sprawy wertowała teczkę z dokumentami. Dokumentów było tam niewiele. Dokładnie dwa. Pani mecenas uczyła się ich chyba na pamięć. By zabłysnąć mową obrończą, miał nadzieję. Ale była to, jak podejrzewał, nadzieja płonna.

– W areszcie – pani mecenas podniosła wreszcie wzrok – dopuściłeś się pobicia dwóch współwięźniów. Powinnam chyba znać powód?

– *Primo*, odrzuciłem ich seksualne awanse, nie chcieli zrozumieć, że nie znaczy nie. *Secundo*, lubię bić ludzi. *Tertio*, to fałsz. Oni sami się pokaleczyli. O ściany. By mnie oczernić.

Mówił wolno i obojętnie. Po tygodniu spędzonym w więzieniu całkiem zobojętniał.

Obrończyni zamknęła teczkę. By zaraz znowu ją otworzyć. Po czym poprawiła kunsztowną koafiurę.

– Pobici – westchnęła – skargi nie wniosą, jak się zdaje. Skupmy się na oskarżeniu instygatorskim. Asesor trybunalski oskarży cię o poważne przestępstwo, zagrożone surową karą.

Jakżeby inaczej, pomyślał, kontemplując urodę pani mecenas. Zastanawiał się, ile miała lat, gdy trafiła do szkoły czarodziejek. I w jakim wieku szkołę tę opuściła.

Obie funkcjonujące czarodziejskie uczelnie – męska w Ban Ard i żeńska w Aretuzie na wyspie Thanedd – oprócz absolwentów i absolwentek produkowały też odpad. Mimo gęstego sita egzaminów wstępnych, pozwalającego w założeniu odsiać i odrzucić przypadki beznadziejne, dopiero pierwsze semestry selekcjonowały naprawdę i ujawniały tych, co umieli się zakamuflować. Takich, dla których myślenie okazywało się doświadczeniem przykrym i groźnym. Utajonych głupców, leniów i mentalnych ospalców płci obojga, jacy w szkołach magii nie mieli czego szukać. Kłopot polegał na tym, że zwykle była to progenitura osób majętnych lub z innych przyczyn uważanych za ważne. Po wyrzuceniu z uczelni trzeba było coś z tą trudną młodzieżą zrobić. Z chłopcami wyrzucanymi ze szkoły w Ban Ard nie było problemu – trafiali do dyplomacji, czekały na nich armia, flota i policja, najgłupszym pozostawała polityka. Odrzut magiczny w postaci płci pięknej tylko pozornie trudniejszy był do zagospodarowania. Choć usuwane, panienki przekroczyły progi czarodziejskiej uczelni i w jakimś tam stopniu magii zakosztowały. A zbyt potężny był wpływ czarodziejek na władców i wszystkie sfery życia polityczno-ekonomicznego, by panienki zostawiać na lodzie. Zapewniano im bezpieczną przystań. Trafiały do wymiaru sprawiedliwości. Zostawały prawniczkami.

Obrończyni zamknęła teczkę. Po czym otworzyła ją.

– Zalecam przyznać się do winy – powiedziała. – Możemy wówczas liczyć na łagodniejszy wymiar...

– Przyznać się do czego? – przerwał wiedźmin.

– Gdy sąd zapyta, czy się przyznajesz, odpowiesz twierdząco. Przyznanie się do winy będzie uznane za okoliczność łagodzącą.

– Jak więc wówczas zamierzasz mnie bronić?

Pani mecenas zamknęła teczkę. Niby wieko trumny.

– Idziemy. Sąd czeka.

Sąd czekał. Bo z sali sądowej właśnie wyprowadzano poprzedniego delikwenta. Niezbyt, jak stwierdził Geralt, radosnego.

Na ścianie wisiała upstrzona przez muchy tarcza, na niej widniało godło Kerack, błękitny delfin *nageant*. Pod godłem stał stół sędziowski. Zasiadały za nim trzy osoby. Chuderlawy pisarz. Wyblakły podsędek. I pani sędzia, stateczna z wyglądu i oblicza niewiasta.

Ławę po prawicy sędziów zajmował pełniący obowiązki oskarżyciela asesor trybunalski. Wyglądał poważnie. Na tyle poważnie, żeby wystrzegać się spotkania z nim w ciemnej ulicy.

Po przeciwnej zaś stronie, po lewicy składu sędziowskiego, stała ława oskarżonych. Miejsce jemu przypisane.

Dalej poszło szybko.

– Geralta, wołanego Geraltem z Rivii, z zawodu wiedźmina, oskarża się o malwersację, o zabór i przywłaszczenie dóbr należnych Koronie. Działając w zmowie z innymi osobami, które korumpował, oskarżony zawyżał wysokość wystawianych za swe usługi rachunków w zamiarze zagarnięcia tych nadwyżek. Co skutkowało stratami dla skarbu państwa. Dowodem jest doniesienie, *notitia criminis*, które oskarżenie załączyło do akt. Doniesienie owo...

Znużony wyraz twarzy i nieobecny wzrok sędzi świadczyły wyraźnie, że stateczna niewiasta jest myślami gdzie indziej. I że całkiem inne frasują ją zagadnienia i problemy – pranie, dzieci, kolor firanek, zagniecione ciasto na makowce i wróżące kryzys małżeński rozstępy na dupsku. Wiedźmin z pokorą przyjął fakt, że jest mniej ważny. Że nie konkurować mu z czymś takim.

– Popełnione przez oskarżonego przestępstwo – ciągnął bez emocji oskarżyciel – nie tylko kraj rujnuje, ale i porządek społeczny podkopuje i roztacza. Porządek prawny domaga się...

– Włączone do akt doniesienie – przerwała sędzia – sąd musi potraktować jako *probatio de relato*, dowód z relacji osoby trzeciej. Czy oskarżenie może przedstawić inne dowody?

– Innych dowodów brak... Chwilowo... Oskarżony jest, jak już wykazano, wiedźminem. To mutant, będący poza nawiasem społeczności ludzi, lekceważący prawa ludzkie i stawiający się ponad nimi. W swym kryminogennym i socjopatycznym fachu obcuje z elementem przestępczym, a także z nieludźmi, w tym z rasami ludzkości tradycyjnie wrogimi. Łamanie prawa wiedźmin ma w swej nihilistycznej naturze. W przypadku wiedźmina, Wysoki Sądzie, brak dowodów jest najlepszym dowodem... Dowodzi perfidii oraz...

– Czy oskarżony – sędzi najwyraźniej nie ciekawiło, czego jeszcze dowodzi brak dowodów. – Czy oskarżony przyznaje się do winy?

– Nie przyznaję się. – Geralt zlekceważył rozpaczliwe sygnały pani mecenas. – Jestem niewinny, żadnego przestępstwa nie popełniłem.

Miał trochę wprawy, miewał do czynienia z wymiarem sprawiedliwości. Zapoznał się też pobieżnie z literaturą przedmiotu.

– Oskarża się mnie skutkiem uprzedzenia...

– Sprzeciw! – wrzasnął asesor. – Oskarżony wygłasza mowę!

– Oddalam.

– ...skutkiem uprzedzenia do mojej osoby i profesji, czyli skutkiem *praeiudicium*, *praeiudicium* zaś z góry implikuje fałsz. Nadto oskarża się mnie na podstawie anonimowego donosu, i to zaledwie jednego. *Testimonium unius non valet. Testis unus, testis nullus. Ergo*, to nie jest oskarżenie, lecz domniemanie, czyli *praesumptio*. A domniemanie pozostawia wątpliwości.

– *In dubio pro reo!* – ocknęła się obrończyni. – *In dubio pro reo*, Wysoki Sądzie!

– Sąd – sędzia huknęła młotkiem, budząc wyblakłego podsędka – postanawia wyznaczyć poręczenie majątkowe w wysokości pięciuset koron novigradzkich.

Geralt westchnął. Ciekawiło go, czy obaj jego współtowarzysze z celi doszli już do siebie i czy wyciągnęli z zaszłości jakieś nauki. Czy też będzie musiał ich obić i skopać ponownie.

Czym jest miasto, jeśli nie ludem?
William Szekspir, *Koriolan*,
przełożył Stanisław Barańczak

Rozdział czwarty

Na samym skraju ludnego targowiska stał niedbale sklecony z desek stragan, obsługiwany przez babuleńkę-starowinkę w słomianym kapeluszu, okrąglutką i rumianą niby dobra wróżka z bajki. Nad babuleńką widniał napis: „Szczęście i radość – tylko u mnie. Ogórek gratis". Geralt zatrzymał się, wysupłał z kieszeni miedziaki.

– Nalej, babciu – zażądał ponuro – pół kwaterki szczęścia.

Nabrał powietrza, wypił z rozmachem, odetchnął. Otarł łzy, które siwucha wycisnęła mu z oczu.

Był wolny. I zły.

O tym, że jest wolny, dowiedział się, rzecz ciekawa, od osoby, którą znał. Z widzenia. Był to ten sam przedwcześnie wyłysiały młodzian, którego na jego oczach przepędzono ze schodów austerii „Natura Rerum". A który, jak się okazało, był trybunalskim gryzipiórkiem.

– Jesteś wolny – zakomunikował mu wyłysiały młodzian, splatając i rozplatając chude i poplamione inkaustem palce. – Wpłacono poręczenie.

– Kto wpłacił?

Informacja okazała się poufną, wyłysiały gryzipiórek odmówił jej podania. Odmówił też – i też obcesowo – zwrotu zarekwirowanej sakwy Geralta. Zawierającej między innymi gotówkę i czeki bankierskie. Majątek ruchomy wiedźmina, oznajmił nie bez zjadliwości, został przez władze potraktowany jako *cautio pro expensis*, zaliczka na poczet kosztów sądowych i przewidywanych kar.

Wykłócać się nie miało celu ani sensu. Geralt musiał być rad, że przy wyjściu oddano mu chociaż rzeczy, które przy zatrzymaniu miał w kieszeniach. Osobiste drobiazgi i drobne pieniądze. Tak drobne, że nikomu nie chciało się ich kraść.

Przeliczył ocalałe miedziaki. I uśmiechnął się do starowinki.

– I jeszcze pół kwaterki radości, poproszę. Za ogórek dziękuję.

Po babcinej siwusze świat wypiękniał zauważalnie. Geralt wiedział, że to rychło minie, przyspieszył więc kroku. Miał sprawy do załatwienia.

Płotka, jego klacz, uszła szczęśliwie uwadze sądu i nie weszła w poczet *cautio pro expensis*. Była tam, gdzie ją zostawił, w stajennym boksie, zadbana i nakarmiona. Czegoś takiego wiedźmin nie mógł pozostawić bez nagrody, niezależnie od własnego stanu posiadania. Z garści srebrnych monet, jakie ocalały we wszytej w siodło skrytce, kilka od razu dostał stajenny. Któremu ta szczodrość aż dech odebrała.

Horyzont nad morzem ciemniał. Geraltowi zdawało się, że dostrzega tam iskierki błyskawic.

Przed wejściem do kordegardy przezornie nabrał w płuca świeżego powietrza. Nie pomogło. Panie strażniczki musiały dziś zjeść więcej fasoli niż zwykle. Dużo, dużo więcej fasoli. Kto wie, może była niedziela.

Jedne – jak zwykle – jadły. Inne zajęte były grą w kości. Na jego widok wstały od stołu. I otoczyły go.

– Wiedźmin, patrzajcie – powiedziała komendantka, stając bardzo blisko. – Wziął i przylazł.

– Opuszczam miasto. Przyszedłem odebrać swoją
własność.

– Jeśli pozwolim – druga strażniczka szturchnęła
go łokciem, pozornie niechcący – to co nam za to da?
Wykupić się trza, brateńku, wykupić! He, dziewuchy? Co mu każemy zrobić?

– Niechaj każdą w gołą rzyć pocałuje!

– Z polizem! I poślizgiem!

– Ale! Jeszcze czymś zarazi!

– Ale musi nam – kolejna naparła na niego biustem twardym jak skała – przyjemność jaką uczynić,
nie?

– Piosnkę niech nam zaśpiewa – inna pierdnęła
gromko. – A melodyję pod ten mój ton podbierze!

– Albo pod mój! – inna pierdnęła jeszcze głośniej. –
Bo mój dźwięczniejszy!

Reszta dam aż za boki brała się ze śmiechu.

Geralt utorował sobie drogę, starając się nie nad-
używać siły. W tym momencie drzwi magazynu de-
pozytów otwarły się i objawił się w nich jegomość
w burej opończy i berecie. Depozytariusz, Gonschorek, bodajże. Na widok wiedźmina otworzył szeroko
usta.

– Wy? – wybąkał. – Jakże to? Wasze miecze...

– W rzeczy samej. Moje miecze. Poproszę o nie.

– Wżdy... Wżdy... – Gonschorek zachłysnął się,
chwycił za pierś, z trudem łapał powietrze. – Wżdy
ja tych mieczów nie mam!

– Słucham?

– Nie mam... – Twarz Gonschorka poczerwienia-
ła. I skurczyła się, jakby w paroksyzmie bólu. – Zabrane przecie...

– Że jak? – Geralt poczuł, jak ogarnia go zimna wściekłość.

– Zabra... ne...

– Jak to, zabrane? – Ucapił depozytariusza za wyłogi. – Przez kogo, psiakrew, zabrane? Co to ma, do cholery, znaczyć?

– Kwit...

– Właśnie! – Poczuł na ramieniu żelazny chwyt. Komendantka straży odepchnęła go od zachłystującego się Gonschorka.

– Właśnie! Kwit pokaż!

Wiedźmin nie miał kwitu. Kwit z przechowalni broni został w jego sakwie. Sakwie, zarekwirowanej przez sąd. Jako zaliczka na poczet kosztów i przewidywanych kar.

– Kwit!

– Nie mam. Ale...

– Nie ma kwitu, nie ma depozytu – nie dała mu dokończyć komendantka. – Miecze zabrane, nie słyszałeś? Sam żeś pewnie zabrał. A ninie jasełka tu odstawiasz? Wycyganić cosik chcesz? Nic z tego. Zabieraj się stąd.

– Nie wyjdę, zanim...

Komendantka, nie zwalniając chwytu, odciągnęła Geralta i obróciła go. Twarzą ku drzwiom.

– Wypierdalaj.

Geralt wzdragał się przed uderzeniem kobiety. Nie miał jednak żadnych oporów wobec kogoś, kto miał bary jak zapaśnik, brzuch jak baleron i łydki jak dyskobol, a do tego wszystkiego pierdział jak muł. Odtrącił komendantkę i z całej siły walnął ją w szczękę. Swoim ulubionym prawym sierpowym.

Pozostałe zamarły, ale tylko na sekundę. Zanim jeszcze komendantka runęła na stół, rozbryzgując dokoła fasolę i paprykowy sos, już je miał na karku. Jednej bez zastanowienia rozkwasił nos, drugą palnął tak, że aż chrupnęły zęby. Dwie poczęstował Znakiem Aard, niby lalki poleciały na stojak z halabardami, zwalając wszystkie z nieopisanym hukiem i łoskotem.

Oberwał w ucho od ociekającej sosem komendantki. Druga strażniczka, ta z twardym biustem, chwyciła go od tyłu w niedźwiedzi uścisk. Walnął ją łokciem, aż zawyła. Komendantkę pchnął na stół, kropnął zamaszystym sierpowym. Tę z rozkwaszonym nosem grzmotnął w splot słoneczny i zwalił na ziemię, słyszał, jak wymiotuje. Inna, uderzona w skroń, huknęła ostrzyżoną potylicą o słup, obmiękła, oczy momentalnie zaszły jej mgłą.

Ale na nogach trzymały się jeszcze cztery. I kres przyszedł jego przewagom. Dostał w tył głowy, zaraz po tym w ucho. A po tym w krzyże. Któraś podcięła mu nogi, gdy upadł, dwie zwaliły się na niego, przygniotły, łomocąc kułakami. Pozostałe nie żałowały kopniaków.

Uderzeniem czołem w twarz wyeliminował jedną z przygniatających, ale natychmiast przytłoczyła go druga. Komendantka, poznał po kapiącym z niej sosie. Ciosem z góry przylała mu w zęby. Splunął jej krwią prosto w oczy.

— Nóż! — rozdarła się, miotając ostrzyżoną głową. — Nóż mi dajcie! Jaja mu urżnę!

— Po co nóż! — wrzasnęła inna. — Ja mu je odgryzę!

— Stać! Baczność! Co to ma znaczyć? Baczność, mówię!

Stentorowy i wymuszający posłuch głos przedarł się przez zgiełk bitewny, zmitygował strażniczki. Wypuściły Geralta z objęć. Wstał z trudem, obolały nieco. Widok pola boju poprawił mu nieco humor. Nie bez satysfakcji przyjrzał się swym dokonaniom. Leżąca pod ścianą strażniczka otworzyła już oczy, ale nadal nie była w stanie nawet usiąść. Druga, zgięta, wypluwała krew i macała palcem zęby. Trzecia, ta z rozkwaszonym nosem, usiłowała wstać, ale co i rusz padała, pośliznąwszy się, w kałużę własnych fasolowych wymiocin. Z całej szóstki tylko połowa trzymała się na nogach. Wynik mógł więc satysfakcjonować. Nawet w świetle faktu, że gdyby nie interwencja, on sam doznałby poważnych okaleczeń i nie wiada, czy zdolny byłby wstać o własnych siłach.

Tym zaś, kto interweniował, był dostatnio odziany i promieniujący autorytetem mężczyzna o szlachetnych rysach. Geralt nie wiedział, kto to. Doskonale znał natomiast jego towarzysza. Gładysza w fantazyjnym kapelusiku z wpiętym weń piórem egreta, o sięgających ramion blond włosach ufryzowanych na żelazkach. Noszącego dublet w kolorze czerwonego wina i koszulę z koronkowym żabotem. Z nieodłączną lutnią i nieodłącznym bezczelnym uśmiechem na uściech.

– Witaj, wiedźminie! Ależ ty wyglądasz! Z tą obitą gębą! Ze śmiechu pęknę!

– Witaj, Jaskier. Ja też się cieszę, że cię widzę.

– Co tu się dzieje? – Mężczyzna o szlachetnych rysach wziął się pod boki. – No? Co z wami? Regulaminowy meldunek! Ale już!

– To ten! – komendantka wytrząsnęła z uszu resztki sosu i oskarżycielsko wskazała na Geralta. – On winien, wielmożny panie instygator! Awanturował się i sierdził, a potem do bicia wziął. A wszystko przez miecze jakieś z depozytu, co na nie kwitu nie miał. Gonschorek potwierdzi... Hej, Gonschorek,

czego się tam kurczysz w kącie? Zesrałeś się? Ruszże
dupę, wstań, rzeknij wielmożnemu panu instygato-
rowi... Ejże! Gonschorek? Co ci to?

Wystarczyło uważniej spojrzeć, by odgadnąć, co
jest Gonschorkowi. Nie było potrzeby badać pulsu,
dość było popatrzeć na białą jak kreda twarz. Gonschorek był martwy. Zwyczajnie i po prostu nie żył.

●

– Wdrożymy śledztwo, panie z Rivii – powiedział
Ferrant de Lettenhove, instygator trybunału królewskiego. – Skoro składacie formalną skargę i powódz-
two, musimy je wdrożyć, tak każe prawo. Weźmiemy
na spytki wszystkich, którzy podczas aresztowania
i w sądzie mieli dostęp do twoich rzeczy. Aresztuje-
my podejrzanych...

– Tych, co zwykle?

– Słucham?

– Nic, nic.

– No tak. Sprawa zostanie z pewnością wyjaśnio-
na, a winni kradzieży mieczy zostaną pociągnięci do
odpowiedzialności. Jeśli faktycznie do kradzieży doszło. Zaręczam, że zagadkę wyjaśnimy i prawda wyj-
dzie na jaw. Prędzej czy później.

– Wolałbym prędzej – wiedźminowi niezbyt podo-
bał się ton głosu instygatora. – Moje miecze to moja
egzystencja, nie mogę bez nich wykonywać mego zawodu. Wiem, że moja profesja przez wielu postrzega-
na jest źle, a moja osoba cierpi skutkiem negatywne-
go wizerunku. Biorącego się z uprzedzeń, przesądów
i ksenofobii. Liczę, że fakt ten nie będzie miał wpły-
wu na śledztwo.

– Nie będzie miał – odrzekł sucho Ferrant de Lettenhove. – Albowiem panuje tu praworządność.

Gdy pachołkowie wynieśli ciało zmarłego Gonschorka, na rozkaz instygatora dokonano rewizji magazynu broni i całej kanciapy. Jak łatwo było zgadnąć, po mieczach wiedźmina nie było tam śladu. A wciąż bocząca się na Geralta komendantka straży wskazała im podstawkę ze szpikulcem, na który nieboszczyk nadziewał zrealizowane kwity depozytowe. Wśród tych kwit wiedźmina wnet się odnalazł. Komendantka przewertowała rejestr, by po chwili podetknąć im go pod nosy.

– Proszę – wskazała z triumfem – jak wół, pokwitowanie odbioru. Podpis: Gerland z Rybli. Przecie mówiła żem, jako wiedźmin był tu i sam swe miecze zabrał. A teraz cygani, pewnie żeby odszkodowanie zgarnąć! Przez niego Gonschorek kopyta wyciągnął! Od turbacji żółć go zalała i szlag go trafił.

Ani ona, ani żadna ze strażniczek nie zdecydowała się jednak poświadczyć, że któraś Geralta podczas odbierania broni faktycznie widziała. Cięgiem jacyś się tu kręcą, brzmiało wyjaśnienie, a one były zajęte, bo jadły.

Nad dachem budynku sądu kołowały mewy, wrzeszcząc przeraźliwie. Wiatr odpędził na południe burzową chmurę znad morza. Wyszło słońce.

– Chciałbym zawczasu ostrzec – powiedział Geralt – że moje miecze obłożone są silnymi czarami. Tylko wiedźmini mogą ich dotykać, innym odbierają siły witalne. Objawia się to głównie poprzez zanik sił męskich. Znaczy się, niemoc płciową. Całkowitą i permanentną.

– Będziemy mieć to na uwadze – kiwnął głową instygator. – Na razie jednak prosiłbym, byście nie opuszczali miasta. Jestem skłonny przymknąć oko na awanturę w kordegardzie, dochodzi tam zresztą do awantur regularnie, panie strażniczki dość łatwo ulegają emocjom. A ponieważ Julian... To znaczy pan Jaskier ręczy za was, pewien jestem, że i wasza sprawa w sądzie rozwikła się pomyślnie.

– Moja sprawa – zmrużył oczy wiedźmin – to nic innego jak nękanie. Szykany, biorące się z uprzedzeń i niechęci...

– Zbadane będą dowody – uciął instygator. – I na ich podstawie podjęte zostaną czynności. Tak chce praworządność. Ta sama, dzięki której jesteście na wolności. Za poręczeniem, a więc warunkowo. Winniście, panie z Rivii, przestrzegać tych warunków.

– Kto wpłacił owo poręczenie?

Ferrant de Lettenhove chłodno odmówił ujawnienia incognito wiedźminowego dobrodzieja, pożegnał się i w asyście pachołków udał się w stronę wejścia do sądu. Jaskier tylko na to czekał. Ledwie opuścili rynek i weszli w uliczkę, wyjawił wszystko, co wiedział.

– Prawdziwie pasmo niefortunnych trafów, druhu Geralcie. I pechowych incydentów. A jeśli o kaucję idzie, to wpłaciła ją za ciebie niejaka Lytta Neyd, wśród swoich znana jako Koral, od koloru pomadki do ust, jakiej używa. To czarodziejka, która wysługuje się Belohunowi, tutejszemu królikowi. Wszyscy zachodzą w głowę, dlaczego to zrobiła. Bo nie kto inny, a ona właśnie posłała cię za kratki.

– Co?

– Przecież mówię. To Koral na ciebie doniosła. To akurat nikogo nie zdziwiło, powszechnie wiadomo, że czarodzieje są na ciebie cięci. A tu nagle sensacja: czarodziejka ni z tego, ni z owego wpłaca poręczenie i wydobywa cię z lochu, do którego za jej sprawą cię wtrącono. Całe miasto...

– Powszechnie? Całe miasto? Co ty wygadujesz, Jaskier?

– Używam metafor i peryfraz. Nie udawaj, że nie wiesz, przecież mnie znasz. Rzecz jasna, że nie „całe miasto", a wyłącznie nieliczni dobrze poinformowani wśród będących blisko kręgów rządzących.

– I ty też jesteś niby ten będący blisko?

– Zgadłeś. Ferrant to mój kuzyn, syn brata mojego ojca. Wpadłem tu do niego z wizytą, jak to do krewniaka. I dowiedziałem się o twojej aferze. Natychmiast się za tobą wstawiłem, nie wątpisz w to chyba. Ręczyłem za twoją uczciwość. Opowiedziałem o Yennefer...

– Dziękuję serdecznie.

– Daruj sobie sarkazm. Musiałem o niej opowiedzieć, by uświadomić kuzynowi, że tutejsza magiczka szkaluje cię i oczernia przez zazdrość i zawiść. Że to całe oskarżenie jest fałszywe, że ty nigdy nie zniżasz się do finansowych machlojek. Skutkiem mojego wstawiennictwa Ferrant de Lettenhove, instygator królewski, najwyższy rangą egzekutor prawa, jest już przekonany o twojej niewinności...

– Nie odniosłem takiego wrażenia – stwierdził Geralt. – Wręcz przeciwnie. Czułem, że mi nie dowierza. Ani w sprawie rzekomych malwersacji, ani w sprawie zniknięcia mieczy. Słyszałeś, co mówił o dowodach? Dowody to dla niego fetysz. Dowodem na przekręty będzie zatem donos, a dowodem mistyfikacji z kradzieżą mieczy podpis Gerlanda z Rybli w rejestrze. Do tego ta mina, gdy ostrzegał mnie przed opuszczeniem miasta...

– Oceniasz go krzywdząco – orzekł Jaskier. – Znam go lepiej niż ty. To, że ja za ciebie ręczę, jest dla niego warte więcej niż tuzin dętych dowodów. A ostrzegał słusznie. Dlaczego, jak myślisz, obaj, on i ja, podążyliśmy do kordegardy? By cię powstrzymać przed narobieniem głupstw! Ktoś, powiadasz, wrabia cię, fabrykuje lipne dowody? Nie dawaj zatem ktosiowi do ręki dowodów niezbitych. A takim byłaby ucieczka.

– Może i masz rację – zgodził się Geralt. – Ale instynkt mówi mi coś innego. Powinienem dać drapaka, zanim mnie tu całkiem osaczą. Najpierw areszt, potem kaucja, zaraz po tym miecze... Co będzie następne? Psiakrew, bez miecza czuję się jak... Jak ślimak bez skorupy.

– Za bardzo się przejmujesz, moim zdaniem. A zresztą mało tu sklepów? Machnij ręką na tamte miecze i kup sobie inne.

– A gdyby tobie ukradziono twoją lutnię? Zdobytą, jak pamiętam, w dość dramatycznych okolicznościach? Nie przejąłbyś się? Machnąłbyś ręką? I poszedł kupić sobie drugą w sklepie za rogiem?

Jaskier odruchowo zacisnął dłonie na lutni i powiódł dokoła spłoszonym wzrokiem. Nikt spośród przechodniów na potencjalnego rabusia instrumentów jednak nie wyglądał i niezdrowego zainteresowania jego unikalną lutnią nie przejawiał.

– No tak – odetchnął. – Rozumiem. Tak jak moja lutnia, twoje miecze też są jedyne w swoim rodzaju i niezastąpione. Do tego... jak to mówiłeś? Zaczarowane? Wywołujące magiczną impotencję... Psiakrew, Geralt! Teraz mi to mówisz? Ja przecież często przebywałem w twojej kompanii, miałem te miecze na wyciągnięcie ręki! A czasem bliżej! Teraz wszystko jasne, teraz rozumiem... Ostatnio miałem, cholera, pewne trudności...

– Uspokój się. To bujda z tą impotencją. Wymyśliłem to na poczekaniu, licząc, że plotka się rozejdzie. Że złodziej się zlęknie...

– Jak się zlęknie, gotów utopić miecze w gnojówce
– trzeźwo skonstatował bard, wciąż lekko pobladły.
– I nigdy ich nie odzyskasz. Zdaj się raczej na mego
kuzyna Ferranta. Jest tu instygatorem od lat, ma
całą armię szeryfów, agentów i szpicli. Znajdą złodzieja w mig, zobaczysz.

– Jeśli jeszcze tu jest – zgrzytnął zębami wiedźmin. – Mógł prysnąć, gdy siedziałem w kiciu. Jak
się, mówiłeś, zowie ta czarodziejka, dzięki której
tam trafiłem?

– Lytta Neyd, ksywka Koral. Domyślam się, co zamierzasz, przyjacielu. Ale nie wiem, czy to najlepszy
pomysł. To czarodziejka. Czarownica i kobieta w jednej osobie, słowem, obcy gatunek, nie poddający
się racjonalnemu poznaniu, funkcjonujący według
niepojętych dla zwykłych mężczyzn mechanizmów
i pryncypiów. Co ci zresztą będę mówił, sam dobrze
o tym wiesz. Masz wszak w tej kwestii przebogatą
eksperiencję... Co to za hałas?

Wędrując bez celu ulicami, trafili w okolice placyku rozbrzmiewającego nieustannym stukotem
młotków. Funkcjonował tu, jak się okazało, wielki
warsztat bednarski. Przy samej ulicy, pod zadasze-
niem, piętrzyły się równe sągi sezonowanych klepek.
Stąd, noszone przez bosych wyrostków, klepki wę-
drowały na stoły, gdzie mocowano je w specjalnych
kobyłkach i opracowywano ośnikami. Opracowane
klepki szły do innych rzemieślników, ci wykańcza-
li je na długich heblowych ławach, stojąc nad nimi
okrakiem po kostki w wiórach. Gotowe klepki trafiały w ręce bednarzy, którzy składali je do kupy. Geralt przez chwilę przyglądał się, jak pod wpływem
nacisku zmyślnych klub i skręcanych śrubami ściąg
powstaje kształt beczki, natychmiast utrwalany za

pomocą nabijanych na wyrób żelaznych obręczy. Aż na ulicę buchała para z wielkich kotłów, w których beczki parzono. Z głębi warsztatu, z podwórza, dolatywał zapach drewna prażonego w ogniu – tam beczki hartowano przed dalszą obróbką.

– Ilekroć widzę beczkę – oznajmił Jaskier – zachciewa mi się piwa. Chodź za róg. Wiem tam pewien sympatyczny szynk.

– Idź sam. Ja odwiedzę czarodziejkę. Zdaje się, że wiem, która to, już ją widziałem. Gdzie ją znajdę? Nie rób min, Jaskier. To ona jest, jak się zdaje, praźródłem i praprzyczyną moich kłopotów. Nie będę czekał na rozwój wypadków, pójdę i zapytam wprost. Nie mogę tu tkwić, w tym miasteczku. Choćby z tego powodu, że z groszem raczej chudo u mnie.

– Na to – rzekł dumnie trubadur – znajdziemy remedium. Wesprę cię finansowo... Geralt? Co się dzieje?

– Wróć do bednarzy i przynieś mi klepkę.

– Co?

– Przynieś mi klepkę. Prędko.

Uliczkę zagrodziło trzech potężnych drabów o zakazanych, niedogolonych i niedomytych gębach. Jeden, barczysty tak, że niemal kwadratowy, trzymał w ręku okutą pałę, grubą jak handszpak kabestanu. Drugi, w kożuchu włosem na wierzch, niósł tasak, a za pasem miał toporek abordażowy. Trzeci, smagły jak żeglarz, uzbrojony był w długi i paskudnie wyglądający nóż.

– Hej, ty tam, rivski śmierdzielu! – rozpoczął ten kwadratowy. – Jak się czujesz bez mieczów na plecach? Jakby z gołą dupą pod wiater, co?

Geralt nie podjął dyskursu. Czekał. Słyszał, jak Jaskier kłóci się z bednarzami o klepkę.

– Już nie masz kłów, odmieńcze, jadowita wiedźmińska gadzino – ciągnął kwadratowy, z całej trójki wyraźnie najbieglejszy w sztuce oratorskiej. – Gada bez kłów nikt się nie zlęknie! Bo to tyle co robal albo insza minoga glizdowata. My takie plugastwo pod but bierzem i na miazgę miażdżym. Coby nie pośmiało więcej do miast naszych zachodzić, pomiędzy poczciwe ludzie. Nie będziesz, padalcze, naszych ulic śluzem swoim kaził! Bij jego, zuchy!

– Geralt! Łap!

Chwycił w locie rzuconą mu klepkę, uskoczył przed ciosem pałki, przylał kwadratowemu w bok głowy, zawirował, trzasnął zbira w kożuchu w łokieć, zbir wrzasnął i upuścił tasak. Wiedźmin uderzył go w zgięcie kolana i obalił, po czym przewinął się obok i zdzielił klepką w skroń. Nie czekając, aż zbir upadnie, i nie przerywając ruchu, ponownie wywinął się spod pałki kwadratowego, palnął w palce zaciśnięte na drągu. Kwadratowy zaryczał z bólu i upuścił pałkę, a Geralt uderzył go kolejno w ucho, w żebra i w drugie ucho. A potem kopnął w krocze, z rozmachem. Kwadratowy padł i zrobił się kulisty, zwijając się, kurcząc i dotykając ziemi czołem.

Smagły, najzwinniejszy i najszybszy z trójki, zatańczył wokół wiedźmina. Zręcznie przerzucając nóż z ręki do ręki, zaatakował na ugiętych nogach, tnąc krzyżowo. Geralt bez trudu unikał cięć, odstępował, czekał, aż wydłuży krok. A gdy to się stało, zamaszystym ciosem klepki odbił nóż, piruetem okrążył napastnika i zdzielił go w potylicę. Nożownik upadł na kolana, a wiedźmin łupnął go w prawą nerkę. Łupnięty zawył i wyprężył się, a wtedy wiedźmin walnął go klepką poniżej ucha, w nerw. Znany medykom jako splot przyuszniczy.

– Ojej – powiedział, stając nad zwijającym się, krztuszącym i dławiącym od krzyku. – To musiało boleć.

Zbir w kożuchu wyciągnął za pasa toporek, ale nie wstawał z kolan, niepewny, co czynić. Geralt rozwiał jego wątpliwości, waląc go klepką w kark.

Uliczką, rozpychając gromadzących się gapiów, nabiegali pachołkowie ze straży miejskiej. Jaskier mitygował ich, powołując się na koneksje, gorączkowo wyjaśniał, kto był napastnikiem, a kto działał w samoobronie. Wiedźmin gestami przywołał barda.

– Dopilnuj – pouczył – by wzięto drani w łyka. Wpłyń na kuzyna instygatora, by ich solidnie przycisnął. Albo sami maczali palce w kradzieży mieczy, albo ktoś ich najął. Wiedzieli, że jestem bezbronny, dlatego odważyli się napaść. Klepkę oddaj bednarzom.

– Musiałem tę klepkę kupić – przyznał się Jaskier.

– I chyba dobrze zrobiłem. Nieźle, jak widziałem, władasz deseczką. Powinieneś nosić stale.

– Idę do czarodziejki. W odwiedziny. Mam iść z klepką?

– Na czarodziejkę – skrzywił się bard – przydałoby się, fakt, coś cięższego. Na przykład kłonica. Pewien znany mi filozof mawiał: idąc do kobiety, nie zapomnij wziąć ze sobą...

– Jaskier.

– Dobrze, dobrze, wytłumaczę ci, jak trafić do magiczki. Ale wprzód, jeśli mogę doradzić...

– No?

– Odwiedź łaźnię. I balwierza.

*Strzeżcie się rozczarowań, bo pozory mylą. Takimi, jakimi
wydają się być, rzeczy są rzadko. A kobiety nigdy.*

Jaskier, *Pół wieku poezji*

Rozdział piąty

Woda w basenie fontanny zawirowała i zakipiała,
rozpryskując złociste kropelki. Lytta Neyd, zwana
Koral, czarodziejka, wyciągnęła rękę, wyskandowała
zaklęcie stabilizujące. Woda wygładziła się jak zla-
na olejem, zatętniła rozbłyskami. Obraz, z początku niewyraźny i mglisty, nabrał ostrości i przestał
drgać, choć nieco zniekształcony przez ruch wody,
był wyraźny i czytelny. Koral pochyliła się. Widziała
w wodzie Targ Korzenny, główną ulicę miasta. I kro-
czącego ulicą mężczyznę o białych włosach. Czarodziejka wpatrzyła się. Obserwowała. Szukała wska-
zówek. Jakichś szczegółów. Detali, które pozwoliłyby
jej na właściwą ewaluację. I pozwoliły przewidzieć,
co się wydarzy.

Na to, czym jest prawdziwy mężczyzna, Lytta
miała wyrobiony pogląd, wykształcony przez lata
doświadczeń. Umiała rozpoznać prawdziwego mężczyznę w stadzie mniej lub bardziej udanych imita-
cji. Nie musiała bynajmniej uciekać się w tym celu
do kontaktu fizycznego, który to sposób testowania
męskości miała zresztą, jak większość czarodziejek, nie tylko za trywialny, ale i bałamutny, wiodący na zupełne manowce. Bezpośrednia degustacja,
jak stwierdziła po próbach, może i jest jakimś tam
sprawdzianem smaku, ale nazbyt często pozostawia
niesmak. Niestrawność. I zgagę. A bywa, że torsje.

Lytta umiała rozpoznać prawdziwego mężczyznę nawet z oddalenia, na podstawie błahych i nieznaczących pozornie przesłanek. Prawdziwy mężczyzna, wypraktykowała czarodziejka, pasjonuje się łowieniem ryb, ale wyłącznie na sztuczną muszkę. Kolekcjonuje militarne figurki, erotyczne grafiki i własnoręcznie wykonane modele żaglowców, w tym i te w butelkach, a pustych butelek po drogich trunkach nigdy nie brak w jego domostwie. Potrafi świetnie gotować, udają mu się istne arcydzieła sztuki kulinarnej. No i, generalnie rzecz ujmując, sam jego widok sprawia, że ma się ochotę.

Wiedźmin Geralt, o którym czarodziejka wiele słyszała, o którym zdobyła wiele informacji, a którego właśnie obserwowała w wodzie basenu, spełniał, jak się wydawało, tylko jeden z powyższych warunków.

– Mozaïk!

– Jestem, pani mistrzyni.

– Będziemy miały gościa. Żeby mi wszystko było gotowe i na poziomie. Ale wpierw przynieś mi suknię.

– Herbacianą różę? Czy morską wodę?

– Białą. On się nosi na czarno, zafundujemy mu jin i jang. I pantofelki, wybierz coś pod kolor, byle ze szpilką co najmniej cztery cale. Nie mogę pozwolić, by patrzył na mnie zanadto z góry.

– Pani mistrzyni... Ta biała suknia...

– No?

– Jest taka...

– Skromna? Bez ozdóbek i fatałaszków? Ech, Mozaïk, Mozaïk. Czy ty się nigdy nie nauczysz?

•

W drzwiach milcząco powitał go zwalisty i brzuchaty drab ze złamanym nosem i oczami małej świnki.

Zlustrował Geralta od stóp do głów i jeszcze raz, odwrotnie. Po czym odsunął się, dając znak, że można. W przedpokoju czekała dziewczyna o gładko uczesanych, przylizanych wręcz włosach. Bez słowa, gestem tylko zaprosiła go do środka.

Wszedł, prosto na ukwiecone patio z popluskującą fontanną pośrodku. W centrum fontanny stał marmurowy posążek przedstawiający nagą, tańczącą dziewczynę czy też dziewczynkę raczej, wnosząc ze znikomie rozwiniętych drugorzędnych atrybutów płci. Prócz tego, że wyrzeźbiona dłutem mistrza, statuetka zwracała uwagę jeszcze jednym detalem – łączył ją z cokołem tylko jeden punkt: duży palec stopy. W żaden sposób, ocenił wiedźmin, nie dałoby się takiej konstrukcji ustabilizować bez pomocy magii.

– Geralt z Rivii. Witam. I zapraszam.

Na to, by móc uchodzić za klasycznie piękną, czarodziejka Lytta Neyd miała zbyt ostre rysy. Róż w odcieniu ciepłej brzoskwini, jakim delikatnie muśnięte były jej kości policzkowe, ostrość tę łagodził, ale jej nie krył. Podkreślone koralową pomadką wargi miały zaś wykrój tak idealny, że aż za idealny. Ale nie to się liczyło.

Lytta Neyd była ruda. Ruda klasycznie i naturalnie. Stonowana, jasnordzawa czerwień jej włosów budziła skojarzenia z letnim futrem lisa. Gdyby – Geralt był o tym absolutnie przekonany – złapać rudego lisa i posadzić go obok Lytty, oboje okazaliby się umaszczeni tak samo i nie do odróżnienia. A gdy czarodziejka poruszała głową, wśród czerwieni zapalały się akcenty jaśniejsze, żółtawe, identycznie jak w lisiej sierści. Tego typu rudości towarzyszyły z reguły piegi, i z reguły w nadmiarze. Tych jednak u Lytty stwierdzić się nie dało.

Geralt poczuł niepokój, zapomniany i uśpiony, ale nagle budzący się gdzieś tam w głębi. Miał w naturze dziwną i trudną do wytłumaczenia skłonność do rudowłosych, parę razy już ta właśnie pigmentacja owłosienia popchnęła go do popełnienia głupstwa. Należało się zatem strzec i wiedźmin mocno to sobie postanowił. Zadanie miał zresztą ułatwione. Właśnie mijał rok od czasu, gdy popełnianie tego typu głupstw przestało go kusić.

Erotycznie stymulująca rudość nie była jedynym atrakcyjnym atrybutem czarodziejki. Śnieżnobiała suknia była skromna i całkiem bez efektów, a miało to swój cel, cel słuszny i bez najmniejszych wątpliwości zamierzony. Prostota nie rozpraszała uwagi patrzącego, koncentrując ją na atrakcyjnej figurze. I na głębokim dekolcie. Mówiąc zwięźle, w „Dobrej Księdze" proroka Lebiody, w wydaniu ilustrowanym, Lytta Neyd z powodzeniem mogłaby pozować do ryciny poprzedzającej rozdział „O nieczystym pożądaniu".

Mówiąc jeszcze zwięźlej, Lytta Neyd była kobietą, z którą tylko kompletny idiota mógłby chcieć związać się na dłużej niż dwie doby. Ciekawym było, że to za takimi właśnie kobietami uganiały się zwykle watahy mężczyzn skłonnych wiązać się na całkiem długo.

Pachniała frezją i morelą.

Geralt skłonił się, po czym udał, że bardziej niż figura i dekolt czarodziejki interesuje go posążek w fontannie.

– Zapraszam – powtórzyła Lytta, wskazując stół z malachitowym blatem i dwa wiklinowe fotele. Poczekała, aż usiądzie, sama, siadając, pochwaliła się zgrabną łydką i trzewiczkiem z jaszczurczej skóry.

Wiedźmin udał, że całą jego uwagę pochłaniają karafki i patera z owocami.

— Wina? To Nuragus z Toussaint, moim zdaniem ciekawsze niż przereklamowane Est Est. Jest też Côte-de-Blessure, jeśli przedkładasz czerwone. Nalej nam, Mozaïk.

— Dziękuję. — Przyjął od przylizanej dziewczyny puchar, uśmiechnął się do niej. — Mozaïk. Ładne imię.

Spostrzegł w jej oczach przerażenie.

Lytta Neyd postawiła puchar na stoliku. Ze stuknięciem, mającym skupić jego uwagę.

— Cóż to — poruszyła głową i rudymi lokami — sprowadza słynnego Geralta z Rivii w me skromne progi? Umieram z ciekawości.

— Wpłaciłaś za mnie kaucję — powiedział celowo oschle. — Poręczenie, znaczy. Dzięki twojej hojności wyszedłem z kryminału. Do którego trafiłem też dzięki tobie. Prawda? To za twoją sprawą spędziłem w celi tydzień?

— Cztery dni.

— Cztery doby. Chciałbym, jeśli to możliwe, poznać powody, które tobą kierowały. Obydwa.

— Obydwa? — Uniosła brwi i puchar. — Jest tylko jeden. I wciąż ten sam.

— Aha. — Udał, że całą uwagę poświęca Mozaïk, krzątającej się po przeciwnej stronie patio. — Z tego samego zatem powodu, dla którego na mnie doniosłaś i wsadziłaś do ciupy, z ciupy mnie potem wydobyłaś?

— Brawo.

— Zapytam więc: dlaczego?

— By ci udowodnić, że mogę.

Wypił łyk wina. W rzeczy samej bardzo dobrego.

- Udowodniłaś - kiwnął głową - że możesz. W zasadzie mogłaś mi to po prostu zakomunikować, choćby i spotkawszy na ulicy. Uwierzyłbym. Wolałaś inaczej i dobitniej. Zapytam więc: co dalej?

- Sama się zastanawiam - drapieżnie spojrzała na niego spod rzęs. - Ale zostawmy rzeczy swemu biegowi. Na razie powiedzmy, że działam w imieniu i na rzecz kilku moich konfratrów. Czarodziejów, którzy mają wobec ciebie pewne plany. Czarodzieje owi, którym nieobce są moje talenty dyplomatyczne, uznali mnie za osobę właściwą do tego, by o ich planach cię poinformować. To chwilowo wszystko, co mogę ci wyjawić.

- To bardzo mało.

- Masz rację. Ale chwilowo, wstyd przyznać, sama więcej nie wiem, nie spodziewałam się, że zjawisz się tak szybko, że tak szybko odkryjesz, kto wpłacił poręczenie. Co miało, jak mnie zapewniano, pozostać tajemnicą. Gdy będę wiedziała więcej, wyjawię więcej. Bądź cierpliwy.

- A sprawa moich mieczy? To element tej gry? Tych tajemnych czarodziejskich planów? Czy też kolejny dowód na to, że możesz?

- Nic nie wiem o sprawie twoich mieczy, cokolwiek by to miało znaczyć i czegokolwiek dotyczyć. Nie do końca uwierzył. Ale nie drążył tematu.

- Twoi konfratrzy czarodzieje - powiedział - prześcigają się ostatnio w okazywaniu mi antypatii i wrogości. Ze skóry wyłażą, by mi dokuczyć i uprzykrzyć życie. W każdej złej przygodzie, jaka mnie spotyka, mam prawo szukać odcisków ich umaczanych palców. Pasmo niefortunnych trafów. Wtrącają mnie do więzienia, potem wypuszczają, potem komunikują, że mają wobec mnie plany. Co twoi konfratrzy wymyślą tym razem? Boję się nawet snuć domysły. A ty, wielce, przyznam, dyplomatycznie, każesz mi być cierpliwym. Ale przecież nie mam wyjścia. Muszę wszak czekać, aż wywołana twym donosem sprawa trafi na wokandę.

– Ale tymczasem – uśmiechnęła się czarodziejka – możesz w pełni korzystać z wolności i cieszyć się z jej dobrodziejstw. Przed sądem odpowiadał będziesz z wolnej stopy. Jeśli sprawa w ogóle trafi na wokandę, co wcale nie jest takie pewne. A nawet jeśli, to nie masz, uwierz, powodów do zmartwień. Zaufaj mi.

– Z zaufaniem – zrewanżował się uśmiechem – może być trudno. Poczynania twoich konfratrów w ostatnich czasach mocno nadwerężyły moją ufność. Ale postaram się. A teraz sobie już pójdę. By ufać i cierpliwie czekać. Kłaniam się.

– Nie kłaniaj się jeszcze. Jeszcze chwila. Mozaïk, wino.

Zmieniła pozycję na fotelu. Wiedźmin nadal uparcie udawał, że nie widzi widocznego w rozcięciu sukni kolana i uda.

– Cóż – rzekła po chwili – nie ma co owijać w bawełnę. Wiedźmini nigdy nie byli dobrze notowani w naszym środowisku, ale wystarczało nam ignorowanie was. Było tak do pewnego czasu.

– Do czasu – miał dosyć kluczenia – gdy związałem się z Yennefer.

– Otóż nie, mylisz się – utkwiła w nim oczy barwy jadeitu. – Podwójnie zresztą. *Primo*, to nie ty związałeś się z Yennefer, lecz ona z tobą. *Secundo*, związek ten mało kogo bulwersował, nie takie ekstrawagancje wśród nas już notowano. Punktem zwrotnym było wasze rozstanie. Kiedyż to się stało? Rok temu? Ach, jakże szybko mija ten czas...

Zrobiła efektowną pauzę, licząc na jego reakcję.

— Równy rok temu — podjęła, gdy jasnym się stało, że reakcji nie będzie. — Część środowiska... niezbyt wielka, ale wpływowa... raczyła cię wówczas zauważyć. Nie dla wszystkich było jasne, co tam właściwie między wami zaszło. Jedni z nas uważali, że to Yennefer, oprzytomniawszy, zerwała z tobą i wypędziła na zbity pysk. Inni odważali się suponować, że to ty, przejrzawszy na oczy, puściłeś Yennefer w trąbę i uciekłeś, gdzie pieprz rośnie. W efekcie, jak wspomniałam, stałeś się obiektem zainteresowania. Oraz, jak słusznie odgadłeś, antypatii. Ba, byli tacy, którzy chcieli cię jakoś ukarać. Szczęściem dla ciebie większość uznała, że szkoda zachodu.

— A ty? Do której części środowiska należałaś?

— Do tej — Lytta skrzywiła koralowe wargi — którą twoja miłosna afera, przedstaw sobie, wyłącznie bawiła. Czasem śmieszyła. Czasem dostarczała iście hazardowej rozrywki. Osobiście zawdzięczam ci znaczny przypływ gotówki, wiedźminie. Zakładano się, jak długo wytrzymasz z Yennefer, stawki były wysokie. Ja obstawiłam, jak się okazało, najtrafniej. I zgarnęłam pulę.

— W takim razie lepiej będzie, jeśli sobie pójdę. Nie powinienem cię odwiedzać, nie powinniśmy być razem widywani. Gotowi pomyśleć, że ukartowaliśmy ten zakład.

— Obchodzi cię, co gotowi pomyśleć?

— Mało. A twoja wygrana mnie cieszy. Myślałem zrefundować ci pięćset koron wyłożone w charakterze poręczenia. Ale skoro zgarnęłaś pulę obstawiając mnie, to już nie czuję się w obowiązku. Niech to się wyrówna.

– Wzmianka o zwrocie poręczenia – w zielonych oczach Lytty Neyd pojawił się zły błysk – nie zdradza, mam nadzieję, zamiaru, by wymknąć się i zwiać? Bez czekania na sprawę sądową? Nie, nie, takiego zamiaru nie masz, nie możesz mieć. Dobrze wszak wiesz, że taki zamiar posłałby cię z powrotem do pudła. Wiesz o tym, prawda?

– Nie musisz mi udowadniać, że możesz.

– Wolałabym nie musieć, mówię to z ręką na sercu.

Położyła rękę na dekolcie, w oczywistym zamiarze przyciągnięcia tam jego wzroku. Udał, że nie zauważył, znowu pobiegł wzrokiem w stronę Mozaïk. Lytta odchrząknęła.

– Względem zaś wyrównania, czyli podziału wygranej w zakładzie – powiedziała – to faktycznie masz rację. Należy ci się. Nie odważę się proponować ci pieniędzy... Ale co powiesz na nieograniczony kredyt w „Natura Rerum"? Na czas twego tutaj pobytu? Za moją przyczyną twoja poprzednia wizyta w austerii skończyła się, nim się zaczęła, więc teraz...

– Nie, dziękuję. Doceniam chęci i intencje. Ale dziękuję, nie.

– Jesteś pewien? Cóż, niewątpliwie jesteś. Niepotrzebnie wspomniałam... o posłaniu cię do pudła. Sprowokowałeś mnie. I omamiłeś. Twoje oczy, te dziwne zmutowane oczy, tak przecież z pozoru szczere, nieustannie błądzą... I mamią. Ty nie jesteś szczery, o nie. Wiem, wiem, w ustach czarodziejki to komplement. To chciałeś właśnie powiedzieć, prawda?

– Brawo.

– A stać by cię było na szczerość? Gdybym takiej zażądała?

– Gdybyś o taką poprosiła.

– Ach. Niech i tak będzie. Proszę zatem. Co sprawiło, że właśnie Yennefer? Że ona, nikt inny? Umiałbyś to określić? Nazwać?

– Jeśli to znowu przedmiot zakładu...

– To nie przedmiot zakładu. Dlaczego właśnie Yennefer z Vengerbergu?

Mozaïk zjawiła się jak cień. Z nową karafką. I ciasteczkami. Geralt spojrzał jej w oczy. Natychmiast odwróciła głowę.

– Dlaczego Yennefer? – powtórzył, wpatrzony w Mozaïk. – Dlaczego właśnie ona? Odpowiem szczerze: sam nie wiem. Są takie kobiety... Wystarczy jednego spojrzenia...

Mozaïk otworzyła usta, delikatnie poruszyła głową. Przecząco i z przerażeniem. Wiedziała. I błagała, by przestał. Ale już za daleko zaszedł w grze.

– Są kobiety – nadal wędrował wzrokiem po figurze dziewczyny – które przyciągają. Jak magnes. Od których oczu nie można oderwać...

– Zostaw nas, Mozaïk – w głosie Lytty dał się słyszeć zgrzyt lodowej kry, trącej o żelazo. – A tobie, Geralcie z Rivii, dziękuję. Za wizytę. Za cierpliwość. I za szczerość.

Miecz wiedźmiński (fig. 40) tym się odznacza, że jakby kompleksją jest innych mieczów, piątą esencją tego, co w innej broni najlepsze. Przednia stal i kucia sposób, krasnoludzkim hutom i kuźniom właściwe, przydają klindze lekkość, ale i sprężystość nadzwyczajną. Ostrzony jest wiedźmiński miecz również krasnoludzkim sposobem, sposobem, dodajmy, tajemnym, a który tajemnym na wieki pozostanie, bo górskie karły o swe sekrety zazdrosne są wielce. Mieczem zaś przez krasnoludy wyostrzonym rzuconą w powietrze chustę jedwabną na połowy rozciąć można. Takiej samej sztuki, wiemy to z relacyj naocznych świadków, swymi mieczami wiedźmini dokazywać potrafili.

Pandolfo Forteguerra, *Traktat o broni białej*

Rozdział szósty

Krótka poranna burza i deszcz odświeżyły powietrze na krótko, potem niesiony bryzą od Palmyry smród odpadków, przypalonego tłuszczu i psujących się ryb znowu stał się dokuczliwy.

Geralt przenocował w gospodzie Jaskra. Zajmowany przez barda pokoik był przytulny. W sensie dosłownym – żeby dostać się do łóżka, trzeba było mocno przytulić się do ściany. Szczęściem łóżko mieściło dwóch i dało się na nim spać, choć potępieńczo trzeszczało, a siennik ubity był na półtwardo przez przyjezdnych kupców, znanych amatorów seksu intensywnie pozamałżeńskiego.

Geraltowi, nie wiedzieć czemu, w nocy przyśniła się Lytta Neyd.

Śniadać udali się na pobliski targ, do smatruza, gdzie, jak zdążył wybadać bard, podawano rewelacyjne sardynki. Jaskier stawiał. Geraltowi to nie wadziło. W końcu wcale często bywało odwrotnie – to Jaskier, będąc spłukany, korzystał z jego szczodrości.

Zasiedli więc za z grubsza oheblowanym stołem i wzięli się za usmażone na chrupko sardynki, które przyniesiono im na drewnianym talerzu, wielkim niczym koło od taczki. Jaskier, jak zauważył wiedźmin, co jakiś czas rozglądał się lękliwie. I zamierał, gdy zdało mu się, że jakiś przechodzień nazbyt natarczywie się im przypatruje.

– Powinieneś, myślę – mruknął wreszcie – jednak zaopatrzyć się w jakąś broń. I nosić ją na widoku. Warto by wyciągnąć naukę z wczorajszego zajścia, nie sądzisz? O, spójrz, widzisz tam wystawione tarcze i kolczugi? To warsztat płatnerski. Miecze też ani chybi tam mają.

– W tym mieście – Geralt ogryzł grzbiet sardynki i wypluł płetwę – broń jest zakazana, przybyszom broń się odbiera. Wygląda na to, że tylko bandyci mogą tu chadzać uzbrojeni.

– Mogą i chadzają. – Bard ruchem głowy wskazał przechodzącego obok draba z wielkim berdyszem na ramieniu. – Ale w Kerack zakazy wydaje, przestrzega ich poszanowania i karze za ich łamanie Ferrant de Lettenhove, będący, jak wiesz, moim stryjecznym bratem. A ponieważ kumoterstwo jest świętym prawem natury, na tutejsze zakazy my obaj możemy sobie bimbać. Jesteśmy, stwierdzam niniejszym, uprawnieni do posiadania i noszenia broni. Skończymy śniadać i pójdziemy kupić ci miecz. Pani gospodyni! Znakomite te rybki! Proszę usmażyć jeszcze dziesięć!

– Jem te sardynki – Geralt wyrzucił ogryziony kręgosłup – i konstatuję, że utrata mieczy to nic, tylko kara za łakomstwo i snobizm. Za to, że zachciało mi się luksusu. Trafiła się robota w okolicy, umyśliłem więc wpaść do Kerack i poucztować w „Natura Rerum", oberży, o której w całym świecie głośno. A było gdziekolwiek zjeść flaków, kapusty z grochem albo rybnej polewki...

– Tak nawiasem – Jaskier oblizał palce – to „Natura Rerum", choć kuchnią słynąca zasłużenie, jest tylko jedną z wielu. Są lokale, gdzie jeść dają nie gorzej, a bywa, że lepiej. Choćby „Szafran i Pieprz" w Gors Velen albo „Hen Cerbin" w Novigradzie, z własnym browarem. Względnie „Sonatina" w Cidaris, niedaleko stąd, najlepsze owoce morza na całym wybrzeżu. „Rivoli" w Mariborze i tamtejszy głuszec po brokilońsku, tęgo szpikowany słoniną, mniam. „Paprzyca" w Aldersbergu i ich słynny comber z zająca ze smardzami à la król Videmont. „Hofmeier" w Hirundum, ech, wpaść tam jesienią, po Saovine, na pieczoną gęś w sosie gruszkowym... Albo „Dwa Piskorze", kilka mil za Ard Carraigh, zwyczajna karczma na rozstaju, a podają najlepsze wieprzowe golonki, jakie w życiu jadłem... Ha! Popatrz, kto do nas zawitał. O wilku mowa! Witaj, Ferrant... Znaczy, hmm... panie instygatorze...

Ferrant de Lettenhove zbliżył się sam, gestem rozkazując pachołkom, by zostali na ulicy.

– Julianie. Panie z Rivii. Przybywam z wiadomościami.

– Nie ukrywam – odrzekł Geralt – że się już niecierpliwiłem. Co zeznali przestępcy? Ci, którzy na mnie wczoraj napadli, korzystając, że byłem bezbronny? Mówili o tym całkiem głośno i otwarcie. To dowód, że w kradzieży moich mieczy maczali palce.

– Dowodów na to, niestety, brak – instygator wzruszył ramionami. – Trzej uwięzieni to zwykłe męty, do tego mało rozgarnięte. Napaści dokonali, fakt, ośmieleni tym, że byłeś bez broni. Plotka o kradzieży rozeszła się niewiarygodnie szybko, zasługa, jak się zdaje, pań z kordegardy. I zaraz znaleźli się chętni... Co zresztą mało dziwi. Nie należysz do osób szczególnie lubianych... I nie zabiegasz o sympatię i popularność. W areszcie dopuściłeś się pobicia współwięźniów...

– Jasne – kiwnął głową wiedźmin. – To wszystko moja wina. Ci wczorajsi też doznali obrażeń. Nie skarżyli się? Nie wystąpili o odszkodowanie?

Jaskier zaśmiał się, ale zaraz zamilkł.

– Świadkowie wczorajszego zajścia – rzekł cierpko Ferrant de Lettenhove – zeznali, że tych trzech bito bednarską klepką. I że bito niezwykle okrutnie. Tak okrutnie, że jeden z nich... zanieczyścił się.

– To pewnie ze wzruszenia.

– Bito ich – instygator nie zmienił wyrazy twarzy – nawet wówczas, gdy już byli obezwładnieni i nie stanowili zagrożenia. A to oznacza przekroczenie granic obrony koniecznej.

– A ja się nie boję. Mam dobrą adwokat.

– Może sardynkę? – przerwał ciężkie milczenie Jaskier.

– Informuję – przemówił wreszcie instygator – że śledztwo jest w toku. Wczorajsi aresztowani w kradzież mieczy zamieszani nie są. Przesłuchano kilka osób, które mogły mieć udział w przestępstwie, ale dowodów nie znaleziono. Żadnych tropów nie byli w stanie wskazać informatorzy. Wiadomo jednak... i to jest główna rzecz, z którą przybywam... że w miejscowym półświatku plotka o mieczach wywołała poruszenie. Pojawili się podobno i przyjezdni, żądni zmierzyć się z wiedźminem, zwłaszcza nieuzbrojonym. Zalecam więc czujność. Nie mogę wykluczyć kolejnych incydentów. Nie jestem też pewien, Julianie, czy w tej sytuacji towarzystwo pana z Rivii...

– W towarzystwie Geralta – przerwał bojowo trubadur – bywałem w dużo bardziej niebezpiecznych miejscach, w opałach, którym tutejsza żulia do pięt nie dorasta. Zapewnij nam, kuzynie, jeśli uznasz to za celowe, zbrojną eskortę. Niechaj działa odstraszająco. Bo gdy obaj z Geraltem spuścimy lanie kolejnym szumowinom, będą potem biadolić o przekroczeniu granic obrony koniecznej.

– Jeśli to istotnie szumowiny – powiedział Geralt. – A nie płatni siepacze, przez kogoś wynajęci. Czy śledztwo prowadzi się także i pod takim kątem?

– Pod uwagę brane są wszystkie ewentualności – uciął Ferrant de Lettenhove. – Śledztwo będzie kontynuowane. Eskortę przydzielę.

– Cieszymy się.

– Żegnam. Życzę powodzenia.

Nad dachami miasta darły się mewy.

•

Odwiedzin u płatnerza, jak się okazało, można było równie dobrze zaniechać. Geraltowi wystarczył rzut oka na oferowane miecze. Gdy zaś dowiedział się ich cen, wzruszył ramionami i bez słowa opuścił sklep.

– Myślałem – Jaskier dołączył na ulicy – że się rozumiemy. Miałeś kupić cokolwiek, byle nie wyglądać na bezbronnego!

– Nie będę trwonił pieniędzy na cokolwiek. Nawet jeśli to twoje pieniądze. To był chłam, Jaskier. Prymitywne miecze masowej produkcji. I paradne mieczyki dworskie, nadające się na bal maskowy, gdybyś zapragnął przebrać się za szermierza. Wycenione zaś tak, że tylko śmiech pusty porywa.

– Znajdźmy inny sklep! Albo warsztat!

– Wszędzie będzie to samo. Jest zbyt na broń byle jaką i tanią, która ma posłużyć w jednej porządnej bitce. I nie posłużyć tym, co zwyciężą, bo zebrana z pola boju nie nadaje się już do użycia. I jest zbyt na połyskujące ozdóbki, z którymi paradują eleganci. A którymi nawet kiełbasy nie da się ukroić. Chyba że pasztetowej.

– Jak zwykle przesadzasz!

– W twoich ustach to komplement.

– Niezamierzony! Skąd zatem, powiedz mi, wziąć dobry miecz? Nie gorszy od tych, które ukradziono? Albo lepszy?

– Są, a jakże, mistrzowie mieczniczego fachu. Może i trafiłaby się u nich jakaś porządna głownia na składzie. Ale ja muszę mieć miecz dopasowany do ręki. Kuty i wykonany na zamówienie. To trwa kilka miesięcy, a bywa, że rok. Nie mam tyle czasu.

– Jakiś miecz jednak sprawić sobie musisz – zauważył trzeźwo bard. – I to raczej pilnie, według mnie. Co więc pozostaje? Może...

Zniżył głos, rozejrzał się

– Może... Może Kaer Morhen? Tam z pewnością...

– Z całą pewnością – przerwał Geralt, zaciskając szczęki. – A jakże. Tam jest wciąż dość kling, pełny wybór, wliczając srebrne. Ale to daleko, a prawie nie ma dnia bez burzy i ulewy. Rzeki wezbrały, drogi rozmiękły. Podróż zajęłaby mi z miesiąc. Poza tym...

Kopnął ze złością porzuconą przez kogoś dziurawą łubiankę.

– Dałem się okraść, Jaskier, okpić i okraść jak ostatni frajer. Vesemir wydrwiłby mnie niemiłosiernie, druhowie, gdyby akurat w Warowni byli, też mieliby używanie, nabijaliby się ze mnie przez lata całe. Nie. To nie wchodzi, cholera jasna, w rachubę. Muszę sobie poradzić inaczej. I sam.

Usłyszeli flet i bębenek. Wyszli na placyk, na którym odbywał się targ warzywny, a grupa wagantów dawała przedstawienie. Repertuar mieli przedpołudniowy, to znaczy prymitywnie głupi i w ogóle nie śmieszny. Jaskier wkroczył między stragany, tam z godnym podziwu, a niespodzianym u poety znawstwem natychmiast zajął się oceną i degustacją pyszniących się na ladach ogórków, buraków i jabłek, za każdym razem wszczynając dyskusje i flirty z handlarkami.

– Kiszona kapusta! – oznajmił, nabierając rzeczonej z beczki za pomocą drewnianych szczypiec. – Spróbuj, Geralt. Świetna, prawda? Rzecz to smaczna i zbawienna, taka kapusta. Zimą, gdy brak witamin, chroni przed szkorbutem. Jest nadto doskonałym środkiem antydepresyjnym.

– Jak niby?

– Zjadasz garniec kiszonej kapusty, popijasz garncem zsiadłego mleka... i wnet depresja staje się najmniejszym z twoich zmartwień. Zapominasz o depresji. Czasem na długo. Komu się tak przypatrujesz? Co to za dziewczyna?

– Znajoma. Zaczekaj tu. Zamienię z nią słowo i wrócę.

Dostrzeżoną dziewczyną była Mozaïk, którą poznał u Lytty Neyd. Nieśmiała, gładko przylizana uczennica czarownicy. W skromnej, acz eleganckiej sukni koloru palisandru. I koturnach na korkach, w których poruszała się wcale wdzięcznie, zważywszy na zalegające nierówny bruk śliskie warzywne odpadki.

Podszedł, zaskakując ją przy pomidorach, które wkładała do koszyka, zawieszonego pałąkiem na zgięciu łokcia.

– Witaj.

Lekko zbladła na jego widok, mimo i tak bladej cery. A gdyby nie stragan, cofnęłaby się o krok lub dwa. Wykonała ruch, jakby chciała skryć koszyk za plecami. Nie, nie koszyk. Rękę. Ukrywała przedramię i dłoń, szczelnie zawinięte jedwabną chustą. Nie przegapił sygnału, a niewytłumaczalny impuls kazał mu działać. Chwycił rękę dziewczyny.

– Zostaw – szepnęła, usiłując się wyrwać.

– Pokaż. Nalegam.

– Nie tutaj...

Pozwoliła odprowadzić się dalej od targowiska, w miejsce, gdzie mogli być choć trochę sami. Odwinął chustę. I nie zdołał się powstrzymać. Zaklął. Sążniście i szpetnie.

Lewa dłoń dziewczyny była odwrócona. Przekręcona w nadgarstku. Kciuk sterczał w lewo, wierzch dłoni skierowany był w dół. A strona wewnętrzna ku górze. Linia życia długa i regularna, ocenił odruchowo. Linia serca wyraźna, ale pokropkowana i przerywana.

– Kto ci to zrobił? Ona?

– Ty.

– Co?

– Ty! – Wyszarpnęła dłoń. – Wykorzystałeś mnie, żeby z niej zadrwić. Ona czegoś takiego płazem nie puszcza.

– Nie mogłem...

– Przewidzieć? – spojrzała mu w oczy. Źle ją ocenił, nie była ani nieśmiała ani zalękniona. – Mogłeś i powinieneś. Ale wolałeś poigrać z ogniem. Warto chociaż było? Miałeś satysfakcję, poprawiłeś samopoczucie? Było się czym chwalić w karczmie kolegom?

Nie odpowiedział. Nie znajdował słów. A Mozaïk, ku jego zaskoczeniu, nagle uśmiechnęła się.

— Nie mam ci za złe — powiedziała swobodnie. — Mnie samą rozbawiła twoja gra, gdybym się tak nie bała, tobym się śmiała. Oddaj koszyk, spieszę się. Mam jeszcze zakupy do zrobienia. I jestem umówiona u alchemika...

— Zaczekaj. Tego nie można tak zostawić.

— Proszę — głos Mozaïk zmienił się lekko. — Nie wdawaj się. Tylko pogorszysz...

— A mnie — dodała po chwili — i tak się upiekło. Potraktowała mnie łagodnie.

— Łagodnie?

— Mogła mi przekręcić obie dłonie. Mogła przekręcić stopę, piętą do przodu. Mogła stopy zamienić, lewą na prawą i *vice versa*, widziałam, jak to komuś zrobiła.

— Czy to...?

— Bolało? Krótko. Bo niemal natychmiast straciłam przytomność. Co tak patrzysz? Tak było. Mam nadzieję na to samo, gdy mi będzie dłoń odkręcać. Za kilka dni, gdy nacieszy się zemstą.

— Idę do niej. Zaraz.

— Zły pomysł. Nie możesz...

Przerwał jej szybkim gestem. Usłyszał, jak ciżba szumi, zobaczył, jak się rozstępuje. Waganci przestali grać. Dostrzegł Jaskra, dającego mu z daleka gwałtowne i rozpaczliwe znaki.

— Ty! Wiedźmińska zarazo! Wyzywam cię na pojedynek! Będziemy walczyć!

– Szlag mnie trafi. Odsuń się, Mozaïk.

Z tłumu wystąpił niski i krępy typ w skórzanej masce i kirysie z *cuir bouilli*, utwardzonej byczej skóry. Typ potrząsnął dzierżonym w prawicy trójzębem, raptownym ruchem lewej ręki rozwinął w powietrzu rybacką sieć, zamachał nią i strzepnął.

– Jestem Tonton Zroga, zwany Retiariusem! Wyzywam cię na bój, wiedź...

Geralt uniósł rękę i uderzył go Znakiem Aard, wkładając weń tyle energii, ile tylko mógł. Tłum wrzasnął. Tonton Zroga, zwany Retiariusem, wyleciał w powietrze i fikając nogami, oplątany we własną sieć, zmiótł sobą stragan z obwarzankami, ciężko gruchnął o ziemię i z głośnym brzękiem wyrżnął głową w żeliwny posążek kucającego gnoma, nie wiedzieć czemu ustawiony przed sklepem oferującym dodatki krawieckie. Waganci nagrodzili lot gromkimi brawami. Retiarius leżał, żywy, choć słabe raczej znaki życia dający. Geralt, nie spiesząc się, podszedł i z rozmachem kopnął go w okolice wątroby. Ktoś chwycił go za rękaw. Mozaïk.

– Nie. Proszę. Proszę, nie. Tak nie wolno.

Geralt dokopałby sieciarzowi jeszcze, bo dobrze wiedział, czego nie wolno, co wolno, a co trzeba. I posłuchu w takich sprawach nie zwykł dawać nikomu. Zwłaszcza ludziom, których nigdy nie skopano.

– Proszę – powtórzyła Mozaïk. – Nie odgrywaj się na nim. Za mnie. Za nią. I za to, że sam się zagubiłeś.

Usłuchał. Wziął ją za ramiona. I spojrzał w oczy.

– Idę do twojej mistrzyni – oznajmił cierpko.

– Niedobrze – pokręciła głową. – Będą skutki.

– Dla ciebie?

– Nie. Nie dla mnie.

Wild nights! Wild nights!
Were I with thee,
Wild nights should be
Our luxury!

Emily Dickinson

So daily I renew my idle duty
I touch her here and there – I know my place
I kiss her open mouth and I praise her beauty
And people call me traitor to my face.

Leonard Cohen

Rozdział siódmy

Biodro czarodziejki zdobił kunsztowny i bajecznie kolorowy w detalach tatuaż, przedstawiający pasiasto ubarwioną rybę.

Nil admirari, pomyślał wiedźmin. *Nil admirari*.

•

– Nie wierzę oczom – powiedziała Lytta Neyd.

Za to, co się stało, za to, że wyszło tak, jak wyszło, winę ponosił on sam, nikt inny. W drodze do willi czarodziejki mijał ogród, nie oparł się pokusie, by zerwać jedną z rosnących na klombie frezji. Pamiętał zapach, dominujący w jej perfumach.

– Nie wierzę oczom – powtórzyła Lytta, stając w drzwiach. Powitała go własną osobą, zwalistego odźwiernego nie było. Może miał wychodne.

– Przyszedłeś, zgaduję, by zwymyślać mnie za dłoń Mozaïk. I przyniosłeś mi kwiat. Białą frezję. Wejdź, nim dojdzie do sensacji, a miasto rozhuczy się od plotek. Mężczyzna na moim progu z kwiatem! Najstarsi ludzie nie pamiętają czegoś takiego.

Nosiła luźną czarną suknię, kombinację jedwabiu i szyfonu, cieniuteńką, falującą przy każdym ruchu powietrza. Wiedźmin stał, zapatrzony, wciąż z frezją w wyciągniętej dłoni, pragnąc się uśmiechnąć i za nic w świecie nie mogąc. *Nil admirari*, powtórzył w myślach maksymę, którą zapamiętał z Oxenfurtu, z uniwersytetu, z kartusza nad wejściem do katedry filozofii. Maksymę powtarzał w myślach przez całą drogę do willi Lytty.

– Nie krzycz na mnie – wyjęła frezję z jego palców.

– Naprawię dziewczynie rękę, gdy tylko się zjawi. Bezboleśnie. Może ją nawet przeproszę. Ciebie przepraszam. Tylko na mnie nie krzycz.

Pokręcił głową, ponownie spróbował się uśmiechnąć. Nie wyszło.

– Ciekawam – zbliżyła frezję do twarzy i wpiła w niego swe jadeitowe oczy – czy znasz symbolikę kwiatów? I ich sekretną mowę? Wiesz, co mówi ta frezja, i całkiem świadomie przekazujesz mi jej przesłanie? Czy też kwiat jest czysto przypadkowy, a przesłanie... podświadome?

Nil admirari.

– Ale to przecież bez znaczenia – podeszła do niego, bardzo blisko. – Albo bowiem czytelnie, świadomie i wyrachowanie sygnalizujesz mi, czego pragniesz... Albo kryjesz się z pragnieniem, które twoja podświadomość zdradza. W obu wypadkach winnam ci podziękowanie. Za kwiat. I za to, co on mówi. Dziękuję ci. I zrewanżuję się. Też ci coś sprezentuję. O, tę tasiemeczkę. Pociągnij za nią. Śmiało.

Co ja robię najlepszego, pomyślał, pociągając. Pleciona tasiemeczka gładko wysnuła się z obdzierganych oczek. Do samego końca. A wówczas jedwabno-szyfonowa suknia spłynęła z Lytty niczym woda, mięciutko układając się wokół kostek. Przymknął na moment oczy, jej nagość poraziła go jak nagły rozbłysk światła. Co ja robię, pomyślał, obejmując jej szyję. Co ja robię, pomyślał, czując smak koralowej pomadki na ustach. To, co robię, kompletnie pozbawione jest sensu, myślał, delikatnie kierując ją ku komódce przy patio i sadzając na malachitowym blacie. Pachniała frezją i morelą. I czymś jeszcze. Może mandarynką. Może wetiwerią.

Chwilkę to trwało, a pod koniec komódka dość silnie się chybotała. Koral, choć obejmowała go mocno, ani na moment nie wypuściła frezji z palców. Zapach kwiatu nie tłumił jej zapachu.

– Twój entuzjazm pochlebia mi – oderwała usta od jego ust i dopiero teraz otwarła oczy. – I mocno komplementuje. Ale mam łóżko, wiesz?

●

Fakt, miała łóżko. Ogromne. Przestronne niczym pokład fregaty. Prowadziła go tam, a on szedł za nią, nie mogąc się napatrzeć. Nie oglądała się. Nie wątpiła, że idzie za nią. Że pójdzie bez wahania tam, dokąd go poprowadzi. Nie odrywając wzroku.

Łóżko było ogromne i miało baldachim, pościel była z jedwabiu, a prześcieradło z satyny.

Wykorzystali łóżko, bez cienia przesady, w całości, w każdym calu. W każdej piędzi pościeli. I każdej fałdce prześcieradła.

●

– Lytto...
– Możesz mówić do mnie Koral. Ale na razie nic nie mów.

Nil admirari. Zapach frezji i moreli. Rude włosy rozsypane na poduszce.

●

– Lytto...
– Możesz mnie nazywać Koral. I możesz mi to zrobić jeszcze raz.

•

Biodro Lytty zdobił kunsztowny i bajecznie kolorowy w detalach tatuaż, przedstawiający pasiasto ubarwioną rybę, dzięki ogromnym płetwom trójkątną w kształcie. Ryby takie, zwane skalarami, bogacze i snobujący się nuworysze zwykli trzymać w akwariach i basenach. Ryby te zawsze więc kojarzyły się Geraltowi – i nie tylko jemu – ze snobizmem i pretensjonalnym zadęciem. Zdziwiło go zatem, że Koral wybrała właśnie taki, a nie inny tatuaż. Zdziwienie trwało moment, wyjaśnienie przyszło szybko. Lytta Neyd była z pozoru i wyglądu i owszem, całkiem młoda. Ale tatuaż pochodził z lat jej prawdziwej młodości. Z czasów, gdy przywożone zza mórz ryby skalary były prawdziwie rarytetną atrakcją, bogaczy było niewielu, dorobkiewicze dopiero się dorabiali i mało kogo stać było na akwaria. Jej tatuaż jest więc jak metryka, pomyślał Geralt, pieszcząc skalara opuszkami palców, dziw, że Lytta wciąż go nosi, miast magicznie usunąć. Cóż, pomyślał, przenosząc pieszczotę w odleglejsze od ryby rejony, miłą jest rzeczą wspomnienie lat młodzieńczych. Nie jest łatwo wyzbyć się takiego memento. Nawet gdy już przebrzmiałe i patetycznie banalne.

Uniósł się na łokciu i przyjrzał dokładnie, wypatrując na jej ciele innych, równie nostalgicznych pamiątek. Nie znalazł. Nie liczył, że znajdzie, chciał po prostu popatrzeć. Koral westchnęła. Znudzona, widać, abstrakcyjnymi, a mało rzeczowymi peregrynacjami jego dłoni, chwyciła ją i zdecydowanie skierowała w miejsce konkretne i jedynie słuszne we własnym widać mniemaniu. I bardzo dobrze, pomyślał Geralt, przyciągając czarodziejkę ku sobie i zanurzając twarz w jej włosy. Pasiasta ryba, też mi coś. Jakby nie było istotniejszych rzeczy, którym warto poświęcić uwagę. O których warto by myśleć.

•

Może i modele żaglowców, pomyślała chaotycznie Koral, z trudem opanowując rwący się oddech. Może i militarne figurki, może łowienie ryb na sztuczną muszkę. Ale to, co się liczy... Co naprawdę się liczy... To sposób, w jaki mnie obejmuje.

Geralt objął ją. Tak, jakby była dlań światem całym.

•

Pierwszej nocy snu zaznali niewiele. A nawet gdy Lytta usnęła, wiedźmin miał z zaśnięciem kłopoty. Ramieniem opasała go w talii tak mocno, że z trudem oddychał, nogę zarzuciła w poprzek jego ud.

Drugiej nocy była mniej zaborcza. Nie trzymała i nie obejmowała go tak silnie, jak poprzednio. Nie bała się już widać, że nad ranem ucieknie.

•

– Zamyśliłeś się. Minę masz męską i posępną. Powód?

– Zastanawia mnie... Hmm... Naturalizm naszego związku.

– Co takiego?

– Mówiłem. Naturalizm.

– Użyłeś, zdaje się, słowa „związek"? Zaiste, zadziwia znaczeniowa pojemność tego pojęcia. Nadto naszedł cię, jak słyszę, smutek postkoitalny. Stan faktycznie naturalny, dotyka wszystkich wyższych istot. Mnie, wiedźminie, też się właśnie dziwna łezka w oku kręci... Rozchmurz się, rozchmurz. Żartowałam.

– Przywabiłaś mnie... Jak samca.

– Co takiego?

– Przywabiłaś mnie. Jak owada. Frezjowo-morelowo-magicznymi feromonami.

– Ty poważnie?

– Nie złość się. Proszę, Koral.

– Nie złoszczę się. Przeciwnie. Po namyśle muszę przyznać ci rację. Tak, to naturalizm w czystej postaci. Tyle że jest całkiem odwrotnie. To ty mnie omamiłeś i uwiodłeś. Od pierwszego wejrzenia. Naturalistycznie i animalistycznie odtańczyłeś przede mną samczy taniec godowy. Podskakiwałeś, tupałeś, stroszyłeś ogon...

– Nieprawda.

– ...stroszyłeś ogon i trzepałeś skrzydłami jak cietrzew. Piałeś i gdakałeś...

– Nie gdakałem.

– Gdakałeś.

– Nie.

– Tak. Obejmij mnie.

●

– Koral?

– Co?

– Lytta Neyd... To też nie jest twoje prawdziwe miano, prawda?

– Moje prawdziwe było kłopotliwe w użyciu.

– Jak niby?

– A powiedz szybko: Astrid Lyttneyd Ásgeirrfinn-bjornsdottir.

– Rozumiem.

– Wątpię.

•

– Koral?

– Aha?

– A Mozaïk? Skąd jej przydomek?

– Wiesz, wiedźminie, czego nie lubię? Pytań o inne kobiety. A już zwłaszcza gdy pytający leży ze mną w łóżku. I wypytuje, miast skupiać się na tym, na czym właśnie trzyma dłoń. Nie odważyłbyś się na coś takiego, będąc w łóżku z Yennefer.

– A ja nie lubię wymieniania pewnych imion. Zwłaszcza w chwili, gdy...

– Mam przestać?

– Tego nie powiedziałem.

Koral pocałowała go w ramię.

– Gdy trafiła do szkoły, miała na imię Aïk, rodowego miana nie pamiętam. Nie dość, że imię dziwaczne, to jeszcze cierpiała na zanik pigmentu skóry. Policzek miała upstrzony jasnymi łatkami, faktycznie wyglądało to jak mozaika. Wyleczono ją, rzecz jasna, już po pierwszym semestrze, czarodziejka nie może mieć żadnych skaz. Ale złośliwe z początku przezwisko przylgnęło. I szybko przestało być złośliwe. Ona sama je polubiła. Ale dość o niej. Mów do mnie i o mnie. No, już.

– Co, już?

– Mów o mnie. Jaka jestem. Piękna, prawda? No, powiedz!

– Piękna. Ruda. I piegowata.

– Nie jestem piegowata. Usunęłam piegi za pomocą magii.

– Nie wszystkie. O niektórych zapomniałaś. A ja je wypatrzyłem.

– Gdzie je... Ach. No tak. Prawda. Jestem więc piegowata. I jaka jeszcze jestem?

– Słodka.

– Słucham?

– Słodka. Jak wafelek z miodem.

– Nie dworujesz sobie ze mnie aby?

– Spójrz na mnie. W moje oczy. Czy widzisz w nich choćby cień nieszczerości?

– Nie. I to mnie najbardziej niepokoi.

●

– Usiądź na brzegu łóżka.

– Bo?

– Chcę się zrewanżować.

– Słucham?

– Za piegi, które wypatrzyłeś tam, gdzie je wypatrzyłeś. Za dołożenie starań i dokładną... eksplorację. Chcę się zrewanżować i odwdzięczyć. Mogę?

– Ależ jak najbardziej.

●

Willa czarodziejki, jak wszystkie bez mała w tej części miasta, dysponowała tarasem, z którego roztaczał się widok na morze. Lytta lubiła siadywać tam i godzinami obserwować statki na redzie, do czego służyła jej pokaźnych rozmiarów luneta na statywie. Geralt raczej nie podzielał jej fascynacji morzem i tym, co po nim pływało, ale lubił towarzyszyć jej na tarasie. Siadał blisko, tuż na nią, z twarzą tuż przy jej rudych lokach, ciesząc się zapachem frezji i moreli.

– Tamten galeon, który rzuca kotwicę, spójrz – wskazywała Koral. – Na fladze błękitny krzyż, to

"Chluba Cintry", zapewne w rejsie do Koviru. A tamta koga to "Alke", z Cidaris, bierze pewnie ładunek skór. A tam, o, "Tetyda", holk transportowy, tutejszy, dwieście łasztów ładowności, kabotażowy, kursuje między Kerack a Nastrogiem. Tam, zobacz, na redę wpływa właśnie novigradzki szkuner "Pandora Parvi", piękny, piękny statek. Spójrz w okular. Zobaczysz...

– Widzę bez lunety. Jestem mutantem.

– Ach, prawda. Zapomniałam. O, tam, to galera "Fuchsia", trzydzieści dwa wiosła, może wziąć do ładowni czterysta łasztów. A tamten zgrabny trójmasztowy galeon to "Vertigo", przypłynął z Lan Exeter. A tam, dalej, z amarantową flagą, to redański galeon "Albatros", trzy maszty, sto dwadzieścia stóp między stewami... O, tam, zobacz, zobacz, żagle stawia i wychodzi w morze kliper pocztowy "Echo", znam kapitana, stołuje się u Ravengi, gdy tu cumuje. Tam znowu, spójrz, pod pełnymi żaglami, galeon z Poviss...

Wiedźmin odgarnął włosy z pleców Lytty. Powoli, jedną po drugiej, rozpiął haftki, zsunął suknię z ramion czarodziejki. Po czym całkowicie poświęcił dłonie i uwagę parze galeonów pod pełnymi żaglami. Galeonów, podobnych którym próżno by szukać po wszystkich morskich szlakach, redach, portach i rejestrach admiralicji.

Lytta nie protestowała. I nie odrywała oka od okularu lunety.

– Zachowujesz się – powiedziała w pewnej chwili – jak piętnastolatek. Jakbyś po raz pierwszy je widział.

– Dla mnie zawsze jest po raz pierwszy – wyznał z ociąganiem. – A piętnastolatkiem tak naprawdę nie byłem nigdy.

•

– Pochodzę ze Skellige – powiedziała mu później, już w łóżku. – Morze mam we krwi. I kocham je.

– Marzę niekiedy – podjęła, gdy milczał – by wypłynąć. Sama jedna. Postawić żagiel i wyjść w morze... Daleko, daleko, aż po horyzont. Wokoło tylko wody i niebo. Obryzguje mnie słona piana fal, wicher szarpie włosy prawdziwie męską pieszczotą. A ja jestem sama, zupełnie sama, nieskończenie samotna wśród obcego i wrogiego mi żywiołu. Samotność wśród morza obcości. Nie marzysz o niej?

Nie, nie marzę, pomyślał. Mam ją na co dzień.

•

Przyszedł dzień letniego przesilenia, a po nim magiczna noc, najkrótsza w roku, podczas której kwitł po lasach kwiat paproci, a natarte nasiężrzałem nagie dziewczęta tańczyły na mokrych od rosy polanach.

Noc krótka jak mgnienie oka.

Noc szalona i jasna od błyskawic.

•

Rankiem po solstycjum obudził się sam. W kuchni czekało śniadanie. I nie tylko.

– Dzień dobry, Mozaïk. Piękna pogoda, nieprawdaż? Gdzie jest Lytta?

– Masz dziś wolne – odrzekła, nie patrząc na niego.

– Moja niezrównana mistrzyni będzie zapracowana. Do późna. Przez czas, który poświęciła... przyjemnościom, nazbierało się pacjentek.

– Pacjentek.

– Leczy bezpłodność. I inne choroby kobiece. Nie wiedziałeś? No, to już wiesz. Miłego dnia.

– Nie wychodź jeszcze. Chciałbym...

– Nie wiem, co chciałbyś – przerwała. – Ale to raczej zły pomysł. Lepiej, byś się do mnie nie odzywał. Udawał, że mnie w ogóle nie ma.

– Koral nie skrzywdzi cię już, zaręczam. Zresztą nie ma jej tu, nie widzi nas.

– Ona widzi wszystko, co chce zobaczyć, wystarczy jej do tego kilka zaklęć i artefakt. I nie łudź się, że masz na nią jakikolwiek wpływ. Do tego trzeba czegoś więcej niż... – Ruchem głowy wskazała sypialnię. – Proszę cię, nie wymieniaj przy niej mojego imienia. Nawet mimochodem. Bo przypomni mi to. Choćby i za rok, ale przypomni.

– Skoro tak cię traktuje... Nie możesz po prostu odejść?

– Dokąd? – żachnęła się. – Do manufaktury tkackiej? Do terminu u krawca? Czy od razu do lupanaru? Ja nie mam nikogo. Jestem nikim. I będę nikim. Tylko ona może to zmienić. Zniosę wszystko... Ale nie dokładaj, jeśli możesz.

– Na mieście – spojrzała na niego po chwili – spotkałam twego koleżkę. Tego poetę, Jaskra. Pytał o ciebie. Niepokoił się.

– Uspokoiłaś go? Wyjaśniłaś, że jestem bezpieczny? Że nic mi nie zagraża?

– Dlaczego miałabym kłamać?

– Słucham?

– Nie jesteś tu bezpieczny. Jesteś tu, z nią, z żalu po tamtej. Nawet gdy jesteś z nią blisko, tylko o tamtej myślisz. Ona wie o tym. Ale gra w tę grę, bo ją to bawi, a ty udajesz świetnie, jesteś diabelnie przekonujący. Myślałeś jednak o tym, co będzie, gdy się zdradzisz?

●

– Dziś też nocujesz u niej?

– Też – potwierdził Geralt.

– To już będzie tydzień, wiesz?

– Cztery dni.

Jaskier przeciągnął palcami po strunach lutni w efektownym glissando. Rozejrzał się po gospodzie. Pociągnął z kufla, otarł nos z piany.

– Wiem, że to nie mój interes – rzekł, niezwykle jak na niego dobitnie i twardo. – Wiem, że nie powinienem się wtrącać. Wiem, że nie lubisz, gdy ktoś się wtrąca. Ale pewnych rzeczy, przyjacielu Geralcie, nie powinno się przemilczać. Koral, jeśli chcesz znać moje zdanie, należy do tych kobiet, które stale i w widocznym miejscu winny nosić ostrzegawcze etykietki. Głoszące: „Patrzeć, ale nie dotykać". Coś takiego w zwierzyńcu umieszcza się na terrarium, w którym trzymają grzechotniki.

– Wiem.

– Ona igra z tobą i bawi się tobą.

– Wiem.

– Ty zaś najzwyczajniej w świecie odreagowujesz Yennefer, o której nie możesz zapomnieć.

– Wiem.

– Dlaczego więc...

– Nie wiem.

•

Wieczorami wychodzili. Czasami do parku, czasami na wzgórze górujące nad portem, czasami po prostu spacerowali po Korzennym Targu.

Odwiedzili razem austerię „Natura Rerum". Kilka razy. Febus Ravenga nie posiadał się z radości, z jego rozkazu kelnerzy nadskakiwali im, jak umieli. Geralt poznał nareszcie smak turbota w atramencie mątwy. A potem udka gęsiego w białym winie i giczy cielęcej w warzywach. Tylko z początku – i krótko – przeszkadzało mu natrętne i ostentacyjne zainteresowanie innych gości z sali. Potem wzorem Lytty lekceważył je. Wino z lokalnej piwnicy bardzo w tym pomagało.

Później wracali do willi. Koral zrzucała suknię już w przedpokojach, całkiem naga kierowała się do sypialni.

Szedł za nią. Patrząc. Uwielbiał patrzeć na nią.

•

– Koral?

– Co?

– Fama głosi, że zawsze możesz widzieć to, co chcesz zobaczyć. Wystarczy ci kilka zaklęć i artefakt.

– Famie – uniosła się na łokciu, spojrzała mu w oczy – trzeba będzie, zdaje się, znowu skręcić jakiś staw. To powinno oduczyć famę mielenia językiem.

– Bardzo cię proszę...

– Żartowałam – ucięła. W jej głosie nie było nawet śladu wesołości.

– A cóż takiego – podjęła, gdy milczał – chciałbyś zobaczyć? Lub wywieszczyć? Jak długo będziesz żył? Kiedy i jak umrzesz? Który koń wygra Wielką Tretogorską? Kogo kolegium elektorów wybierze na hierarchę Novigradu? Z kim teraz jest Yennefer?

– Lytto.

– O co ci chodzi, można wiedzieć?

Opowiedział jej o kradzieży mieczy.

•

Błysnęło. A po chwili z gruchotem przetoczył się grom.

Fontanna popluskiwała cichutko, basen pachniał mokrym kamieniem. Marmurowa dziewczynka skamieniała w tanecznej pozie, mokra i lśniąca.

– Posążek i fontanna – pospieszyła z wyjaśnieniem Koral – nie służą zaspokojeniu mojej miłości do pretensjonalnego kiczu ani nie są wyrazem uległości wobec snobistycznych mód. Służą konkretniejszym celom. Posążek przedstawia mnie. W miniaturze. Gdy miałam dwanaście lat.

– Kto by wtedy przypuścił, że tak ładnie się rozwiniesz.

– To silnie powiązany ze mną magiczny artefakt. Fontanna zaś, a dokładniej woda, służy mi do dywinacji. Wiesz, jak mniemam, co to jest i na czym polega dywinacja?

– W zarysach.

– Kradzież twojej broni miała miejsce jakieś dziesięć dni temu. Do odczytywania i analizy wydarzeń minionych, nawet tych bardzo dawnych, najlepsza i najpewniejsza jest onejromancja, ale do tego konieczny jest dość rzadki talent śnienia, którym nie dysponuję. Sortilegia, czyli kleromancje, raczej nam nie pomogą, podobnie jak piromancja czy aeromancja, które skuteczne są raczej w przypadku odgadywania losów ludzi, pod warunkiem, że ma się coś, co do tych ludzi należało... włosy, paznokcie, części odzieży i temu podobne. Do przedmiotów, w naszym przypadku mieczy, nie da się zastosować.

– A zatem – Lytta odgarnęła z czoła rudy lok – pozostaje nam dywinacja. Ta, jak zapewne wiesz, pozwala widzieć i przewidywać wydarzenia przyszłe. Dopomogą nam żywioły, bo sezon nastał iście burzowy. Połączymy dywinację z ceraunoskopią. Zbliż się.

Ujmij moją rękę i nie puszczaj jej. Pochyl się i wpatruj w wodę, ale pod żadnym pozorem jej nie dotykaj. Koncentruj się. Myśl o twoich mieczach! Intensywnie myśl o nich!

Słyszał, jak skanduje zaklęcie. Woda w basenie reagowała, z każdym zdaniem wypowiadanej formuły pieniąc się i falując coraz silniej. Z dna jęły się podnosić wielkie bąble.

Woda wygładziła się i zmętniała. A potem wyklarowała zupełnie.

Z głębiny patrzą ciemne, fiołkowe oczy. Kruczoczarne loki kaskadą opadają na ramiona, lśnią, odbijają światło jak pawie pióra, wijąc się i falując przy każdym poruszeniu...

– O mieczach – przypomniała Koral, z cicha i zjadliwie. – O mieczach miałeś myśleć.

Woda zawirowała, czarnowłosa i fiołkowooka kobieta rozpłynęła się w wirze. Geralt westchnął cicho.

– O mieczach – syknęła Lytta. – Nie o niej!

Wyskandowała zaklęcie w błysku kolejnej błyskawicy. Posążek w fontannie rozjarzył się mlecznie, a woda znowu uspokoiła i sklarowała. I wtedy zobaczył.

Swój miecz. Dotykające go dłonie. Pierścienie na palcach.

...z meteorytu. Wspaniałe wyważenie, waga głowni precyzyjnie równa wadze rękojeści...

Drugi miecz. Srebrny. Te same dłonie.

...stalowy trzpień okuty srebrem... Na całej długości klingi znaki runiczne...

– Widzę je – szepnął głośno, ściskając dłoń Lytty. – Widzę moje miecze... Naprawdę...

– Milcz – odpowiedziała jeszcze silniejszym uściskiem. – Milcz i koncentruj się.

Miecze znikły. Miast nich zobaczył czarny las. Kamienną połać. Skały. Jedna ze skał, ogromna, górująca, wysoka i smukła... Wysieczona wichrami w dziwaczny kształt...

Woda pieni się krótko.

Szpakowaty mężczyzna o szlachetnych rysach, w czarnym aksamitnym kaftanie i złotej brokatowej kamizeli, obie dłonie opiera na mahoniowym pulpicie. Lot numer dziesięć, oznajmia głośno. Absolutna osobliwość, niebywałe znalezisko, dwa miecze wiedźmińskie...

Wielki czarny kot obraca się w miejscu, usiłuje dosięgnąć łapką kołyszącego się nad nim medalionu na łańcuszku. Na złotym owalu medalionu emalia, błękitny delfin *nageant*.

Rzeka płynie wśród drzew, pod baldachimem gałęzi i zwieszających się nad wodą konarów. Na jednym z konarów stoi nieruchomo kobieta w długiej i obcisłej sukni.

Woda spieniła się krótko i niemal natychmiast znowu wygładziła.

Widział morze traw, bezkresną, sięgającą horyzontu równinę. Widział ją z góry, jakby z lotu ptaka... Lub ze szczytu wzgórza. Wzgórza, po którego zboczu schodził szereg niewyraźnych postaci. Gdy odwracały głowy, widział nieruchome twarze, niewidzące martwe oczy. Oni są martwi, zdał sobie nagle sprawę. To jest pochód trupów...

Palce Lytty znów ścisnęły mu dłoń. Z siłą obcęgów.

Błysnęło. Nagły poryw wiatru szarpnął ich włosami. Woda w basenie wzburzyła się, zakotłowała, wezbrała pianą, wzniosła grzywaczem wielkim jak ściana. I zwaliła wprost na nich. Odskoczyli oboje od fontanny, Koral potknęła się, podtrzymał ją. Gruchnął grom.

Czarodziejka krzyknęła zaklęcie, machnęła ręką. W całym domu zapłonęły światła.

Woda w basenie, przed chwilą wrzący maelstrom, była gładka, spokojna, poruszana tylko leniwie ciurkającym strumykiem fontanny. A na nich, choć przed momentem zalała ich istna fala pływowa, nie było nawet kropelki.

Geralt odetchnął ciężko. Wstał.

– To na końcu... – mruknął, pomagając wstać czarodziejce. – Ten ostatni obraz... Wzgórze i szereg... ludzi... Nie rozpoznałem... Nie mam pojęcia, co to mogło być...

– Ja też nie – odpowiedziała nieswoim głosem. – Ale to nie była twoja wizja. Ten obraz przeznaczony był dla mnie. Też nie mam pojęcia, co mógł oznaczać. Ale mam dziwne uczucie, że nic dobrego.

Gromy cichły. Burza odchodziła. W głąb lądu.

●

– Szarlataneria, cała ta jej dywinacja – powtórzył Jaskier, podkręcając kołki lutni. – Oszukańcze zwidy na użytek naiwnych. Siła sugestii, nic więcej. Myślałeś o mieczach, to i zobaczyłeś miecze. Co jeszcze jakoby widziałeś? Pochód trupów? Straszliwą falę? Skałę o dziwacznym kształcie? Znaczy, jakim?

– Coś jakby ogromny klucz – zastanowił się wiedźmin. – Albo półtrzecia heraldycznego krzyża...

Trubadur zamyślił się. A potem zamoczył palec w piwie. I nakreślił coś na blacie stołu.

– Podobne do tego?

– Ha. Nawet bardzo.

– A niech mnie! – Jaskier szarpnął struny, zwracając uwagę całej karczmy. – A niech mnie gęś kopnie! Ha-ha, przyjacielu Geralcie! Ile żeś to razy wyciągał mnie z kłopotów? Ileś razy dopomógł? Wyświadczył przysługę? Nie zliczyć! No, to teraz kolej na mnie. Za moją to może sprawą odzyszczesz twe słynne oręże.

– Hę?

Jaskier wstał.

– Pani Lytta Neyd, twoja najnowsza konkieta, której niniejszym zwracam honor jako wybitnej wróżbitce i niedościgłej jasnowidzce, w swej dywinacji w sposób ewidentny, klarowny i nie budzący wątpliwości wskazała miejsce, które znam. Idziemy do Ferranta. Natychmiast. Musi umówić nas na audiencję, poprzez swoje sekretne koneksje. I wystawić ci przepustkę na opuszczenie miasta, bramą służbową, by uniknąć konfrontacji z tymi heterami z kordegardy. Wybierzemy się na małą wycieczkę. Małą i w sumie niedaleką.

– Dokąd?

– Rozpoznałem skałę z twojej wizji. Fachowo zwie się to ostaniec krasowy. A okoliczni mieszkańcy nazywają ją Gryfem. Charakterystyczny punkt, wręcz drogowskaz wiodący do siedziby osoby, która faktycznie może coś wiedzieć o twoich mieczach. Miejsce, do którego się wybieramy, nosi nazwę Rawelin. Mówi ci to coś?

Nie samo jeno wykonanie, nie sama rzemieślnicza spraw-
ność o walorze miecza wiedźmińskiego przesądza. Podobnie
jak zagadkowe elfie czy też gnomie klingi, których sekret zagi-
nął, miecz wiedźmiński tajemną potęgą powiązany jest z ręką
i zmysłem wiedźmina, który nim włada. I właśnie dzięki ar-
kanom magii owej wielce przeciw Ciemnym Mocom jest sku-
teczny.

Pandolfo Forteguerra, *Traktat o broni białej*

Zdradzę wam pewien sekret. O wiedźmińskich mieczach.
To bujda, że mają jakąś tajemną moc. I że takie wspaniałe
niby z ich oręże, że niby lepszych nie ma. To wszystko fikcja,
wymyślona dla pozoru. Wiem to z absolutnie pewnego źródła.

Jaskier, *Pół wieku poezji*

Rozdział ósmy

Skałę o nazwie Gryf rozpoznali od razu, była widoczna już z daleka.

•

Miejsce, do którego zmierzali, położone było mniej
więcej w połowie drogi pomiędzy Kerack a Cidaris,
nieco na uboczu od łączącego oba miasta traktu, wi-
jącego się wśród lasów i skalistych pustaci. Droga
zajęła im jakiś czas, który zabili gadaniną. Głównie
w wykonaniu Jaskra.

– Głosi wieść gminna – mówił poeta – że używane
przez wiedźminów miecze mają właściwości magiczne. Pomijając zmyślenia o niemocy płciowej, coś na
rzeczy być tu musi. Wasze miecze to nie są zwykłe
miecze. Skomentujesz to?

Geralt wstrzymał klacz. Znudzonej przedłużają-
cym się pobytem w stajniach Płotce coraz to chciało
się galopować.

– I owszem, skomentuję. Nasze miecze to nie są zwykłe miecze.

– Twierdzi się – Jaskier udał, że nie słyszy drwiny – że magiczna moc waszej wiedźmińskiej broni, zgubna dla potworów, z którymi walczycie, tkwi w stali, z której miecze są kute. Z samego surowca, czyli z rud pochodzących ze spadłych z nieba meteorytów. Jak to jest? Meteoryty magiczne wszak nie są, są zjawiskiem naturalnym i naukowo wyjaśnionym. Skąd więc niby ta magia?

Geralt spojrzał na niebo, ciemniejące od północy. Wyglądało, że zbiera się na kolejną burzę. I że szykuje się zmoknięcie.

– Jeśli dobrze pamiętam – odpowiedział pytaniem – studiowałeś wszystkie siedem sztuk wyzwolonych?

– A dyplom uzyskałem *summa cum laude*.

– W ramach wchodzącej w skład *quadrivium* astronomii słuchałeś wykładów profesora Lindenbroga?

– Starego Lindenbroga, zwanego Opałkiem? – zaśmiał się Jaskier. – No pewnie! Wciąż mam go przed oczyma, jak drapie się w tyłek i puka wskaźnikiem w mapy i globusy, marudząc monotonnie. *Sphera Mundi*, eeee, *subdividitur* na cztery Elementarne Plany: Plan Ziemi, Plan Wody, Plan Powietrza i Plan Ognia. Ziemia wraz z Wodą formuje kulę ziemską, którą zewsząd, eeee, otacza Powietrze, czyli *Aer*. Nad Powietrzem, eeee, rozciąga się *Aether*, Powietrze Ogniste *vel* Ogień. Nad Ogniem zaś są Subtelne Niebiosa Syderalne, *Firmamentum* sferycznej natury. Na owym lokują się *Erratica Sydera*, gwiazdy błąkające się, i *Fixa Sydera*, gwiazdy nieruchome...

– Nie wiem – parsknął Geralt – co bardziej podziwiać, talent do małpowania czy pamięć. Wracając zaś do interesującego nas zagadnienia: meteoryty, które nasz poczciwy Opałek określał jako gwiazdy spadające, *Sydera Cadens*, czy jakoś tak, urywają się z firmamentu i lecą w dół, by zaryć się w naszej starej dobrej ziemi. Po drodze zaś penetrują wszystkie pozostałe plany, czyli płaszczyzny żywiołów, jak też i parażywiołów, bo takowe też jakoby istnieją. Żywioły i parażywioły nasycone są, jak wiadomo, potężną energią, źródłem wszelkiej magii i nadprzyrodzonej mocy, a penetrujący je meteoryt energię ową wchłania i zachowuje. Stal, jaką da się z meterorytu wytopić, jak również głownia, którą da się z takiej stali wykuć, moc żywiołów w sobie zawiera. Jest magiczna. Cały miecz jest magiczny. *Quod erat demonstrandum.* Pojąłeś?

– No pewnie.

– To zapomnij. Bo to bujda.

– Co?

– Bujda. Wymysł. Meteorytów nie znajduje się pod każdym krzakiem. Więcej niż połowa mieczy używanych przez wiedźminów była wykonana ze stali z rud magnetytowych. Sam takich używałem. Są równie dobre, jak te ze spadłych z nieba i penetrujących żywioły syderytów. Nie ma absolutnie żadnej różnicy. Ale zachowaj to dla siebie, Jaskier, bardzo cię proszę. Nie mów o tym nikomu.

– Jak to? Mam milczeć? Tego żądać nie możesz! Jakiż sens wiedzieć o czymś, jeśli wiedzą nie można się pochwalić?

– Proszę cię. Wolę, by mieli mnie za nadprzyrodzoną istotę uzbrojoną w nadprzyrodzony oręż. Takim mnie wynajmują i takiemu płacą. Zwykłość zaś równa się nijakość, a nijakość to taniość. Dlatego proszę, gębę na kłódkę. Obiecujesz?

– Niech ci będzie. Obiecuję.

●

Skałę o nazwie Gryf rozpoznali od razu, była widoczna już z daleka.

Faktycznie, przy odrobinie wyobraźni mogła kojarzyć się z osadzoną na długiej szyi głową gryfa. Bardziej jednak – jak zauważył Jaskier – przypominała gryf lutni lub innego instrumentu strunowego.

Gryf, jak się okazało, był ostańcem dominującym nad gigantycznym wywierzyskiem. Wywierzysko – Geralt przypominał sobie opowieści – nazywano Elfią Twierdzą, z racji dość regularnego kształtu, sugerującego ruiny pradawnej budowli, z murami, wieżami, basztami i całą resztą. Żadnej twierdzy, elfiej czy innej, nie było tu jednak nigdy, kształty wywierzyska były dziełem Natury, dziełem, trzeba było przyznać, fascynującym.

– Tam, w dole – wskazał Jaskier, stając w strzemionach. – Widzisz? To jest właśnie nasz cel. Rawelin.

I ta nazwa była wyjątkowo trafna, krasowe ostańce wytyczały zadziwiająco regularny kształt wielkiego trójkąta, wysuniętego przed Elfią Twierdzę niczym bastion. Wewnątrz owego trójkąta wznosiła się budowla, przypominająca fort. Otoczona czymś, co przypominało ogrodzony obóz warowny.

Geralt przypomniał sobie słuchy, krążące o Rawelinie. I o osobie, która w Rawelinie rezydowała.

Skręcili z gościńca.

Za pierwsze ogrodzenie wiodło kilka wejść, wszystkich strzegli uzbrojeni po zęby strażnicy, po pstrej i różnorodnej odzieży łatwi do rozpoznania jako żołnierze najemni. Zatrzymał ich już pierwszy posterunek. Choć Jaskier głośno powoływał się na umówioną audiencję i dobitnie podkreślał dobre stosunki z szefostwem, kazano im zsiąść z koni i czekać. Dość długo. Geralt zaczął się już nieco niecierpliwić, gdy wreszcie zjawił się drab o aparycji galernika, każący im iść za sobą. Wnet okazało się, że drab prowadzi ich drogą okrężną, na zaplecze kompleksu, z centrum którego dobiegał gwar i dźwięki muzyki. Przeszli przez mostek. Tuż za nim leżał człowiek, mało przytomnie macający wokół siebie rękami. Twarz miał pokrwawioną i tak napuchłą, że oczy całkiem niemal niknęły w opuchliźnie. Oddychał ciężko, a każdy oddech wydymał u rozbitego nosa krwawe bańki. Prowadzący ich drab nie poświęcił leżącemu najmniejszej uwagi, zatem także Geralt i Jaskier udawali, że nic nie widzą. Znajdowali się na terytorium, gdzie nie należało przejawiać nadmiernej ciekawości. W sprawy Rawelinu nie zalecało się wścibiać nosa – w Rawelinie, jak wieść niosła, wścibiony nos zazwyczaj rozstawał się z posiadaczem i zostawał tam, gdzie go wścibiono.

Drab wiódł ich przez kuchnię, w której jak w ukropie uwijali się kucharze. Bulgotały kotły, w których, jak dostrzegł Geralt, gotowały się kraby, homary i langusty. Wiły się w kadziach węgorze i mureny, dusiły w garach małże i omułki. Skwierczały na ogromnych patelniach mięsiwa. Służba porywała naładowane gotowym jadłem tace i misy, by unieść je w korytarze.

Następne pomieszczenia przepajała dla odmiany woń damskich perfum i kosmetyków. Przed szeregiem luster, paplając nieustannie, poprawiało urodę kilkanaście kobiet w różnych stadiach negliżu, wliczając ten zupełny. Także i tutaj Geralt i Jaskier zachowali kamienne oblicza i nie pozwolili oczom nadmiernie pląsać.

W kolejnym pomieszczeniu poddano ich drobiazgowej rewizji. Dokonujący jej osobnicy byli poważni z wyglądu, profesjonalni w zachowaniu i stanowczy w działaniu. Sztylet Geralta podległ konfiskacie. Jaskrowi, który nigdy żadnej broni nie nosił, odebrano grzebień i korkociąg. Ale – po zastanowieniu – pozostawiono lutnię.

– Przed wielebnością stoją krzesła – pouczono ich na koniec. – Na nich usiąść. Siedzieć i nie wstawać, póki wielebność nie rozkaże. Nie przerywać, gdy wielebność mówi. Nie mówić, póki wielebność znaku nie da, że można. A teraz wejść. Tymi drzwiami.

– Wielebność? – mruknął Geralt.

– Był niegdyś kapłanem – odmruknął poeta. – Ale nie bój się, nie nabrał nawyków. Podwładni muszą go jednak jakoś tytułować, a nie znosi nazywania szefem. My tytułować go nie musimy.

Gdy weszli, drogę natychmiast zastąpiło im coś. Coś było wielkie niczym góra i intensywnie śmierdziało piżmem.

– Się masz, Mikita – powitał górę Jaskier.

Nazwany Mikitą olbrzym, ewidentnie straż przyboczna wielebnego szefa, był metysem, wynikiem skrzyżowania ogra i krasnoluda. Efektem był łysy krasnolud wzrostu dobrze powyżej siedmiu stóp, całkowicie bez szyi, z kędzierzawą brodą, wystającymi jak u odyńca zębami i rękoma sięgającymi kolan. Nieczęsto widywało się podobną krzyżówkę, gatunki, jak się uważało, były całkowicie odmienne genetycznie – coś takiego jak Mikita nie mogło powstać naturalnie. Nie obyło się bez pomocy wyjątkowo silnej magii. Magii, nawiasem mówiąc, zakazanej. Krążyły pogłoski, że sporo czarodziejów lekceważy zakaz. Geralt miał właśnie przed oczami dowód na prawdziwość pogłosek.

Usiedli, zgodnie z obowiązującym tu protokołem, na dwóch wiklinowych krzesłach. Geralt rozejrzał się. W najdalszym kącie komnaty, na wielkim szezlongu, dwie roznegliżowane panienki zajmowały się sobą wzajem. Przyglądał się im, karmiąc jednocześnie psa, mały, niepozorny, zgarbiony i nijaki mężczyzna w luźnej, kwieciście haftowanej szacie i fezie z kutasem. Nakarmiwszy psa ostatnim kawałkiem homara, mężczyzna wytarł ręce i odwrócił się.

– Witaj, Jaskier – przemówił, siadając przed nimi na czymś, co do złudzenia przypominało tron, choć było z wikliny. – Uszanowanie, panie Geralcie z Rivii.

Wielebny Pyral Pratt, uchodzący – nie bez podstaw – za szefa przestępczości zorganizowanej całego regionu, wyglądał jak emerytowany kupiec bławatny. Na pikniku emerytowanych kupców bławatnych nie rzucałby się w oczy i nie byłby do zidentyfikowania jako ktoś spoza branży. Przynajmniej z odległości. Obserwacja z bliższego dystansu pozwalała zobaczyć u Pyrala Pratta to, czego kupcy bławatni nie miewali. Starą i zblakłą bliznę na kości policzkowej, ślad po cięciu nożem. Nieładny i złowróżący grymas wąskich ust. Jasne, żółtawe oczy, nieruchome jak u pytona.

Długo nikt nie przerywał milczenia. Skądś zza ściany dolatywała muzyka, słychać było gwar.

– Rad widzę i witam obu panów – odezwał się wreszcie Pyral Pratt. W jego głosie wyraźnie dała się słyszeć stara i nierdzewiejąca miłość do tanich i kiepsko destylowanych alkoholi.

– Zwłaszcza ciebie rad witam, śpiewaku. – Wielebny uśmiechnął się do Jaskra. – Nie widzieliśmy się od wesela mojej wnuczki, któreś uświetnił występem. A ja właśnie myślałem o tobie, bo kolejnej z moich wnuczek coś za mąż pilno. Tuszę, że po starej przyjaźni i tym razem nie odmówisz. Co? Zaśpiewasz na weselu? Nie dasz się prosić tak długo, jak poprzednio? Nie będę cię musiał... przekonywać?

– Zaśpiewam, zaśpiewam – pospieszył z zapewnieniem Jaskier, blednąc lekko.

– A dziś – kontynuował Pratt – wpadłeś zapytać o moje zdrowie, jak mniemam? Otóż do dupy ono jest, to moje zdrowie.

Jaskier i Geralt nie skomentowali. Ogrokrasnolud śmierdział piżmem. Pyral Pratt westchnął ciężko.

– Dostałem – obwieścił – wrzodów żołądka i jadłowstrętu, więc rozkosze stołu już nie dla mnie. Zdiagnozowano mi chorą wątrobę i zakazano picia. Nabawiłem się dyskopatii, w równej mierze kręgów szyjnych i lędźwiowych, a to wyeliminowało mi z rozrywek łowiectwo i inne sporty ekstremalne. Leki i kuracje pochłaniają ogrom pieniędzy, którem dawniej zwykł wydawać na gry hazardowe. Fujarka, owszem, powiedzmy, że jeszcze mi staje, ale ileż z nią roboty, by stanęła! Rzecz wcześniej znuży, niż ucieszy... To co mi pozostaje? Hę?

– Polityka?

Pyral Pratt zaśmiał się, aż zatrząsł się kutas u fezu.

– Brawo, Jaskier. Jak zwykle w sedno. Polityka, o tak, to jest teraz coś dla mnie. Początkowo nie byłem do rzeczy nastawiony przychylnie. Myślałem prędzej nierządem się parać i w domy publiczne inwestować. Wśród polityków się obracałem i licznych poznałem. I przekonałem się, że lepiej przestawać z kurwami, bo kurwy mają chociaż jakiś swój honor i jakieś zasady. Z drugiej jednak strony z bardaka nie porządzisz tak dobrze, jak z ratusza. A rządzić by się chciało, jeśli nie światem, jak to mówią, to choć powiatem. Głosi stare porzekadło, nie możesz ich pokonać, to się do nich przyłącz...

Przerwał, spojrzał na szezlong, wyciągając szyję.

– Nie markować, dziewczynki! – krzyknął. – Nie udawać! Więcej, więcej zapału! Hmm... Na czym to ja stanąłem?

– Na polityce.

– No tak. Ale polityka polityką, a tobie, wiedźminie, twoje słynne miecze ukradziono. Czy aby nie w tej sprawie mam honor cię witać?

– W tej właśnie jako żywo.

– Ukradli miecze – pokiwał głową Pratt. – Strata bolesna, jak mniemam? Rzecz oczywista, że bolesna. I niepowetowana. Ha, zawszem twierdził, że w Kerack złodziej na złodzieju. Ludzie tameczni, daj im jeno szansę, ukradną, rzecz to znana, wszystko, co nie jest solidnie przybite gwoździami. Na wypadek zaś kontaktu z rzeczami przybitymi zawsze noszą przy sobie brechsztangi.

– Śledztwo, tuszę, trwa? – podjął po chwili. – Ferrant de Lettenhove działa? Spójrzcie jednakowoż prawdzie w oczy, panowie. Ze strony Ferranta cudów oczekiwać nie należy. Bez obrazy, Jaskier, ale twój krewniak lepszym byłby księgowym, niż jest śledczym. U niego nic, tylko książki, kodeksy, paragrafy, regulaminy, no i te jego dowody, dowody i jeszcze raz dowody. Jak w tej facecji o kozie i kapuście. Nie znacie? Zamknęli raz kozę w obórce z główką kapusty. Rano kapusty ani śladu, a koza sra na zielono. Ale dowodów brak i świadków nie ma, tedy sprawa umorzona, *causa finita*. Nie chciałbym być złym prorokiem, wiedźminie Geralcie, ale sprawa kradzieży twoich mieczy może znaleźć podobne zakończenie.

Geralt i tym razem nie skomentował.

– Pierwszy miecz – Pyral Pratt potarł podbródek upierścienioną dłonią – jest stalowy. Stal syderytowa, ruda pochodząca z meteorytu. Kuta w Mahakamie, w krasnoludzkich hamerniach. Długość całkowita czterdzieści i pół cala, sama głownia długa na dwadzieścia siedem i ćwierć. Wspaniałe wyważenie, waga głowni precyzyjnie równa wadze rękojeści, waga całej broni z pewnością poniżej czterdziestu uncji. Wykonanie rękojeści i jelca proste, ale eleganckie.

– I drugi miecz, podobnej długości i wagi, srebrny. Częściowo, oczywiście. Stalowy trzpień okuty srebrem, także ostrza są stalowe, czyste srebro jest za miękkie, by dobrze je naostrzyć. Na jelcu i całej długości klingi znaki runiczne i glify, uznane przez moich rzeczoznawców za niemożliwe do odczytania, ale niewątpliwie magiczne.

– Precyzyjny opis. – Geralt miał twarz jak z kamienia. – Jakbyś miecze widział.

– Bo też i widziałem. Przyniesiono mi je i zaproponowano kupno. Reprezentujący interesy obecnego właściciela pośrednik, osoba mająca nienaganną reputację i osobiście mi znana, ręczył, że miecze są nabyte legalnie, że pochodzą ze znaleziska w Fen Carn, starożytnej nekropolii w Sodden. W Fen Carn wygrzebano bez liku skarbów i artefaktów, toteż w zasadzie nie było podstaw do kwestionowania wiarygodności. Ja jednak miałem podejrzenia. I mieczy nie kupiłem. Słuchasz mnie, wiedźminie?

– W napięciu. Czekam na konkluzję. I na szczegóły.

– Konkluzja jest następująca: coś za coś. Szczegóły kosztują. Informacja nosi metkę z ceną.

– No wiesz – żachnął się Jaskier. – Ja do ciebie po starej przyjaźni, z przyjacielem w biedzie...

– Interes jest interes – przerwał mu Pyral Pratt. – Powiedziałem, informacja, którą posiadam, ma swoją cenę. Chcesz się dowiedzieć czegoś o losie twych mieczy, wiedźminie z Rivii, musisz zapłacić.

– Jaka cena jest na metce?

Pratt wyciągnął spod szaty dużą złotą monetę i wręczył ją ogrokrasnoludowi. Ten zaś bez widocznego wysiłku złamał ją w palcach, jakby to był herbatnik. Geralt pokręcił głową.

– Banał na poziomie jarmarcznego teatrzyku – wycedził. – Wręczysz mi pół monety, a ktoś, kiedyś, może nawet za kilka lat, zjawi się z drugą połówką. I zażąda, by spełnić jego życzenie. Które będę musiał spełnić bezwarunkowo. Nic z tego. Jeśli to miała być cena, to targu nie ubijemy. *Causa finita.* Idziemy, Jaskier.

– Nie zależy ci na odzyskaniu mieczy?

– Nie aż tak.

– Podejrzewałem to. Ale spróbować nie zawadziło. Złożę inną ofertę. Tym razem nie do odrzucenia.

– Idziemy, Jaskier.

– Wyjdziesz – Pratt wskazał ruchem głowy – ale innymi drzwiami. Tymi. Rozebrawszy się wprzód. W samych kalesonach.

Geraltowi zdawało się, że panuje nad twarzą. Musiał się mylić, bo ogrokrasnolud zaryczał nagle ostrzegawczo i postąpił ku niemu, unosząc łapy i śmierdząc w dwójnasób.

– To są jakieś kpiny – oświadczył głośno Jaskier, u boku wiedźmina jak zwykle zuchowaty i pyskaty.

– Dworujesz sobie z nas, Pyral. Dlatego teraz pożegnamy się i wyjdziemy. I to tymi samymi drzwiami, którymi weszliśmy. Nie zapominaj, kim jestem! Wychodzę!

- Nie sądzę - pokręcił głową Pyral Pratt. - To, że nie jesteś specjalnie mądry, już kiedyś ustaliliśmy. Ale na to, by teraz spróbować wyjść, jesteś za mądry. By podkreślić wagę słów szefa, ogrokrasnolud pokazał im zaciśniętą pięść. Rozmiarów arbuza. Geralt milczał. Już od dłuższej chwili przyglądał się olbrzymowi, wypatrując na nim miejsca wrażliwego na kopniak. Bo wyglądało, że bez kopania się nie obejdzie.

- No, dobra. - Pratt gestem zmitygował ochroniarza. - Ustąpię trochę, wykażę dobrą wolę i pragnienie kompromisu. Zgromadziła się tu dziś cała okoliczna elita przemysłu, handlu i finansjery, politycy, szlachta, duchowieństwo, nawet jeden książę, incognito. Obiecałem im spektakl, jakiego nie widzieli, a wiedźmina w gaciach nie widzieli z pewnością. Ale niechaj będzie, ustąpię krzynę: wyjdziesz goły do pasa. W zamian otrzymasz obiecane informacje, i to zaraz. Nadto, jako bonus...

Pyral Pratt podniósł ze stołu arkusik papieru.

- Jako bonus, dwieście novigradzkich koron. Na wiedźmiński fundusz emerytalny. Proszę, oto czek na okaziciela, na bank Giancardich, do inkasa w każdej ich filii. I co ty na to?

- Dlaczego pytasz? - zmrużył oczy Geralt. - Dałeś już, zdaje się, do zrozumienia, że odmówić nie mogę.

- Dobrze ci się zdaje. Mówiłem, to oferta nie do odrzucenia. Ale, jak mniemam, obopólnie korzystna.

- Jaskier, bierz czek. - Geralt rozpiął i zdjął kurtkę. - Mów, Pratt.

- Nie rób tego. - Jaskier pobladł jeszcze bardziej. - Albo to wiesz, co cię tam czeka, za tymi drzwiami?

- Mów, Pratt.

– Jak już wspominałem – wielebny rozparł się na swym tronie – odmówiłem pośrednikowi kupna mieczy. Ale ponieważ była to, jak już mówiłem, osoba dobrze mi znana i zaufana, zasugerowałem inny, bardzo opłacalny sposób ich spieniężenia. Poradziłem, by ich obecny posiadacz wystawił je na aukcji. W domu aukcyjnym braci Borsodych, w Novigradzie. To największa i najbardziej renomowana aukcja kolekcjonerska, z całego świata zjeżdżają tam amatorzy rarytasów, antyków, rzadkich dzieł sztuki, unikatowych wyrobów i wszelkich osobliwości. Żeby wejść w posiadanie jakiegoś fenomenu do swej kolekcji, dziwacy ci licytują jak szaleni, różne egzotyczne cudactwa idą u Borsodych za niebotyczne nieraz sumy. Nigdzie nie da się sprzedać drożej.

– Mów, Pratt. – Wiedźmin ściągnął koszulę. – Słucham cię.

– Aukcje w domu Borsodych odbywają się raz w kwartale. Najbliższa będzie prowadzona w lipcu, piętnastego. Złodziej niezawodnie zjawi się tam z twoimi mieczami. Przy odrobinie szczęścia zdołasz mu je odebrać, zanim je wystawi.

– I to tyle?

– To całkiem niemało.

– Tożsamość złodzieja? Albo pośrednika?

– Tożsamości złodzieja nie znam – uciął Pratt. – A pośrednika nie wyjawię. To są interesy, obowiązują prawa, reguły i nie mniej od nich ważne uzanse. Straciłbym twarz. Zdradziłem ci dość, dostatecznie dużo za to, czego od ciebie żądam. Wyprowadź go na arenę, Mikita. A ty chodź ze mną, Jaskier, też sobie popatrzymy. Na co czekasz, wiedźminie?

– Mam, rozumiem, wyjść bez broni? Nie dość, że goły do pasa, ale i z gołą ręką?

– Obiecałem gościom – wyjaśnił Pratt, powoli, jak dziecku – coś, czego dotąd nikt nie widział. Wiedźmina z bronią już widywano.

– Jasne.

Znalazł się na arenie, na piasku, w kręgu wytyczonym przez wkopane w grunt bale, zalanym migotliwym światłem licznych lampionów, zawieszonych na żelaznych prętach. Słyszał krzyki, wiwaty, brawa i gwizdy. Widział nad areną twarze, otwarte usta, podniecone oczy.

Na wprost niego, na przeciwległym krańcu areny, coś się poruszyło. I skoczyło.

Geralt ledwie zdążył złożyć przedramiona w Znak Heliotropu. Czar odbił i odtrącił atakującą bestię. Widownia wrzasnęła jednym głosem.

Dwunogi jaszczur przypominał wiwernę, ale był od niej mniejszy, rozmiarów dużego doga. Miał natomiast znacznie większy niż wiwerna łeb. Dużo bardziej zębatą paszczękę. I dużo dłuższy ogon, u końca cienki jak bat. Ogonem tym jaszczur energicznie wywijał, zamiatał nim piasek, siekł bale. Pochyliwszy łeb, skoczył na wiedźmina ponownie.

Geralt był gotów, uderzył go Znakiem Aard i odrzucił. Ale jaszczur zdążył smagnąć go końcem ogona. Widownia zawrzasnęła znowu. Zapiszczały kobiety. Wiedźmin poczuł, jak na gołym barku rośnie mu i puchnie wałek gruby jak kiełbasa. Wiedział już, dlaczego kazano mu się rozebrać. Rozpoznał też przeciwnika. Był nim wigilozaur, specjalnie hodowany magicznie zmutowany jaszczur, używany do stróżowania i ochrony. Sprawa nie wyglądała najlepiej. Wigilozaur traktował arenę jako miejsce, którego ochronę mu powierzono. Geralt zaś był intruzem, którego należało obezwładnić. A w razie konieczności wyeliminować.

Wigilozaur okrążył arenę, ocierając się o bale, sycząc wściekle. I zaatakował, szybko, nie dając czasu na Znak. Wiedźmin zwinnie odskoczył z zasięgu zębatej paszczy, ale nie zdołał uniknąć smagnięcia ogonem. Poczuł, jak obok poprzedniego zaczyna puchnąć mu drugi wałek.

Znak Heliotropu znowu zablokował atakującego wigilozaura. Jaszczur ze świstem wywijał ogonem. Geralt złowił uchem zmianę w świście, usłyszał ją na sekundę przed tym, jak koniec ogona chlasnął go przez plecy. Ból aż go oślepił, a po plecach popłynęła krew. Widownia szalała.

Znaki słabły. Wigilozaur okrążał go tak szybko, że wiedźmin ledwie nadążał. Udało mu się umknąć przed dwoma smagnięciami ogona, trzeciego nie uniknął, dostał znowu w łopatkę i znów ostrą krawędzią. Krew lała się już po plecach strumieniami.

Widownia huczała, widzowie darli się i podskakiwali. Jeden, by widzieć lepiej, mocno wychylił się przez balustradę, opierając się o żelazny pręt z lampionem. Pręt złamał się i razem z lampionem runął na arenę. Pręt wbił się w piasek, lampion zaś spadł na łeb wigilozaura i stanął w ogniu. Jaszczur strącił go, sypiąc wokół kaskadą iskier, zasyczał, trąc łbem o bale areny. Geralt w mig spostrzegł sposobność. Wyrwał pręt z piasku, z krótkiego rozbiegu skoczył i z impetem wraził żelazo w czaszkę jaszczura. Pręt przeszedł na wylot. Wigilozaur zaszamotał się, niezbornie wymachując przednimi łapami usiłował pozbyć się dziurawiącego mu mózg żelastwa. W nieskordynowanych podskokach grzmotnął wreszcie o bale i wgryzł się w drewno. Przez czas jakiś ciskał się w konwulsjach, rył piasek pazurami i smagał ogonem. Wreszcie znieruchomiał.

Ściany drżały od wiwatów i braw.

Wyszedł z areny po spuszczonej drabince. Rozen-
tuzjazmowani widzowie oblegli go ze wszech stron.
Któryś poklepał go po opuchłym barku, z trudem powstrzymał się, by nie dać mu w zęby. Młoda kobieta pocałowała go w policzek. Inna, jeszcze młodsza,
starła mu krew z pleców batystową chusteczką, którą zaraz rozwinęła, z triumfem demonstrując towa-
rzyszkom. Inna, dużo starsza, zdjęła z pomarszczo-
nej szyi kolię, usiłowała mu ją wręczyć. Wyraz jego
twarzy sprawił, że cofnęła się w tłum.

Zaśmierdziało piżmem, przez ciżbę, niczym okręt
przez sargassy, przedarł się ogrokrasnolud Mikita.
Osłonił sobą wiedźmina i wyprowadził go.

Wezwany medyk opatrzył Geralta, założył szwy.
Jaskier był bardzo blady. Pyral Pratt spokojny. Jakby nic się nie stało. Ale twarz wiedźmina znowu musiała mówić wiele, bo pospieszył z wyjaśnieniem.

– Nawiasem mówiąc – powiedział – to tamten
pręt, uprzednio podpiłowany i naostrzony, spadł na
arenę z mojego rozkazu.

– Dzięki, że tak spiesznie.

– Goście byli w siódmym niebie. Nawet burmistrz
Coppenrath był zadowolony, aż promieniał, a trudno
skurwiela usatysfakcjonować, na wszystko nosem
kręci, ponury jak burdel w poniedziałek rano. Stanowisko rajcy mam, ha, już w kieszeni. A może i wyżej siędę, jeśli... Nie wystąpiłbyś za tydzień, Geralt?
Z podobnym spektaklem?

– Tylko wtedy – wiedźmin poruszył wściekle bolą-
cym barkiem – jeśli zamiast wigilozaura to ty, Pratt,
będziesz na arenie.

– Żartowniś, ha, ha. Słyszałeś, Jaskier, jaki z niego żartowniś?

– Słyszałem – potwierdził poeta, patrząc na plecy Geralta i zaciskając zęby. – Ale to nie był żart, to było całkiem poważnie. Ja też, równie poważnie, komunikuję ci, że uroczystości zaślubin twojej wnuczki występem nie uświetnię. Po tym, jak potraktowałeś Geralta, możesz o tym zapomnieć. Jak i o innych ewentualnych okazjach, wliczając chrzciny i pogrzeby. W tym twój własny.

Pyral Pratt spojrzał na niego, a w jego gadzich oczach coś zabłysło.

– Nie przejawiasz szacunku, śpiewaku – wycedził. – Znowu nie przejawiasz szacunku. Prosisz się o lekcję w tym względzie. O nauczkę...

Geralt zbliżył się, stanął przed nim. Mikita sapnął, uniósł kułak, zaśmierdział piżmem. Pyral Pratt gestem nakazał mu spokój.

– Tracisz twarz, Pratt – powiedział wolno wiedźmin. – Ubiliśmy interes, klasycznie, według reguł i nie mniej od nich ważnych uzansów. Twoi goście są usatysfakcjonowani spektaklem, ty zyskałeś prestiż i perspektywy na urząd w radzie miejskiej. Ja zdobyłem potrzebną informację. Coś za coś. Obie strony zadowolone, teraz więc powinniśmy rozstać się bez żalu i gniewu. Miast tego posuwasz się do gróźb. Tracisz twarz. Idziemy, Jaskier.

Pyral Pratt pobladł lekko. Po czym odwrócił się do nich plecami.

– Miałem chęć – rzucił przez ramię – podjąć was wieczerzą. Ale wygląda, że się spieszycie. Żegnam tedy. I cieszcie się, że pozwalam wam obu opuścić Rawelin bezkarnie. Brak szacunku zwykłem bowiem karać. Ale nie zatrzymuję was.

– Bardzo słusznie.

Pratt odwrócił się.

– Że co?

Geralt spojrzał mu w oczy.

– Nie jesteś, choć lubisz mniemać inaczej, specjalnie mądry. Ale na to, by spróbować mnie zatrzymać, jesteś za mądry.

•

Ledwie minęli wywierzysko i dojechali do pierwszych przydrożnych topoli, gdy Geralt wstrzymał konia, nadstawił ucha.

– Jadą za nami.

– Psiakrew! – zaszczękał zębami Jaskier. – Kto? Bandziory Pratta?

– Nieważne, kto. Dalej, gnaj co koń wyskoczy do Kerack. Schroń się u kuzyna. Z samego rana idź z czekiem do banku. Potem spotkamy się „Pod Krabem i Beloną".

– A ty?

– O mnie się nie martw.

– Geralt...

– Nie gadaj, tylko ostrogę koniowi. Jazda, leć!

Jaskier usłuchał, pochylił się w kulbace i zmusił konia do galopu. Geralt zawrócił, czekał spokojnie.

Z mroku wyłonili się jeźdźcy. Sześciu jeźdźców.

– Wiedźmin Geralt?

– Jam jest.

– Pojedziesz z nami – zachrypiał najbliższy. – Tylko bez głupstw, dobrze?

– Puść wodze, bo cię skrzywdzę.

– Bez głupstw! – Jeździec cofnął rękę. – I bez gwałtu. Myśmy są legalni i za porządkiem. Nie żadne rzezimieszki. My z książęcego rozkazu.

– Jakiego księcia?

– Dowiesz się. Jedź za nami.

Pojechali. Książę, przypomniał sobie Geralt, jakiś książę gościł w Rawelinie, incognito, jak twierdził Pratt. Sprawy nie miały się najlepiej. Kontakty z książętami rzadko bywały przyjemne. I prawie nigdy nie kończyły się dobrze.

Nie ujechali daleko. Tylko do pachnącej dymem i błyskającej światełkami okien karczmy na rozstaju. Weszli do izby karczemnej, prawie pustej, jeśli nie liczyć kilku kupców przy spóźnionej wieczerzy. Wejścia do alkierza strzegło dwóch zbrojnych w błękitnych płaszczach, identycznych w barwie i kroju jak te noszone przez eskortę Geralta. Weszli do środka.

– Wasza książęca łaskawość...

– Wyjść. A ty siadaj, wiedźminie.

Siedzący za stołem mężczyzna nosił płaszcz podobny jak jego wojsko, lecz bogaciej haftowany. Twarz osłaniał kapturem. Nie musiał. Kaganek na stole oświetlał tylko Geralta, zagadkowy książę krył się w cieniu.

– Widziałem cię na arenie u Pratta – powiedział. – Imponujący zaiste był pokaz. Ten wyskok i cios z góry, wzmocniony całym ciężarem ciała... Żelazo, choć przecie byle jaki pręt, przeszło przez czerep smoka jak przez masło. Myślę, że gdyby to była, dajmy na to, bojowa rohatyna albo spisa, to i przez kolczugę by przeszła, może nawet przez blachę... Jak myślisz?

– Noc już późna. Nijak myśleć, gdy sen morzy.

Mężczyzna z cienia parsknął.

– Nie mitrężmy tedy. I przejdźmy do sprawy. Jesteś mi potrzebny. Ty, wiedźmin. Do wiedźmińskiej roboty. A tak się jakoś dziwnie składa, że ja tobie potrzebny jestem również. Może nawet bardziej.

– Jestem królewicz Xander, książę Kerack. Pragnę, i to przemożnie, być Xanderem Pierwszym, królem Kerack. W tej chwili, ku memu żalowi i ku szkodzie kraju, królem Kerack jest mój ojciec, Belohun. Staruch wciąż w pełni sił, może królować, tfu, na psa urok, jeszcze ze dwadzieścia lat. Nie mam czasu ani chęci czekać tak długo. Ba! Choćbym i czekał, nie jestem nawet pewien sukcesji, zgred może w każdej chwili wyznaczyć innego następcę tronu, ma obfitą kolekcję potomków. I właśnie zabiera się za płodzenie kolejnego, na święto Lammas zaplanował królewskie gody, z pompą i przepychem, na który tego kraju nie stać. On, skąpiec, który za potrzebą chodzi do parku, żeby oszczędzać emalię na nocniku, wydaje na weselną ucztę górę złota. Rujnując skarbiec. Będę lepszym królem. Sęk w tym, że chcę być nim zaraz. Tak prędko, jak tylko się da. I do tego ty mi jesteś potrzebny.

– Wśród usług, które świadczę, nie ma dokonywania przewrotów pałacowych. Ani królobójstwa. A to właśnie zapewne książę raczył mieć na myśli.

– Chcę być królem. Abym mógł nim zostać, mój ojciec musi przestać nim być. A moi bracia muszą być z sukcesji wyeliminowani.

– Królobójstwo plus bratobójstwo. Nie, mości książę. Muszę odmówić. Żałuję.

– Nieprawda – warknął z cienia królewicz. – Nie żałujesz. Jeszcze nie. Ale pożałujesz, obiecuję.

– Książę raczy przyjąć do wiadomości, że straszenie mnie śmiercią mija się z celem.

– Kto tu mówi o śmierci? Jestem królewiczem i księciem, nie mordercą. Ja mówię o wyborze. Albo moja łaska, albo niełaska. Zrobisz to, czego zażądam, a będziesz cieszył się moją łaską. A jest ci ona, uwierz, właśnie nader potrzebna. Teraz, gdy czeka cię proces i wyrok za finansowy przekręt. Kilka najbliższych lat spędzisz, zapowiada się, przy wiośle na galerze. Tyś, zdaje się, myślał, żeś się już wywinął? Że twoja sprawa już jest umorzona, że wiedźma Neyd, która dla kaprysu pozwala ci się chędożyć, odwoła oskarżenie i po krzyku? Jesteś w błędzie. Albert Smulka, żupan z Ansegis, złożył zeznanie. To zeznanie cię pogrąża.

– To zeznanie jest fałszywe.

– Trudno będzie tego dowieść.

– Dowieść trzeba winy. Nie niewinności.

– Dobry żart. Naprawdę śmieszny. Ale nie śmiałbym się, będąc w twojej skórze. Spójrz na to. To – królewicz rzucił na stół plik papierów – są dokumenty. Poświadczone zeznania, relacje świadków. Miejscowość Cizmar, wynajęty wiedźmin, zabita leukrota. Na fakturze siedemdziesiąt koron, w rzeczywistości wypłacono pięćdziesiąt pięć, górka po połowie podzielona z miejscowym urzędasem. Osada Sotonin, pająk olbrzym. Zabity, według rachunku, za dziewięćdziesiąt, faktycznie, zgodnie z zeznaniem wójta, za sześćdziesiąt pięć. W Tiberghien zabita harpia, fakturowano sto koron, w rzeczywistości wypłacono siedemdziesiąt. I twoje wcześniejsze wyczyny i przekręty: wampir z zamku Petrelsteyn, którego w ogóle nie było, a kosztował burgrabiego okrąglutki tysiąc orenów. Wilkołak z Guaamez, za sto koron jakoby odczarowany i magicznie odwilkołaczony, sprawa bardzo podejrzana, bo to coś za tanio za takie odczarowanie. Echinops, czy raczej coś, co przyniosłeś do wójta w Martindelcampo i nazwałeś echinopsem. Ghule z cmentarza pod miejscowością Zgraggen, które kosztowały gminę koron osiemdziesiąt, choć nikt nie widział trupów, bo zostały pożarte przez, ha-ha, inne ghule. Co ty na to, wiedźminie? To są dowody.

– Książę raczy się mylić – zaprzeczył spokojnie Geralt. – To nie są dowody. To są sfabrykowane oszczerstwa, do tego sfabrykowane nieudolnie. Nigdy nie byłem wynajmowany w Tiberghien. O osadzie Sotonin nawet nie słyszałem. Wszelkie rachunki stamtąd są więc jawnymi falsyfikatami, dowieść tego nie będzie trudno. A zabite przeze mnie ghule ze Zgraggen zostały, i owszem, pożarte przez, ha-ha, inne ghule, bo takie, nie inne, są, ha-ha, ghuli obyczaje. A pochowani na tamtejszym cmentarzu nieboszczycy od tamtej pory nie niepokojeni w proch się obracają, bo niedobitki ghuli się stamtąd wyniosły. Reszty zawartych w tych papierach bredni nawet komentować mi się nie chce.

– Na podstawie tych papierów – królewicz położył dłoń na dokumentach – wytoczy ci się proces. Ów będzie trwał długo. Czy dowody okażą się prawdziwe? Kto wiedzieć może? Jaki w końcu zapadnie wyrok? A kogo to obchodzi? To bez znaczenia. Ważny jest smród, który się rozejdzie. A który włókł się będzie za tobą do końca twych dni.

– Niektórzy ludzie – podjął – brzydzili się tobą, ale tolerowali z musu, jako mniejsze zło, jako zabójcę zagrażających im potworów. Niektórzy nie znosili cię jako mutanta, czuli odrazę i abominację jako do nieludzkiego tworu. Inni bali się ciebie panicznie i nienawidzili za swój własny strach. Wszystko to pójdzie w zapomnienie. Rozgłos sprawnego mordercy i reputacja złego czarownika ulecą jak puch z wiatrem, zapomniane zostaną odraza i lęk. Zapamiętają cię wyłącznie jako pazernego złodzieja i wydrwigrosza. Ten, kto wczoraj bał się ciebie i twoich zaklęć, kto odwracał wzrok, kto na twój widok spluwał lub sięgał po amulety, jutro zarechocze, szturchnie kompana łokciem. Popatrz, idzie wiedźmin Geralt, ten nędzny szalbierz i krętacz! Jeśli nie podejmiesz się zadania, które ci zlecę, zniszczę cię, wiedźminie. Zrujnuję ci reputację. Chyba że mi usłużysz. Decyduj. Tak czy nie?

– Nie.

– Niech ci się nie zdaje, że w czymkolwiek pomogą ci koneksje, Ferrant de Lettenhove albo ruda kochanka czarownica. Instygator nie narazi własnej kariery, a wiedźmie Kapituła zabroni angażowania się w sprawę kryminalną. Nikt ci nie pomoże, gdy sądowa machina wkręci cię w tryby. Rozkazałem, byś decydował. Tak czy nie?

– Nie. Ostateczne nie, mości książę. Ten ukryty w alkierzyku może już wyjść.

Królewicz, ku zdziwieniu Geralta, parsknął śmiechem. I uderzył dłonią w stół. Skrzypnęły drzwiczki, z przyległego alkierzyka wyłoniła się postać. Znajoma mimo mroku.

– Wygrałeś zakład, Ferrant – powiedział książę. – Po wygraną zgłoś się jutro do mego sekretarza.

– Dziękuję waszej książęcej łaskawości – odrzekł z lekkim ukłonem Ferrant de Lettenhove, instygator królewski – lecz zakład traktowałem wyłącznie w kategoriach symbolicznych. By podkreślić, jak dalece pewny jestem swoich racji. Nie chodziło mi bynajmniej o pieniądze...

– Pieniądze, które wygrałeś – przerwał książę – to dla mnie też tylko symbol, taki sam jak wybity na nich znak novigradzkiej mennicy i profil aktualnego hierarchy. Wiedz też, wiedzcie obaj, że ja również wygrałem. Odzyskałem coś, co uważałem za utracone bezpowrotnie. Wiarę w ludzi, mianowicie. Ferrant, Geralcie z Rivii, był absolutnie pewien twojej reakcji. Ja zaś, wyznaję, miałem go za naiwnego. Przekonany byłem, że się ugniesz.

— Wszyscy coś wygrali — stwierdził Geralt kwaśno.

— A ja?

— Ty też — spoważniał książę. — Powiedz mu, Ferrant. Objaśnij mu, o co tu szło.

— Jego łaskawość obecny tu książę Egmund — wyjaśnił instygator — raczył na chwilę wcielić się w Xandera, swego młodszego brata. Jak również, symbolicznie, w pozostałych braci, pretendentów do tronu. Książę podejrzewał, że Xander lub ktoś inny spośród rodzeństwa będzie chciał celem zdobycia tronu posłużyć się będącym na podorędziu wiedźminem. Postanowiliśmy więc coś takiego... zainscenizować. I teraz wiemy, że gdyby do tego faktycznie doszło... Jeśliby ktoś faktycznie złożył ci niegodną propozycję, ty nie pójdziesz na lep książęcych łask. I nie ulękniesz się gróźb ani szantażu.

— Rozumiem — kiwnął głową wiedźmin. — I czoła chylę przed talentem. Książę raczył doskonale wczuć się w rolę. W tym, co raczył mówić o mnie, w opinii, jaką o mnie miał, nie wyczułem gry aktorskiej. Przeciwnie. Czułem samą szczerość.

— Maskarada miała swój cel — przerwał niezręczną ciszę Egmund. — Osiągnąłem go i ani myślę się przed tobą tłumaczyć. A korzyści i ty odniesiesz. Finansowe. Mam otóż faktycznie zamiar wynająć cię. I sowicie twe usługi opłacić. Powiedz mu, Ferrant.

— Książę Egmund — rzekł instygator — lęka się zamachu na życie ojca, króla Belohuna, do jakiego może dojść podczas zaplanowanych na święto Lammas królewskich godów. Książę byłby spokojniejszy, gdyby wówczas nad bezpieczeństwem króla czuwał... ktoś taki jak wiedźmin. Tak, tak, nie przerywaj, wiemy, że wiedźmini to nie ochroniarze ani straż przyboczna, że racją ich bytu jest obrona ludzi przed zagrożeniami ze strony monstrów magicznych, nadprzyrodzonych i nienaturalnych...

– To według książki – przerwał niecierpliwie książę. – W życiu bywało różnie. Wiedźmini najmowali się do ochrony karawan, wędrujących przez rojące się od potworów głusze i ostępy. Bywało jednak, że zamiast potworów kupców atakowali zwykli rabusie, a wiedźmini wcale nie byli od tego, by ich pochlastać. Mam podstawy do obaw, że podczas godów króla mogą napaść... bazyliszki. Podejmiesz się obrony przed bazyliszkami?

– To zależy.

– Od czego?

– Od tego, czy aby inscenizacja nie trwa nadal. A ja właśnie nie jestem obiektem kolejnej prowokacji. Ze strony któregoś z pozostałych braci, dla przykładu. Talent do wcielania się w role nie jest, zakładam, rzadkością w rodzinie.

Ferrant żachnął się. Egmund walnął pięścią w stół.

– Nie przeginaj pały – warknął. – I nie zapominaj się. Pytałem, czy się podejmiesz. Odpowiadaj!

– Mógłbym – kiwnął głową Geralt – podjąć się obrony króla przed hipotetycznymi bazyliszkami. Niestety, w Kerack okradziono mnie z moich mieczy. Służby królewskie wciąż nie zdołały wpaść na trop złodzieja i chyba niewiele czynią w tym kierunku. Bez mieczy obronić nikogo nie zdołam. Muszę więc odmówić z przyczyn obiektywnych.

– Jeśli to wyłącznie kwestia mieczy, to problemu nie będzie. Odzyskamy je. Prawda, panie instygatorze?

– Bezwzględnie.

– Sam widzisz. Instygator królewski bezwzględnie potwierdza. Jak więc będzie?

– Niech wpierw odzyskam miecze. Bezwzględnie.

– Uparty z ciebie osobnik. Ale niech ci będzie. Zaznaczam, że za twe usługi otrzymasz zapłatę i zapewniam, że nie znajdziesz mnie skąpym. Względem zaś innych korzyści, to niektóre uzyskasz od razu, awansem niejako, w dowód mej dobrej woli. Twoją sprawę w sądzie możesz już uważać za umorzoną. Formalnościom musi stać się zadość, a biurokracja nie zna pojęcia pośpiechu, ale możesz się już uważać za osobę wolną od podejrzeń i mającą swobodę poruszania się.

– Wdzięcznym niepomiernie. A zeznania i faktury? Leukrota z Cizmar, wilkołak z Guaamez? Co z dokumentami? Tymi, którymi książę raczył posłużyć się jako... teatralnym rekwizytem?

– Dokumenty – Egmund spojrzał mu w oczy – chwilowo zostaną u mnie. W bezpiecznym miejscu. Bezwzględnie.

•

Gdy wrócił, dzwon króla Belohuna właśnie oznajmiał północ.

Koral, oddać jej trzeba honor, na widok jego pleców zachowała rezerwę i spokój. Umiała nad sobą panować. Nawet głos się jej nie zmienił. Prawie się nie zmienił.

– Kto ci to zrobił?

– Wigilozaur. Taki jaszczur...

– Jaszczur założył te szwy? Pozwoliłeś się szyć jaszczurowi?

– Szwy założył medyk. A jaszczur...

– Do diabła z jaszczurem! Mozaïk! Skalpel, nożyczki, pinceta! Igła i katgut! Eliksir Pulchellum! Odwar aloesowy! *Unguentum ortolani*! Tampon i wyjałowiony opatrunek! I przygotuj synapizm z miodu i gorczycy! Ruszaj się, dziewczyno!

Mozaïk uwinęła się w podziwu godnym tempie. Lytta zabrała się do operacji. Wiedźmin siedział i cierpiał w milczeniu.

– Medykom, nie znającym się na magii – wycedziła czarodziejka, zakładając szew – powinno się jednak zabronić praktykować. Wykładać w uczelni, owszem. Zszywać zwłoki po sekcji, tak. Ale do żywych pacjentów nie powinno się ich dopuszczać. Ale raczej tego nie doczekam, wszystko idzie w przeciwnym kierunku.

– Nie tylko magia leczy – zaryzykował opinię Geralt. – A ktoś leczyć musi. Wyspecjalizowanych magów uzdrowicieli jest garstka, a zwykli czarodzieje leczyć nie chcą. Nie mają czasu albo uważają, że nie warto.

– Słusznie uważają. Skutki przeludnienia mogą być fatalne. Co to jest? To, czym się bawisz?

– Wigilozaur był tym oznaczony. Miał to trwale przymocowane do skóry.

– Zdarłeś z niego jako należne zwycięzcy trofeum?

– Zdarłem, by ci pokazać.

Koral przyjrzała się owalnej mosiężnej plakietce rozmiaru dziecięcej dłoni. I wytłoczonym na niej znakom.

– Ciekawy zbieg okoliczności – powiedziała, przyklejając mu do pleców gorczycznik. – Biorąc pod uwagę fakt, że właśnie wybierasz się w tamte strony.

– Wybieram się? Ach, tak, prawda, zapomniałem. Twoi konfratrzy i ich plany odnośnie mojej osoby. Czyżby owe plany skonkretyzowały się?

– Nie inaczej. Otrzymałam wiadomość. Jesteś proszony o przybycie na zamek Rissberg.

– Jestem proszony, wzruszające. Na zamek Rissberg. Siedzibę sławnego Ortolana. Prośbie, jak wnoszę, odmówić nie mogę.

– Nie radziłabym. Proszą, byś przybył pilnie. Zważywszy na twoje obrażenia, kiedy będziesz mógł wyruszyć?

– Zważywszy na obrażenia, ty mi powiedz. Medyczko.

– Powiem. Później... Teraz zaś... Nie będzie cię czas jakiś, będę tęsknić... Jak się teraz czujesz? Czy będziesz mógł... To wszystko, Mozaïk. Idź do siebie i nie przeszkadzaj nam. Co miał znaczyć ten uśmieszek, pannico? Mam ci go zamrozić na ustach na stałe?

Interludium

Jaskier, *Pół wieku poezji*
(fragment brudnopisu, tekst, który nigdy
nie wszedł do oficjalnego wydania)

Zaprawdę, wiedźmin wiele mi zawdzięczał. Co dzień, to więcej.

Wizyta u Pyrala Pratta w Rawelinie, zakończona, jak wiecie, burzliwie i krwawo, przyniosła jednak i pewne profity. Geralt wpadł na trop złodzieja swych mieczy. Moją poniekąd to zasługą, bom to ja, dzięki memu sprytowi, do Rawelinu Geralta pokierował. A nazajutrz to ja, nikt inny, Geralta w nową broń wyposażyłem. Nie mogłem patrzeć, jak chodzi bezbronny. Powiecie, że wiedźmin nie bywa bezbronny nigdy? Że to wyćwiczony w każdym rodzaju walki mutant, od normalnego człeka dwa razy silniejszy i dziesięć razy szybszy? Który trzech uzbrojonych drabów klepką dębową bednarską w mig na ziemi rozciąga? Że na domiar magią włada, swymi Znakami, które bronią są całkiem nielichą? Prawda. Ale co miecz, to miecz. W kółko mi powtarzał, że bez miecza jak goły się czuje. Więc go w miecz wyposażyłem.

Pratt, jak już wiecie, wywdzięczył się nam obu z wiedźminem finansowo, niezbyt hojnie, ale zawsze. Nazajutrz z rana, jak mi Geralt zlecił, pospieszyłem z czekiem do filii Giancardich. Dałem czek do inkasa.

Stoję, rozglądam się. I widzę, że ktoś bacznie mi się przygląda. Niewiasta, niestara, ale też i nie młódka, w odzieniu gustownym i eleganckim. Niedziwny mi damski zachwycony wzrok, mą męską i drapieżną urodę wiele kobiet znajduje nieodpartą.

Niewiasta podchodzi nagle, przedstawia się jako Etna Asider i rzecze, że mnie zna. Też mi sensacja, wszyscy mnie znają, sława wyprzedza mnie, dokądkolwiek zmierzam.

– Wieść mnie doszła – mówi – o złej przygodzie, która spotkała twego druha, panie poeto, wiedźmina Geralta z Rivii. Wiem, że broń utracił i że nowa mu pilnie potrzebna. Wiem też, jak trudno o dobry miecz. Tak się składa, że ja takim mieczem dysponuję. Po mężu nieboszczyku, miejcie bogowie łaskę dla duszy jego. Jak raz do banku zachodzę, by miecz ów spieniężyć, bo co wdowie po mieczu? Bank miecz wycenił i chce przyjąć go w komis. Mnie wszelako grosz gotowy potrzebny pilnie, bo mi mus nieboszczyka długi popłacić, inaczej zagryzą mnie wierzyciele. Tedy...

Po tych słowach bierze niewiasta pokrowiec z adamaszku i miecz zeń odwija. Cudo, powiadam wam. Lekki jak piórko. Pochwa gustowna i elegancka, rękojeść ze skóry jaszczurczej, jelec złocony, w głowicy jaspis jak gołębie jajo. Dobywam z pochwy i oczom nie wierzę. Na klindze, tuż nad jelcem, punca o kształcie słońca. A zaraz dalej inskrypcja: „Nie dobywaj bez przyczyny, nie chowaj bez honoru". Znaczy, głownia kuta w Nilfgaardzie, w Viroledzie, mieście kuźniami mieczniczymi na świat cały słynącym. Dotykam ostrza opuszkiem kciuka – jak ta brzytwa, mówię wam.

Żem nie w ciemię bity, nic po sobie poznać nie daję, obojętnie patrzę, jak się bankowi klerkowie uwijają, a jakaś babina mosiężne klamki poleruje.

– Bank Giancardich – rzecze wdówka – miecz wycenił na dwieście koron. W komisie. Jeśli jednak za gotówkę do ręki, oddam za sto pięćdziesiąt.

– Ho, ho – ja na to. – Sto pięćdziesiąt to worek pieniędzy. Za tyle to dom można kupić. Jeśli mały. I na przedmieściu.

– Ach, panie Jaskier – załamuje niewiasta ręce, łzę roni. – Drwicie ze mnie. Okrutny z waści człek, by tak wdowę wykorzystywać. Alemć ja w potrzasku, tedy niech wam będzie: za sto.

I tym to sposobem, drodzy moi, problem wiedźmina rozwiązałem.

Mknę „Pod Kraba i Belonę", Geralt już tam siedzi, nad jajecznicą z bekonem, ha, pewnie u ryżej wiedźmy na śniadanie znowu był serek i szczypiorek. Podchodzę i – trach! – miecz na stół. Aż go zatkało. Łyżkę rzucił, broń z pochwy wyciąga, ogląda. Twarz ma jak z kamienia. Alem przywykł do jego mutacji, wiem, że się go emocje nie imają. Choćby nie wiem, jak był zachwycony i szczęśliwy, poznać po sobie nie da.

– Ileś za to dał?

Chciałem odrzec, że nie jego interes, ale w porę przypomniałem sobie, że to jego własnymi pieniędzmi płaciłem. Więc się przyznałem. On rękę mi uścisnął, słowa nie powiedział, twarzy wyrazu nie zmienił. Taki już jest. Prosty, ale szczery.

I mówi mi, że wyjeżdża. Sam.

– Chciałbym – uprzedził me protesty – byś został w Kerack. I miał tu oczy i uszy otwarte.

Opowiedział, co się wczoraj przydarzyło, o swej nocnej rozmowie z księciem Egmundem. I cały czas viroledańskim mieczem się bawił, jak dziecko zabawką nową.

– Nie planuję – podsumował – księciu służyć. Ani uczestniczyć w sierpniowych królewskich godach w charakterze straży przybocznej. Egmund i twój kuzyn pewni są, że złodzieja moich mieczy wkrótce schwytają. Nie podzielam ich optymizmu. I to mi w zasadzie jest na rękę. Mając moje miecze, Egmund miałby na mnie haka. Wolę dopaść złodzieja sam, w Novigradzie, w lipcu, przed aukcją u Borsodych. Odzyskam miecze i więcej nie pokażę się w Kerack. Ty zaś, Jaskier, trzymaj gębę na kłódkę. O tym, co powiedział nam Pratt, nikt nie może się dowiedzieć. Nikt. Twego kuzyna instygatora wliczając.

Przysiągłem, że milczał będę jak grób. On zaś patrzył na mnie dziwnie. Zupełnie, jakby nie dowierzał.

– A że różnie może być – podjął – muszę mieć plan rezerwowy. Chciałbym wtedy jak najwięcej wiedzieć o Egmundzie i o jego rodzeństwie, o wszystkich możliwych pretendentach do tronu, o samym królu, o całej królewskiej rodzince. Chciałbym wiedzieć, co zamierzają i co knują. Kto trzyma z kim, jakie frakcje są tu czynne i tak dalej. Jasne?

– Lytty Neyd – ja na to – angażować w to nie chcesz, jak wnioskuję. I uważam, że słusznie. Rudowłosa piękność ma z pewnością doskonałe rozeznanie w interesujących cię sprawach, ale z tutejszą monarchią zbyt wiele ją wiąże, by zdecydowała się na podwójną lojalność, to raz. Dwa, nie uświadamiaj jej, że wnet znikniesz i więcej się nie pojawisz. Bo reakcja może być gwałtowna. Czarodziejki, jak już zdążyłeś wypraktykować, nie lubią, gdy ktoś znika.

– Względem reszty – przyrzekłem – możesz na mnie liczyć. Będę miał uszy i oczy w pogotowiu i wycelowane tam, gdzie trzeba. A tutejszą królewską rodzinkę już poznałem i plotek też nasłuchałem się dość. Miłościwie tu panujący Belohun dopracował się licznej progenitury. Żony zmieniał dość często i łatwo, gdy tylko upatrzył sobie nową, stara wygodnie żegnała padół, dziwnym losu zrządzeniem zapadając nagle na niemoc, wobec której medycyna okazywała się bezsilną. Tym sposobem król ma na dzień dzisiejszy czterech legalnych synów, każdy z innej matki. Bezliku córek nie liczę, jako że do tronu pretendować nie mogą. Nie liczę też bękartów. Warto jednak nadmienić, że wszystkie znaczące stanowiska i urzędy w Kerack obsadzone są przez małżonków córek, kuzyn Ferrant jest wyjątkiem. A nieślubni synowie rządzą handlem i przemysłem.

Wiedźmin, baczę, słucha pilnie.

– Czterech synów z prawego łoża – opowiadam dalej – to w kolejności starszeństwa pierworodny, imienia nie znam, na dworze nie wolno go wymieniać, po kłótni z ojcem wyjechał i ślad po nim zaginął, nikt go więcej nie widział. Drugi, Elmer, to trzymany w zamknięciu umysłowo chory pijak, niby jest to tajemnica stanu, ale w Kerack zna ją każdy. Realnymi pretendentami są Egmund i Xander. Nienawidzą się, a Belohun sprytnie to rozgrywa, obu trzyma w stałej niepewności, w kwestii sukcesji potrafi też nieraz ostentacyjnie faworyzować i mamić obietnicami któregoś z bękartów. Teraz zaś szepcze się po kątach, że przyrzekł koronę synowi urodzonemu z nowej żonki, tej właśnie, którą oficjalnie poślubi w Lammas.

– Ja i kuzyn Ferrant – mówię dalej – sądzimy jednak, że są to obiecanki-cacanki, za pomocą których stary chrzan myśli nakłonić młódeczkę do łóżkowych zapałów. Że Egmund i Xander są jedynymi realnymi dziedzicami tronu. A jeśli będzie to wymagało *coup d'état*, to w wykonaniu któregoś z tych dwu. Obu poznałem, poprzez kuzyna. Obaj są... takie wrażenie odniosłem... śliscy jak gówno w majonezie. Jeśli wiesz, co chcę przez to powiedzieć.

Geralt potwierdził, że wie, że sam odniósł takie wrażenie, rozmawiając z Egmundem, tylko nie umiał tego równie pięknie ująć w słowa. Po czym zamyślił się głęboko.

– Wrócę niebawem – mówi wreszcie. – A ty tu działaj i miej baczenie na sprawy.

– Nim się pożegnamy – ja na to – bądź druhem, opowiedz mi co nieco o uczennicy twojej magiczki. Tej przylizanej. To prawdziwy pączek róży, krzynkę nad nim popracować, a rozkwitnie przecudnie. Umyśliłem więc, że to ja się poświęcę...

Jemu zaś twarz się zmieniła. I jak nie gruchnie pięścią w stół, aż kufle podskoczyły.

– Łapy od Mozaïk z daleka, grajku – tak on do mnie, bez krzty respektu. – Wybij ją sobie z głowy. Nie wiesz, że uczennicom czarodziejek surowo zabrania się nawet najniewinniejszych flirtów? Za najmniejsze takie przewinienie Koral uzna ją za niegodną uczenia i odeśle do szkoły, a to dla uczennicy straszna kompromitacja i utrata twarzy, słyszałem o samobójstwach na tym tle. A z Koral nie ma żartów. Nie ma poczucia humoru.

Miałem chęć poradzić mu, by spróbował połaskotać jej kurzym piórkiem rowek w tyłku, zabieg taki rozwesela nawet największe ponuraczki. Alem zmilczał, bo go znam. Nie znosi, by nieoględnie mówić o jego kobietach. Nawet tych na jedną noc. Zakląłem się więc na honor, że cnotę przylizanej adeptki z porządku dziennego skreślę i nawet umizgać się nie będę.

— Jeśli aż tak cię sparło — on na to, poweselawszy, na odchodnym — to wiedz, że poznałem w tutejszym sądzie jedną panią adwokat. Wyglądała na chętną. Do niej posuń w koperczaki.

Dobre sobie. Że niby co, mam dymać wymiar sprawiedliwości?

Z drugiej jednak strony...

Interludium

Wielce Szanowna Pani
Lytta Neyd
Kerack, Miasto Górne
Willa „Cyklamen"

Zamek Rissberg, 1 lipca 1245 p. R.

Droga Koral,
tuszę, że list mój zastanie Cię w dobrym zdrowiu
i nastroju. I że wszystko układa się po Twojej myśli.

Spieszę powiadomić, że wiedźmin zwący się Geraltem z Rivii raczył wreszcie zjawić się na naszym
zamku. Natychmiast po przybyciu, w czasie krót-
szym od godziny, pokazał się irytująco nieznośnym
i zdążył zrazić do siebie absolutnie wszystkich, wliczając Czcigodnego Ortolana, osobę mogącą uchodzić za wcielenie życzliwości i przychylną każdemu.
Opinie krążące o tym osobniku nie są, jak się okazuje, w najmniejszym nawet stopniu przesadzone,
a antypatia i wrogość, z jakimi ów wszędzie się
spotyka, mają swoje głębokie uzasadnienie. Tam,
gdzie trzeba jednak oddać mu honor, będę pierwszym, który to uczyni, *sine ira et studio*. Osobnik
ów to profesjonał w każdym calu i w kwestii swego
fachu absolutnie spolegliwy. Wykona to, czego się
podejmie, lub padnie, wykonać próbując, wątpliwości być nie może.

Cel naszego przedsięwzięcia należy zatem uznać za osiągnięty, głównie dzięki Tobie, droga Koral. Dzięki składamy Ci za starania, wdzięcznymi za to znajdziesz nas zawsze. Wdzięczność moją masz zaś szczególną. Jako Twój z dawna przyjaciel, pomny na to, co nas łączyło, bardziej niż inni rozumiem Twe wyrzeczenie. Pojmuję, jak cierpieć musiałaś bliskość owego osobnika, będącego wszak konglomeratem przywar, których nie znosisz. Biorący się z głębokich kompleksów cynizm, natura zjeżona i introwertyczna, charakter nieszczery, umysł prymitywny, inteligencja mierna, arogancja monstrualna. Pominę fakt, że ma brzydkie dłonie i niezadbane paznokcie, by Cię nie irytować, droga Koral, wszak wiem, jak takich rzeczy nienawidzisz. Ale, jak się rzekło, koniec nastał Twoim cierpieniom, kłopotom i turbacjom, nic już nie stoi na przeszkodzie, byś relacji z owym osobnikiem zaprzestała i zerwała z nim wszelkie kontakty. Definitywnie tym samym kres kładąc i odpór dając kłamliwym pomówieniom, szerzonym przez nieżyczliwe języki, które z Twej pozornej wszak i udawanej życzliwości dla wiedźmina wręcz romans jakiś tani czynić usiłują. Ale dość już o tym, niewarta ta rzecz roztrząsania.

Najszczęśliwszym byłbym z ludzi, droga Koral, gdybyś zechciała odwiedzić mnie na Rissbergu. Nie muszę dodawać, iż jednego słowa Twego, jednego skinienia, jednego uśmiechu wystarczy, bym co tchu pospieszył do Ciebie.

Twój z głębokim uszanowaniem

Pinety

PS Nieżyczliwe języki, o których wspominałem, suponują, że Twa przychylność dla wiedźmina brała

się z chęci dokuczenia naszej konfraterce Yennefer,
wciąż jakoby wiedźminem zainteresowanej. Żałosna
zaiste jest intrygantów tych naiwność i niewiedza.
Powszechnie wszak wiadomo, że Yennefer pozostaje
w płomiennym związku z pewnym młodym przedsię-
biorcą z branży jubilerskiej, o wiedźmina zaś i jego
przelotne miłostki dba tyle, co o śnieg ubiegłoroczny.

Interludium

Wielce Szanowny Pan
Algernon Guincamp
Zamek Rissberg

Ex urbe Kerack,
die 5 mens. Jul. anno 1245 p. R.

Drogi Pinety,
dzięki Ci za list, dawno do mnie nie pisałeś, cóż, widocznie nie było o czym i nie było celu.

Ujmująca jest Twa troska o moje zdrowie i nastrój, jak też o to, czy aby wszystko układa się po mojej myśli. Z satysfakcją powiadamiam, że układa mi się wszystko tak, jak układać powinno, dokładam ku temu starań, a każdy wszak, jak wiadomo, sam nawy swojej sternikiem. Nawę mą, wiedz o tym, wiodę dłonią pewną przez szkwały i rafy, skroń wznosząc do góry, ilekroć burza wkoło zahuczy.

Co do zdrowia, to w rzeczy samej, dopisuje mi. Fizyczne jak zwykle, psychiczne również, od niedawna, od kiedy mam to, czego tak długo mi brakowało. Jak bardzo brakowało, dowiedziałam się dopiero, gdy brakować przestało.

Rada jestem, że wasze wymagające udziału wiedźmina przedsięwzięcie zmierza ku sukcesowi, dumą napawa mój skromny w przedsięwzięciu udział. Próżno jednak smucisz się, drogi Pinety, sądząc, że wiązało się to z wyrzeczeniami, cierpieniami, kłopotami i turbacjami. Nie było aż tak źle. Geralt to w rzeczy samej istny konglomerat przywar. Odkryłam w nim – *sine ira et studio* – wszakże i zalety. Niemałe zalety, zaręczam, niejeden, gdyby wiedział, toby się stropił. A niejeden pozazdrościł.

Do plotek, pogłosek, szeptanek i intryg, o których piszesz, drogi Pinety, wszyscyśmy przywykli i wiemy, jak sobie z czymś takim radzić, a rada jest prosta: lekceważyć. Pamiętasz zapewne pogłoski o tobie i Sabrinie Glevissig, w czasach, gdy coś jakoby nas łączyło? Zlekceważyłam je. Tobie teraz radzę to samo.

Bene vale,

Koral

PS Jestem ogromnie zapracowana. Nasze ewentualne spotkanie nie wydaje się możliwym w dającej się przewidzieć przyszłości.

*Po różnych błąkają się krajach, a gust ich i humor każą
być bez wszelkiej dependencji. Znaczy to, że nijakiej władzy,
ludzkiej ani boskiej, nie uznają, że praw żadnych i zasad nie
szanują, że nikomu i niczemu posłuszeństwa nie winnymi
i bezkarnymi się mniemają. Z natury będąc szalbierzami,
żyją z wróżeb, któremi prosty lud łudzą, służą za szpiegów,
kolportują fałszywe amulety, oszukańcze medykamenta, wy-
skoki i narkotyki, parają się też kuplerstwem, to jest dziewki
wszeteczne przywodzą dla niepoczciwej uciechy tym, co płacą.
Gdy im bieda, żebrać się nie wstydzą, ani zwykłej kradzieży
dopuszczać, ale milsze im szachrajstwo i oszustwo. Zwodzą
naiwnych, że niby ludzi bronią, że niby gwoli ich bezpieczności
potwory zabijają, ale to też, dawno dowiedziono, że ku własnej
to czynią uciesze, bo mord to dla nich przedni dywertyment.
Preparując się do swych akcji, jakieś gusła czynią czarownic-
kie, atoli jest to jeno omamienie oczu patrzących. Pobożni kapłani w lot te bałamuctwo i kuglarstwo odkryli byli z konfuzją
tych czartowskich pachołków, wiedźminami się mianujących.*

Anonim, *Monstrum albo wiedźmina opisanie*

Rozdział dziewiąty

Rissberg nie przedstawiał się ani groźnie, ani nawet imponująco. Ot, zameczek, jakich wiele, rozmia-
rem średni, zgrabnie wpasowany w strome zbocze
góry, przytulony do urwiska, jasnym murem skon-
trastowany z wieczną zielenią świerkowego lasu,
górujący nad szczytami drzew dachówką dwóch
czworokątnych wież, jednej wyższej, drugiej niższej. Okalający zamek mur nie był, jak się okazywało z bliska, zbyt wysoki i nie wieńczył go krenelaż,
umieszczone zaś na rogach i nad bramą wieżyczki
miały charakter bardziej ozdobny niż obronny.

Wijąca się wokół wzgórza droga nosiła ślady in-
tensywnego użytkowania. Bo też i była użytkowana,
i to wcale intensywnie. Wnet przyszło wiedźminowi

wyprzedzać wozy, powozy, pojedynczych jeźdźców i pieszych. Sporo podróżnych wędrowało też z przeciwka, od strony zamku. Geralt domyślał się celu pielgrzymek. Że słusznie, okazało się, ledwie wyjechał z lasu.

Płaski szczyt wzgórza pod kurtyną muru zajmowało skonstruowane z drewna, trzciny i słomy miasteczko – cały kompleks mniejszych i większych zabudowań i zadaszeń, otoczony płotem i zagrodami dla koni i inwentarza. Dobiegał stamtąd gwar, a ruch panował dość ożywiony, zupełnie jak na jarmarku czy kiermaszu. Bo też i był to kiermasz, bazar, wielki targ, tyle że nie handlowano tu drobiem, rybą ani warzywem. Oferowanym pod zamkiem Rissberg towarem była magia – amulety, talizmany, eliksiry, opiaty, filtry, dekokty, ekstrakty, destylaty, konkokcje, kadzidła, pachnidła, syropy, proszki i maści, do tego różne praktyczne, obłożone czarami przedmioty, narzędzia, sprzęty domowe, ozdoby, a nawet zabawki dla dzieci. Ten właśnie asortyment ściągał tu rzesze nabywców. Był popyt, była podaż – a interes, co było widać, kręcił się jak najęty.

Droga rozwidlała się. Wiedźmin skierował się na tę wiodącą ku bramie zamku, znacznie mniej wyjeżdżoną niż ta druga, kierująca interesantów na plac targowy. Przejechał przez brukowane przedbramie, cały czas szpalerem specjalnie ustawionych tu menhirów, w większości znacznie wyższych niż on na koniu. Wkrótce powitała go furta, w typie bardziej pałacowa niż zamkowa, ze zdobnymi pilastrami i frontonem. Medalion wiedźmina zadrgał silnie. Płotka zarżała, stuknęła o bruk podkową i stanęła jak wryta.

– Tożsamość i cel wizyty.

Uniósł głowę. Zgrzytliwy i dudniący echem, ale niewątpliwie kobiecy głos dobiegł, jak się zdawało, z szeroko otwartych ust wyobrażonej na tympanonie głowy harpii. Medalion drgał, klacz prychała. Geralt czuł dziwny ucisk w skroniach.

– Tożsamość i cel wizyty – rozległo się ponownie z dziury w reliefie. Trochę głośniej niż poprzednio.

– Geralt z Rivii, wiedźmin. Jestem oczekiwany.

Głowa harpii wydała przypominający trąbienie dźwięk. Blokująca portal magia znikła, ucisk w skroniach ustał momentalnie, a klacz bez ponaglania ruszyła z miejsca. Kopyta stukały na kamieniach.

Wyjechał z portalu na okolony krużgankami *cul--de-sac*. Natychmiast podbiegło doń dwóch pachołków, chłopców w użytkowo burym odzieniu. Jeden zajął się koniem, drugi posłużył za przewodnika.

– Tędy, panie.

– Zawsze u was tak? Taki ruch? Tam, na podzamczu?

– Nie, panie – pacholik rzucił na niego spłoszonym wzrokiem. – Jeno w środy. Środa dzień targowy.

Na arkadowym zwieńczeniu kolejnego portalu widniał kartusz, a na nim kolejna płaskorzeźba, niezawodnie również magiczna. Ta wyobrażała paszczę amfisbeny. Portal zamykała ozdobna i solidnie wyglądająca krata, która jednak pchnięta przez pacholika otwarła się lekko i płynnie.

Drugi dziedziniec miał znacznie większą powierzchnię. I dopiero stąd można było właściwie ocenić zamek. Widok z oddali, jak się okazywało, był bardzo mylący.

Rissberg był znacznie większy, niż zdawałoby się z pozoru. Wgłębiał się bowiem mocno w ścianę górską, wcinał się w nią kompleksem budynków, gmachów surowych i brzydkich, jakich zwykle nie spotykało się w architekturze zamków. Budynki wyglądały na fabryki i chyba były nimi. Sterczały z nich bowiem kominy i rury wentylacyjne. Dało się wywęszyć spaleniznę, siarkę i amoniak, można było też wyczuć lekką wibrację podłoża, dowód pracy jakichś podziemnych machin.

Pacholik chrząknięciem odwiódł uwagę Geralta od fabrycznego kompleksu. Iść bowiem mieli w inną stronę – ku zamkowej wieży, tej niższej, górującej nad zabudowaniami o bardziej klasycznym, pałacowym charakterze. Wnętrze też okazało się klasycznie pałacowym – pachniało kurzem, drewnem, woskiem i starzyzną. Było jasno – pod sufitem, ospale niczym ryby w akwarium, pływały otoczone aureolami światła magiczne kule, standardowe oświetlenie siedzib czarodziejów.

– Witaj, wiedźminie.

Witającymi okazali się dwaj czarodzieje. Znał obu, acz nie osobiście. Harlana Tzarę wskazała mu kiedyś Yennefer, zapamiętał go, bo jako jedyny chyba wśród magików golił głowę na łyso. Algernona Guincampa zwanego Pinetym pamiętał z Oxenfurtu. Z akademii.

– Witamy na Rissbergu – powitał Pinety. – Cieszymy się, że zechciałeś przybyć.

– Drwisz ze mnie? Nie jestem tu z własnej woli. Żeby zmusić mnie do przybycia, Lytta Neyd wpakowała mnie do kryminału...

– Ale później zeń wyciągnęła – przerwał Tzara. – I sowicie wynagrodziła. Zrekompensowała dyskomforty z wielkim, hmm, oddaniem. Wieść niesie, że od tygodnia co najmniej pozostajesz z nią w bardzo dobrych... stosunkach.

Geralt zwalczył w sobie przemożną chęć dania mu w pysk. Pinety musiał to zauważyć.

– *Pax* – uniósł rękę. – *Pax*, Harlanie. Zaprzestańmy swarów. Darujmy sobie utarczki na docinki i uszczypliwości. Wiemy, że Geralt jest uprzedzony do nas, słychać to w każdym jego słowie. Wiemy, dlaczego tak jest, wiemy, jak zdołowała go afera z Yennefer. I reakcja środowiska na tę aferę. Nie zmienimy tego. Ale Geralt to zawodowiec, będzie umiał być ponad to.

– Umiał będzie – przyznał cierpko Geralt. – Pytanie, czy zechce. Przejdźmy wreszcie do rzeczy. Po co tu jestem?

– Jesteś nam potrzebny – rzekł sucho Tzara. – Właśnie ty.

– Właśnie ja. Mam się czuć zaszczycony? Czy też mam zacząć się bać?

– Jesteś sławny, Geralcie z Rivii – rzekł Pinety. – Twoje czyny i wyczyny powszechny konsensus faktycznie uznaje za spektakularne i podziwu godne. Na nasz podziw, jak sam miarkujesz, niespecjalnie możesz liczyć, nie jesteśmy aż tak skorzy, by okazywać admirację, zwłaszcza komuś takiemu, jak ty. Ale umiemy uznać profesjonalizm i uszanować eksperiencję. Fakty mówią za siebie. Jesteś, zaryzykowałbym stwierdzenie, wybitnym... hmm...

– No?

– Eliminatorem. – Pinety znalazł słowo bez trudu, ewidentnie już zawczasu miał je na podorędziu. – Kimś, kto eliminuje zagrażające ludziom bestie i potwory.

Geralt nie skomentował. Czekał.

– Także naszym celem, celem czarodziejów, jest dobrobyt i bezpieczeństwo ludzi. Można więc mówić o wspólnocie interesów. Okazjonalne nieporozumienia nie powinny tego przesłaniać. Dał nam to niedawno do zrozumienia gospodarz tego zamku. Który słyszał o tobie. I chciałby poznać cię osobiście. Zażyczył sobie tego.

– Ortolan.

– Arcymistrz Ortolan. I jego najbliżsi współpracownicy. Będziesz przedstawiony. Później. Służący wskaże ci twoje komnaty. Racz odświeżyć się po podróży. Odpocząć. Wkrótce przyślemy po ciebie.

•

Geralt myślał. Przypominał sobie wszystko, co kiedykolwiek słyszał o arcymistrzu Ortolanie. Będącym, jak chciał powszechny konsensus, żywą legendą.

•

Ortolan był żywą legendą, osobą niezwykle zasłużoną dla sztuki czarnoksięskiej.

Jego obsesją było popularyzowanie magii. W odróżnieniu od większości czarodziejów uważał, że beneficje i korzyści płynące z mocy ponadnaturalnych winny być dobrem wspólnym i służyć umacnianiu ogólnego dobrobytu, komfortu i szczęśliwości powszechnej. Każdy człowiek, marzył Ortolan, winien mieć zagwarantowany nieodpłatny dostęp do magicznych leków i eliksirów. Czarodziejskie amulety, talizmany i wszelkie artefakty winne być dostępne powszechnie i darmowe. Przywilejem każdego obywatela winny być telepatia, telekineza, teleportacja i telekomunikacja. Aby to osiągnąć, Ortolan bez przerwy coś wynajdywał. To znaczy – robił wynalazki. Niektóre równie legendarne, jak on sam.

Rzeczywistość boleśnie zweryfikowała mrzonki starego czarodzieja. Żaden z jego mających upowszechniać i demokratyzować magię wynalazków nigdy nie wyszedł poza fazę prototypu. Wszystko, co Ortolan wymyślił, a co w założeniu miało być proste, okazywało się potwornie skomplikowane. Co miało być masowe, okazywało się diabelnie drogie. Ortolan nie upadał jednak na duchu, fiaska, miast zniechęcić, podniecały go do dalszych wysiłków. Prowadzących do kolejnych fiask.

Podejrzewano – samemu Ortolanowi, rzecz jasna, myśl taka nie zaświtała nigdy – że niepowodzenia wynalazcy często za przyczynę miewały zwykły sabotaż. Nie chodziło tu – przynajmniej nie jedynie – o zwykłą zawiść czarodziejskiego bractwa, o niechęć do popularyzowania sztuki, którą czarodzieje woleli widzieć w rękach elity – czyli własnych. Bardziej obawiano się wynalazków o charakterze militarnym i zabójczym. I słusznie się obawiano. Jak każdy wynalazca, Ortolan miewał okresy fascynacji materiałami wybuchowymi i zapalającymi, bombardami, opancerzonymi rydwanami, samopałami, samobijami i gazami trującymi. Warunkiem dobrobytu, dowodził staruszek, jest powszechny pokój między narodami, a pokój osiąga się poprzez zbrojenia. Najpewniejsza metoda zapobiegania wojnom to odstraszanie straszną bronią, im broń straszniejsza, tym pokój pewniejszy i długotrwalszy. Ponieważ Ortolan argumentów słuchać nie zwykł, utajono wśród jego wynalazczego zespołu sabotażystów, którzy groźne wynalazki torpedowali. Prawie żaden nie ujrzał światła dziennego. Wyjątkiem był osławiony i będący przedmiotem licznych anegdot kulomiot. Był to rodzaj telekinetycznego arbalestu z wielką banią na ołowiane kulki. Kulomiot – zgodnie z nazwą – miał miotać kulki do celu, i to całymi seriami. Prototyp wyszedł, o dziwo, poza mury Rissbergu, został nawet przetestowany w jakiejś potyczce. Z żałosnym jednak efektem. Posługujący się wynalazkiem strzelec, zapytany o przydatność broni, miał się podobno wyrazić, że kulomiot jest jak jego teściowa. Ciężki, brzydki, całkowicie bezużyteczny i nic, tylko wziąć i utopić w rzece. Stary czarodziej nie przejął się, gdy mu to powtórzono. Kulomiot to zabawka, oświadczył pono, on ma już na desce projekty dużo bardziej zaawansowane, zdolne razić masowo. On, Ortolan, da ludzkości dobrodziejstwo pokoju, choćby wprzód trzeba było połowę ludzkości wybić.

•

Ścianę komnaty, do której go wprowadzono, pokrywał ogromny arras, arcydzieło tkactwa, arkadyjska werdiura. Arras szpecił niedokładnie sprany zaciek, przypominający trochę wielką kałamarnicę. Ktoś, ocenił wiedźmin, zapewne całkiem niedawno się na arcydzieło tkactwa wyrzygał.

Za zajmującym środek komnaty długim stołem zasiadało siedem osób.

– Mistrzu Ortolanie – Pinety ukłonił się lekko – pozwól sobie przedstawić. Geralt z Rivii. Wiedźmin.

Wygląd Ortolana nie zdziwił Geralta. Mniemano, że był najstarszym żyjącym czarodziejem. Może tak było w istocie, może nie, ale pozostawało faktem, iż Ortolan był najstarzej wyglądającym czarodziejem. Było to o tyle dziwne, że nikt inny, a właśnie on był wynalazcą słynnego dekoktu alraunowego, eliksiru, którego czarodzieje używali celem powstrzymania procesu starzenia się. Sam Ortolan, gdy wreszcie dopracował się niezawodnie działającej formuły magicznego płynu, niewiele na nim skorzystał, bo był już wówczas dość wiekowy. Eliksir zapobiegał starzeniu, ale bynajmniej nie odmładzał. Dlatego też Ortolan, choć od dawna zażywał lek, wciąż wyglądał jak stary dziad – zwłaszcza na tle konfratrów: sędziwych czarodziejów, wyglądających na mężczyzn w kwiecie wieku, i steranych życiem czarodziejek, wyglądających jak dziewczęta. Tryskające młodością i wdziękiem czarodziejki oraz lekko szpakowaci czarodzieje, których prawdziwe daty urodzenia ginęły w pomroce dziejów, strzegli tajemnicy eliksiru Ortolana jak źrenicy oka, a czasem nawet wręcz zaprzeczali jego istnieniu. Ortolana zaś utrzymywali w przekonaniu, że eliksir jest dostępny powszechnie, dzięki czemu ludzkość jest praktycznie nieśmiertelna i – co za tym idzie – absolutnie szczęśliwa.

– Geralt z Rivii – powtórzył Ortolan, miętosząc w dłoni kłak siwej brody. – A jakże, a jakże, słyszeliśmy. Wiedźmin. Defensor, jak powiadają, obrońca, ludziom ode Złego niosący ratunek. Na wszelkie potworne Zło prezerwatywą i antidotum konsyderowany.

Geralt przybrał skromną minę i ukłonił się.

– A jakże, a jakże... – podjął czarodziej, tarmosząc brodę. – Wiemy, wiemy. Sił, by ludzi bronić, według wszelkiej assercji nie szczędzisz, chłopcze, nie szczędzisz. I iście estymacji godzien twój proceder, estymacji godne rzemięsło. Witamy cię na zamku naszym, radzi, że cię tu fata rzuciły. Bo choć sam tego możesz nie wiedzieć, aleś powrócił jako ten ptak do gniazda... Dobrze mówię, jako ten ptak. Radziśmy ci i mniemamy, iżeś i ty nam rad. Hę?

Geralt był w kropce, jak zwracać się do Ortolana. Czarodzieje nie uznawali form grzecznościowych i nie oczekiwali ich od innych. Nie wiedział jednak, czy to przystoi wobec siwowłosego i siwobrodego starca, w dodatku żywej legendy. Miast się odzywać, ukłonił się ponownie.

Pinety kolejno przedstawił siedzących za stołem czarodziejów. Geralt niektórych znał. Ze słyszenia.

Axel Esparza, szerzej znany jako Axel Raby, miał faktycznie czoło i policzki pokryte dziobami po ospie, nie usuwał ich, jak chciała plotka, przez zwykłą przekorę. Lekko szpakowaty Myles Trethevey i nieco bardziej szpakowaty Stucco Zangenis przyglądali się wiedźminowi z umiarkowanym zainteresowaniem. Zainteresowanie Biruty Icarti, umiarkowanie urodziwej blondynki, wyglądało na nieco większe. Tarvix Sandoval, barczysty, z postury rycerz raczej niż czarodziej, patrzył w bok, na arras, jakby i on podziwiał zaciek i dociekał, skąd ów się wziął i kto zawinił.

Miejsce najbliżej Ortolana zajmował najmłodszy, jak się wydawało, spośród obecnych, Sorel Degerlund, o długich włosach i cokolwiek skutkiem tego zniewieściałym typie urody.

– My również – przemówiła Biruta Icarti – witamy słynnego wiedźmina, obrońcę ludzi. Radziśmy witać, albowiem i my tu, na tym zamku, pod auspicją arcymistrza Ortolana trudzimy się, by dzięki postępowi życie ludzi czynić bezpieczniejszym i lżejszym. Także dla nas dobro ludzi to cel nadrzędny. Wiek arcymistrza nie pozwala nadto przedłużać audiencji. Zapytam więc, jak się godzi: czy masz jakieś życzenia, Geralcie z Rivii? Czy jest coś, co moglibyśmy dla ciebie zrobić?

– Dziękuję – Geralt skłonił się ponownie – arcymistrzowi Ortolanowi. I wam, szanowni. A skoro ośmielacie mnie pytaniem... Tak, jest coś, co mogli-byście dla mnie zrobić. Moglibyście wyjaśnić mi... to. Tę rzecz. Zdarłem ją z wigilozaura, którego zabiłem.

Położył na stole owalną płytkę o rozmiarach dzie-cięcej dłoni. Z wytłoczonymi znakami.

– RISS PSREP Mk IV/002 025 – odczytał głośno Axel Raby. I przekazał płytkę Sandovalowi.

– Mutacja, wytworzona tu, u nas, na Rissbergu – ocenił cierpko Sandoval. – W sekcji pseudogadów. Jaszczur strażniczy. Model czwarty, seria druga, eg-zemplarz dwudziesty piąty. Przestarzały, od dawna produkujemy ulepszone. Co tu jeszcze jest do wyja-śniania?

– Mówi, że zabił wigilozaura – skrzywił się Stuc-co Zangenis. – Nie o wyjaśnienia więc chodzi, lecz o pretensje. Reklamacje, wiedźminie, przyjmujemy i rozpatrujemy tylko od legalnych nabywców, wy-łącznie na podstawie dowodu zakupu. Wyłącznie na podstawie dowodu zakupu serwisujemy i usuwamy usterki...

– Gwarancja na ten model dawno wygasła – do-rzucił Myles Trethevey. – Żadna nie obejmuje zaś usterek powstałych w wyniku niewłaściwego lub niezgodnego z instrukcją obsługi użytkowania wy-tworu. Jeśli wytworem posługiwano się niewłaści-wie, Rissberg nie ponosi odpowiedzialności. Żadnej odpowiedzialności.

– A za to – Geralt wyjął z kieszeni i rzucił na stół drugą płytkę – ponosicie odpowiedzialność?

Druga płytka była podobnego kształtu i rozmiaru, co poprzednia, ale pociemniała i zaśniedziała. W wy-tłoczenia wrósł i wpiekł się brud. Ale znaki wciąż były czytelne:

IDR UL Ex IX 0012 BETA

Zapadło długie milczenie.

– Idarran z Ulivo – powiedział wreszcie Pinety, zaskakująco cicho i zaskakująco niepewnie. – Uczeń Alzura. Nie sądziłem...

– Skąd to masz, wiedźminie? – Axel Raby przechylił się przez stół. – W jaki sposób to zdobyłeś?

– Pytasz, jakbyś nie wiedział – odparł Geralt. – Wydłubałem ze skorupy stwora, którego zabiłem. A który wcześniej zamordował co najmniej dwadzieścioro ludzi w okolicy. Co najmniej, bo myślę, że dużo więcej. Myślę, że mordował od lat.

– Idarran... – mruknął Tarvix Sandoval. – A przed nim Malaspina i Alzur...

– Ale to nie my – powiedział Zangenis. – Nie my. Nie Rissberg.

– Dziewiąty model eksperymentalny – dodała w zamyśleniu Biruta Icarti. – Wersja beta. Dwunasty...

– Dwunasty egzemplarz – podchwycił Geralt, nie bez złośliwości. – A ile takich było łącznie? Ile ich wytworzono? Odpowiedzi na pytanie o odpowiedzialność nie uzyskam, to jasne, bo to nie wy, nie Rissberg, wy jesteście czyści i chcecie, bym w to uwierzył. Ale zdradźcie choć, bo z pewnością wiecie, ile jeszcze takich krąży po lasach i morduje ludzi. Ile trzeba będzie takich odnaleźć. I zarąbać. Chciałem rzec: wyeliminować.

– Co to jest, co to jest? – ożywił się nagle Ortolan. – Co tam macie? Pokażcie! Ach...

Sorel Degerlund nachylił się do ucha starca, długo szeptał. Myles Trethevey, demonstrując płytkę, szeptał z drugiej strony. Ortolan szarpał brodę.

– Zabił? – krzyknął nagle cienko. – Wiedźmin? Unicestwił genialne dzieło Idarrana? Zabił? Zniszczył bezmyślnie?

Wiedźmin nie wytrzymał. Parsknął. Szacunek dla wieku podeszłego i siwizny nagle całkiem go opuścił. Parsknął ponownie. A potem zaśmiał się. Szczerze i niepowstrzymanie.

Zamarłe twarze siedzących za stołem czarodziejów, miast pohamować, wprawiły go w jeszcze większą wesołość. Do diabła, pomyślał, nie pamiętam, kiedy ostatnio śmiałem się równie szczerze. Chyba w Kaer Morhen, przypomniał sobie, tak, w Kaer Morhen. Kiedy pod Vesemirem załamała się spróchniała deska w wychodku.

— Jeszcze śmieje się, smarkacz! — wykrzyknął Ortolan. — Rży niby osieł! Chłystku nierozumny! Pomyśleć, żem w obronę cię brał, gdy inni szkalowali! Co z tego, mówiłem, że on w małej Yennefer rozamorował się? I że mała Yennefer kocha jego? Serce nie sługa, mówiłem, dajcież im obojgu pokój!

Geralt przestał się śmiać.

— A ty cóżeś zrobił, najgłupszy z siepaczy? — rozwrzeszczał się na dobre starzec. — Coś uczynił? Czy pojmujesz, jakieś ty arcydzieło, jakiś ty cud genetyki zrujnował? Nie, nie, tego tobie, profanowi, nie pojąć rozumem twym miałkim! Nie pojąć ci idei ludzi genialnych! Takich jak Idarran właśnie, i jak Alzur, nauczyciel jego, którzy geniuszem i talentem ekstraordynaryjnym byli udarowani! Którzy dzieła wielkie inwentowali i tworzyli, dobru ludzkości służyć mające, i nie zysk, nie mamonę niegodziwą mając na względzie, nie plezyry ni zabawy, lecz postęp i dobro ogółu! Ale cóż ty z tych rzeczy apprehendujesz? Nic nie apprehendujesz, nic, nic, ni krztyny!

— A toć jeszcze powiem — zasapał Ortolan — żeś ty ojców własnych dzieło mordem nieroztropnym zhańbił. Bo to Cosimo Malaspina, a po nim uczeń jego

Alzur, Alzur właśnie, wiedźminów stworzyli. Oni to mutację zinwentowali, dzięki której tobie podobnych wykreowano. Dzięki której istniejesz, dzięki której po świecie chodzisz, niewdzięczniku. Estymować by ci Alzura, jego następców i ich dzieła, nie zaś niszczyć! Oj... Oj...

Stary czarodziej zamilkł nagle, przewrócił oczami i zastękał ciężko.

– Muszę na stolec – oznajmił jękliwie. – Muszę na stolec prędko! Sorel! Miły chłopcze!

Degerlund i Trethevey zerwali się z miejsc, pomogli starcowi wstać i wywiedli go z komnaty.

Po krótkiej chwili wstała Biruta Icarti. Obrzuciła wiedźmina wiele mówiącym spojrzeniem, po czym wyszła bez słowa. Za nią, nie patrząc na Geralta w ogóle, podążyli Sandoval i Zangenis. Axel Raby wstał, skrzyżował ręce na piersi. Patrzył na Geralta długo. Długo i raczej niemile.

– Błędem było zapraszanie cię – powiedział wreszcie. – Wiedziałem o tym. Łudziłem się jednak, że zdobędziesz się choć na pozory okrzesania.

– Błędem było przyjmowanie waszego zaproszenia – odrzekł zimno Geralt. – Też o tym wiedziałem. Ale łudziłem się, że otrzymam odpowiedź na moje pytania. Ile jeszcze ponumerowanych arcydzieł jest na swobodzie? Ile jeszcze takich majstersztyków wytworzyli Malaspina, Alzur i Idarran? Ile ich wytworzył czcigodny Ortolan? Ile jeszcze noszących wasze plakietki potworów będę musiał zabić? Ja, wiedźmin, prezerwatywa i antidotum? Nie dostałem odpowiedzi i dobrze apprehenduję, dlaczego. Względem zaś okrzesania: wal się, Esparza.

Wychodząc, Raby trzasnął drzwiami. Aż tynk posypał się ze sztukaterii.

– Dobrego wrażenia – ocenił wiedźmin – jak mi się zdaje, nie wywarłem. Ale i nie oczekiwałem, że wywrę, toteż i rozczarowania nie ma. Ale to chyba nie wszystko, co? Tyle zachodu, by mnie tu ściągnąć... I to by miało być na tyle? Cóż, jeśli tak... Znajdzie się na waszym podgrodziu jakiś lokal z wyszynkiem? Mogę już sobie pójść?

– Nie – odrzekł Harlan Tzara. – Nie możesz sobie pójść.

– Bo to bynajmniej nie na tyle – potwierdził Pinety.

•

Komnata, do której go wprowadzono, nie była typowym pomieszczeniem, w jakim czarodzieje zwykli przyjmować interesantów. Zazwyczaj – Geralt zdążył zapoznać się z tym obyczajem – magowie udzielali audiencji w salach o wystroju bardzo formalnym, często surowym i przygnębiającym. Raczej nie do pomyślenia było, by czarodziej przyjął kogoś w pokoju prywatnym, osobistym, mogącym dostarczyć informacji o charakterze, gustach i upodobaniach magika – zwłaszcza zaś o rodzaju i specyfice uprawianej przez magika magii.

Tym razem było zupełnie inaczej. Ściany komnaty zdobiły liczne grafiki i akwarele, wszystkie co do jednej o erotycznym lub wręcz pornograficznym charakterze. Na półeczkach pyszniły się modele żaglowców, cieszące oko precyzją detali. Maleńkie stateczki w butelkach dumnie wydymały miniaturowe żagle. Liczne gabloty i gablotki pełne były figurek żołnierzyków, konnicy i piechoty, w przeróżnych formacjach. Na wprost wejścia, też oszklony, wisiał spreparowany pstrąg potokowy. Sporych, jak na pstrąga, rozmiarów.

- Siadaj, wiedźminie. - Pinety, jasnym się to stało od razu, był tu gospodarzem.

Geralt usiadł, przypatrując się spreparowanemu pstrągowi. Ryba za życia musiała ważyć dobre piętnaście funtów. O ile nie była to wykonana z gipsu imitacja.

- Przed podsłuchem - Pinety powiódł dłonią w powietrzu - ochroni nas magia. Rozmawiać możemy więc swobodnie i wreszcie o prawdziwych powodach, dla których ściągnęliśmy cię tutaj, Geralcie z Rivii. Pstrąg, który tak cię interesuje, był złowiony na sztuczną muchę w rzece Wstążce, ważył czternaście funtów i dziewięć uncji. Został wypuszczony żywy, w gablocie znajduje się jego magicznie sporządzona kopia. A teraz skup się, proszę. Na tym, co powiem.

- Jestem gotów. Na wszystko.

- Ciekawi nas, jakie masz doświadczenia z demonami.

Geralt uniósł brwi. Na to gotów nie był. A jeszcze niedawno sądził, że nic go nie zdziwi.

- A co to jest demon? Waszym zdaniem?

Harlan Tzara skrzywił się i poruszył gwałtownie. Pinety zmitygował go spojrzeniem.

- W uczelni oxenfurckiej - powiedział - działa katedra zjawisk ponadnaturalnych. Mistrzowie magii bywają tam z gościnnymi wykładami. Tyczącymi, wśród innych, również tematu demonów i demonizmu, w wielu aspektach tego zjawiska, wliczając fizyczny, metafizyczny, filozoficzny i moralny. Ale chyba niepotrzebnie ci o tym opowiadam, ty przecież słuchałeś tych wykładów. Pamiętam cię, choć jako wolny słuchacz siadywałeś zwykle w ostatnim rzędzie auli. Ponowię zatem pytanie o twoje doświadczenia z demonami. A ty bądź dobry i odpowiedz.

Bez mędrkowania, jeśli możemy prosić. I udawanego zdziwienia.

– W moim zdziwieniu – odrzekł sucho Geralt – nie ma ni krztyny udawania, jest tak szczere, że aż boli. Jak może nie dziwić fakt, że o doświadczenia z demonami pyta się mnie, prostego wiedźmina, prostą prezerwatywę i jeszcze prostsze antidotum. A pytania stawiają mistrzowie magii, którzy o demonizmie i jego aspektach wykładają na uniwersytecie.

– Odpowiedz na postawione pytanie.

– Jestem wiedźminem, nie czarodziejem. A to znaczy, że względem demonów moje doświadczenie nie umywa się do waszego. Słuchałem twoich wykładów w Oxenfurcie, Guincamp. To, co istotne, dotarło do ostatniego rzędu auli. Demony są istotami z innych niż nasz światów. Elementarnych Planów... wymiarów, płaszczyzn, czasoprzestrzeni czy jak tam je zwać. Aby mieć z nim jakiekolwiek doświadczenie, demona trzeba wywołać, czyli przemocą wyciągnąć z jego planu. Dokonać tego można tylko za pomocą magii...

– Nie magii, lecz goecji – przerwał Pinety. – Różnica jest zasadnicza. I nie tłumacz nam tego, co wiemy. Odpowiedz na postawione pytanie. Proszę cię o to już po raz trzeci. Sam dziwiąc się swej cierpliwości.

– Odpowiadam na pytanie: tak, miałem do czynienia z demonami. Dwa razy wynajmowano mnie, bym takie... wyeliminował. Poradziłem sobie z dwoma demonami. Z jednym, który wlazł w wilka. I jednym, który opętał człowieka.

– Poradziłeś sobie.

– Poradziłem. Nie było to łatwe.

– Ale wykonalne – wtrącił Tzara. – Wbrew temu, co się twierdzi. A twierdzi się, że demona w ogóle nie sposób unicestwić.

– Nie twierdziłem, bym kiedykolwiek unicestwił demona. Zabiłem jednego wilka i jednego człowieka. Ciekawią was szczegóły?

– Bardzo.

– Przy wilku, który wcześniej w biały dzień zagryzł i rozszarpał jedenaścioro ludzi, działałem wspólnie z kapłanem, magia i miecz zatriumfowały wespół w zespół. Gdy po ciężkiej walce zabiłem wreszcie wilka, siedzący w nim demon wyrwał się na swobodę w postaci wielkiej świecącej kuli. I zniszczył spory kawał lasu, kładąc drzewa pokotem. Na mnie i kapłana w ogóle nie zwrócił uwagi, karczował puszczę w przeciwnym kierunku. A potem zniknął, zapewne wrócił do swego wymiaru. Kapłan upierał się, że to jego zasługa, że egzorcyzmami wyekspediował demona w zaświaty. Ja jednak myślę, że demon odszedł, bo się zwyczajnie znudził.

– A ten drugi przypadek?

– Był ciekawszy.

– Opętanego człowieka zabiłem – podjął bez ponaglania. – I nic. Żadnych ubocznych spektakularnych efektów. Żadnych kul, zórz, błyskawic, trąb powietrznych, żadnego smrodu nawet. Nie mam pojęcia, co się stało z demonem. Zabitego badali kapłani i magicy, wasi konfratrzy. Niczego nie znaleźli i nie stwierdzili. Ciało spalono, bo proces rozkładu wystąpił zupełnie normalnie, a panował upał...

Urwał. Czarodzieje popatrzyli po sobie. Twarze mieli kamienne.

– Byłby to zatem, jak rozumiem – powiedział wreszcie Harlan Tzara – jedyny właściwy sposób na demona. Zabić, unicestwić energumena, czyli człowieka opętanego. Człowieka, podkreślam. Należy zabić go od razu, nie czekając i nie deliberując. Rąbać mieczem, ile sił. I tyle. Taka jest wiedźmińska metoda? Wiedźmiński warsztat?

– Źle ci to idzie, Tzara. Nie umiesz. Żeby kogoś dobrze znieważyć, nie wystarczy przemożne pragnienie, entuzjazm ani zapał. Konieczny jest warsztat.

– *Pax, pax* – powtórnie zażegnał kłótnię Pinety. – Chodzi nam po prostu o ustalenie faktów. Powiedziałeś nam, że zabiłeś człowieka, to twe własne słowa. Wasz wiedźmiński kodeks jakoby zabijania ludzi zabrania. Zabiłeś, twierdzisz, energumena, człowieka, którego opętał demon. Po tym fakcie, czyli zabiciu człowieka, że znowu cię zacytuję, nie zaobserwowano żadnych spektakularnych efektów. Skąd zatem pewność, że nie był to...

– Dosyć – przerwał Geralt. – Dosyć tego, Guincamp, te aluzyjki wiodą donikąd. Chcesz faktów? Proszę, są następujące. Zabiłem, bo tak było trzeba. Zabiłem, by ratować życie innych ludzi. A dyspensę na to wtedy akurat dostałem od prawa. Udzielono mi jej pospiesznie, mimo tego w szumnych dość słowach. Stan wyższej konieczności, okoliczność wyłączająca bezprawność czynu zabronionego, poświęcenie jednego dobra w celu uratowania dobra drugiego, zagrożenie rzeczywiste i bezpośrednie. Fakt, było rzeczywiste i było bezpośrednie. Żałujcie, żeście nie widzieli tego opętanego w akcji, tego, co wyrabiał, do czego był zdolny. Mało wiem o filozoficznych i metafizycznych aspektach demonów, ale ich aspekt fizyczny jest iście spektakularny. Może zadziwić, wierzcie mi na słowo.

– Wierzymy – potwierdził Pinety, powtórnie wymieniając się z Tzarą spojrzeniami. – Wierzymy jak najbardziej. Bo też widywaliśmy to i owo.

— Nie wątpię — skrzywił wargi wiedźmin. — I nie wątpiłem w Oxenfurcie, na twoich wykładach. Widać było, że znasz się na rzeczy. Podbudowa teoretyczna faktycznie przydała mi się wtedy, z tym wilkiem i człowiekiem. Wiedziałem, w czym rzecz. Oba te wypadki miały identyczne podłoże. Jak to ty mówiłeś, Tzara? Metoda? Warsztat? A zatem była to czarodziejska metoda i warsztat też czarodziejski. Jakiś czarodziej zaklęciami przywołał demona, wyciągnął go siłą z jego planu, w oczywistym zamiarze wykorzystania go do swych magicznych celów. Na tym polega magia demoniczna.

— Goecja.

— Na tym polega goecja: wywołać demona, wykorzystać go, a potem uwolnić. Tak chce teoria. Bo w praktyce zdarza się, że czarodziej, miast po wykorzystaniu uwolnić demona, magicznie więzi go w ciele jakiegoś nosiciela. W ciele wilka, dla przykładu. Albo człowieka. Bo czarodziej, wzorem Alzura i Idarrana, lubi poeksperymentować. Poobserwować, co też uczyni demon w cudzej skórze, gdy wypuści się go na swobodę. Bo czarodziej, tak jak Alzur, jest chorym zboczeńcem, którego cieszy i bawi patrzenie na siany przez demona mord. Zdarzało się tak, prawda?

— Różne rzeczy się zdarzały — powiedział przeciągle Harlan Tzara. — Głupio jest uogólniać, a nisko wypominać. Przypomnieć ci wiedźminów, którzy nie cofali się przed rabunkiem? Nie wzdragali wynajmować jako płatni zabójcy? Mam ci przypomnieć psychopatów, którzy nosili medaliony z głową kota, a których również bawił siany wokół mord?

— Panowie — uniósł rękę Pinety, powstrzymując wiedźmina, szykującego się do repliki. — To nie sesja rady miejskiej, nie licytujcie się więc w przywarach i patologiach. Rozumniej chyba uznać, że nikt nie jest doskonały, przywary ma każdy, a patologie nie są obce nawet istotom niebiańskim. Podobno. Skupmy się na problemie, który mamy, a który wymaga rozwiązania.

– Goecja – zaczął po długim milczeniu Pinety – jest zakazana, bo to proceder szalenie niebezpieczny. Samo wywołanie demona nie wymaga, niestety, ani największej wiedzy, ani najwyższych zdolności magicznych. Wystarczy posiadanie któregoś z nekromantycznych grymuarów, a tych sporo jest na czarnym rynku. Bez wiedzy i umiejętności trudno jednak nad wywołanym demonem zapanować. Domorosły goeta może mówić o szczęściu, jeśli wywołany demon po prostu wyrwie się, wyswobodzi i ucieknie. Wielu kończy rozszarpanymi na strzępy. Wywoływanie demonów i jakichkolwiek innych istot z planów żywiołów i parażywiołów zostało zatem obłożone zakazem i groźbą surowych kar. Istnieje system kontroli, który gwarantuje przestrzeganie zakazu. Jest jednak miejsce, które spod kontroli zostało wyłączone.

– Zamek Rissberg. Oczywiście.

– Oczywiście. Rissbergu nie można kontrolować. System kontroli nad goecją, o którym mówiłem, został wszak stworzony właśnie tutaj. W wyniku przeprowadzonych tu eksperymentów. Dzięki przeprowadzanym tu testom system jest wciąż doskonalony. Prowadzi się tu też i inne badania, dokonuje innych eksperymentów. O bardzo różnym charakterze. Bada się tu różne rzeczy i zjawiska, wiedźminie. Różne rzeczy się tu robi. Nie zawsze legalne i nie zawsze moralne. Cel uświęca środki. Taki napis można by tu powiesić nad bramą.

– Ale pod inskrypcją – dodał Tzara – należałoby dopisać: „Co powstało na Rissbergu, na Rissbergu zostaje". Eksperymenty robi się tu pod nadzorem. Wszystko jest monitorowane.

– W sposób oczywisty nie wszystko – stwierdził cierpko Geralt. – Bo coś umknęło.

– Coś umknęło. – Pinety imponował spokojem. – Na zamku pracuje obecnie osiemnastu mistrzów. Do tego ponad pół setki uczniów i adeptów. Większość tych ostatnich od stopnia mistrzowskiego dzielą tylko formalności. Obawiamy się... Mamy podstawy przypuszczać, że komuś z tej licznej grupy zachciało się zabawić goecją.

– Nie wiecie, komu?

– Nie wiemy. – Harlanowi Tzarze nie drgnęła powieka. Ale wiedźmin wiedział, że kłamie.

– W maju i na początku czerwca – czarodziej nie czekał na dalsze pytania – dokonano w okolicy trzech masowych zbrodni. W okolicy, to znaczy tu, na Pogórzu, najbliżej dwanaście, najdalej jakieś dwadzieścia mil od Rissbergu. Za każdym razem chodziło o leśne osady, sadyby drwali i innych robotników leśnych. W osadach wymordowano wszystkich mieszkańców, nie został nikt żywy. Oględziny zwłok upewniły nas, że zbrodni tych musiał dokonać demon. Dokładniej, energumen, nosiciel demona. Demona, którego wywołano tu, na zamku.

– Mamy problem, Geralcie z Rivii. Musimy go rozwiązać. I liczymy, że nam w tym pomożesz.

Przesył materii to rzecz kunsztowna, finezyjna i subtelna, toteż przed przystąpieniem do teleportacji bezwzględnie zaleca się wypróżnić i opróżnić pęcherz.

Geoffrey Monck,
Teoria i praktyka użycia portali teleportacyjnych

Rozdział dziesiąty

Płotka, jak zwykle, chrapała i boczyła się już na sam widok derki, w jej parskaniu pobrzmiewały strach i protest. Nie lubiła, gdy wiedźmin owijał jej łeb. Jeszcze bardziej nie lubiła tego, co następowało wkrótce po owinięciu. Geralt nic a nic się klaczy nie dziwił. Bo też nie lubił. Nie wypadało mu, rzecz jasna, chrapać ani parskać, ale nie powstrzymywał się od wyrażania dezaprobaty w innej formie.

– Iście dziwi – zdziwił się po raz nie wiedzieć który Harlan Tzara – twoja awersja do teleportacji.

Wiedźmin nie podjął dyskursu. Tzara tego nie oczekiwał.

– Przesyłamy cię – podjął – już z górą tydzień, a ty za każdym razem przybierasz minę wprowadzanego na szafot skazańca. Zwykli ludzie, tych mogę zrozumieć, dla nich przesył materii to wciąż rzecz straszna i niewyobrażalna. Myślałem jednak, że ty, wiedźmin, masz w kwestii magii więcej obycia. To nie są już czasy pierwszych portali Geoffreya Moncka! Dziś teleportacja to rzecz powszechna i absolutnie bezpieczna. Teleporty są bezpieczne. A teleporty otwierane przeze mnie są bezpieczne patentowanie.

Wiedźmin westchnął. Zdarzyło mu się nie raz i nie dwa obejrzeć efekty działania bezpiecznych teleportów, uczestniczył też w segregowaniu resztek ludzi, którzy z teleportów korzystali. Stąd wiedział, że deklarację o bezpieczeństwie portali teleportacyjnych można było umieścić w tej samej przegródce, co twierdzenia: mój piesek nie gryzie, mój synek to dobry chłopiec, ten bigos jest świeży, pieniądze oddam najdalej pojutrze, noc spędziłam u przyjaciółki, na sercu leży mi wyłącznie dobro ojczyzny oraz odpowiesz tylko na kilka pytań i zaraz cię zwolnimy.

Nie było jednak wyjścia ani alternatywy. Zgodnie z powziętym na Rissbergu planem, zadaniem Geralta miało być codzienne patrolowanie wybranego rejonu Pogórza i usytuowanych tam osad, kolonii, siedlisk i sadyb – miejsc, w których Pinety i Tzara obawiali się kolejnego ataku energumena. Osady owe rozsiane były po całym Pogórzu, niekiedy dość daleko jedna od drugiej. Geralt musiał przyznać i zaakceptować fakt, że bez pomocy magii teleportacyjnej skuteczne patrolowanie nie byłoby możliwe.

Portale Pinety i Tzara dla konspiracji skonstruowali na końcu kompleksu Rissbergu, w wielkim, pustym i proszącym się o remont pomieszczeniu, w którym śmierdziało stęchlizną, pajęczyny lepiły się do twarzy, a wyschłe mysie bobki chrupały pod butami. Po aktywowaniu czaru na pokrytej zaciekami i resztkami jakiejś mazi ścianie pojawiał się ogniście świecący zarys drzwi – a raczej wrót – za którymi kłębiła się nieprzejrzysta, opalizująca poświata. Geralt zmuszał opatuloną klacz do wejścia w ową poświatę – i wtedy robiło się nieprzyjemnie. W oczach rozbłyskiwało, po czym przestawało się widzieć, słyszeć i czuć cokolwiek – poza zimnem. Wewnątrz czarnej nicości, wśród ciszy, bezkształtu i bezczasu zimno było jedynym, co się czuło, wszystkie pozostałe zmysły teleport wyłączał i gasił. Na szczęście tylko na ułamek sekundy. Ułamek mijał, realny świat rozbłyskiwał w oczach, a chrapiący z przerażenia koń tłukł podkowami w twardy grunt rzeczywistości.

– Koń, że się płoszy, to zrozumiałe – stwierdził po raz kolejny Tzara. – Twój lęk, wiedźminie, jest jednak zupełnie irracjonalny.

Lęk nigdy nie bywa irracjonalny, powstrzymał się od sprostowania Geralt. Pomijając zaburzenia psychiczne. To jedna z pierwszych rzeczy, której uczyło się małych wiedźminów. Dobrze jest odczuwać strach. Odczuwasz strach, znaczy, jest się czego bać, bądź więc czujny. Strachu nie trzeba pokonywać. Wystarczy mu nie ulegać. I warto uczyć się odeń.

– Dzisiaj dokąd? – spytał Tzara, otwierając pudełko z laki, w którym trzymał różdżkę. – W jaki rejon?

– Suche Skały.

– Przed zachodem słońca postaraj się zdążyć do Jaworka. Stamtąd cię zabierzemy, ja albo Pinety. Gotów?

– Na wszystko.

Tzara powiódł w powietrzu ręką i różdżką, jakby dyrygował orkiestrą, Geraltowi wydało się nawet, że słyszy muzykę. Czarodziej śpiewnie wyskandował zaklęcie, długie, brzmiące jak recytowany wiersz. Na ścianie rozbłysły płomieniste linie, łącząc się w świecący czworokątny zarys. Wiedźmin zaklął pod nosem, uspokoił tętniący medalion, szturchnął klacz piętami i zmusił ją do wkroczenia w mleczną nicość.

●

Czerń, cisza, bezkształt, bezczas. Zimno. I nagle rozbłysk i wstrząs, łomot kopyt o twardy grunt.

●

Zbrodni, o które czarodzieje podejrzewali energumena, nosiciela demona, dokonano w okolicy Rissbergu, na bezludnych terenach zwanych Pogórzem Tukajskim, porośniętym pradawną puszczą paśmie wzgórz oddzielających Temerię od Brugge. Nazwę pasmo zawdzięczało, jak chcieli jedni, legendarnemu bohaterowi o imieniu Tukaj, albo, jak twierdzili drudzy, czemuś całkiem innemu. Ponieważ w rejonie innych wzgórz nie było, utarło się mówić po prostu Pogórze i taka też skrócona nazwa figurowała na wielu mapach.

Pogórze rozciągało się pasem długim na jakieś sto, szerokim zaś na dwadzieścia do trzydziestu mil. Zwłaszcza w części zachodniej objęte było intensywnym użytkowaniem i produkcją leśną. Dokonywano szeroko zakrojonego wyrębu, rozwijały się przemysły i rzemiosła z wyrębem i lasem związane. Na pustkowiu powstały osady, kolonie, sadyby i obozy ludzi leśnym rzemiosłem się trudniących, stałe lub prowizoryczne, zagospodarowane jako tako lub byle jak, większe, średnie, mniejsze lub całkiem maluśkie. Obecnie, jak szacowali czarodzieje, na całym Pogórzu istniało około pół setki takich osad.

W trzech z nich doszło do masakr, z których nikt nie uszedł żywy.

•

Suche Skały, kompleks otoczonych gęstymi lasami niskich wzgórków wapiennych, był najdalej na zachód wysuniętym skrajem Pogórza, zachodnią rubieżą rejonu patrolowania. Geralt był tu już, poznał teren. Na zrębie pod lasem zbudowano wapiennik, wielki piec służący do wypalania skał. Finalnym produktem takiego wypalania było wapno palone. Pinety, gdy byli tu razem, wyjaśniał, do czego służy owo wapno, ale Geralt słuchał nieuważnie i zdążył zapomnieć. Wapno – jakiekolwiek – leżało dość daleko poza sferą jego zainteresowań. Ale przy piecu powstała kolonia ludzi, dla których rzeczone wapno było podstawą egzystencji. Powierzono mu ochronę tych ludzi. I tylko to było ważne.

Wypalacze rozpoznali go, jeden pomachał mu kapeluszem. Odwzajemnił pozdrowienie. Robię swoje, pomyślał. Robię to, co powinienem. To, za co mi płacą.

Skierował Płotkę ku lasowi. Miał przed sobą jakieś pół godziny jazdy leśną drogą. Około mili dzieliło go od następnej osady. Zwanej Płochaczową Rębnią.

•

W ciągu dnia wiedźmin przebywał dystans od siedmiu do dziesięciu mil – w zależności od okolicy oznaczało to odwiedzenie kilku do kilkunastu nawet sadyb i dotarcie w umówione miejsce, z którego przed zachodem słońca któryś z czarodziejów teleportował go z powrotem na zamek. Nazajutrz schemat się powtarzał, acz patrolowany był inny rejon Pogórza. Geralt wybierał rejony losowo, wystrzegając się rutyny i schematu, który mógł łatwo być rozszyfrowany. Pomimo tego zadanie okazało się dość monotonne. Wiedźminowi jednak monotonia nie wadziła, przywykł do niej w swym fachu, w większości przypadków tylko cierpliwość, wytrwałość i konsekwencja gwarantowały udane łowy na potwora. Jak do tej pory zresztą – nie było to bez znaczenia – nikt nigdy nie miał chęci płacić za jego cierpliwość, wytrwałość i konsekwencję równie hojnie, co czarodzieje z Rissbergu. Nie można więc było narzekać, trzeba było robić swoje.

Nawet niezbyt wierząc w sukces przedsięwzięcia.

•

– Zaraz po przybyciu na Rissberg – zwrócił uwagę czarodziejom – zaprezentowaliście mnie Ortolanowi i wszystkim wyższym rangą magikom. Nawet zakładając, że winnego goecji i masakr wśród tych wyższych rangą nie było, wieść o wiedźminie na zamku musiała się rozejść. Wasz winowajca, o ile istnieje, w mig pojmie, w czym rzecz, utai się więc, zaniecha działalności. Całkiem. Albo zaczeka, aż odjadę, i wtedy ją wznowi.

– Zainscenizujemy twój odjazd – odrzekł Pinety. – Twój dalszy pobyt na zamku będzie sekretem. Bez obaw, istnieje magia gwarantująca sekretność tego, co sekretem ma pozostać. Potrafimy, wierz nam, posłużyć się taką magią.

– Codzienne patrolowanie ma zatem, waszym zdaniem, sens?

– Ma zatem. Rób swoje, wiedźminie. Resztą się nie turbuj.

Geralt solennie obiecał sobie nie turbować się. Wątpliwości jednak miał. I nie do końca wierzył czarodziejom. Miał swoje podejrzenia.

Ale nie zamierzał ich ujawniać.

•

Na Płochaczowej Rębni raźno stukały siekiery i jazgotały piły, pachniało świeżym drewnem i żywicą. Zapamiętałym trzebieniem lasu zajmował się tu drwal Płochacz z liczną rodziną. Starsi członkowie rodziny rąbali i piłowali, młodsi okrzesywali zwalone pnie z gałęzi, najmłodsi nosili chrust. Płochacz zobaczył Geralta, wbił siekierę w pień, otarł czoło.

– Witajcie. – Wiedźmin podjechał bliżej. – Co u was? Wszystko w porządku?

Płochacz patrzył na niego długo i ponuro.

– Źle jest – powiedział wreszcie.

– Bo?

Płochacz milczał długo.

– Piłę ukradli – warknął wreszcie. – Ukradli piłę! To jak to jest, hę? Czego wy po zrębach jeździcie, panie, co? A Torquil ze swoimi czego po lasach kluczy, hę? Niby stróżujecie, hę? A piły kradną!

– Zajmę się tym – zełgał gładko Geralt. – Zajmę się tą sprawą. Bywajcie.

Płochacz splunął.

•

Na następnej Rębni, tym razem Dudkowej, wszystko było w porządku, nikt Dudkowi nie zagrażał i chyba niczego nie ukradł. Geralt nawet nie wstrzymał Płotki. Zmierzał do kolejnej osady. Zwanej Warzelnią.

•

Przemieszczanie się pomiędzy osadami ułatwiały leśne drogi, rozryte kołami wozów. Geralt natykał się na zaprzęgi często, zarówno wyładowane leśną produkcją, jak i puste, po ładunek dopiero jadące. Spotykało się też grupy wędrowców pieszych, ruch był zaskakująco duży. Nawet w głębi puszczy rzadko bywało całkiem bezludnie. Ponad paprocie, niczym grzbiet narwala z fal morskich, wyłaniał się niekiedy zad baby, zbierającej na czworakach jagody czy inne runo leśne. Pomiędzy drzewami snuło się czasem sztywnym chodem coś, co z postawy i oblicza przypominało zombi, w rzeczywistości było jednak szukającym grzybów dziadygą. Niekiedy coś łamało chrust wśród opętańczego wrzasku – były to dzieci, pociechy drwali i węglarzy, uzbrojone w łuki z patyków i sznurków. Zadziwiało, ile szkód za pomocą tak prymitywnego sprzętu pociechy zdolne były wyrządzić w przyrodzie. Przerażała myśl, że kiedyś pociechy podrosną i sięgną po sprzęt profesjonalny.

•

Osada Warzelnia, w której również panował spokój, nic nie zakłócało pracy i nie zagrażało pracującym, nazwę swą – jakże oryginalnie – brała od warzonego tu potażu, środka cenionego w przemyśle szklarskim i mydlarskim. Potaż, jak wyjaśnili Geraltowi czarodzieje, otrzymywano z popiołu węgla drzewnego, który w okolicy wypalano. Geralt odwiedzał już – i zamierzał odwiedzić dzisiaj – okoliczne osady węglarzy. Najbliższa nosiła nazwę Dębowiec, a droga do niej faktycznie wiodła obok potężnego skupiska ogromnych kilkusetletnich dębów. Nawet w południe, nawet przy pełnym słońcu i bezchmurnym niebie pod dębami zawsze leżał mroczny cień.

To przy dębach właśnie, niecały tydzień temu, Geralt po raz pierwszy napotkał konstabla Torquila i jego oddział.

•

Gdy cwałem wypadli zza dębów i obskoczyli go ze wszystkich stron, w zielonych maskujących strojach, z długimi łukami na plecach, Geralt zrazu wziął ich za Leśniczych, członków osławionej ochotniczej paramilitarnej formacji, sami siebie zwących Strażnikami Puszczy, a zajmujących się polowaniem na eludzi, zwłaszcza elfy i driady, i mordowaniem na wyszukane sposoby. Bywało, że podróżującymi lasami Leśniczy oskarżali o sprzyjanie nielu- lub handlowanie z nimi, za jedno i drugie groził z ich strony lincz, a udowodnić niewinność było trudno. Spotkanie przy dębach zapowiadało się więc na drastycznie gwałtowne – Geralt odetchnął tedy z ulgą, gdy zieloni jeźdźcy okazali się wykonującymi swe obowiązki stróżami prawa. Dowodzący, smagły typ o przenikliwym spojrzeniu, opowiedziawszy się jako konstabl w służbach bajlifa z Gors Velen, obcesowo i opryskliwie zażądał od Geralta wyjawienia tożsamości, a gdy ją poznał, zażyczył sobie zobaczyć wiedźmiński znak. Medalion z zębatym wilkiem nie dość, że uznany został za dowód satysfakcjonujący, to wzbudził wyraźny podziw stróża prawa. Estyma, jak się wydawało, objęła też samego Geralta. Konstabl zsiadł z konia, poprosił wiedźmina o to samo i zaprosił na chwilę rozmowy.

– Jestem Frans Torquil. – Konstabl odrzucił pozory opryskliwego służbisty, pokazał się człekiem spokojnym i konkretnym. – Ty zaś jesteś wiedźmin Geralt z Rivii. Ten sam Geralt z Rivii, który miesiąc temu w Ansegis zbawił od śmierci kobietę i dziecko, potwora ludojada ubiwszy.

Geralt zacisnął wargi. Szczęśliwie zapomniał już o Ansegis, o potworze z blaszką i o człowieku, który zginął z jego winy. Gryzł się tym długo, zdołał wreszcie przekonać samego siebie, że zrobił tyle, ile było można, że dwoje uratował, a potwór nie zabije już nikogo. Teraz wszystko wróciło.

Frans Torquil chyba nie zauważył chmury, którą po jego słowach zaszło czoło wiedźmina. A jeśli zauważył, to się nie przejął.

– Wychodzi, wiedźminie – podjął – że my obaj z tych samych powodów po tych komyszach jeździmy. Zł rzeczy się zaczęły od wiosny dziać na Tukajskim P górzu, do bardzo nieładnych doszło tu zdarzeń. I c temu koniec położyć. Po rzezi w Kabłąkach radziłem czarownikom z Rissbergu, by wiedźmina wynajęli. Posłuchali, jak widać, choć przecie słuchać nie lubią.

Konstabl zdjął kapelusz i otrzepał go z igiełek i nasionek. Nakrycie głowy nosił identycznego fasonu co Jaskier, tyle że z filcu gorszej jakości. I miast piórem egreta udekorowane sterówką bażanta łownego.

– Szmat czasu już prawa i porządku na Pogórzu pilnuję – podjął, patrząc Geraltowi w oczy. – Nie chwaląc się, niejednego złoczyńcę pojmałem, niejednym suchą gałąź przyozdobiłem. Ale to, co się tu ostatnio wyrabia... Na to potrzeba tu dodatkowo kogoś takiego jak ty. Kogoś, kto się w czarach wyznaje i na monstrach się zna, kto się potwora ni upiora ani smoka nie zlęknie. I dobrze, będziemy wespół stróżować i ludzi ochraniać. Ja za moją marną pensję, ty za pieniądze czarowników. Wieleż to, ciekawym, płacą ci za tę robotę?

Pięćset novigradzkich koron, przelanych na konto bankowe awansem, nie miał zamiaru zdradzać Geralt. Za tyle kupili moją usługę i mój czas czarodzieje z Rissbergu. Piętnaście dni mojego czasu. A po upływie piętnastu dni, niezależnie od tego, co się wydarzy, przelew na drugie tyle. Hojnie. Więcej niż satysfakcjonująco.

– Ano, pewnie płacą niemało. – Frans Torquil szybko pojął, że odpowiedzi się nie doczeka. – Stać ich na o. A tobie tyle powiem: żadne pieniądze tu za duże e są. Bo to paskudna sprawa jest, wiedźminie. Padna, ciemna i nienaturalna. Zło, które tu szalało, sbergu przyszło, głowę dam. Jak nic czarownicy basili coś w tej ich magii. Bo ta ich magia jest ek żmij: choćby nie wiem, jak mocno zawiąza- ze w końcu coś jadowitego wylezie.

Konstabl łypnął na Geralta, wystarczyło mu tego łypnięcia, by pojąć, że wiedźmin nie zdradzi mu niczego, żadnych szczegółów umowy z czarodziejami.

– Zapoznali cię z detalami? Opowiedzieli, co zaszło w Cisach, Kabłąkach i Rogowiźnie?

– Poniekąd.

– Poniekąd – powtórzył Torquil. – Trzy dni po Belleteyn, osada Cisy, ubitych dziewięciu drwali. Połowa maja, sadyba pilarzy w Kabłąkach, ubitych dwanaścioro. Początek czerwca, Rogowizna, kolonia kurzaków. Ofiar piętnaścioro. Taki jest poniekąd stan na dzisiejszy dzień, wiedźminie. Bo to nie koniec. Głowę stawię, że nie koniec.

Cisy, Kabłąki, Rogowizna. Trzy masowe zbrodnie. A zatem nie wypadek przy pracy, nie demon, który wyrwał się i uciekł, nad którym goeta partacz nie zdołał zapanować. To premedytacja, działanie zaplanowane. Ktoś trzykrotnie uwięził demona w nosicielu i trzy razy wysłał go mordować.

– Ja już wiele widziałem. – Mięśnie na szczękach konstabla zagrały silnie. – Niejedno pobojowisko, nie jednego trupa i nie dwa. Napady, grabieże, naloty bandyckie, krwawe zemsty rodowe i zajazdy, nawet jedno wesele, z którego sześciu nieboszczyków wynieśli, pana młodego wliczając. Ale żeby ścięgna siec, by potem okulawionych zarzynać? Żeby skalpować? Gardła zębami przegryzać? Żywcem rozszarpywać, z brzuchów kiszki wywlekać? A na koniec z głów urżniętych piramidki ustawiać? Z czym tu, pytam, do czynienia mieć przyszło? Tego ci czarownicy nie rzekli? Nie wyjaśnili, do czego im wiedźmin?

Do czego potrzebny jest wiedźmin czarodziejoy z Rissbergu? Tak bardzo, że do współpracy trze' było zmusić go szantażem? Z każdym demon i z każdym nosicielem czarodzieje mogliby wszak gracko poradzić sobie sami, i to bez specjalnego trudu. *Fulmen sphaericus*, *Sagitta aurea*, dwa pierwsze z brzegu czary wśród wielu, którymi można by potraktować energumena z odległości stu kroków i wątpliwe jest, by przeżył potraktowanie. Ale nie, czarodzieje wolą wiedźmina. Dlaczego? Odpowiedź jest prosta: energumenem stał się czarodziej, konfrater, kolega. Któryś z kolegów po fachu wywołuje demony, pozwala im wejść w siebie i leci mordować. Zrobił to już trzykrotnie. Ale czarodziejom nijak palnąć kolegę piorunem kulistym czy przedziurawić złotym grotem. Na kolegę potrzebny jest wiedźmin.

Nie mógł ani nie chciał powiedzieć tego Torquilowi. Nie mógł i nie chciał mówić mu tego, co powiedział czarodziejom na Rissbergu. A na co oni zareagowali lekceważeniem. Słusznie należnym banałowi.

•

— Wciąż to robicie. Wciąż bawicie się tą, jak ją nazywacie, goecją. Wywołujecie te istoty, wyciągacie z ich płaszczyzn, zza zamkniętych drzwi. Z tą samą nieodmiennie śpiewką: będziemy je kontrolować, opanujemy, zmusimy do posłuszeństwa, zaprzęgniemy do pracy. Z tym samym nieodmiennie usprawiedliwieniem: poznamy ich sekrety, zmusimy do wyjawienia ajemnic i arkanów, dzięki czemu zwielokrotnimy 'ę własnej magii, będziemy leczyć i uzdrawiać, wyninujemy choroby i klęski żywiołowe, uczynimy t lepszym, a człowieka szczęśliwszym. I nieodie okazuje się, że to kłamstwo, że idzie wam nie o własną moc i władzę.

widać to było, rwał się do riposty, ale Pinezymał go.

— Względem zaś istot zza zamkniętych drzwi — podjął Geralt — tych, które dla wygody nazywamy demonami, to z pewnością wiecie to samo, co my, wiedźmini. Co stwierdziliśmy już dawno temu, co zapisano w wiedźmińskich protokołach i kronikach. Demony nigdy, przenigdy nie zdradzą wam żadnych sekretów ani arkanów. Nigdy nie dadzą się zaprząc do pracy. One dają się wywoływać i sprowadzać do naszego świata tylko w jednym celu: chcą mordować. Bo to lubią. I wy o tym wiecie. Ale im to umożliwiacie.

— Od teorii — rzekł Pinety po bardzo długiej chwili milczenia — przejdźmy może do praktyki. Myślę, że w wiedźmińskich protokołach i kronikach też zapisano co nieco o takowej. A oczekujemy od ciebie, wiedźminie, nie traktatów moralnych bynajmniej, ale właśnie praktycznych raczej rozwiązań.

●

— Rad byłem poznać. — Frans Torquil podał Geraltowi dłoń. — A ninie do roboty, w objazd. Stróżować, ludzi ochraniać. Od tego jesteśmy.

— Od tego.

Już w siodle, konstabl pochylił się.

— Założę się — rzekł cicho — że o tym, co ci zaraz powiem, sam dobrze wiesz. Ale powiem to mimo wszystko. Uważaj, wiedźminie. Miej baczenie. Gadać nie chcesz, ale ja swoje wiem. Czarownicy jak nic najęli cię, byś naprawił to, co sami popsuli, posprzątał plugastwo, którym sami naplugawili. Ale jeśli coś pójdzie nie tak, będą szukać kozła ofiarnego. A ty masz na takiego wszelkie zadatki.

●

Niebo nad lasem zaczęło ciemnieć, nagły wiatr za-
szumiał w koronach drzew. Zamruczał daleki grom.

•

– Jak nie burze, to ulewy – stwierdził Frans Torquil
przy ich kolejnym spotkaniu. – Co drugi dzień grzmi
i pada. A skutek taki, że wszelkie ślady, gdy ich szukać, przez deszcz zatarte. Wygodnie, prawda? Wręcz
jakby na zamówienie. To też mi pachnie czarnoksię-
stwem, Rissbergiem konkretnie. Mówi się, że umieją
czarownicy pogodę zaczyniać. Magiczny wiatr wywołać, naturalny zasię zakląć, by wiał, kędy chcą. Prze-
ganiać chmury, wzbudzić deszcz albo grad, a i burzę
rozpętać na zawołanie. Kiedy im to na rękę. By, dla
przykładu, ślady pozacierać. Co ty na to, Geralt?

– Czarodzieje, fakt, potrafią wiele – odrzekł. – Pogodą rządzili od zawsze, od Pierwszego Lądowania,
które podobno wyłącznie dzięki czarom Jana Bekke-
ra nie zakończyło się katastrofą. Ale obwiniać magików za wszystkie niedole i klęski to chyba przesada.
Mówisz w końcu o zjawiskach naturalnych, Frans.
Po prostu taki mamy sezon. Sezon burz.

•

Popędził klacz. Słońce chyliło się już ku zachodo-
wi, przed zmierzchem zamierzał spatrolować jeszcze
kilka osad. Najbliższą była kolonia węglarzy, położo-
na na polanie zwanej Rogowizną. Gdy był tam po raz
pierwszy, towarzyszył mu Pinety.

•

Teren masakry, ku zdumieniu wiedźmina, miast
być ponurym i z daleka omijanym uroczyskiem, okazał się być miejscem ożywionej pracy, pełnym ludzi.

Węglarze – sami siebie zwący kurzakami – trudzili się właśnie przy budowie nowego mielerza, konstrukcji służącej do wypału węgla drzewnego. Mielerz ów był kopulasto uformowanym stosem drewna, nie jakąś bezładną kupą bynajmniej, ale stosem ułożonym pieczołowicie i równiutko. Gdy Geralt i Pinety zjechali na polanę, zastali węglarzy przy obkładaniu owego stosu mchem i starannym przysypywaniu go ziemią. Drugi mielerz, zbudowany wcześniej, pracował już, czyli kopcił w najlepsze. Cała polana zasnuta była gryzącym oczy dymem, ostry żywiczny zapach atakował nozdrza.

– Jak dawno... – wiedźmin kaszlnął. – Jak dawno temu, mówiłeś, doszło...

– Równo miesiąc temu.

– A ludzie pracują tu, jakby nigdy nic?

– Na węgiel drzewny – wyjaśnił Pinety – jest ogromne zapotrzebowanie. Tylko węgiel drzewny pozwala przy spalaniu uzyskać temperaturę umożliwiającą wytop metali. Piece hutnicze pod Dorian i Gors Velen nie mogłyby bez węgla funkcjonować, a hutnictwo to najważniejsza i najbardziej rozwojowa gałąź przemysłu. Dzięki popytowi węglarstwo to zajęcie intratne, a ekonomia, wiedźminie, jest jak natura, próżni nie znosi. Pomordowanych kurzaków pochowano tam, o, widzisz kurhan? Świeży piasek żółci się jeszcze. A na ich miejsce przyszli nowi. Mielerz dymi, życie toczy się dalej.

Zsiedli z koni. Kurzacy nie poświęcili im uwagi, zbyt byli zajęci. Jeśli ktoś się nimi interesował, to kobiety i dzieci, których kilkoro biegało między szałasami.

– A jakże. – Pinety odgadł pytanie, nim wiedźmin je zadał. – Wśród pochowanych pod kurhanem też były dzieci. Troje. Trzy kobiety. Dziewięciu mężczyzn i wyrostków. Chodź za mną.

Weszli między sągi suszącego się drewna.

– Kilku mężczyzn – mówił czarodziej – zabito na miejscu, roztrzaskano im głowy. Resztę obezwładniono i unieruchomiono, ostrym narzędziem przecinając ścięgna u stóp. Wielu, w tym wszystkie dzieci, miało dodatkowo połamane ręce. Obezwładnionych pomordowano. Rozszarpywano gardła, rozpruwano brzuchy, otwierano klatki piersiowe. Zdzierano skórę z pleców, skalpowano. Jednej z kobiet...

– Wystarczy. – Wiedźmin patrzył na czarne zacieki krwi, wciąż widoczne na brzozowych pieńkach. – Wystarczy, Pinety.

– Warto, byś wiedział, z kim... z czym mamy do czynienia.

– Już wiem.

– A więc tylko ostatnie detale. Nie doliczono się ciał. Wszystkim pomordowanym ucięto głowy. I ułożono je w piramidę, tutaj, w tym właśnie miejscu. Głów było piętnaście, ciał trzynaście. Dwa ciała zniknęły.

– Według identycznego niemal schematu – podjął czarodziej po krótkiej pauzie – rozprawiono się z mieszkańcami dwóch innych siedlisk, Cisów i Kabłąków. W Cisach zabito dziewięciu ludzi, w Kabłąkach dwanaścioro. Zabiorę cię tam jutro. Dziś zajrzymy jeszcze do Nowej Smolarni, to niedaleko. Zobaczysz, jak wygląda produkcja smoły drzewnej i dziegciu. Gdy następnym razem przyjdzie ci coś smarować dziegciem, będziesz wiedział, skąd ów się wziął.

– Mam pytanie.

– Słucham.

– Naprawdę musieliście uciekać się do szantażu? Nie wierzyliście, że z własnej woli przybędę na Rissberg?

– Zdania były podzielone.

– Wsadzić mnie w Kerack do lochu, potem uwolnić, ale wciąż szachować sądem, czyj to był pomysł? Kto na to wpadł? Koral, prawda?

Pinety spojrzał na niego. Patrzył długo.

– Prawda – przyznał wreszcie. – To był jej pomysł. I jej plan. Wsadzić cię, uwolnić, szachować. A na koniec sprawić, by postępowanie umorzono. Załatwiła to natychmiast po twoim wyjeździe, kartotekę w Kerack masz już czystą jak łza. Masz inne pytania? Nie? Jedźmy więc do Nowej Smolarni, popatrzymy sobie na dziegieć. Potem otworzę teleport i wrócimy na Rissberg. Wieczorem chciałbym jeszcze wyskoczyć z muchówką nad moją rzeczkę. Jętka się roi, pstrąg będzie żerował... Łowiłeś kiedyś, wiedźminie? Pociąga cię łowienie?

– Łowię, gdy mam chętkę na rybę. Zawsze wożę ze sobą sznur.

Pinety milczał długo.

– Sznur – wyrzekł wreszcie dziwnym tonem. – Linka, obciążona kawałem ołowiu. Z wieloma haczykami. Na które nadziewasz robaki.

– Tak. A co?

– Nic. Niepotrzebnie pytałem.

•

Zmierzał do Sośnicy, kolejnej osady węglarzy, gdy las nagle zamilkł. Zaniemówiły sójki, jak ucięte nożem ucichły krzyki srok, raptownie urwało się stukanie dzięcioła. Las zamarł w zgrozie.

Geralt poderwał klacz do galopu.

Śmierć to nasz odwieczny towarzysz. Zawsze podąża po naszej lewej, na wyciągnięcie ręki za nami. To jedyny mądry doradca, na jakiego może liczyć wojownik. Jeśli wydaje mu się, że wszystko zmierza ku złemu i że za chwilę zostanie unicestwiony, wojownik może obrócić się ku śmierci i spytać, czy faktycznie tak jest. Śmierć odpowie mu wówczas, że się myli, że jedynie jej dotknięcie się liczy. A ja jeszcze cię nie dotknęłam, powie.

Carlos Castaneda, *Journey to Ixtlan*

Rozdział jedenasty

Mielerz w Sośnicy zbudowano w pobliżu karczowiska, węglarze wykorzystywali odpad drzewny pozostały po wyrębie. Wypał rozpoczął się tu niedawno, ze szczytu kopuły, niby z krateru wulkanu, bił słup żółtawego i mocno śmierdzącego dymu. Zapach dymu nie tłumił unoszącego się nad polaną odoru śmierci.

Geralt zeskoczył z konia. I dobył miecza.

Pierwszego trupa, pozbawionego głowy i obu stóp, zobaczył tuż obok mielerza, krew zbryzgała pokrywającą kopiec ziemię. Nieco dalej leżały trzy następne ciała, zmasakrowane do niepoznania. Krew wsiąkła w chłonny leśny piasek, zostawiając czerniejące plamy.

Bliżej środka polany i obłożonego kamieniami paleniska leżały dwa kolejne trupy – mężczyzny i kobiety. Mężczyzna miał rozerwane gardło, rozszarpane tak, że widoczne były kręgi szyjne. Kobieta górną częścią ciała leżała w ognisku, w popiele, oblepiona kaszą z przewróconego kociołka.

Nieco dalej, przy sągu drewna, leżało dziecko, chłopczyk, może pięcioletni. Był rozdarty na połowy.

Ktoś – a raczej coś – chwyciło go za obie nóżki i roz-
darło.

Dostrzegł następnego trupa, ten miał rozpruty
brzuch i wywleczone jelita. Na pełną długość, czyli
jakiś sążeń jelita grubego plus z górą trzy cienkiego.
Jelita prostą, połyskliwą, sino-różową linią ciągnęły
się od trupa do szałasu z iglastych gałęzi, znikały
w jego wnętrzu.

Wewnątrz, na prymitywnym barłogu, leżał na
wznak szczupły mężczyzna. Od razu rzucało się
w oczy, że zupełnie tu nie pasował. Bogate odzienie miał całe we krwi, kompletnie przesiąknięte.
Ale wiedźmin nie zauważył, by tryskało, sikało lub
ciekło z któregoś z podstawowych naczyń krwiono-
śnych.

Poznał go mimo pokrytej schnącą krwią twarzy.
Był to ów długowłosy, szczupły i nieco zniewieściały
piękniś, Sorel Degerlund, przedstawiono mu go na
audiencji u Ortolana. Wtedy też miał na sobie podobnie szamerowany płaszcz i haftowany dublet,
jak inni czarodzieje, siedział wśród innych za stołem
i tak jak inni patrzył na wiedźmina z kiepsko skry-
waną niechęcią. A teraz leżał, nieprzytomny, w wę-
glarskim szałasie, cały we krwi, a napięstek prawej
ręki okręcony miał ludzkim jelitem. Wywleczonym
z jamy brzusznej trupa leżącego niecałe dziesięć kroków dalej.

Wiedźmin przełknął ślinę. Zarąbać go, pomyślał,
póki nieprzytomny? Tego oczekują Pinety i Tzara?
Zabić energumena? Wyeliminować goetę, zabawia-
jącego się wywoływaniem demonów?

Z zamyślenia wyrwał go jęk. Sorel Degerlund, wyglądało, odzyskiwał przytomność. Poderwał głowę,
zajęczał, znowu opadł na barłóg. Uniósł się, wodził

wkoło błędnym wzrokiem. Zobaczył wiedźmina, otworzył usta. Spojrzał na swój zabryzgany krwią brzuch. Uniósł rękę. Zobaczył, co w niej trzyma. I zaczął krzyczeć.

Geralt patrzył na miecz, Jaskrowy nabytek ze złoconym jelcem. Popatrywał na cienką szyję czarodzieja. Na nabrzmiałą na niej żyłę.

Sorel Degerlund odlepił i zdarł jelito z ręki. Przestał krzyczeć, jęczał tylko, trząsł się. Wstał, najpierw na czworaki, potem na nogi. Wypadł z szałasu, rozejrzał się, zawrzeszczał i rzucił do ucieczki. Wiedźmin chwycił go za kołnierz, osadził w miejscu i powalił na kolana.

– Co... tu... – wybełkotał Degerlund, wciąż się trzęsąc. – Co się... Co się tu sta... Stało?

– Myślę, że wiesz, co.

Czarodziej głośno przełknął ślinę.

– Jak się... Jak się tu znalazłem? Niczego... Niczego nie pamiętam... Niczego nie pamiętam! Niczego!

– W to raczej nie uwierzę.

– Inwokacja... – Degerlund chwycił się za twarz. – Inwokowałem... On się zjawił. W pentagramie, w kredowym kręgu... I wszedł. Wszedł we mnie.

– Chyba nie po raz pierwszy, co?

Degerlund zaszlochał. Nieco teatralnie, Geralt nie mógł oprzeć się takiemu wrażeniu. Żałował, że nie zaskoczył energumena, zanim demon go porzucił. Żal, zdawał sobie z tego sprawę, był mało racjonalny, świadom był, jak groźna mogła być konfrontacja z demonem, powinien być rad, że jej uniknął. Ale nie był rad. Bo przynajmniej wiedziałby wówczas, co robić.

Że też trafiło na mnie, pomyślał. Że też nie wpadł tu Frans Torquil ze swym oddziałem. Konstabl nie miałby oporów ani skrupułów. Ubabrany we krwi, zdybany z wnętrznościami ofiary w garści czarodziej z miejsca dostałby stryczek na szyję i zadyndał na pierwszym z brzegu konarze. Torquila nie powstrzymałyby wahania ani wątpliwości. Torquil nie zastanawiałby się, że zniewieściale i raczej chuderlawo prezentujący się czarodziej w żaden sposób nie byłby w stanie okrutnie rozprawić się z tyloma ludźmi, i to w czasie tak krótkim, że skrwawione odzienie nie zdążyło wyschnąć ani zesztywnieć. Że nie zdołałby rozedrzeć dziecka gołymi rękami. Nie, Torquil nie miałby rozterek.

A ja je mam.

Pinety i Tzara pewni byli, że mieć nie będę.

– Nie zabijaj mnie... – zajęczał Degerlund. – Nie zabijaj mnie, wiedźminie... Ja już nigdy... Nigdy więcej...

– Zamknij się.

– Przysięgam, że nigdy...

– Zamknij się. Jesteś dość przytomny, by użyć magii? Przywołać tu czarodziejów z Rissbergu?

– Mam sigil... Mogę... Mogę się na Rissberg teleportować.

– Nie sam. Razem ze mną. Bez sztuczek. Nie próbuj wstawać, zostań na kolanach.

– Muszę wstać. A ty... Jeśli teleportacja ma się udać, musisz stanąć blisko mnie. Bardzo blisko.

– Że niby jak? Nuże, na co czekasz? Wyciągaj ten amulet.

– To nie amulet. Mówiłem, to sigil.

Degerlund rozchełstał zakrwawiony dublet i koszulę. Na chudej piersi miał tatuaż, dwa zachodzące na siebie okręgi. Okręgi usiane były punktami różnej wielkości. Wyglądało to trochę jak schemat orbit planet, który Geralt podziwiał kiedyś na uczelni w Oxenfurcie.

Czarodziej wymówił śpiewne zaklęcie. Okręgi zaświeciły niebiesko, punkty czerwono. I zaczęły się kręcić.

– Teraz. Stań blisko.

– Blisko?

– Jeszcze bliżej. Wręcz przytul się do mnie.

– Że co?

– Przytul się do mnie i obejmij mnie.

Głos Degerlunda zmienił się. Jego załzawione przed chwilą oczy zapaliły się paskudnie, a wargi skrzywiły wrednie.

– Tak, tak dobrze. Mocno i czule, wiedźminie. Jakbym był tą twoją Yennefer.

Geralt pojął, co się święci. Ale nie zdążył ani odepchnąć Degerlunda, ani zdzielić go głowicą miecza, ani chlasnąć klingą po szyi. Zwyczajnie nie zdążył.

W oczach rozbłysła mu opalizująca poświata. W ułamku sekundy utonął w czarnej nicości. W przenikliwym zimnie, w ciszy, bezkształcie i bezczasie.

•

Wylądowali twardo, podłoga z kamiennych płyt jakby wyskoczyła im na spotkanie. Impet ich rozdzielił. Geralt nie zdołał nawet dobrze się rozejrzeć. Poczuł intensywny smród, odór brudu przemieszanego z piżmem. Wielgachne i mocarne łapska capnęły go pod pachy i za kark, grube paluchy bez trudu zamknęły się na bicepsach, twarde jak żelazo kciuki boleśnie wpiły się w nerwy, w sploty ramienne. Zdrętwiał cały, wypuścił miecz z bezwładnej ręki.

Przed sobą zobaczył garbusa z paskudną i usianą wrzodami gębą, z czaszką pokrytą rzadkimi kępkami sztywnych włosów. Garbus, szeroko rozstawiwszy pałąkowate nogi, mierzył do niego z wielkiej kuszy, a właściwie z arbalestu o dwóch stalowych, położonych jedno nad drugim łuczyskach. Oba wycelowane w Geralta czwórgranne groty bełtów były szerokie na dobre dwa cale i wyostrzone jak brzytwy.

Sorel Degerlund stanął przed nim.

– Jak się już zapewne zorientowałeś – powiedział – nie trafiłeś na Rissberg. Trafiłeś do mojego azylu i pustelni. Miejsca, w którym wraz z moim mistrzem przeprowadzamy eksperymenty, o których na Rissbergu nie wiedzą. Jestem, jak zapewne wiesz, Sorel Albert Amador Degerlund, magister magicus. Jestem, czego jeszcze nie wiesz, tym, który zada ci ból i śmierć.

Zniknęły, jak zdmuchnięte wiatrem, udawane przerażenie i odgrywana panika, zniknęły wszelkie pozory. Wszystko tam, na polanie węglarzy, było udawane. Przed obwisłym w paraliżującym chwycie sękatych łap Geraltem stał oto zupełnie inny Sorel Degerlund. Sorel Degerlund triumfujący, przepełniony pychą i butą. Sorel Degerlund szczerzący zęby w złośliwym uśmiechu. Uśmiechu każącym myśleć o skolopendrach, przeciskających się przez szpary pod drzwiami. O rozkopywanych grobach. O białych robakach wijących się w padlinie. O tłustych końskich muchach poruszających nóżkami w talerzu rosołu.

Czarodziej podszedł bliżej. W dłoni trzymał stalową szprycę z długą igłą.

– Wyrolowałem cię jak dziecko, tam, na polanie – wycedził. – Jak to dziecko się okazałeś naiwny. Wiedźmin Geralt z Rivii! Choć instynkt go nie mylił, nie zabił, bo nie miał pewności. Bo jest dobrym wiedźminem i dobrym człowiekiem. Powiedzieć ci, dobry wiedźminie, kim są ludzie dobrzy? To tacy, którym los poskąpił szansy skorzystania z dobrodziejstw bycia złymi. Względnie tacy, którzy szansę taką mieli, ale byli za głupi, by z niej skorzystać. Nieważne, do której grupy się zaliczasz. Dałeś się podejść, wpadłeś w pułapkę i gwarantuję, że nie wyjdziesz z niej żywy.

Uniósł szprycę. Geralt poczuł ukłucie, a zaraz po nim palący ból. Ból przeszywający i mroczący oczy, wyprężający całe ciało, ból tak okropny, że z najwyższym wysiłkiem powstrzymał się od krzyku. Serce zaczęło mu bić jak szalone, przy jego zwykłym tętnie, czterokrotnie wolniejszym niż tętno zwykłego człowieka, było to wyjątkowo przykrą sensacją. W oczach mu pociemniało, świat wokół zawirował, rozmazał się i rozpłynął.

Wleczono go, blask magicznych kul tańczył po surowych ścianach i sufitach. Jedna z mijanych ścian, cała pokryta zaciekami krwi, obwieszona była bronią, widział szerokie zakrzywione bułaty, wielkie sierpy, gizarmy, topory, morgensterny. Wszystkie nosiły ślady krwi. Tego używano w Cisach, Kabłąkach i Rogowiźnie, pomyślał przytomnie. Tym masakrowano węglarzy w Sośnicy.

Odrętwiał zupełnie, przestał czuć cokolwiek, nie czuł nawet gniotącego ucisku trzymających go łap.

– Buueh-hhhrrr-eeeehh-bueeeeh! Bueeh-heeh!

Nie od razu pojął, że to, co słyszy, to radosny rechot. Wlekących go sytuacja najwyraźniej bawiła.

Idący przodem garbus z kuszą pogwizdywał.

Geralt był bliski utraty przytomności.

Brutalnie posadzono go w fotelu z wysokim oparciem. Wreszcie mógł zobaczyć tych, którzy go tu przywlekli, cały czas miażdżąc pachy łapskami.

Pamiętał olbrzymiego ogrokrasnoluda Mikitę, ochroniarza Pyrala Pratta. Ci dwaj trochę go przypominali, mogliby od biedy ujść za bliskich krewnych. Byli podobnego jak Mikita wzrostu, podobnie śmierdzieli, podobnie nie mieli szyj, podobnie sterczały im, niczym dzikom, zęby spod dolnych warg. Mikita był jednak łysy i brodaty, ci dwaj bród nie mieli, małpie gęby pokrywała im czarna szczeć, a czubki jajowatych głów zdobiło coś wyglądającego jak zmierzwione pakuły. Oczka mieli małe i przekrwione, uszy wielkie, szpiczaste i okropnie włochate.

Ich odzież nosiła ślady krwi. A oddech cuchnął tak, jakby od wielu dni żywili się wyłącznie czosnkiem, gównem i zdechłymi rybami.

– Bueeeeh! Bueeh-heeh-heeh!

– Bue, Bang, dosyć śmiechów, do pracy, obaj. Pasztor, wyjdź. Ale bądź w pobliżu.

Oba wielkoludy wyszły, klapiąc wielkimi stopami. Nazwany Pasztorem garbus pospieszył za nimi.

W polu widzenia wiedźmina pojawił się Sorel Degerlund. Przebrany, wymyty, uczesany i zniewieściały. Przysunął krzesło, siadł naprzeciw, za plecami mając stół zawalony księgami i grymuarami. Patrzył na wiedźmina, uśmiechając się nieładnie. Bawił się przy tym i kołysał medalionem na złotym łańcuszku, który nawijał sobie na palec.

– Potraktowałem cię – powiedział beznamiętnie – ekstraktem z jadu białych skorpionów. Niemiłe, prawda? Ani ręką ruszyć, ani nogą, ani palcem nawet? Ani mrugnąć, ani śliny przełknąć? Ale to jeszcze nic. Wkrótce zaczną się niekontrolowane ruchy gałek ocznych i zaburzenia wzroku. Potem odczujesz skurcze mięśni, skurcze naprawdę silne, zapewne naderwą ci się więzadła międzyżebrowe. Nie zdołasz opanować zgrzytania zębami, kilka zębów skruszysz, to pewne. Wystąpi ślinotok, a wreszcie trudności w oddychaniu. Jeśli nie podam ci antidotum, udusisz się. Ale nie turbuj się, podam. Przeżyjesz, na razie. Choć sądzę, że wkrótce będziesz żałował, żeś przeżył. Wyjaśnię ci, w czym rzecz. Mamy czas. Ale wcześniej chciałbym jeszcze sobie popatrzeć, jak siniejesz.

– Obserwowałem cię – podjął po chwili – wtedy, ostatniego dnia czerwca, na audiencji. Popisywałeś się przed nami arogancją. Przed nami, ludźmi stokroć lepszymi od ciebie, ludźmi, którym do pięt nie dorastasz. Bawiło cię i podniecało, widziałem to, igranie z ogniem. Już wtedy postanowiłem udowodnić ci, że igranie z ogniem musi skończyć się poparzeniami, a wtrącanie się w sprawy magii i magików ma równie bolesne konsekwencje. Przekonasz się o tym niebawem.

Geralt chciał się poruszyć, ale nie mógł. Kończyny i całe ciało miał bezwładne i nieczułe. W palcach rąk i nóg czuł przykre mrowienie, twarz miał kompletnie zdrętwiałą, wargi jak zasznurowane. Coraz gorzej widział, oczy zasnuwał mu i zlepiał jakiś mętny śluz.

Degerlund założył nogę na nogę, zakołysał medalionem. Był na nim znak, emblemat, błękitna emalia. Geralt nie umiał rozpoznać. Widział coraz gorzej. Czarodziej nie kłamał, zaburzenia wzroku nasilały się.

– Rzecz, uważasz, w tym – ciągnął od niechcenia Degerlund – że planuję wysoko zajść w czarodziejskiej hierarchii. W zamiarach tych i planach opieram się na osobie Ortolana, znanego ci z wizyty na Rissbergu i pamiętnej audiencji.

Geralt miał wrażenie, że język puchnie mu i wypełnia całą jamę ustną. Obawiał się, że to nie tylko wrażenie. Jad białego skorpiona był zabójczy. On sam nigdy dotąd nie był wystawiony na jego działanie, nie wiedział, jakie skutki mógł powodować dla organizmu wiedźmina. Poważnie się zaniepokoił, co sił walcząc z niszczącą go toksyną. Sytuacja nie przedstawiała się najlepiej. Ratunku, jak wyglądało, znikąd nie można było oczekiwać.

– Kilka lat temu – Sorel Degerlund nadal napawał się tonem swego głosu – zostałem asystentem Ortolana, na stanowisko to desygnowała mnie Kapituła, a zatwierdził zespół badawczy Rissbergu. Miałem, jak i moi poprzednicy, szpiegować Ortolana i sabotować co groźniejsze jego idee. Przydziału nie zawdzięczałem li tylko magicznemu talentowi, lecz urodzie i urokowi osobistemu. Kapituła przydzielała staruszkowi takich bowiem asystentów, jakich ów lubił.

– Możesz tego nie wiedzieć, ale za czasów młodości Ortolana wśród czarodziejów pleniła się mizoginia i moda na męskie przyjaźnie, które nader często zamieniały się w coś więcej, a nawet dużo więcej. Zaś młody uczeń lub adept, bywało, nie miał wyboru, musiał być starszym posłuszny także i w tym względzie. Niektórym niezbyt się to podobało, ale znosili jako dobrodziejstwo inwentarza. A niektórzy to polubili. Do tych ostatnich należał, jak się zapewne już domyśliłeś, Ortolan. Chłoptaś, któremu wtedy przystawał jego ptasi przydomek, po doświadczeniach ze swym preceptorem na całe długie życie został, jak mówią poeci, entuzjastą i adherentem szlachetnych męskich przyjaźni i szlachetnych męskich miłości. Prozą, jak wiesz, określa się rzecz krócej i dosadniej.

O łydkę czarodzieja otarł się, mrucząc głośno, wielki czarny kot z ogonem napuszonym jak szczotka. Degerlund schylił się, pogłaskał go, zakołysał przed nim medalionem. Kot od niechcenia pacnął w medalion łapką. Odwrócił się, na znak, że nudzi go zabawa, zajął się wylizywaniem futerka na piersi.

– Jak niewątpliwie zauważyłeś – podjął czarodziej – urody jestem nieprzeciętnej, kobiety, bywa, zwą mnie efebem. Kobiety i owszem, lubię, ale przeciw pederastii w zasadzie też nic nie miałem i nie mam. Z jednym warunkiem: jeśli już, to musi pomagać mi w robieniu kariery.

– Mój męski afekt z Ortolanem zbytnich poświęceń nie wymagał, staruszek dawno już przekroczył zarówno granicę wieku, w którym się może, jak i tego, w którym się chce. Ale postarałem się, aby mniemano inaczej. Aby myślano, iż z kretesem stracił dla mnie głowę. Że nie ma takiej rzeczy, której odmówiłby swemu pięknemu kochankowi. Że znam jego szyfry, że mam dostęp do jego tajemnych ksiąg i sekretnych notatek. Że obdarowuje mnie artefaktami i talizmanami, których wcześniej nikomu nie ujawnił. I że uczy mnie zabronionych zaklęć. W tym i goecji. I jeśli do niedawna wielcy z Rissbergu lekceważyli mnie, teraz nagle zaczęli poważać, urosłem w ich oczach. Uwierzyli, że robię to, o czym sami marzą. I że odnoszę w tym sukcesy.

– Wiesz, co to jest transhumanizm? Co to jest specjacja? Specjacja radiacyjna? Introgresja? Nie? Nie masz się czego wstydzić. Ja też nie za bardzo. Ale wszyscy sądzą, że wiem dużo. Że pod okiem i auspicją Ortolana prowadzę badania nad udoskonaleniem rodzaju ludzkiego. W szczytnym celu, żeby poprawić i ulepszyć. Polepszyć kondycję ludzi, wyeliminować choroby i niepełnosprawność, wyeliminować starzenie się, bla, bla, bla. Oto cel i zadanie magii. Iść drogą wielkich dawnych mistrzów, Malaspiny, Alzura i Idarrana. Mistrzów hybrydyzacji, mutowania i modyfikowania genetycznego.

Obwieściwszy przybycie miauczeniem, czarny kot pojawił się znowu. Wskoczył na kolana czarodzieja, wyciągnął się, zamruczał. Degerlund głaskał go rytmicznie. Kot zamruczał jeszcze głośniej, wysuwając pazury iście tygrysich rozmiarów.

– Co to takiego hybrydyzacja, wiesz z pewnością, bo to inne określenie krzyżowania. Procesu uzyskiwania krzyżówek, hybryd, bastardów, jak zwać, tak zwać. Na Rissbergu aktywnie z tym eksperymentują, wyprodukowali już bez liku cudactw, straszydeł i potworków. Nieliczne znalazły szerokie zastosowanie praktyczne, jak choćby oczyszczający miejskie śmieciowiska parazeugl, tępiący szkodniki drzew paradzięcioł czy pożerająca larwy malarycznych komarów zmutowana gambuzja. Albo wigilozaur, jaszczur strażniczy, którego zabiciem przechwalałeś się podczas audiencji. Ale oni uważają to za drobnostki, za produkty uboczne. To, co ich naprawdę interesuje, to hybrydyzacja i mutacja ludzi i humanoidów. Coś takiego jest zakazane, ale Rissberg drwi z zakazów. A Kapituła przymyka oko. Albo, co prawdopodobniejsze, trwa pogrążona w błogiej i tępej nieświadomości.

– Malaspina, Alzur i Idarran, jest to udokumentowane, brali na warsztat stworzenia małe i pospolite, by stworzyć z nich giganty, jak te ich wije, pająki, kościeje i diabli wiedzą, co jeszcze. Cóż więc, pytali, stoi na przeszkodzie, by wziąć małego i pospolitego człeczynę i przerobić go na tytana, na kogoś silnego, mogącego pracować dwadzieścia godzin na dobę, kogo nie imają się choroby, kto w pełnej sprawności dożywa setki? Wiadomo, że chcieli to zrobić, podobno to robili, podobno mieli sukcesy. Ale sekret swych hybryd zabrali do grobu. Nawet Ortolan, który studiowaniu ich prac poświęcił życie, osiągnął niewiele. Bue i Bang, którzy cię tu przywlekli, przyjrzałeś się im? To hybrydy, magiczne krzyżówki ogrów i trolli. Niechybny kusznik Pasztor? Nie, ten akurat jest, że tak powiem, na obraz i podobieństwo, w pełni naturalny efekt skrzyżowania szkaradnej baby ze szpetnym chłopem. Ale Bue i Bang, ha, ci wyszli wprost z probówek Ortolana. Spytasz: po diabła komu takie paskudy, po jaką cholerę coś takiego tworzyć? Ha, całkiem jeszcze niedawno sam tego nie wiedziałem. Dopóki nie zobaczyłem, jak rozprawiają się z drwalami i węglarzami. Bue potrafi jednym szarpnięciem oderwać głowę od szyi, Bang rozszarpuje dzieciaka, jakby to był pieczony kurczak. A dać im jakieś ostre narzędzia, ha! Wtedy potrafią urządzić jatkę, że proszę siadać. Ortolan, gdy go zapytać, opowiada, że niby hybrydyzacja to droga do eliminacji chorób dziedzicznych, ględzi o zwiększaniu odporności na choroby zakaźne, takie tam starcze dyrdymały. Ja wiem swoje. I ty wiesz swoje. Takie egzemplarze jak Bue i Bang, jak to coś, z czego zerwałeś blaszkę Idarrana, nadają się tylko do jednego: do mordowania. I dobrze, bo mnie akurat potrzebne były narzędzia do mordowania. Swych własnych zdolności i możliwości w tym względzie nie byłem pewien. Niesłusznie zresztą, jak się potem okazało.

– Ale czarodzieje z Rissbergu krzyżują, mutują i genetycznie modyfikują dalej, od świtu do zmierzchu. I mają liczne osiągnięcia, naprodukowali takich hybryd, że aż dech zapiera. Wszystko to są w ich mniemaniu hybrydy użyteczne, mające ułatwić i uprzyjemnić ludziom egzystencję. Zaiste, są o krok od stworzenia kobiety o idealnie płaskich plecach, by można było chędożyć ją od tyłu i jednocześnie mieć gdzie postawić kieliszek szampana i kłaść pasjansa.

– Ale wróćmy *ad rem*, czyli do mojej kariery naukowej. Namacalnymi sukcesami nie mogąc się pochwalić, musiałem stworzyć tych sukcesów pozory. Poszło łatwo.

– Wiesz o tym, że istnieją inne od naszych światy, dostęp do których odcięła nam Koniunkcja Sfer? Universa zwane planami żywiołów i parażywiołów? Zamieszkane przez istoty zwane demonami? Osiągnięcia Alzura *et consortes* tłumaczono otóż tym, że uzyskali oni dostęp do owych planów i istot. Że zdołali te istoty wywołać i uczynić sobie powolnymi, że wydarli demonom i posiedli ich sekrety i wiedzę. Myślę, że to bujda i wymysł, ale wszyscy w to wierzą. A co zrobić, gdy wiara jest tak silna? Żeby móc uchodzić za bliskiego odkrycia tajemnicy dawnych mistrzów, musiałem utwierdzić Rissberg w przekonaniu, że umiem wywoływać demony. Ortolan, który niegdyś faktycznie goecję z powodzeniem uprawiał, nie chciał mnie tej sztuki nauczyć. Pozwolił sobie na obelżywie niską ocenę moich umiejętności magicznych i zalecił pamiętać, gdzie jest moje miejsce. Cóż, dla dobra własnej kariery będę pamiętał. Do czasu.

Czarny kot, znużony głaskaniem, zeskoczył z kolan czarodzieja. Zmierzył wiedźmina zimnym spojrzeniem złotych, szeroko otwartych oczu. I odszedł, zadzierając ogon.

Geralt oddychał z coraz większym trudem, czuł rwący ciałem dygot, nad którym w żaden sposób nie mógł zapanować. Sytuacja nie przedstawiała się najlepiej i wyłącznie dwie okoliczności rokowały dobrze, dwie pozwalały mieć nadzieję. Po pierwsze, wciąż żył, a póki życia, póty nadziei, jak mawiał w Kaer Morhen jego preceptor Vesemir.

Drugą dobrze rokującą okolicznością było rozdęte ego i zadufanie Degerlunda. Czarodziej, wychodziło, zakochał się we własnych słowach we wczesnej młodości i najwyraźniej była to miłość jego życia.

– Nie mogąc więc zostać goetą – opowiadał czarodziej, kręcąc medalionem i wciąż nasładzając się własnym głosem – musiałem goetę udawać. Pozorować. Wiadomo, że wywołany przez goetę demon często wyrywa się i sieje zniszczenie. A więc posiałem. Kilka razy. Wyrżnąłem w pień kilka osad. A oni uwierzyli, że to demon.

– Zdziwiłbyś się, jacy oni są łatwowierni. Kiedyś uciąłem złapanemu wieśniakowi głowę i katgutem biodegradowalnym przyszyłem w to miejsce łeb wielkiego kozła, maskując ścieg gipsem i farbą. Po czym zademonstrowałem moim uczonym kolegom jako teriocefala, efekt niebywale trudnego eksperymentu w dziedzinie wytwarzania ludzi o zwierzęcych głowach, eksperymentu udanego niestety tylko częściowo, bo rzeczony efekt nie przeżył. Uwierzyli, wystaw sobie. Urosłem w ich oczach jeszcze wyżej! Wciąż czekają, kiedy wytworzę coś, co przetrwa. Utwierdzam ich w tym mniemaniu, co i rusz przyszywając jakiś łeb do bezgłowego trupa.

– Ale to dygresja była. O czym to ja? Aha, o wyrżniętych osadach. Tak jak oczekiwałem, mistrzowie z Rissbergu wzięli to za czyny demonów lub opętanych przez nie energumenów. Ale popełniłem błąd, przesadziłem. Jedną osadą drwali nikt by się nie przejął, ale my wyrżnęliśmy kilka. Pracowali głównie Bue i Bang, ale i ja przyłożyłem się na miarę możliwości.

– W tej pierwszej kolonii, w Cisach, czy jakoś tak, nie popisałem się zanadto. Gdy zobaczyłem, co Bue i Bang wyrabiają, zwymiotowałem, obrzygałem cały płaszcz. Był do wyrzucenia. Płaszcz z najlepszej wełny, oprymowany srebrzystymi norkami, kosztował prawie sto koron. Ale potem szło mi coraz lepiej. Po pierwsze, odziewałem się stosownie, w stylu roboczym. Po drugie, polubiłem te akcje. Okazało się, że to spora przyjemność, odrąbać komuś nogę i patrzeć, jak krew tryska z kikuta. Albo oko komuś wyłupić. Albo wyszarpać z rozprutego brzucha pełną garść parujących flaków... Będę się streszczał. Razem z dzisiejszymi wyszło tego bez mała pół setki osób płci obojga w wieku zróżnicowanym.

– Rissberg uznał, że trzeba mnie powstrzymać. Ale jak? Wciąż wierzyli w moją moc jako goety i bali się moich demonów. I bali się rozwścieczyć zakochanego we mnie Ortolana. Rozwiązaniem miałeś więc być ty. Wiedźmin.

Geralt oddychał płytko. I nabierał optymizmu. Widział już dużo lepiej, dreszcze ustępowały. Był uodporniony na większość znanych toksyn, jad białego skorpiona, dla zwykłego śmiertelnika zabójczy, wyjątkiem, jak się na szczęście okazywało, nie był. Objawy, początkowo groźne, w miarę upływu czasu słabły i zanikały, organizm wiedźmina zdolny był, jak się okazywało, dość szybko truciznę neutralizować. Degerlund nie wiedział o tym lub w zadufaniu to zlekceważył.

– Dowiedziałem się, że chcą cię na mnie nasłać. Nie ukrywam, strach z lekka mnie obleciał, słyszałem o wiedźminach to i owo, o tobie zaś w szczególności. Co tchu pobiegłem do Ortolana, ratuj, mistrzuniu ukochany mój. Ukochany mistrzunio najpierw mnie zbeształ i zburczał, że to niby bardzo brzydko, mordować drwali, że to nieładnie i żeby mu to było ostatni raz. Ale potem doradził, jak cię podejść i zwabić w pułapkę. Jak pojmać, używając sigila teleportacyjnego, który sam parę lat temu wytatuował na mym męskim torsie. Zabronił jednak zabijania cię. Nie sądź, że z dobroci. On potrzebuje twoich oczu. Dokładniej: chodzi mu o *tapetum lucidum*, warstwę tkanki wyściełającą wnętrze twoich gałek ocznych, tkanki, która wzmaga i odbija światło kierowane na fotoreceptory, dzięki czemu, podobnie kotu, widzisz w nocy i w ciemnościach. Najnowsza *idée fixe* Ortolana to wyposażenie całej ludzkości w zdolność kociego widzenia. W ramach przygotowań do tak szczytnego celu zamierza wszczepić twoje *tapetum lucidum* jakiejś kolejnej mutacji, którą tworzy, a *tapetum* do przeszczepu musi być pobrane od żywego dawcy.

Geralt ostrożnie poruszył palcami i dłonią.

– Ortolan, mag etyczny i miłosierny, po usunięciu gałek ocznych w swej nieprzebranej dobroci zamierza darować cię życiem. Mniema, iż lepiej być ślepcem niż nieboszczykiem, nadto wzdraga się na myśl o przysporzeniu bólu twojej kochance, Yennefer z Vengerbergu, którą darzy wielkim a dziwnym w jego przypadku afektem. Do tego on, Ortolan, jest już bliski wypracowania magicznej formuły regeneracyjnej. Za kilka lat będziesz mógł zgłosić się do niego, a on ci oczy przywróci. Cieszysz się? Nie? I słusznie. Co? Chcesz coś powiedzieć? Słucham, mów.

Geralt udał, że z trudem porusza wargami. Wcale zresztą nie musiał udawać, że z trudem. Degerlund uniósł się z krzesła, pochylił nad nim.

– Nic nie rozumiem – skrzywił się. – Mało mnie zresztą obchodzi, co masz do powiedzenia. Ja natomiast i owszem, mam ci jeszcze co nieco do zakomunikowania. Wiedz otóż, że wśród moich licznych talentów jest też jasnowidzenie. Widzę całkiem jasno, że gdy Ortolan zwróci ci, oślepionemu, wolność, Bue i Bang będą już czekali. I trafisz do mojego tym razem laboratorium, tym razem już definitywnie. Będę cię wiwisekcjonował. Głównie dla rozrywki, choć tego, co tam masz w środku, ciekaw też trochę jestem. Gdy zaś skończę, dokonam, że posłużę się rzeźniczą terminologią, rozbioru tuszy. Twoje resztki będę po kawałku wysyłał na Rissberg, ku przestrodze, niech zobaczą, co spotyka moich wrogów.

Geralt zebrał wszystkie siły. Nie było tego wiele.

– Jeśli zaś chodzi o ową Yennefer – czarodziej pochylił się jeszcze bardziej, wiedźmin poczuł jego miętowy oddech – to mnie, w odróżnieniu od Ortolana, myśl o przysporzeniu jej cierpień raduje wręcz niepomiernie. Odkroję zatem ów fragment, który w tobie najbardziej ceniła, i wyślę jej do Vengerb...

Geralt złożył palce w Znak i dotknął twarzy czarodzieja. Sorel Degerlund zachłysnął się, opadł na krzesło. Zachrapał. Oczy uciekły mu gdzieś w głąb czaszki, głowa zwisła na ramię. Łańcuszek medalionu wymknął się z bezwładnych palców.

Geralt zerwał się – a raczej spróbował się zerwać, jedyne, co mu się udało, to spaść z krzesła na podłogę, głową tuż przed buty Degerlunda. Przed samym nosem miał upuszczony przez czarodzieja medalion. Na złotym owalu błękitny emaliowany delfin *nageant*. Godło Kerack. Nie miał czasu się dziwić ani zastanawiać. Degerlund zaczął głośno charczeć, widać było, że zaraz się zbudzi. Znak Somne poskutkował, ale nikle i nietrwale, wiedźmin nazbyt był osłabiony działaniem jadu.

Wstał, trzymając się stołu, strącając zeń księgi i zwoje.

Do pomieszczenia wpadł Pasztor. Geralt nawet nie próbował Znaków. Porwał ze stołu oprawny w skórę i mosiądz grymuar, walnął nim garbusa w gardło. Pasztor z rozmachem siadł na podłodze, upuścił arbalest. Wiedźmin walnął go jeszcze raz. I byłby powtórzył, ale inkunabuł wyśliznął mu się ze zgrabiałych palców. Chwycił stojącą na księgach karafę i roztrzaskał ją Pasztorowi na czole. Garbus, choć zalany krwią i czerwonym winem, nie ustąpił. Rzucił się na Geralta, nawet nie strząsając z powiek okruchów kryształu.

– Bueee! – rozdarł się, łapiąc wiedźmina za kolana. – Baaang! Do mnie! Do mn...

Geralt złapał ze stołu kolejny grymuar, ciężki, z oprawą inkrustowaną fragmentami ludzkiej czaszki. Wyrżnął nim garbusa, aż poleciały odpryski kości.

Degerlund zacharczał, usiłował unieść rękę. Geralt pojął, że próbuje rzucić zaklęcie. Zbliżający się łomot ciężkich stóp świadczył, że Bue i Bang nadciągają. Pasztor gramolił się z podłogi, macał wokół, szukał kuszy.

Geralt zobaczył na stole swój miecz, chwycił go. Zatoczył się, ledwie nie upadł. Złapał Degerlunda za kołnierz, przyłożył mu ostrze do gardła.

– Twój sigil! – krzyknął mu do ucha. – Teleportuj nas stąd!

Bue i Bang, zbrojni w bułaty, zderzyli się w drzwiach i uwięźli w nich, zaklinowali kompletnie. Żaden nie pomyślał o tym, by ustąpić drugiemu. Framuga trzeszczała.

– Teleportuj nas! – Geralt chwycił Degerlunda za włosy, przegiął mu głowę do tyłu. – Teraz! Inaczej przerżnę ci grdykę!

Bue i Bang wypadli z drzwi razem z framugą. Pasztor znalazł kuszę i uniósł ją.

Degerlund drżącą ręką rozchełstał koszulę, wykrzyczał zaklęcie, ale nim jeszcze ogarnęła ich ciemność, wyrwał się wiedźminowi i odtrącił go. Geralt złapał go za koronkowy mankiet i spróbował przyciągnąć, ale w tym momencie portal zadziałał i wszystkie zmysły, w tym dotyk, znikły. Poczuł, jak jakaś żywiołowa siła wsysa go, szarpie nim i kręci jak w wirze. Zimno sparaliżowało. Na ułamek sekundy. Jeden z dłuższych i paskudniejszych ułamków w jego życiu.

Łomotnął o ziemię, aż zadudniło. Na wznak.

Otworzył oczy. Wokół panował czarny mrok, nieprzebite ciemności. Oślepłem, pomyślał. Straciłem wzrok?

Nie stracił. Była po prostu bardzo ciemna noc. Jego – jak je uczenie nazwał Degerlund – *tapetum lucidum* zadziałało, wychwyciło całe światło, jakie w tych warunkach było do wychwycenia. Po chwili rozpoznawał już dookoła zarysy jakichś pni, krzaków czy chaszczy.

A nad głową, gdy rozwiały się chmury, zobaczył gwiazdy.

Interludium

Trzeba było im przyznać: budowlańcy z Findetann znali się na swojej robocie i nie lenili się. Mimo iż dziś widział ich w akcji już kilka razy, Shevlov z zainteresowaniem obserwował stawianie kolejnego kafara. Trzy złączone belki tworzyły kozioł, u szczytu którego podwieszano koło. Na koło zarzucano linę, do tej zaś mocowano masywny okuty kloc, zwany fachowo babą. Pokrzykując rytmicznie, budowlańcy ciągnęli za linę, unosili babę pod sam szczyt kozła, po czym szybko ją opuszczali. Baba z impetem spadała na osadzony w dołku słup, wbijając go głęboko w ziemię. Wystarczyło trzech, góra czterech uderzeń babą, by słup stał jak wmurowany. Budowlańcy migiem demontowali kafar i ładowali jego elementy na wóz, w tym czasie jeden z nich właził na drabinę i przybijał do słupa emaliowaną blachę z herbem Redanii – srebrnym orłem na czerwonym polu.

Za sprawą Shevlova i jego wolnej kompanii – jak również za sprawą kafarów i ich obsługi – wchodząca w skład królestwa Redanii prowincja Przyrzecze powiększyła dziś swój areał. Dość znacznie powiększyła.

Majster budowlańców podszedł, wycierając czoło czapką. Spocił się, choć nie robił nic, jeśli nie liczyć rzucania kurwami. Shevlov wiedział, o co majster spyta, bo pytał za każdym razem.

– Następny gdzie? Panie dowódco?

– Pokażę. – Shevlov obrócił konia. – Ruszajcie śladem.

Furmani smagnęli woły, wehikuły budowlańców ruszyły ospale grzbietem wzgórza, gruntem rozmiękłym nieco po wczorajszej burzy. Wnet znaleźli się przy kolejnym słupie ozdobionym czarną blachą pomalowaną w lilie. Słup już leżał, wturlany w krzaki, kompania Shevlova zdążyła o to zadbać. Oto jak zwycięża postęp, pomyślał Shevlov, oto jak triumfuje myśl techniczna. Ręcznie osadzony słup temerski wyrywa się i obala w trymiga. Wbitego kafarem słupa redańskiego tak łatwo z ziemi nie wyciągną.

Machnął ręką, wskazując budowlańcom kierunek. Kilka stajań na południe. Aż za wieś.

Mieszkańców wsi – o ile kilka chałup i szop zasługiwało na tę nazwę – jeźdźcy z kompanii Shevlova spędzili już na majdan, uwijali się wokół, wzbijając kurz, napierali na spędzonych końmi. Escayrac, zawsze porywczy, nie żałował im bykowca. Inni toczyli końmi wokół domostw. Psy szczekały, baby zawodziły, darły się dzieci.

Do Shevlova podkłusowało trzech konnych. Chudy jak szczapa Yan Malkin, zwany Ożogiem. Prospero Basti, lepiej znany jako Sperry. I Aileach Mor-Dhu, zwana Frygą, na siwej klaczy.

– Zebrani, jakeś kazał – powiedziała Fryga, odsuwając na tył głowy rysi kołpaczek. – Całe sioło.

– Niech ich uciszą.

Spędzeni ucichli, nie bez pomocy nahajek i kijów. Shevlov podjechał bliżej.

– Jak się nazywa ta dziura?

– Wola.

– Znowu Wola? Za grosz fantazji w chamach. Po-
prowadź dalej budowlańców, Sperry. Pokaż, gdzie
mają słup bić, bo znowu miejsca pomylą.

Sperry gwizdnął, zatoczył koniem. Shevlov podjechał do spędzonych. Fryga i Ożóg stanęli po jego
bokach.

– Mieszkańcy Woli! – Shevlov stanął w strzemionach. – Uwaga, co powiem! Z woli i rozkazu jego
wysokości łaskawie panującego króla Vizimira ob-
wieszczam wam, że od ninie ziemia ta, aż po słupy graniczne, królestwu Redanii przynależy, a jego
wysokość król Vizimir waszym jest monarchą i panem! Jemu winniście cześć, posłuch i dań. A z rentą
i podatkami zalegacie! Z rozkazu króla macie dług
uiścić natychmiast. Obecnemu tu komornikowi do
szkatuły.

– Jakże to? – rozdarł się ktoś z ciżby. – Jakże płacić? Myśwa już płacili!

– Dań już z nas przeca zdarli!

– Zdarli z was komornicy temerscy. Nielegalnie,
bo tu nie Temeria, ale Redania. Obaczcie, gdzie słupy stoją.

– Ale jeszcze wczora – zawył któryś z osadników – tu
była Temeria! Jakże to tak? Zapłacilim, jak kazali...

– Nie macie prawa!

– Który? – wrzasnął Shevlov. – Który to powiedział? Ja mam prawo! Mam rozkaz królewski! Myśmy są królewskie wojsko! Rzekłem, kto chce tu na
gospodarce zostać, ma dań zapłacić co do grosza!
Oporni będą wygnani! Zapłaciliście Temerii? To się
widać za Temerczyków macie! Tedy won, won tam,
za granicę! Ale z tym tylko, co we dwie ręce weź-
miecie, bo gospodarstwo i inwentarz Redanii przy-
należą!

– Rozbój! Rozbój i gwałt to jest! – krzyknął, występując, wielki chłop z bujną czupryną. – A wyście nie króla wojsko, a rozbójniki! Nie macie pra...

Escayrac podjechał i smagnął krzykacza bykowcem. Krzykacz upadł. Innych uspokojono drzewcami spis. Kompania Shevlova umiała radzić sobie z wieśniakami. Przesuwali granicę od tygodnia i pacyfikowali już niejedną osadę.

– Goni ktoś. – Wskazała nahajką Fryga. – Czy to nie Fysh będzie?

– On sam – osłonił oczy Shevlov. – Każ cudaczkę z wozu ściągnąć i dostarczyć. Sama zaś weź paru chłopaków, objedźcie okolicę. Siedzą samotni osadnicy po polanach i zrębach, trzeba i tym uświadomić, komu teraz rentę płacić winni. A będzie się który stawiał, wiecie, co robić.

Fryga uśmiechnęła się wilczo, błysnęła zębami. Shevlov współczuł osadnikom, których odwiedzi. Choć ich los mało go obchodził.

Spojrzał na słońce. Trzeba się spieszyć, pomyślał. Do południa warto by jeszcze kilka temerskich słupów obalić. I kilka naszych wbić.

– Ty, Ożóg, za mną. Wyjedźmy gościom na spotkanie.

Gości było dwóch. Jeden miał słomiany kapelusz na głowie, mocno zarysowaną szczękę i wysunięty podbródek, całą zaś gębę czarną od kilkudniowego zarostu. Drugi był potężnej budowy, istny waligóra.

– Fysh.

– Panie sierżancie.

Shevlov żachnął się. Javil Fysh – nie bez kozery – nawiązał do dawnej znajomości, czasów wspólnej służby w regularnym wojsku. Shevlov nie lubił przypomnień o tamtych czasach. Nie chciał pamiętać ani o Fyshu, ani o służbie, ani o gównianym podoficerskim żołdzie.

— Wolna kompania — Fysh skinął w stronę wsi, skąd nadal dobiegał wrzask i płacz — przy robocie, widzę? Karna ekspedycja, co? Palić będziesz?

— Moja rzecz, co będę.

Nie będę, pomyślał. Z żalem, bo lubił palić wsie, kompania też lubiła. Ale nie kazali. Granicę kazali poprawić, z osadników dań wziąć. Opornych przepędzić, ale dobytku nie tykać. Nowym osadnikom posłuży, których się tu ściągnie. Z północy, gdzie tłoczno nawet na ugorach.

— Cudaczkę schwytałem i mam — oświadczył. — Podług zamówienia. Związaną. Nie było łatwo, gdybym wiedział, policzyłbym więcej. Ale umówiliśmy się na pięćset, tedy pięćset się należy.

Fysh skinął, waligóra podjechał, wręczył Shevlovowi dwie sakiewki. Na przedramieniu miał wytatuowaną żmiję, zwiniętą w S wokół klingi sztyletu. Shevlov znał ten tatuaż.

Zjawił się jezdny z kompanii, z jeńcem. Cudaczka miała na głowie sięgający kolan worek, okręcony sznurem tak, że krępował jej ręce. Spod worka sterczały gołe nogi, chude jak patyki.

— Co to? — Wskazał Fysh. — Panie sierżancie miły? Pięćset novigradzkich koron, trochę drogo jak za kota w worku.

— Worek jest gratis — odrzekł zimno Shevlov. — Podobnie jak dobra rada. Nie rozwiązuj i do środka nie zaglądaj.

— Bo?

— Jest ryzyko. Pokąsa. A może i urok rzucić.

Waligóra wciągnął jeńca na łęk. Spokojna do tej pory cudaczka zaszamotała się, wierzgnęła, zaskowyczała spod worka. Nie na wiele się to zdało, worek skutecznie ją krępował.

– Skąd wiem – spytał Fysh – że to jest to, za co płacę? A nie jakaś przygodna dziewczynina? Choćby o, z tej tu wiochy?

– Kłam mi zadajesz?

– Skądże, skądże. – Fysh zmitygował się, pomógł mu w tym widok Ożoga, głaszczącego trzonek wiszącego u siodła topora. – Wierzę ci, Shevlov. Wiem, twoje słowo nie dym. Znamy się wszak, no nie? W dawnych dobrych czasach...

– Spieszno mi, Fysh. Obowiązek wzywa.

– Bywaj, sierżancie.

– Ciekawość – odezwał się Ożóg, patrząc na oddalających się. – Ciekawość, na co im ona. Ta cudaczka. Nie pytałeś.

– Nie pytałem – przyznał zimno Shevlov. – Bo nie pyta się o takie rzeczy.

Trochę współczuł cudaczce. Jej los raczej mało go obchodził. Ale domyślał się, że będzie marny.

W świecie, gdzie śmierć jest na łowach, nie ma czasu na wyrzuty sumienia czy wahania. Czasu wystarcza wyłącznie na decyzje. Obojętne, jakie są to decyzje, żadna nie jest większej czy mniejszej wagi od innych. W świecie, gdzie śmierć jest na łowach, nie ma decyzji ważnych czy nieważnych. Są tylko decyzje podejmowane przez wojownika w obliczu nieuchronnej zagłady.

Carlos Castaneda, *The Wheel of Time*

Rozdział dwunasty

Na rozstaju dróg stał drogowskaz, słup z przybitymi doń deskami, wskazującymi cztery strony świata.

•

Świt zastał go tam, gdzie upadł, wyrzucony przez portal, na mokrej od rosy trawie, w zaroślach obok bagna czy jeziorka, rojącego się od ptactwa, którego gęganie i kwakanie wyrwało go z ciężkiego i męczącego snu. W nocy wypił wiedźmiński eliksir, zapobiegliwie zawsze miał go przy sobie, w srebrnej tulejce we wszytej w pas skrytce. Eliksir, zwany Wilgą, uważany był za panaceum skuteczne w szczególności przeciw wszelkiego rodzaju zatruciom, zakażeniom i następstwom działania wszelkich jadów i toksyn. Geralt ratował się Wilgą więcej razy, niż pamiętał, nigdy jednak wypicie eliksiru nie spowodowało takich skutków, jak teraz. Przez godzinę po zażyciu walczył ze skurczami i niebywale silnymi odruchami wymiotnymi, świadom, że nie może do wymiotów dopuścić. W efekcie, choć walkę wygrał, zmęczony zapadł w głęboki sen. Mogący zresztą również być konsekwencją melanżu skorpioniego jadu, eliksiru i teleportacyjnej podróży.

Co do podróży, nie miał pewności, co zaszło, jak i dlaczego utworzony przez Degerlunda portal wyrzucił go tu akurat, na to bagniste pustkowie. Wątpliwe, by było to celowe działanie czarodzieja, bardziej prawdopodobna była zwykła teleportacyjna awaria, coś, czego obawiał się już od tygodnia. To, o czym wiele razy słyszał, a czego kilka razy był świadkiem – jak portal, miast przesłać pasażera tam, dokąd powinien, wyrzucał go zupełnie gdzie indziej, w miejsce zupełnie przypadkowe.

Gdy oprzytomniał, w prawej dłoni dzierżył miecz, a w zaciśniętej lewej miał strzęp tkaniny, rankiem zidentyfikowany jako mankiet koszuli. Tkanina ucięta była gładko jak nożem. Nie nosiła jednak śladów krwi, teleport nie uciął więc ręki, a samą tylko koszulę czarodzieja. Geralt żałował, że to tylko koszula.

Najgorszej awarii portalu, takiej, która na zawsze zraziła go do teleportacji, Geralt był świadkiem w początkach swej wiedźmińskiej kariery. Wśród nuworyszy, bogatych panków i złotej młodzieży panowała wówczas moda na przesyłanie się z miejsca na miejsce, a niektórzy czarodzieje za bajońskie sumy udostępniali taką rozrywkę. Któregoś dnia – wiedźmin akurat był przy tym – przesyłany amator teleportacji objawił się w portalu precyzyjnie przepołowiony wzdłuż płaszczyzny pionowej. Wyglądał jak otwarty futerał na kontrabas. Potem wszystko z niego wypadło i wylało się. Fascynacja teleportami zmalała po tym wypadku zauważalnie.

W porównaniu z czymś takim, pomyślał, lądowanie na mokradle to po prostu luksus.

Nie odzyskał jeszcze pełni sił, wciąż czuł zawroty głowy i nudności. Na odpoczynek nie było jednak czasu. Wiedział, że portale zostawiały ślady, czarodzieje mieli sposoby, by wyśledzić drogę teleportu. Jeśli był to jednak, jak podejrzewał, defekt portalu, prześledzenie drogi graniczyło z niemożliwością. Ale i tak zbyt długotrwałe pozostawanie w pobliżu miejsca lądowania rozsądnym nie było.

Ruszył raźnym marszem, by się rozgrzać i rozruszać. Zaczęło się od mieczy, pomyślał, chlapiąc przez kałuże. Jak to ujął Jaskier? Pasmo niefortunnych trafów i pechowych incydentów? Najpierw straciłem miecze. Ledwo trzy tygodnie, a straciłem wierzchowca. Zostawioną w Sośnicy Płotkę, o ile jej ktoś nie znajdzie i sobie nie przywłaszczy, zjedzą pewnie wilcy. Miecze, koń. Co dalej? Strach myśleć.

Po godzinie przeprawy przez mokradła wydostał się na suchszy teren, a po drugiej godzinie wyszedł na ubity gościniec. A po pół godzinie marszu gościńcem dotarł do rozstaja.

●

Na rozstaju dróg stał drogowskaz, słup z przybitymi doń deskami, wskazującymi cztery strony świata. Wszystkie były osrane przez wędrowne ptactwo i gęsto upstrzone dziurami po bełtach. Każdy przejezdny, jak wyglądało, czuł się w obowiązku strzelić w drogowskaz z kuszy. Aby zatem odczytać napisy, należało podejść całkiem blisko.

Wiedźmin podszedł. I odcyfrował kierunki. Deska wskazująca na wschód – wedle położenia słońca – nosiła napis Chippira, przeciwna kierowała ku Tegmond. Deska trzecia wskazywała drogę ku Findetann, czwarta zaś nie wiadomo dokąd, bo napis ktoś zamazał smołą. Mimo to Geralt wiedział już z grubsza, gdzie jest.

Teleport wyrzucił go na międzyrzecze, jakie tworzyły dwa ramiona rzeki Pontar. Odnoga południowa,
z uwagi na rozmiary, doczekała się nawet u kartogra-
fów własnej nazwy – figurowała na wielu mapach jako
Embla. Leżący pomiędzy odnogami kraj zaś – a raczej
kraik – zwał się Emblonią. To znaczy zwał się niegdyś, dość dawno temu. I dość dawno temu zwać się
przestał. Królestwo Emblonii przestało istnieć jakieś
pół wieku temu. A były po temu powody.

W większości królestw, księstw i innych form orga-
nizacji władzy i zbiorowości społecznych na ziemiach
znanych Geraltowi sprawy – zasadniczo można było
tak uznać – układały się i miały w miarę dobrze.
System, prawda, kulał niekiedy, ale funkcjonował.
W przeważającej części zbiorowości społecznych kla-
sa rządząca rządziła, miast wyłącznie kraść i upra-
wiać hazard na przemian z nierządem. Elita społecz-
na w niewielkim tylko procencie złożona była z ludzi
sądzących, że higiena to imię prostytutki, a rze-
żączka to ptak z rodziny skowronków. Lud roboczy
i rolniczy w małej jeno części składał się z kretynów
żyjących wyłącznie dniem dzisiejszym i dzisiejszą
wódką, niezdolnych swym szczątkowym rozumem
ogarnąć czegoś tak nieogarniętego jak jutro i wód-
ka jutrzejsza. Kapłani w większości nie wyłudzali od
ludu pieniędzy i nie deprawowali nieletnich, lecz by-
towali w świątyniach, bez reszty poświęcając się pró-
bom rozwiązania nierozwiązywalnej zagadki wiary.
Psychopaci, cudaki, rarogi i idioci nie pchali się do
polityki i do ważnych stanowisk w rządzie i administracji, lecz zajmowali destrukcją własnego życia
rodzinnego. Wsiowi głupkowie siedzieli po wsiach,
za stodołami, nie usiłując odgrywać trybunów ludowych. Tak było w większości państw.

Ale królestwo Emblonii do większości nie należało. Było mniejszością pod każdym z wyżej wymienionych względów. I pod wieloma innymi.

Toteż podupadło. A wreszcie zanikło. Postarali się o to potężni sąsiedzi, Temeria i Redania. Emblonia, lubo twór politycznie niewydarzony, pewnym bogactwem jednak dysponowała. Leżała wszak w aluwialnej dolinie rzeki Pontar, która od wieków osadzała tu niesione wylewami muły. Z tych powstały mady – niezwykle żyzne i wydajne rolniczo gleby. Pod rządami władców Emblonii mady rychło zaczęły zmieniać się w zarosłe łęgami nieużytki, na których mało dało się posadzić, a jeszcze mniej zebrać. Temeria i Redania notowały tymczasem znaczny przyrost ludności i produkcja rolnicza stawała się sprawą o żywotnym znaczeniu. Mady Emblonii nęciły. Dwa rozdzielone rzeką Pontar królestwa bez zbędnych ceregieli podzieliły więc Emblonię między siebie, a nazwę wymazały z map. Część zaanektowaną przez Temerię nazwano Pontarią, część przypadła Redanii stała się Przyrzeczem. Na namuły ściągnięto rzesze osadników. Pod okiem sprawnych zarządców, w wyniku rozumnego płodozmianu i melioracji areał, lubo mały, wnet stał się istnym rolniczym Rogiem Obfitości.

Rychło też zaczęły się spory. Tym zajadlejsze, im obfitszy plon dawały pontarskie mady. Traktat wytyczający granicę między Temerią a Redanią zawierał zapisy pozwalające na przerozmaitą interpretację, a załączone do traktatu mapy były do niczego, bo kartografowie schrzanili robotę. Sama rzeka też dołożyła swoje – po okresach dłuższych deszczów potrafiła zmienić i przesunąć swe łożysko o dwie albo i trzy mile. I tak Róg Obfitości zamienił się w kość niezgody. W łeb wzięły plany dynastycznych mariaży i przymierzy, zaczęły się dyplomatyczne noty, wojny celne i retorsje handlowe. Konflikty graniczne przybierały na sile, przelew krwi zdawał się nieuchronny. I w końcu doszło doń. A potem dochodziło już regularnie.

W swych wędrówkach w poszukiwaniu zajęcia Geralt zazwyczaj unikał terenów, na których często dochodziło do starć zbrojnych, bo w takich miejscach o zajęcie było trudno. Zapoznawszy się raz czy drugi z wojskiem regularnym, najemnikami lub maruderami rolnicy przekonywali się, że grasujący w okolicy wilkołak, strzyga, troll spod mostu czy wicht z kurhanu to w sumie mały problem i małe zagrożenie i że na wiedźmina szkoda pieniędzy. Że są sprawy pilniejsze, jak chociażby odbudowa spalonej przez wojsko chałupy i kupno nowych kur w miejsce tych, które wojacy ukradli i zjedli. Z tych powodów Geralt słabo znał tereny Emblonii – czy też, wedle nowszych map, Pontarii i Przyrzecza. Nie miał w szczególności pojęcia, do której ze wskazanych na drogowskazie miejscowości byłoby najbliżej i którędy powinien ruszyć z rozdroża, by jak najszybciej pożegnać się z pustkowiem, a przywitać z jakąkolwiek cywilizacją.

Geralt zdecydował się na Findetann, czyli na północ. W tym bowiem z grubsza kierunku leżał Novigrad, tam musiał dotrzeć i jeśli miał odzyskać swe miecze, to koniecznie przed piętnastym lipca.

Po mniej więcej godzinie raźnego marszu wpakował się prosto w to, czego tak bardzo chciał uniknąć.

•

W bezpośredniej bliskości poręby była chłopska zagroda, kryta słomą chata i kilka kleci. Fakt, że coś się tam dzieje, obwieszczał donośny szczek psa i wściekły jazgot domowego ptactwa. Wrzask dziecka i płacz kobiety. Przekleństwa.

Podszedł, przeklinając w duchu na równi swego pecha i swe skrupuły.

W powietrzu latało pierze, jeden ze zbrojnych troczył do siodła złapany drób. Drugi zbrojny okładał harapem kulącego się na ziemi wieśniaka. Inny szarpał się z niewiastą w podartej odzieży i z czepiającym się niewiasty dzieciakiem.

Podszedł, bez ceregieli i gadania schwycił podniesioną rękę z harapem, skręcił. Zbrojny zawył. Geralt pchnął go na ścianę kurnika. Chwyciwszy za kołnierz, odciągnął drugiego od niewiasty, popchnął na płot.

– Precz stąd – ogłosił krótko. – Ale już.

Szybko dobył miecza, na znak, by traktować go w sposób stosowny do powagi sytuacji. I dobitnie przypomnieć o możliwych konsekwencjach zachowania niestosownego.

Jeden ze zbrojnych zaśmiał się głośno. Drugi zawtórował, łapiąc za rękojeść miecza.

– Na kogo się rzucasz, włóczęgo? Śmierci szukasz?

– Precz stąd, powiedziałem.

Zbrojny troczący drób odwrócił się od konia. I okazał kobietą. Ładną, mimo nieładnie zmrużonych oczu.

– Życie ci niemiłe? – Wargi, jak się okazało, kobieta umiała krzywić jeszcze bardziej nieładnie. – A może opóźniony w rozwoju jesteś? Może liczyć nie umiesz? Pomogę ci. Ty jesteś tylko jeden, nas jest trójka. Znaczy, nas jest więcej. Znaczy, powinieneś teraz odwrócić się i spierdalać w podskokach i ile sił w nogach. Póki jeszcze masz nogi.

– Precz. Powtarzał nie będę.

– Aha. Troje, znaczy, to dla ciebie pestka. A dwanaścioro?

Wokół załomotały kopyta. Wiedźmin rozejrzał się.
Dziewięciu konnych i zbrojnych. Wymierzone w niego spisy i rohatyny.

– Ty! Hultaju! Miecz na ziemię!

Nie usłuchał. Odskoczył pod kurnik, by choć jako
tako mieć chronione plecy.

– Co się dzieje, Fryga?

– Osadnik stawiał się – parsknęła nazwana Frygą
kobieta. – Że, pry, daniny nie zapłaci, bo już raz pła-
cił, bla, bla, bla. Wzięliśmy się więc rozumu chama
uczyć, a tu naraz ten siwy jak spod ziemi wyrósł. Rycerz, się pokazało, się trafił szlachetny, obrońca ubo-
gich i uciśnionych. Sam jeden, a do oczu nam skakał.

– Taki skoczny? – zarechotał któryś z jeźdźców, napierając na Geralta koniem i grożąc spisą. – Obacz-
my, jak skłuty poskacze!

– Rzuć miecz – rozkazał jeździec w berecie z pió-
rami, wyglądający na dowódcę. – Miecz na ziemię!

– Skłuć go, Shevlov?

– Zostaw, Sperry.

Shevlov patrzył na wiedźmina z wysokości kulbaki.

– Miecza nie rzucisz, co? – ocenił. – Taki z ciebie
zuch? Taki twardziel? Zjadasz ostrygi ze skorupa-
mi? I popijasz terpentyną? Przed nikim nie klękasz?
I nic, tylko za niewinnie krzywdzonymi się ujmu-
jesz? Takiś na krzywdę czuły? Sprawdzimy. Ożóg,
Ligenza, Floquet!

Zbrojni pojęli herszta w lot, widać mieli w tym
względzie doświadczenie, ćwiczyli już taką procedu-
rę. Zeskoczyli z siodeł. Jeden przyłożył osadnikowi
nóż do szyi, drugi targnął kobietę za włosy, trzeci
złapał dzieciaka. Dzieciak zaczął wrzeszczeć.

– Miecz na ziemię – powiedział Shevlov. – Ale już. Inaczej... Ligenza! Poderżnij chłopu gardło.

Geralt rzucił miecz. Natychmiast obskoczyli go, przyparli do desek. Zagrozili ostrzami.

– Aha! – Shevlov zsiadł z konia. – Podziałało!

– Popadłeś w tarapaty, obrońco wieśniaków – dodał sucho. – Wlazłeś w paradę i dywersję uczyniłeś królewskiej służbie. A ja mam patent za taką winę w areszt brać i pod sąd stawiać.

– Aresztować? – wykrzywił się nazwany Ligenzą. – Subiekcję sobie robić? Stryczek na szyję i na gałąź! I tyle!

– Albo rozsiekać na miejscu!

– A jam – powiedział nagle jeden z jeźdźców – widział jego już kiedyś. To wiedźmin.

– Że kto niby?

– Wiedźmin. Czarownik, co się zabijaniem potworów para, za pieniądze.

– Czarownik? Tfu, tfu! Ubić go, nim urok rzuci!

– Zamknij się, Escayrac. Gadaj, Trent. Gdzieś ty go widział i przy jakiej okazji?

– W Mariborze to było. U tamtejszego grododzierżcy, który tego tu do zabicia jakiejś stwory najmował. Nie pomnę, jakiej. Ale jegom zapamiętał, po tych włosach białych.

– Ha! Jeśli on więc na nas skoczył, tedy ktoś go musiał na nas nająć!

– Wiedźmini od potworów są. Jeno od potworów ludzi bronią.

– Aha! – Fryga odsunęła na tył głowy rysi kołpak. – Mówiłam! Obrońca! Zobaczył, jak Ligenza chłopa batem ćwiczy, a Floquet babę gwałcić się bierze...

– I trafnie was zakwalifikował? – parsknął Shevlov. – Jako potwory? Tedy szczęście mieliście.

Żartowałem. Bo rzecz, widzi mi się, jest prosta. Ja, gdym przy wojsku służył, słyszałemć o owych wiedźminach co innego zgoła. Najmowali się do wszystkiego, do szpiegowania, do ochrony, do skrytobójstwa nawet. Mówili o nich: Koty. Tego tutaj Trent w Mariborze widział, w Temerii. Znaczy, to temerski najemnik, na nas wynajęty właśnie, względem tych słupów granicznych. Ostrzegali mnie w Findetann przed temerskimi najemnikami, nagrodę obiecali za złapanych. Więc go w łykach do Findetann powieziemy, komendantowi wydamy, nagroda nasza. Nuże, związać mi go. Co tak stoicie? Boicie się? On oporu nie stawi. Wie, co byśmy w takim razie chłopkom uczynili.

– A kto jego, kurwa, dotknie? Kiedy on czarownik?

– Tfu, na psa urok!

– Bojące dudki! – wrzasnęła Fryga, odwiązując rzemień od juków. – Zajęcze skóry! Ja to zrobię, skoro tu nikt jaj nie ma!

Geralt pozwolił się skrępować. Postanowił być posłuszny. Na razie.

Z leśnej drogi wyjechały dwa wole zaprzęgi, wozy wyładowane palami i elementami jakichś drewnianych konstrukcji.

– Idź który do cieślów i komornika – wskazał Shevlov. – Każcie, niech wracają. Dość słupów wbiliśmy, starczy na ten raz. My zaś popas sobie tu urządzim. Przetrząśnijcie obejście, czy się tam coś na paszę dla koni nie nada. I dla nas do żarcia.

Ligenza podniósł i obejrzał miecz Geralta, Jaskrowy nabytek. Shevlov wyjął mu go z rąk. Zważył, machnął, wywinął młyńca.

– Mieliście szczęście – rzekł – żeśmy akurat kupą nadjechali. Byłby was popłatał, aż miło, ciebie, Frygę i Floqueta. O tych wiedźmińskich mieczach legendy krążą. Najlepsza stal, wielekroć składana i skuwana, składana i znowuż skuwana. Do tego specjalnymi czarami obłożona. Niesłychanej przez to mocy, sprężystości i ostrości. Wiedźmińskie ostrze, powiadam wam, blachy i kolczugi tnie jak lniane giezła, a każdą inną klingę przecina jak makaron.

– Nie może być – stwierdził Sperry. Jak wielu pozostałym, wąsy ociekały mu śmietaną, którą znaleźli w chacie i wyciamkali do cna. – Nie może być, żeby jak makaron.

– Też mi się nie widzi – dodała Fryga.

– Trudno – dorzucił Ożóg – w coś takiego uwierzyć.

– Tak? – Shevlov stanął w pozycji szermierczej. – No to stań który, sprawdzimy. Nuże, znajdzie się chętny? No? Co się tak cicho zrobiło?

– Dobra. – Wystąpił i dobył miecza Escayrac. – Ja stanę. A co mi tam. Zobaczym, azali... Zetnijmy się, Shevlov.

– Zetnijmy. Raz, dwa... Trzy!

Miecze zderzyły się ze szczękiem. Pękający metal zajęczał żałobnie. Fryga aż przysiadła, gdy ułamany fragment brzeszczotu świsnął jej przy skroni.

– Kurwa – powiedział Shevlov, z niedowierzaniem patrząc na klingę, ułamaną kilka cali powyżej złoconego jelca.

– A na moim ni szczerby! – Uniósł miecz Escayrac. – He, he, he! Ni szczerby! Ni znaku nawet!

Fryga zaśmiała się dziewczęco. Ligenza zabeczał jak cap. Reszta rozrechotała się.

– Wiedźmiński miecz? – parsknął Sperry. – Tnie jak makaron? Sam jesteś, kurwa, makaron.

– To... – Shevlov zacisnął wargi. – To szmelc jakiś, kurwa, jest. To tandeta jakaś... A ty...

Cisnął precz resztkę miecza, łypnął na Geralta i wskazał nań, oskarżycielskim gestem.

– Ty oszust jesteś. Hochsztapler i oszust. Pod wiedźmina się podszywasz, a taką lipę... Taki, kurwa, rupieć zamiast porządnej klingi nosisz? Iluś to, ciekawość, dobrych ludzi oszukał? Z iluś żeś biedaków grosz wydrwił, szachraju? Oj, wyspowiadasz ty się z grzeszków w Findetann, już cię tam starosta do spowiedzi skłoni!

Sapnął, splunął, tupnął.

– Na koń! Zabieramy się stąd!

Odjechali, śmiejąc się, śpiewając i gwiżdżąc. Osadnik z rodziną ponuro popatrywali im w ślad. Geralt widział, że ich usta poruszają się. Nietrudno było zgadnąć, jakiego losu i jakich wypadków życzą Shevlovowi i jego kompanii.

Osadnik w najśmielszych marzeniach nie mógł się spodziewać, że jego życzenia spełnią się co do joty. I że stanie się to tak rychło.

•

Dojechali do rozstaja. Gościniec wiodący na zachód, biegnący parowem, zryty był kołami i kopytami, tędy, widać było, pojechały wozy cieśli. Tam też skierowała się kompania. Geralt szedł za koniem Frygi, na powrozie uwiązanym do łęku jej siodła.

Koń jadącego na czele Shevlova zarżał i stanął dęba.

Na zboczu parowu coś rozbłysło nagle, zapaliło się i stało mleczną opalizującą kulą. Kula znikła, w jej miejscu zaś pojawiła się dziwna grupa. Kilka obejmujących się, splecionych ze sobą figur.

– Ki diabeł? – zaklął Ożóg i podjechał do Shevlova, uspokajającego konia. – Co to jest?

Grupa rozdzieliła się. Na cztery postacie. Szczupłego, długowłosego i nieco zniewieściałego mężczyznę. Dwóch długorękich olbrzymów na krzywych nogach. I garbatego karła z wielkim arbalestem o dwóch stalowych łuczyskach.

– Buueh-hhhrrr-eeeehhh-bueeeeh! Bueeh-heeh!

– Do broni! – wrzasnął Shevlov. – Do broni, wiara! Szczęknęła najpierw jedna, zaraz po niej druga cięciwa wielkiego arbalestu. Trafiony w głowę Shevlov zginął na miejscu. Ożóg, nim spadł z siodła, przez moment patrzył na swój brzuch, przez który bełt przeszedł na wylot.

– Bij! – Kompania jak jeden mąż dobyła mieczy. – Bij!

Geralt nie miał zamiaru bezczynnie czekać na wynik spotkania. Złożył palce w znak Igni, przepalił krępujący mu ręce powróz. Capnął Frygę za pas, zwalił ją na ziemię. Sam wskoczył na siodło.

Coś błysnęło oślepiająco, konie zaczęły rżeć, wierzgać i tłuc powietrze kopytami przednich nóg. Kilku jeźdźców spadło, wrzeszczeli tratowani. Siwa klacz Frygi spłoszyła się również, nim wiedźmin ją opanował. Fryga zerwała się, skoczyła, wczepiła w uzdę i wodze. Odtrącił ją uderzeniem pięści i puścił klacz w cwał.

Schylony nad szyją wierzchowca nie widział, jak Degerlund kolejnymi magicznymi błyskawicami płoszy konie i oślepia jeźdźców. Jak na jeźdźców wpadają, rycząc, Bue i Bang, jeden z toporem, drugi z szerokim bułatem. Nie widział rozbryzgów krwi, nie słyszał wrzasków mordowanych.

Nie widział, jak ginie Escayrac, a zaraz po nim Sperry, jak ryby rozpłatani przez Banga. Nie widział, jak Bue obala Floqueta razem z koniem i jak go potem spod tego konia wywleka. Ale łamiący się wrzask Floqueta, głos zarzynanego koguta, słyszał jeszcze długo.

Do chwili, gdy skręcił z gościńca i wpadł w las.

Jeśli zalewajkę mahakamską uczynić, to tym sposobem: je-
śli latem, kurek, jeśli jesienią, gąsek zielonych nazbieraj. Jeślić
zimą albo na przedwiośniu wypadło, weźmij grzybów suszo-
nych przygarść sporą. W garnuszku wodą zalej, mocz przez
noc, rankiem posól, pół cebuli wrzuć, gotuj. Odcedź, ale wy-
waru nie zmarnuj, zlej go w naczynie, ino baczenie miej, by
bez piachu, któren niechybnie na dnie garnuszka osiadł był.
Kartofli ugotuj, w kostkę pokrój. Weź boczku tłustego boga-
to, porżnij, przesmaż. Cebuli narżnij w półtalarki, w tłuszczu
z boczku wytopionym smaż tęgo, aż się prawie przypali. Weź-
mij sagan wielki, wrzuć weń wszystko, a i o grzybach pokro-
jonych nie zapomnij. Zalej grzybnym wywarem, wody dodaj,
ile trza, zalej wedle smaku zakwasem żurowym – jak taki
zakwas uczynić, w inszym miejscu przepis jest. Zagotuj, solą,
pieprzem i majerankiem przypraw wedle upodobania i chęci.
Słoniną topioną okraś. Śmietaną zabielić, kwestia gustu, ale
bacz: to wbrew naszej krasnoludzkiej tradycji, to na ludzką
modłę, zalewajkę śmietaną zabielać.

Eleonora Rhundurin-Pigott, *Mahakamska kucharka
doskonała, nauka dokładna sposobów warzenia i spo-
rządzania potraw z mięsiwa, ryb i jarzyny, jako też przy-
prawiania rozmaitych sosów, pieczenia ciast, smażenia
konfitur, przyrządzania wędlin, przetworów, win, wó-
dek, oraz różne pożyteczne sekreta kuchenne i śpiżarnia-
ne, niezbędne każdej dobrej i skrzętnej gospodyni.*

Rozdział trzynasty

Jak wszystkie niemal stacje pocztowe, także i tę
ulokowano na rozdrożu, na skrzyżowaniu traktów.
Kryty gontem budynek z podpartym słupami podcie-
niem, przylegająca do budynku stajnia, drewutnia,
wszystko wśród grupy białopiennych brzóz. Pusto.
Żadnych, jak się wydawało, gości ani podróżnych.

Zmordowana siwa klacz potykała się, szła sztywno i chwiejnie, zwiesiwszy łeb do samej niemal ziemi. Geralt podprowadził ją, oddał wodze pacholikowi.

Pacholik lat miał na oko ze czterdzieści i mocno się pod ciężarem tych czterdziestu garbił. Pogładził szyję klaczy, obejrzał dłoń. Zmierzył Geralta wzrokiem od stóp do głów, po czym splunął mu wprost pod nogi. Geralt pokręcił głową, westchnął. Nie dziwił się. Wiedział, że zawinił, że przesadził z galopem, w dodatku w trudnym terenie. Chciał jak najszybciej znaleźć się jak najdalej od Sorela Degerlunda i jego sługusów. Świadom był, że to kiepskie usprawiedliwienie, sam też nie miał najlepszego mniemania o ludziach doprowadzających wierzchowce do takiego stanu.

Pacholik odszedł, ciągnąc klacz i mrucząc pod nosem, nietrudno było odgadnąć, co mruczy i co myśli. Geralt westchnął, pchnął drzwi, wszedł do stacji.

Wewnątrz mile pachniało, wiedźmin zdał sobie sprawę, że pości już dobę z okładem.

— Koni nie ma. — Poczmistrz uprzedził jego pytanie, wyłaniając się zza kontuaru. — A najbliższa kurierka dopiero za dwa dni.

— Zjadłbym coś. — Geralt spojrzał w górę, na kalenice i krokwie wysokiego sklepienia. — Zapłacę.

— Kiedy nie ma.

— No, no, panie poczmistrzu — rozległ się głos z kąta izby. — Godzi się tak traktować wędrowca?

Za stołem w kącie zasiadał krasnolud. Płowowłosy i płowobrody, odziany we wzorzyście haftowany kabat koloru bordo, zdobiony mosiężnymi guzami na froncie i na mankietach. Policzki miał rumiane, a nos pokaźny. Geralt widywał czasem na targu nietypowe ziemniaki o lekko różowym kolorze bulwy. Nos krasnoluda miał identyczny kolor. I kształt.

— Mnie proponowałeś zalewajkę. — Krasnolud zmierzył poczmistrza surowym spojrzeniem spod mocno krzaczastych brwi. — Nie będziesz chyba twierdził, że tylko jeden talerz owej żona gotuje. Założę się o każdą sumę, że i dla pana przybysza wystarczy. Siadaj, wędrowcze. Piwa się napijesz?

– Z chęcią, dziękuję. – Geralt usiadł, wysupłał monetę ze skrytki w pasie. – Ale niech to mnie będzie wolno ugościć waszmość miłego pana. Wbrew mylnym pozorom nie jestem łazikiem ani lumpem. Jestem wiedźminem. W trakcie pracy, stąd strój sfatygowany i wygląd niedbały. Co wybaczyć raczcie. Dwa piwa, poczmistrzu.

Piwo znalazło się na stole błyskawicznie.

– Zalewajkę żona wnet poda – burknął poczmistrz. – A o tamto nie bądźcie krzywi. Jadło stale muszę mieć gotowe. Niechby tak jacyś wielmoże w podróży, gońcy królewscy albo poczta... Jeśliby zbrakło i nie było im co podać...

– Dobra, dobra... – Geralt uniósł kufel. Znał się z wieloma krasnoludami, wiedział, jak się przepija i jak wznosi toasty.

– Za pomyślność sprawy słusznej!

– A na pohybel skurwysynom! – dopowiedział krasnolud, stukając kuflem o jego kufel. – Miło napić się z kimś, kto zna obyczaj i protokół. Jestem Addario Bach. W zasadzie Addarion, ale wszyscy mówią Addario.

– Geralt z Rivii.

– Wiedźmin Geralt z Rivii. – Addario Bach otarł wąsy z piany. – Obiło mi się twe miano o uszy. Bywały z ciebie człek, nie dziwota, że zwyczaje znasz. A ja tu, uważasz, z Cidaris zjechałem kurierką, dyliżansem, jak ją nazywają na Południu. I czekam na przesiadkę, na kurierkę jadącą z Dorian do Redanii, do Tretogoru. No, jest wreszcie owa zalewajka. Sprawdźmy, jaka. Najlepszą zalewajkę, trzeba ci wiedzieć, nasze baby w Mahakamie warzą, nigdzie takiej nie zjesz. Na gęstym zakwasie z czarnego chleba i żytniej mąki, z grzybami, z mocno przysmażoną cebulką...

Stacyjna zalewajka była wyśmienita, kurek i mocno przysmażonej cebulki w niej nie brakowało, a jeśli w czymkolwiek ustępowała tej mahakamskiej, warzonej przez krasnoludzkie baby, to Geralt nie dowiedział się, w czym, albowiem Addario Bach jadł żwawo, w milczeniu i bez komentarzy.

Poczmistrz wyjrzał nagle przez okno, jego reakcja skłoniła Geralta, by wyjrzał również.

Przed stację zajechały dwa konie, oba w stanie jeszcze chyba gorszym niż zdobyczny koń Geralta. A jeźdźców było trzech. Dokładniej, troje. Wiedźmin bacznie rozejrzał się po izbie.

Skrzypnęły drzwi. Do stacji wkroczyła Fryga. A za nią Ligenza i Trent.

— Koni... — poczmistrz urwał, gdy zobaczył miecz w ręku Frygi.

— Zgadłeś — dokończyła. — Właśnie koni nam potrzeba. Trzech. Rusz się tedy, migiem wyprowadzaj ze stajni.

— Koni nie...

Poczmistrz i tym razem nie dokończył. Fryga doskoczyła doń i zaświeciła w oczy klingą. Geralt wstał.

— Ejże!

Cała trójka zwróciła się ku niemu.

— To ty — wycedziła Fryga. — Ty. Cholerny włóczykiju.

Na policzku miała siniak, w miejscu, w które jej przyłał.

— To wszystko przez ciebie — charknęła. — Shevlov, Ożóg, Sperry... Wszyscy wyrżnięci, cała drużyna.

A tyś mnie, skurwielu, z kulbaki strącił i konia ukradł, i zwiał tchórzliwie. Za co się teraz z tobą policzę.

Była niewysoka i budowy pomiernie drobnej. Wiedźmina to nie zwiodło. Świadom był, bo doświadczył, że w życiu jak na poczcie – nawet bardzo paskudne rzeczy doręczane bywają w całkiem niepozornych opakowaniach.

– Tu jest stacja pocztowa! – rozdarł się zza kontuaru poczmistrz. – Pod królewską protekcją!

– Słyszeliście? – spytał spokojnie Geralt. – Stacja pocztowa. Wynoście się stąd.

– Tyś, siwy huncwocie, nadal kiepski w rachunkach – syknęła Fryga. – Znowu trzeba ci pomóc liczyć? Ty jesteś jeden, nas jest trójka. Znaczy, nas jest więcej.

– Was jest trójka – powiódł po nich wzrokiem – a ja jestem jeden. Ale wcale nie jest was więcej. To taki matematyczny paradoks i wyjątek od reguły.

– Znaczy, że jak?

– Znaczy, spierdalajcie stąd w podskokach. Póki jeszcze jesteście zdolni do podskoków.

Dostrzegł błysk jej oka, od razu wiedział, że należy do tych nielicznych umiejących w walce uderzyć zupełnie gdzie indziej, niż patrzą. Fryga chyba jednak trenowała sztuczkę od niedawna, bo Geralt bez najmniejszego trudu uniknął zdradzieckiego cięcia. Wymanewrował ją krótką półwoltą, kopniakiem podciął lewą nogę, rzutem posłał na kontuar. Gruchnęła o deski, aż zahuczało.

Ligenza i Trent musieli już wcześniej widywać Frygę w akcji, bo jej fiasko po prostu ich osłupiło, zamarli z otwartymi gębami. Na czas dostatecznie długi, by wiedźmin zdążył chwycić wypatrzoną wcześniej miotłę z kąta. Trent dostał najpierw w gębę brzozowymi witkami, potem przez łeb trzonkiem. Geralt podstawił mu miotłę pod nogę, kopnął w zgięcie kolana i obalił.

Ligenza ochłonął, dobył broni, skoczył, tnąc od ucha. Geralt uniknął ciosu półobrotem, wykręcił się w pełną woltę, wystawił łokieć, niesiony impetem Ligenza nadział się na łokieć tchawicą, zacharczał i padł na kolana. Nim padł, Geralt wyłuskał mu z palców miecz, cisnął pionowo w górę. Miecz wbił się w krokiew i został tam.

Fryga zaatakowała nisko, Geraltowi ledwie wystarczyło czasu na zwód. Podbił rękę z mieczem, chwycił za ramię, obrócił, podciął nogi trzonkiem miotły i rzucił na kontuar. Huknęło.

Trent skoczył na niego, Geralt zdzielił go miotłą w twarz, raz, drugi, trzeci, bardzo szybko. Potem trzonkiem, w jedną skroń, w drugą skroń i na odlew w szyję. Wstawił mu trzonek między nogi, wszedł w zwarcie, chwycił za rękę, wygiął, wyjął miecz z dłoni, rzucił w górę. Miecz wbił się w krokiew i został tam. Trent cofnął się, potknął o ławę i przewrócił. Geralt uznał, że nie ma potrzeby bardziej go krzywdzić.

Ligenza stanął na nogi, ale stał nieruchomo, z opuszczonymi rękami, gapił się w górę, na wbite w krokiew miecze, wysoko, poza zasięgiem. Fryga zaatakowała.

Zamłynkowała ostrzem, wykonała zwód, cięła krótko na odlew. Styl sprawdzał się w bijatykach karczemnych, w ścisku i kiepskim oświetleniu. Wiedźminowi nie przeszkadzało żadne oświetlenie ani jego brak, a styl znał aż nadto dobrze. Klinga Frygi przecięła powietrze, a zwód obrócił ją tak, że wiedźmin znalazł się za jej plecami. Wrzasnęła, gdy podłożył jej pod rękę trzonek miotły i wykręcił staw łokciowy. Wyjął jej miecz z palców, a samą odepchnął.

– Myślałem – obejrzał brzeszczot – ten zatrzymać dla siebie. Jako rekompensatę za włożony wysiłek. Ale rozmyśliłem się. Nie będę nosił bandyckiej broni.

Cisnął miecz w górę. Klinga wbiła się w krokiew, zadrżała. Fryga, blada jak pergamin, błysnęła zębami zza skrzywionych warg. Zgarbiła się, szybkim ruchem wyciągnęła z cholewy nóż.

– To akurat – ocenił, patrząc jej prosto w oczy – jest bardzo głupi pomysł.

Na gościńcu załomotały kopyta, zachrapały konie, zabrzękła broń. Pod stacją zaroiło się nagle od jeźdźców.

– Na waszym miejscu – rzekł Geralt do trójki – usiadłbym w kącie na ławie. I udawał, że mnie tu nie ma.

Huknęły uderzone drzwi, zabrzęczały ostrogi, do izby wkroczyli żołnierze w lisich czapach i krótkich czarnych kubrakach ze srebrnym szamerunkiem. Przewodził im wąsacz przepasany szkarłatną szarfą.

– Królewska służba! – ogłosił, opierając pięść na zatkniętym za pas buzdyganie. – Wachmistrz Kovacs, drugi szwadron pierwszej banderii, siły zbrojne miłościwie panującego króla Foltesta, pana Temerii, Pontarii i Mahakamu. W pościgu za redańską bandą!

W kącie na ławie Fryga, Trent i Ligenza w skupieniu przyglądali się czubkom swych butów.

– Granicę przekroczyła swawolna kupa redańskich grasantów, najemnych zbirów i rabusiów – głosił dalej wachmistrz Kovacs. – Hultaje ci obalają słupy graniczne, palą, grabią, katują i mordują królewskich poddanych. W starciu z wojskiem królewskim sromotnie pobici głowy ninie unoszą, po lasach się kryją, czekają na sposobność, by za kordon czmychnąć. Mogli takowi tu w okolicy się pojawić. Uprzedza się, że udzielanie im pomocy, informacji i jakiego bądź wsparcia za zdradę poczytane będzie, a za zdradę stryczek!

– Widziano tu na stacji jakichsi obcych? Nowo przybyłych? Znaczy, podejrzanych? A to jeszcze powiem, że za wskazanie grasanta albo pomoc w jego ujęciu jest nagroda. Sto orenów. Poczmistrzu?

Poczmistrz wzruszył ramionami, zgarbił się, zamamlał, wziął za wycieranie szynkwasu, bardzo nisko się nad nim schylając.

Wachmistrz rozejrzał się, z brzękiem ostróg podszedł do Geralta.

– Tyś kto... Ha! Ciebie to ja, zda mi się, już widziałem. W Mariborze. Po tych włosach białych miarkuję. Tyś jest wiedźmin, tak? Potworów różnych tropiciel i ubijca. Tak?

– Tak właśnie.

– Tedy do cię nic nie mam, a profesja twoja, powiem to, godziwa jest – orzekł wachmistrz, taksując jednocześnie wzrokiem Addario Bacha. – Pan krasnolud też poza podejrzeniem, nie widziano wśród grasantów żadnych krasnoludów. Ale gwoli porządku spytam: co na stacji robisz?

– Przybyłem dyliżansem z Cidaris i czekam na przesiadkę. Czas się dłuży, siedzimy sobie tedy z panem wiedźminem, konwersujemy i przerabiamy piwo na urynę.

– Przesiadka, znaczy – powtórzył wachmistrz. – Pojmuję. A wy dwaj? Kto tacy? Tak, wy, do was mówię!

Trent otworzył usta. Zamrugał. I coś odburknął.

– Co? Jak? Wstań! Ktoś jest, pytam?

– Niechajcie go, panie oficerze – rzekł swobodnie Addario Bach. – Mój to sługa, przeze mnie najęty. To głupek, kompletny idiota. Przypadłość rodzinna. Szczęściem wielkim młodsze jego rodzeństwo jest już normalne. Ich matka wreszcie pojęła, że będąc w ciąży nie wolno pić z kałuży przed szpitalem zakaźnym.

Trent jeszcze szerzej otworzył gębę, spuścił głowę, zastękał, zaburczał. Ligenza też zaburczał, zrobił ruch, jakby chciał wstać. Krasnolud położył mu rękę na ramieniu.

– Siedź, chłopcze. I milcz, milcz. Znam teorię ewolucji, wiem, od jakiej istoty człowiek pochodzi, nie musisz mi o tym ciągle przypominać. Darujcie i jemu, panie komendancie. To też mój sługa.

– No tak... – Wachmistrz wciąż przyglądał się podejrzliwie. – Słudzy, znaczy. Jeśli tak mówicie... A ona? Ta młódka w męskim odzieniu? Hej! Wstań, bo chcę ci się przyjrzeć! Ktoś taka? Odpowiadaj, gdy pytają!

– Ha, ha, panie komendancie – zaśmiał się krasnolud. – Ona? To nierządnica, znaczy się, letkich obyczajów. Wynająłem ją sobie w Cidaris gwoli chędożenia. Z dupą w podróży mniej się ckni, każdy filozof wam to poświadczy.

Z rozmachem klepnął Frygę w tyłek. Fryga pobladła ze wściekłości, zgrzytnęła zębami.

– No tak – skrzywił się wachmistrz. – Żem też od razu nie rozpoznał. Przecie widać. Półelfka.

– Twój kutas jest pół – warknęła Fryga. – Pół tego, co uchodzi za standard!

– Cichaj, cichaj – zmitygował ją Addario Bach. – Nie sierdźcie się, pułkowniku. Ale już taka zadziorna trafiła się kurewka.

Do izby wpadł żołnierz, złożył meldunek. Wachmistrz Kovacs wyprostował się.

– Bandę wytropiono! – oznajmił. – Idziemy w pościg co tchu! Subiekcję wybaczcie. Służba!

Wyszedł, wraz z nim żołnierze. Za moment z podwórka dobiegł łomot kopyt.

– Darujcie – rzekł po chwili ciszy Addario Bach do Frygi, Trenta i Ligenzy – ten spektakl, wybaczcie słowa spontaniczne i gesty prostolinijne. Po prawdzie to nie znam was, mało o was stoję i raczej nie lubię, ale scen wieszania nie lubię jeszcze bardziej, widok fikających nogami wisielców mocno mnie przygnębia. Stąd te moje krasnoludzkie frywolności.

– Krasnoludzkim frywolnościom zawdzięczacie życie – dodał Geralt. – Wypadałoby krasnoludowi podziękować. Ja widziałem was w akcji, tam, w chłopskiej zagrodzie, wiem, co z was za ptaszki. Palcem bym nie kiwnął w waszej obronie, takiego teatru, jak pan krasnolud, ani bym chciał, ani umiał odegrać. I już byście wisieli, cała wasza trójka. Idźcie więc sobie stąd. Doradzałbym kierunek przeciwny do obranego przez wachmistrza i jego konnicę.

– Nic z tych rzeczy – uciął, widząc spojrzenia kierowane w stronę wbitych w krokiew mieczy. – Nie dostaniecie ich. Będziecie bez nich mniej skłonni do grabieży i wymuszeń. Precz.

– Nerwowo było – westchnął Addario Bach, ledwie za trójką zamknęły się drzwi. – Psiakrew, ręce mi się wciąż trochę trzęsą. Tobie nie?

– Nie. – Geralt uśmiechnął się do wspomnień. – Pod tym względem jestem... nieco upośledzony.

– Niektórym to dobrze – wyszczerzył zęby krasnolud. – Nawet upośledzenia przytrafiają się im fajne. Jeszcze po piwie?

– Nie, dziękuję – pokręcił głową Geralt. – Czas mi w drogę. Znalazłem się, jakby to powiedzieć, w sytuacji, w której raczej wskazany jest pośpiech. I raczej nierozsądne jest zbyt długie przebywanie w jednym miejscu.

– Raczej zauważyłem. I pytań nie zadaję. Ale wiesz ty co, wiedźminie? Jakoś odeszła mnie ochota siedzieć na tej stacji i całe dwa dni bezczynnie czekać na kurierkę. Raz, że nuda by mnie wykończyła. Dwa, ta panna, którą pokonałeś w pojedynku miotłą, dziwnym pożegnała mnie spojrzeniem. Cóż, w ferworze krzynę przesadziłem. Ona chyba nie z takich, której bezkarnie wymierza się klapsy w pupę i nazywa kurewką. Gotowa wrócić, wolałbym, by mnie tu wówczas nie było. Może więc razem ruszymy w drogę?

– Z chęcią. – Geralt ponownie się uśmiechnął. – Z dobrym kompanem w podróży mniej się ckni, każdy filozof to poświadczy. O ile kierunek dla nas obu po myśli. Mnie trzeba do Novigradu. Muszę tam dotrzeć przed piętnastym lipca. Koniecznie przed piętnastym.

Musiał być w Novigradzie najdalej piętnastego lipca. Zaznaczył to, gdy czarodzieje go wynajmowali, kupując dwa tygodnie jego czasu. Żaden problem, Pinety i Tzara spojrzeli na niego z wyższością. Żaden problem, wiedźminie. Będziesz w Novigradzie, zanim się obejrzysz. Teleportujemy cię wprost na ulicę Główną.

– Przed piętnastym, ha – poczochrał brodę krasnolud. – Dziś jest dziewiąty. Zbyt wiele czasu nie zostało, bo to szmat drogi. Ale byłby sposób, byś dotarł tam w terminie.

Wstał, ściągnął z kołka i wdział na głowę szpiczasty kapelusz z szerokim rondem. Zarzucił na ramię sakwę.

– Objaśnię ci rzecz w drodze. Ruszamy razem na szlak, Geralcie z Rivii. Bo kierunek odpowiada mi jak najbardziej.

•

Maszerowali raźnie, może nawet za raźnie. Addario Bach okazał się typowym krasnoludem. Krasnoludy, choć w razie potrzeby czy dla wygody potrafiły posłużyć się każdym wehikułem i każdym zwierzęciem wierzchowym, pociągowym czy jucznym, zdecydowanie przedkładały pieszy marsz, były zawołanymi piechurami. Krasnolud potrafił w ciągu dnia pokonać pieszo dystans trzydziestu mil, tyle co człowiek na koniu, i to niosąc bagaż, którego przeciętny człowiek nawet by nie udźwignął. Za krasnoludem bez bagażu człowiek w marszu nadążyć nie był w stanie. Wiedźmin też nie. Geralt o tym zapomniał i po jakimś czasie zmuszony był jednak prosić Addaria, by nieco zwolnił.

Maszerowali leśnymi duktami, a niekiedy bezdrożami. Addario drogę znał, w terenie orientował się świetnie. W Cidaris, wyjaśnił, zamieszkuje jego rodzina, na tyle liczna, by co i rusz trafiały się tam jakieś okolicznościowe rodzinne imprezy, już to wesela, już to chrzciny, już to pogrzeby i stypy. Zgodnie z krasnoludzkim obyczajem niestawiennictwo na imprezie rodzinnej usprawiedliwiało wyłącznie notarialnie poświadczone świadectwo zgonu, żywi członkowie rodziny od imprez wykręcać się nie mogli. Trasę do Cidaris i z powrotem miał więc Addario opanowaną do perfekcji.

– Celem naszym – objaśnił, maszerując – jest osada Wiaterna, leżąca nad rozlewiskiem Pontaru. W Wiaternej jest przystań, barki i łodzie często tam cumują. Przy odrobinie szczęścia wnet trafi się nam jakaś okazja, na coś się zaokrętujemy. Ja muszę do Tretogoru, więc wysiądę w Żurawiej Kępie, ty popłyniesz dalej i będziesz w Novigradzie za jakieś trzy, cztery dni. Wierz mi, to najszybszy sposób.

– Wierzę. Zwolnij, Addario, proszę. Ledwo nadążam. Czy ty uprawiasz jakiś związany z chodzeniem zawód? Jesteś domokrążcą?

– Jestem górnikiem. W kopalni miedzi.

– No pewnie. Każdy krasnolud jest górnikiem. I pracuje w kopalni w Mahakamie. Stoi z kilofem na przodku i wydobywa.

– Ulegasz stereotypom. Za chwilę powiesz, że każdy krasnolud plugawie się wyraża. A po kilku głębszych rzuca się na ludzi z toporem.

– Nie powiem tego.

– Moja kopalnia nie jest w Mahakamie, ale w Miedziance, pod Tretogorem. Nie stoję tam i nie wydobywam, lecz gram na waltorni w górniczej orkiestrze dętej.

– Ciekawe.

– Ciekawe – zaśmiał się krasnolud – jest akurat co innego. Zabawna koincydencja. Jeden z popisowych kawałków naszej orkiestry nazywa się „Marsz wiedźminów". Leci to tak: Tara-rara, bum, bum, umta-umta, rym-cym-cym, paparara-tara-rara, tara-rara, bum-bum-bum...

– Skąd, u diabła, wzięliście ten tytuł? Widzieliście kiedykolwiek maszerujących wiedźminów? Gdzie? Kiedy?

– Po prawdzie – Addario Bach stropił się nieco – to jest to lekko tylko przearanżowana „Parada siłaczy". Ale wszystkie górnicze orkiestry dęte grają jakieś „Parady siłaczy", „Wejścia atletów" albo „Marsze

starych towarzyszy". Chcieliśmy być oryginalni. Tara-rara, bum, bum!

– Zwolnij, bo ducha wyzionę!

•

Wśród lasów było zupełnie bezludnie. Inaczej na
śródleśnych łąkach i haliznach, na które często trafiali. Tu wrzała praca. Koszono siano, grabiono je
i składano w kopice i stogi. Krasnolud pozdrawiał
kosiarzy wesołymi okrzykami, ci zaś rewanżowali
się. Albo nie.

– To mi przypomina – wskazał na trudzących się
Addario – inny z marszów naszej orkiestry. Nosi tytuł „Sianokosy". Często przez nas grany, osobliwie
porą letnią. Śpiewany zarówno. Mamy poetę na kopalni, ów rymy złożył zgrabne, można więc nawet
a capella. O, tak to leci:

> *Chłopy trawy koszą*
> *Baby siano noszą*
> *W niebo popatrzają*
> *Deszczu się bojają*
>
> *Na górce stoimy*
> *Przed deszczem chronimy*
> *Chujami machamy*
> *Chmury rozganiamy!*

– I *da capo*! Dobrze się do tego maszeruje, co nie?

– Zwolnij, Addario!

– Nie da się zwolnić! To marszowa piosenka! Marszowa rytmika i metrum!

•

Na wzniesieniu bielały resztki muru, widoczne
były też ruiny budynku i charakterystycznej wieży.

Właśnie po tej wieży Geralt rozpoznał świątynię – nie pamiętał, jakiego bóstwa, ale słyszał o niej to i owo. Dawnymi czasy zamieszkiwali tu kapłani. Wieść niosła, że gdy ich pazerności, hulaszczej rozpusty i wyuzdania nie dało się już wytrzymać, okoliczni mieszkańcy wypędzili kapłanów i zagnali ich w gęste lasy, gdzie, jak szły słuchy, zajęli się nawracaniem leśnych skrzatów. Z marnymi podobno rezultatami.

– Stary Erem – orzekł Addario. – Trzymamy się marszruty i czas mamy dobry. Na wieczór staniemy w Borowej Klauzie.

•

Strumyk, wzdłuż którego wędrowali, w górze szumiący na głazach i szypotach, w dole rozlewał się szeroko, tworząc spory zalew. Przyczyniała się do tego drewniano-ziemna zapora, przegradzająca nurt. Przy zaporze trwały jakieś prace, uwijała się tam grupa ludzi.

– Jesteśmy w Borowej Klauzie – rzekł Addario. – Konstrukcja, którą widzisz tam, w dole, to jest właśnie klauza. Służy do spławiania drewna z wyrębu. Rzeczka, jak baczysz, sama z siebie spławna nie jest, jest zbyt płytka. Wodę piętrzy się więc, gromadzi drewno, a potem klauzę się otwiera. Powstaje duża fala, umożliwiająca spław. Sposobem tym transportuje się surowiec do produkcji węgla drzewnego. Węgiel drzewny...

– Jest niezbędny do wytopu żelaza – dokończył Geralt. – A hutnictwo to najważniejsza i najbardziej rozwojowa gałąź przemysłu. Wiem. Całkiem niedawno wyklarował mi to jeden czarodziej. Obeznany z węglem i hutnictwem.

– Nie dziwota, że obeznany – parsknął krasnolud. – Kapituła czarodziejów ma większość udziałów w spółkach ośrodka przemysłowego pod Gors Velen, a kilka hut i fryszerek należy do niej całkowicie. Czarodzieje ciągną z hutnictwa bogate profity. Z innych gałęzi też. Może i zasłużenie, w końcu to większością oni opracowali technologie. Mogliby jednak skończyć z hipokryzją, przyznać, że magia to nie dobroczynność, nie służąca społeczeństwu filantropia, ale przemysł obliczony na zysk. Ale po co ja to mówię, sam to wiesz. Chodź, tam jest karczemka, odpoczniemy. A i pewnie przyjdzie też zanocować, bo zmierzcha.

•

Karczemka na swą nazwę nie zasługiwała zupełnie, ale też i dziwić się nie było można. Obsługiwała drwali i flisaków z klauzy, którym wszystko jedno było, gdzie piją, byle było co pić. Szopa z dziurawą strzechą, wsparte na żerdziach zadaszenie, kilka stołów i ław z niedbale oheblowanych desek, kamienne palenisko – większych luksusów lokalna społeczność nie potrzebowała i nie oczekiwała, liczyły się stojące za przepierzeniem beczki, z których karczmarz toczył piwo, a okazyjnie kiełbasa, którą karczmarka, jeśli miała chęć i nastrój, gotowa była za opłatą opiec nad żarem.

Geralt i Addario też się względem potrzeb nie wywyższali, zwłaszcza że piwo było świeże, z dopiero co odczopowanej beczki, a całkiem niewielu komplementów wystarczyło, by karczmarka zdecydowała się usmażyć i podać im rynkę kaszanki z cebulą. Po całym dniu wędrówki lasami Geralt równał tę kaszankę z giczą cielęcą w warzywach, dziczą łopatką, turbotem w atramencie i innymi majstersztykami szefa kuchni austerii „Natura Rerum". Choć prawdę powiedziawszy, trochę za austerią tęsknił.

– Ciekawym – Addario gestem przywołał karczmarkę, zamówił kolejne piwo – czy znasz losy owego proroka?

Zanim siedli za stół, przyjrzeli się omszałemu głazowi, stojącemu obok wiekowego dębu. Wykute na zarosłej powierzchni monolitu litery informowały, iż w tym właśnie miejscu, w dzień święta Birke roku 1133 *post Resurrectionem* Prorok Lebioda wygłosił kazanie dla swych uczniów, obelisk zaś dla uczczenia tego wydarzenia ufundował i w roku 1200 postawił Spirydon Apps, mistrz szmuklerski z Rinde, sklep na Małym Rynku, jakość wysoka, ceny przystępne, zapraszamy.

– Znasz – Addario wydrapał z rynki resztkę kaszanki – historię owego Lebiody, nazywanego prorokiem? Mówię o prawdziwej historii.

– Nie znam żadnej. – Wiedźmin wytarł rynkę chlebem. – Ni prawdziwej, ni zmyślonej. Nie interesowałem się.

– Posłuchaj tedy. Rzecz wydarzyła się lat temu sto z okładem, zdaje się, że niezbyt długo po dacie wyrytej na tym głazie. Dziś, jak ci dobrze wiadomo, smoków niemal się nie widuje, chyba że gdzieś w dzikich górach, wśród pustkowi. W tamtych czasach zdarzały się częściej i potrafiły dokuczyć. Nauczyły się, że pełne bydła pastwiska to wielkie jadłodajnie, gdzie można się nażreć do syta i bez zbytniego wysiłku. Szczęściem dla rolników nawet wielki gad ograniczał się do jednej, dwóch uczt w kwartale, ale żarł tyle, że mógł zagrozić hodowli, zwłaszcza gdy się na jakąś okolicę uwziął. Jeden, ogromny, uwziął się na pewną wieś w Kaedwen. Przylatywał, zjadał kilka owiec, dwie lub trzy krowy, na deser zaś łapał sobie trochę karpi z rybników. Na koniec ział ogniem, podpalał stodołę albo stóg, po czym odlatywał.

Krasnolud łyknął piwa, beknął.

– Włościanie usiłowali smoka straszyć, próbowali różnych pułapek i podstępów, wszystko na nic. Trzeba trafu, że do niedalekiego Ban Ard przywędrował akurat z uczniami ów Lebioda, słynny już podówczas, tytułowany prorokiem i mający rzesze wyznawców. Chłopi poprosili go o pomoc, on zaś, o dziwo, nie odmówił. Gdy więc smok przyleciał, Lebioda poszedł na pastwisko i zaczął go egzorcyzmować. Smok najpierw opalił go ogniem, jak kaczkę. A potem połknął. Zwyczajnie połknął. I odleciał w góry.

– To koniec?

– Nie. Słuchaj dalej. Uczniowie proroka płakali, rozpaczali, potem zaś wynajęli tropicieli. Naszych, to znaczy krasnoludów, w smoczych kwestiach oblatanych. Owi przez miesiąc tropili smoka. Standardowo, idąc śladem kup, które gad walił. A uczniowie przy każdej kupie padali na kolana i grzebali w niej, płacząc rzewnie, wyławiając resztki swego mistrza. Skompletowali wreszcie całość, a raczej to, co za całość uważali, a co naprawdę było chaotyczną dość kolekcją niezbyt czystych kości ludzkich, krowich i baranich. Wszystko to leży dziś w sarkofagu w świątyni w Novigradzie. Jako cudowna relikwia.

– Przyznaj się, Addario. Zmyśliłeś tę historię. Albo mocno podkolorowałeś.

– Skąd to podejrzenie?

– Stąd, że często przestaję z pewnym poetą. Ten zaś, gdy ma do wyboru zdarzeń wersję prawdziwą lub wersję atrakcyjną, zawsze wybiera tę drugą, którą dodatkowo ubarwia. Wszelkie zarzuty zaś w tym względzie kwituje sofizmatem, że jeśli coś nie jest zgodne z prawdą, to wcale nie musi oznaczać, że jest kłamstwem.

– Odgaduję poetę. To Jaskier, oczywiście. A historia ma swoje prawa.

– Historia – uśmiechnął się wiedźmin – to relacja, większością kłamliwa, ze zdarzeń, większością nieistotnych, zdawana nam przez historyków, większością durniów.

– Również tym razem odgaduję autora cytatu – wyszczerzył zęby Addario Bach. – Vysogota z Corvo, filozof i etyk. Jak również historyk. Względem zaś proroka Lebiody... Cóż, historia, jak się rzekło, to historia. Ale słyszałem, że w Novigradzie kapłani wyjmują czasem szczątki proroka z sarkofagu i dają wiernym do ucałowania. Gdybym tam akurat był, tobym się jednak od całowania powstrzymał.

– Powstrzymam się – obiecał Geralt. – Co się zaś tyczy Novigradu, jeśli już przy tym jesteśmy...

– Bez nerwów – uprzedził krasnolud. – Zdążysz. Wstaniemy wczesnym świtem, wnet dotrzemy do Wiaternej. Złapiemy okazję i będziesz w Novigradzie na czas.

Oby, pomyślał wiedźmin. Oby.

Ludzie i zwierzęta należą do różnych gatunków, lisy zaś żyją pomiędzy ludźmi a zwierzętami. Umarli i żywi wędrują różnymi drogami, lisy zaś podążają pomiędzy umarłymi a żywymi. Bóstwa i potwory kroczą po różnych ścieżkach, lisy zaś chodzą pomiędzy bóstwami a potworami. Ścieżki światła i ciemności nie łączą się i nie przecinają nigdy; lisie duchy czuwają gdzieś pomiędzy nimi. Nieśmiertelni i demony stąpają po własnych szlakach – lisie duchy są gdzieś pomiędzy.

Ji Yun, uczony z czasów dynastii Qing

Rozdział czternasty

Nocą przeszła burza.

Wyspawszy się w sianie na stryszku stodoły, wyruszyli wczesnym świtem, o chłodnym, choć słonecznym poranku. Trzymając się wytyczonej ścieżki, przeszli przez grądy, przez bagniste rojsty i podmokłe łąki. Po godzinie forsownego marszu dotarli do zabudowań.

– Wiaterna – wskazał Addario Bach. – To jest przystań, o której mówiłem.

Doszli nad rzekę, owiał ich ożywczy wiatr. Weszli na drewniany pomost. Rzeka tworzyła tu rozległe rozlewisko, wielkie jak jezioro, niemal nie znać było prądu, biegnącego gdzieś dalej. Z brzegu zwieszały się do wody gałęzie wierzb, łóz i olszyn. Wszędzie pływało, wydając różne odgłosy, ptactwo wodne: kaczki, cyranki, rożeńce, nury i perkozy. Wkomponowując się w pejzaż i nie płosząc całego tego pierzastego tałatajstwa, po wodzie sunął z gracją stateczek. Jednomasztowy, z jednym wielkim żaglem z tyłu i kilkoma trójkątnymi z przodu.

– Słusznie ktoś kiedyś powiedział – rzekł Addario Bach, wpatrzony w zjawisko. – Że to trzy najpiękniejsze widoki na świecie. Okręt pod pełnymi żaglami, koń w galopie i ta, no... naga kobieta w łóżku.

– Kobieta w tańcu – uśmiechnął się lekko wiedźmin. – W tańcu, Addario.

– Niech będzie – zgodził się krasnolud – że naga w tańcu. A ten okręcik, ha, przyznasz, niebrzydko prezentuje się na wodzie.

– To nie jest okręcik, tylko stateczek.

– To jest slup – skorygował, podchodząc, tęgawy jegomość w łosiowym kubraku. – Slup, moi panowie. Co łatwo poznać po ożaglowaniu. Duży grotżagiel gaflowy, sztaksel i dwa kliwry na forsztagach. Klasyka.

Stateczek – slup – zbliżył się do pomostu na tyle, by mogli podziwiać galion na dziobie. Rzeźba, miast standardowej cycatej kobiety, syreny, smoka bądź morskiego węża, wyobrażała łysego starca z haczykowatym nosem.

– Cholera – burknął pod nosem Addario Bach. – Prorok uwziął się na nas czy jak?

– Sześćdziesiąt cztery stopy długości – opisywał dalej niski jegomość głosem pełnym dumy. – Łączna powierzchnia żagli trzy tysiące trzysta stóp. To jest, moi panowie, „Prorok Lebioda", nowoczesny slup typu kovirskiego, zbudowany w stoczni novigradzkiej, zwodowany niecały rok temu.

– Znany, jak widzimy – chrząknął Addario Bach – jest wam ów slup. Dużo o nim wiecie.

– Wiem o nim wszystko, albowiem jestem jego właścicielem. Widzicie banderę na flagsztoku? Widnieje na niej rękawiczka. To godło mojej firmy. Panowie pozwolą: jestem Kevenard van Vliet, przedsiębiorca branży białoskórniczej.

– Radziśmy poznać – krasnolud potrząsnął podaną mu prawicą, mierząc przedsiębiorcę bacznym spojrzeniem. – I gratulujemy stateczku, bo piękny i chybki. Aż dziw, że tutaj, w Wiaternej, na rozlewisku, na uboczu od głównego pontarskiego farwateru. Dziw też, że statek na wodzie, a wy, właściciel, na lądzie, na pustkowiu. Czyżby jakieś kłopoty?

– Ależ nie, nie, żadnych kłopotów – zarzekł się przedsiębiorca branży białoskórniczej, w ocenie Geralta za szybko i za przesadnie. – Zapasy tu uzupełniamy, nic więcej. A na pustkowie, cóż, nie chęć, lecz trudna konieczność nas zawiodła. Bo gdy na ratunek spieszysz, nie zważasz, którędy droga. A nasza ekspedycja ratunkowa...

– Panie van Vliet – przerwał, podchodząc, jeden z typów, pod których krokami zadygotał nagle pomost. – Nie wchodźcie w szczegóły. Nie widzi mi się, by one panów interesowały. Ani interesować powinny.

Typów, którzy weszli na pomost od strony wioski, było pięciu. Tego, który się odezwał, noszącego słomiany kapelusz, wyróżniała mocno zarysowana, czarna od kilkudniowego zarostu szczęka i duży wysunięty podbródek. Podbródek miał przedziałek, przez co wyglądał jak miniaturowa dupa. Towarzyszył mu wielki drab, istny waligóra, acz z oblicza i spojrzenia bynajmniej nie matoł. Trzeci, przysadzisty i ogorzały, był żeglarzem w każdym calu i szczególe, wliczając wełnianą czapkę i kolczyk w uchu. Dwaj pozostali, ewidentnie majtkowie, dźwigali skrzynki z prowiantem.

– Nie widzi mi się – podjął ten z podbródkiem – by ci panowie, kimkolwiek są, musieli wiedzieć cokolwiek o nas, o tym, co tu robimy, i o inkszych naszych prywatnych dziełach. Ci panowie z pewnością rozumieją, że do naszych prywatnych dzieł nic nikomu, a już zwłaszcza osobom napotkanym przypadkowo i całkiem nieznanym.

– Może nie tak całkiem nieznanym – wtrącił waligóra. – Pana krasnoluda faktycznie nie znam, ale białe włosy waszmość pana zdradzają, kim jest. Geralt z Rivii, jak sądzę? Wiedźmin? Nie mylę się?

Robię się popularny, pomyślał Geralt, splatając ręce na piersi. Zbyt popularny. Może ufarbować włosy? Albo ogolić się na łyso, jak Harlan Tzara?

– Wiedźmin! – zachwycił się zauważalnie Kevenard van Vliet. – Prawdziwy wiedźmin! Cóż za traf! Mości panowie! Toć on iście z nieba nam spada!

– Słynny Geralt z Rivii! – powtórzył waligóra. – Mamy fart, że go spotkaliśmy, teraz, w naszej sytuacji. Pomoże nam wykaraskać się...

– Za dużo gadasz, Cobbin – przerwał ten z podbródkiem. – Za szybko i za dużo.

– Co też wy, panie Fysh – parsknął białoskórnik. – Nie widzicie, jaka się sposobność trafia? Pomoc kogoś takiego, jak wiedźmin...

– Panie van Vliet! Zostawcie to mnie. Większe od was mam obycie w kontaktach z takimi, jak ten tu.

Zapadła cisza, w której typ z podbródkiem mierzył wiedźmina spojrzeniem.

– Geralt z Rivii – powiedział wreszcie. – Pogromca potworów i nadprzyrodzonych istot. Pogromca, rzekłbym, legendarny. Rzekłbym tak, gdybym w legendy wierzył. A gdzież to wasze słynne miecze wiedźmińskie? Nie widzę ich jakoś.

– Nie dziwota – odparł Geralt – że nie widzisz. Bo są niewidzialne. Co to, nie słyszałeś legend o wiedźmińskich mieczach? Postronni nie mogą ich widzieć. Zjawiają się, gdy wypowiem zaklęcie. Gdy

zajdzie potrzeba. Jeśli zajdzie. Bo ja i bez mieczy po-
trafię nieźle przygrzmocić.

– Wierzę na słowo. Jestem Javil Fysh. Prowadzę
w Novigradzie firmę świadczącą usługi różne. To
mój partner, Petru Cobbin. To zaś pan Pudłorak, kapitan „Proroka Lebiody". I znany wam już szanowny
Kevenard van Vliet, statku tego właściciel.

– Obserwuję, wiedźminie – ciągnął Javil Fysh, ro-
zejrzawszy się – że stoisz oto na pomoście w jedynej
osadzie w promieniu dwudziestu paru mil. Żeby się
stąd wydostać na cywilizowane szlaki, trzeba długo
wędrować lasami. Patrzy mi na to, że radziej byś
z tego pustkowia odpłynął, zaokrętowawszy się na
coś, co się na wodzie unosi. A „Prorok" jak raz żeglu-
je do Novigradu. I może wziąć na pokład pasażerów.
Ciebie i twego towarzysza krasnoluda. Pasuje?

– Mówcie dalej, panie Fysh. Słucham was pilnie.

– Stateczek nasz, jak widzisz, to nie byle rzeczna
łajba, za rejs nim płacić trza i to nietanio. Nie przerywaj. Byłbyś skłonny wziąć nas pod ochronę swych
niewidzialnych mieczy? Możemy twoje cenne wiedźmińskie usługi, znaczy się eskortowanie i ochronę
podczas rejsu stąd do samej novigradzkiej redy,
z ceną za przejazd skalkulować. Na wieleż tedy, ciekawość, swą wiedźmińską usługę wyliczysz?

Geralt popatrzył na niego.

– Z wynajdywaniem czy bez?

– Że jak?

– W waszej propozycji – rzekł spokojnie Geralt –
są ukryte kruczki i haczyki. Jeśli sam je będę musiał
wynajdywać, policzę drożej. Będzie taniej, jeśli zde-
cydujecie się na prawdomówność.

– Twoja nieufność – odrzekł zimno Fysh – budzi
niejakie podejrzenia. Bo to krętacze wszędy wietrzą

krętactwo. Jak to mówią: na złodzieju czapka gore. Chcemy cię wynająć jako eskortę. To proste raczej i pozbawione zawiłości zadanie. Jakież to kruczki mogą się w nim kryć?

— Eskortowanie to bajka. — Geralt nie spuścił wzroku. — Wymyślona od ręki i szyta grubymi nićmi.

— Tak mniemacie?

— Tak mniemam. Bo oto panu rękawicznikowi wymyka się coś o ekspedycji ratunkowej, a ty, panie Fysh, uciszasz go obcesowo. Za chwilę twój współpracownik wygaduje się o sytuacji, z której trzeba się wykaraskać. Jeśli więc mamy współpracować, to bez wykrętów, proszę: co to za ekspedycja i komu na ratunek spieszy? Dlaczego taka sekretna? Z czego trzeba się wykaraskać?

— Wyjaśnimy to — uprzedził Fysha van Vliet. — Wyjaśnimy wam wszystko, panie wiedźminie...

— Ale na pokładzie — przerwał chrapliwie milczący dotąd kapitan Pudłorak. — Nie ma co mitrężyć dłużej przy tej kei. Wiatr sprzyja. Płyńmy stąd, szanowni.

•

Złapawszy wiatr w żagle, „Prorok Lebioda" chyżo pomknął po szeroko rozlanych wodach zatoki, biorąc kurs na główny tor wodny, lawirując między wysepkami. Trzeszczały liny, skrzypiał bom, raźno łopotała na flagsztoku bandera z rękawiczką.

Kevenard van Vliet dotrzymał obietnicy. Gdy tylko slup odbił od pomostu w Wiaternej, zwołał zainteresowanych na dziób i przystąpił do wyjaśnień.

— Przedsięwzięta przez nas ekspedycja — zaczął, co i rusz łypiąc na chmurnego Fysha — ma na celu uwolnienie porwanego dziecka. Xymeny de Sepulveda, jedynej córki Briany de Sepulveda. Z pewnością obiło się wam o uszy to nazwisko. Garbarnie futer, warsztaty mokre i wyprawiające, także kuśniernie. Ogromna produkcja roczna, ogromne pieniądze. Jeśli zobaczysz damę w pięknym i drogim futrze, to będzie to z pewnością futro z tego zakładu.

– I to jej córkę uprowadzono. Dla okupu?

– Otóż nie. Nie uwierzycie, ale... Dziewczynkę porwał potwór. Lisica. Znaczy, odmieniaczka. Vixena.

– Macie rację – rzekł wiedźmin zimno. – Nie uwierzę. Lisice, czyli vixeny, dokładniej zaś aguary, porywają wyłącznie dzieci elfów.

– A zgadza się, zgadza, co do joty – warknął Fysh. – Bo choć to rzecz niebywała, największą kuśniernią Novigradu zarządza nieludka. Breainne Diarbhail ap Muigh, elfka czystej krwi. Wdowa po Jakubie de Sepulveda, po którym przejęła cały majątek. Rodzinie nie udało się ani obalić testamentu, ani uznać mieszanego małżeństwa za nieważne, chociaż to wbrew zwyczajowi i prawom boskim...

– Do rzeczy – przerwał Geralt. – Do rzeczy, proszę. Twierdzicie więc, że owa kuśnierka, czystej krwi elfka, zleciła wam odzyskanie porwanej córki?

– Z mańki nas zażywasz? – wykrzywił się Fysh. – Na kłamstwie chcesz przyłapać? Dobrze wiesz, że elfy, jeśli im lisica porwie dzieciaka, nigdy nie próbują go odbić. Krzyżyk na nim stawiają i zapominają o nim. Uważają, że był lisicy przeznaczony.

– Briana de Sepulveda – wpadł w słowo Kevenard van Vliet – też z początku udawała. Rozpaczała, ale po elfiemu, skrycie. Na zewnątrz oblicze kamienne, oczy suche... *Va'esse deireádh aep eigean, va'esse eigh faidh'ar*, powtarzała, co się po ichniemu wykłada jako...

– Coś się kończy, coś się zaczyna.

– Właśnie. Ale to nic, jeno głupie elfie gadanie, nic się nie kończy, co i dlaczego ma się kończyć? Briana z dawien dawna żyje wśród ludzi, wedle naszych praw i obyczajów, to już tylko z krwi nieludka, a w sercu już bez mała człowiek. Elfie wierzenia i zabobony silne są, prawda, Briana może innym elfom na pokaz taka spokojna, ale skrycie za córką tęskni, oczywistym to jest. Dałaby wszystko, by jedynaczkę odzyskać, lisica czy nie lisica... Prawiście, panie wiedźminie, nie prosiła o nic, nie wyglądała pomocy. Mimo to pomóc postanowiliśmy, na rozpacz patrzeć nie mogąc. Cała gildia kupiecka solidarnie zrzuciła się i ekspedycję sfinansowała. Ja ofiarowałem „Proroka" i własny udział, podobnie uczynił pan kupiec Parlaghy, którego wnet poznacie. Ale że my ludzie interesu, a nie żadni łowcy przygód, zwróciliśmy się o pomoc do imć Javila Fysha, znanego nam jako człek łebski i obrotny, ryzyka się nie bojący, w trudnych imprezach bywały, wiedzą i doświadczeniem słynący...

– Doświadczeniem słynący imć Fysh – Geralt spojrzał na pomienionego – omieszkał zaś poinformować was, że ekspedycja ratunkowa nie ma sensu i z góry skazana jest na niepowodzenie. Widzę dwa wyjaśnienia. Pierwsze: imć Fysh pojęcia nie ma, w co was wpakował. Drugie, bardziej prawdopodobne: imć Fysh zainkasował zaliczkę, na tyle dużą, by trochę powodzić was po manowcach i wrócić z niczym.

– Nadto prędko oskarżenia rzucacie! – Kevenard van Vliet gestem powstrzymał Fysha, rwącego się do wściekłej repliki. – Prędcyście też porażkę wieszczyć. A my, kupcy, myślimy zawsze pozytywnie...

– Chwali się wam takie myślenie. Ale w tym przypadku nie pomoże.

– Bo?

– Dziecka, które porwała aguara – wyjaśnił Geralt spokojnie – odzyskać się już nie da. To absolutnie niemożliwe. I nie chodzi nawet o to, że dziecka się nie odnajdzie, bo lisice wiodą niezwykle skryty tryb życia. Nie chodzi nawet o to, że aguara odebrać sobie dziecka nie pozwoli, a nie jest to przeciwnik, którego można w walce lekceważyć, tak w lisiej, jak i człekokształtnej postaci. Rzecz w tym, że porwane dziecko przestaje być dzieckiem. W porwanych przez lisice dziewczynkach zachodzą zmiany. Przekształcają się i same stają lisicami. Aguary nie rozmnażają się. Zachowują gatunek, porywając i przekształcając dzieci elfów.

– Ich lisi gatunek – dorwał się wreszcie do głosu Fysh – winien sczeznąć. Sczeznąć winny wszystkie te wilkołaki. Lisice, prawda to, ludziom w paradę rzadko włażą. Porywają tylko elfie szczenięta i tylko elfom szkodzą, co samo w sobie jest dobre, bo im więcej krzywdy się dzieje nieludziom, tym większa dla prawdziwych ludzi korzyść. Ale lisice to monstra, a monstra trzeba wygubić, sprawić, by sczezły, by cały ich ród sczezł. Ty wszak z tego właśnie żyjesz, wiedźminie, do tego się przyczyniasz. To i nam, tuszę, nie będziesz miał za złe, że się do zagłady monstrów przykładamy. Próżne jednak, widzi mi się, są te dywagacje. Chciałeś wyjaśnień, dostałeś je. Wiesz już, do czego masz być wynajęty i przed kim... Przed czym masz nas bronić.

– Wyjaśnienia wasze – ocenił spokojnie Geralt – mętne są, bez urazy, niczym mocz z zainfekowanego pęcherza. A szlachetność celu waszej ekspedycji wątpliwa jak cnota panienki rankiem po wiejskim festynie. Ale to wasza sprawa. Moją sprawą jest pouczyć was, że jedyny sposób obrony przed aguarą to trzymać się od aguary z daleka. Panie van Vliet?

– Tak?

– Wracajcie do domu. Ekspedycja jest bezsensowna, czas zdać sobie z tego sprawę i jej zaniechać. Tyle mogę wam poradzić jako wiedźmin. Porada jest gratis.

– Ale wy nie wysiądziecie, prawda? – wybąkał van Vliet, pobladły nieco. – Panie wiedźminie? Zostaniecie z nami? A gdyby co... A gdyby co zaszło, będziecie nas bronić? Zgódźcie się... Na bogów, zgódźcie...

– Zgodzi się, zgodzi – parsknął Fysh. – Popłynie z nami. Bo kto inszy go z tej głuszy zabierze? Nie panikujcie, panie van Vliet. Nie ma się czego bać.

– Akurat, nie ma! – wrzasnął białoskórnik. – Dobrzyście sobie! Wplątaliście nas w kabałę, a ninie zucha gracie? Ja chcę zdrów i cały do Novigradu dopłynąć! Musi nas ktoś bronić, teraz, gdyśmy w kłopocie... Gdy grozi nam...

– Nic nam nie grozi. Nie trwóżcie się jak baba. Idźcie pod pokład, jak wasz kompan Parlaghy. Napijcie się tam we dwu rumu, wnet wam kuraż wróci.

Kevenard van Vliet poczerwieniał, potem pobladł. Potem odnalazł wzrokiem Geralta.

– Dość kluczenia – powiedział dobitnie, ale spokojnie. – Czas prawdę wyznać. Panie wiedźminie, my tę młodą liszkę już mamy. Jest w achterpiku. Pan Parlaghy jej strzeże.

Geralt pokręcił głową.

– Nie do wiary. Odebraliście aguarze córkę kuśnierki? Małą Xymenę?

Fysh splunął przez burtę. Van Vliet podrapał się w ciemię.

– Inaczej wyszło – wybąkał wreszcie. – Omyłkowo popadła nam inna... Też liszka, ale inna... I przez

całkiem inną vixenę porwana. Pan Fysh ją odku-
pił... Od wojaków, którzy dziewkę lisicy skradli pod-
stępem. Zrazu myśleliśmy, że to Xymena, ino że od-
mieniona... Ale Xymenie było siedem i jasna była,
tej będzie pod dwanaście i ciemnowłosa...

– Choć to nie ta, co trzeba – Fysh uprzedził wiedźmina – ale zabraliśmy. Po co ma elfi pomiot na jeszcze gorsze monstrum wyrosnąć? A w Novigradzie
można będzie sprzedać toto do zwierzyńca, w końcu
osobliwość, dzikuska, na wpół liszka, w lesie przez
lisicę chowana... Menażeria jak nic sypnie groszem...

Wiedźmin odwrócił się do niego plecami.

– Panie kapitanie, ster do brzegu!

– Wolnego, wolnego – zawarczał Fysh. – Trzymaj
kurs, Pudłorak. Nie ty tu wydajesz komendy, wiedźminie.

– Panie van Vliet – Geralt zignorował go – apeluję
do waszego rozsądku. Dziewczynkę należy natychmiast uwolnić i wysadzić na brzeg. W przeciwnym
razie będziecie zgubieni. Aguara nie porzuci dziecka.
A już z pewnością podąża waszym śladem. Jedyny
sposób na powstrzymanie jej to oddanie dziewczynki.

– Nie słuchajcie go – powiedział Fysh. – Nie dajcie się straszyć. Płyniemy rzeką, szerokim plosem.
Co nam może jakiś lis zrobić?

– I wiedźmina mamy do ochrony – dorzucił kpiąco
Petru Cobbin. – W niewidzialne miecze zbrojnego!
Sławny Geralt z Rivii przecie przed byle lisicą nie
zdrefi!

– Sam nie wiem, sam nie wiem – wybąkał białoskórnik, wodząc oczami od Fysha do Geralta i Pudłoraka. – Panie Geralcie? W Novigradzie nie po-
żałuję wam nagrody, zapłacę za trud z nawiązką...
Jeśli tylko nas obronicie...

– Obronię, a jakże. W jedyny możliwy sposób. Kapitanie, do brzegu.

– Ani się waż! – Fysh pobladł. – Ani kroku do achterpiku, bo pożałujesz! Cobbin!

Petru Cobbin chciał capnąć Geralta za kołnierz, ale nie zdołał, bo do akcji wkroczył spokojny dotąd i małomówny Addario Bach. Krasnolud potężnie kopnął Cobbina w zgięcie kolana. Cobbin runął na klęczki. Addario Bach doskoczył, z rozmachem grzmotnął go pięścią w nerkę, poprawił w bok głowy. Waligóra zwalił się na pokład.

– I co z tego, że duży? – Krasnolud powiódł spojrzeniem po pozostałych. – Robi tylko większy huk, gdy pada.

Fysh trzymał dłoń na trzonku noża, ale cofnął ją, gdy Addario Bach na niego spojrzał. Van Vliet stał z otwartą gębą. Podobnie jak kapitan Pudłorak i reszta załogi.

Petru Cobbin zastękał i oderwał czoło od desek pokładu.

– Leż, gdzie leżysz – poradził mu krasnolud. – Nie zaimponujesz mi ani tuszą, ani tatuażem ze Sturefors. Robiłem już dużą krzywdę większym od ciebie i bywalcom cięższych więzień. Nie próbuj więc wstawać. Rób swoje, Geralt.

– Gdybyście mieli jakieś wątpliwości – zwrócił się do reszty – to ja i wiedźmin właśnie ratujemy wam wszystkim życie. Panie kapitanie, do brzegu. I łódkę na wodę.

Wiedźmin zszedł schodkami zejściówki, szarpnął jedne, potem drugie drzwiczki. I zamarł. Za jego plecami Addario Bach zaklął. Fysh też zaklął. Van Vliet jęknął.

Leżąca bezwładnie na koi chuda dziewczynka miała szkliste oczy. Była półnaga, od pasa w dół ob-

nażona całkowicie, z rozrzuconymi obscenicznie nogami. Szyję miała skręconą w sposób nienaturalny.
I jeszcze bardziej obsceniczny.

– Panie Parlaghy... – wydusił z siebie van Vliet. –
Co pan... Co pan uczynił?

Siedzący nad dziewczynką łysy osobnik spojrzał
na nich. Poruszył głową tak, jakby ich nie widział,
jakby usiłował odszukać miejsce, z którego dobiegł
go głos białoskórnika.

– Panie Parlaghy!

– Krzyczała... – zamamrotał osobnik, trzęsąc po-
dwójnym podbródkiem i zionąc alkoholem. – Zaczęła
krzyczeć...

– Panie Parlaghy...

– Chciałem uciszyć... Chciałem tylko uciszyć.

– Zabiłżeś ją pan – stwierdził fakt Fysh. – Zwyczajnie żeś pan ją zabił!

Van Vliet oburącz złapał się za głowę.

– I co teraz?

– Teraz – wyjaśnił mu rzeczowo krasnolud – to
mamy zamaszyście przejebane.

●

– Nie ma, mówię, żadnych powodów do obaw! –
Fysh palnął pięścią w reling. – Jesteśmy na rzece,
na plosie. Brzegi daleko. Jeśli nawet, co wątpliwe,
lisica podąża naszym śladem, to na wodzie nam nie
zagrozi.

– Panie wiedźminie? – lękliwie uniósł wzrok van
Vliet. – Co wy na to?

– Aguara podąża naszym śladem – powtórzył cierpliwie Geralt. – Wątpliwości rzecz ta nie ulega. Jeśli coś jest wątpliwe, to tym czymś jest wiedza pana
Fysha, którego w związku z powyższym prosiłbym

o zachowanie milczenia. Rzecz ma się, panie van Vliet, następująco: gdybyśmy uwolnili młodą lisicę i zostawili ją na lądzie, byłaby szansa, że aguara nam odpuści. Stało się jednak to, co się stało. I teraz naszym jedynym ratunkiem jest ucieczka. To cud, że aguara nie dopadła was wcześniej, zaiste, sprawdza się, że głupi ma szczęście. Ale dłużej kusić losu nie sposób. Wszystkie żagle w górę, kapitanie. Ile ich tam pan ma.

– Można – ocenił wolno Pudłorak – postawić jeszcze marsel. Wiatr sprzyja...

– Gdyby zaś... – urwał van Vliet. – Panie wiedźminie? Będziecie nas bronić?

– Będę szczery, panie van Vliet. Najchętniej zostawiłbym was. Razem z tym Parlaghym, na samo wspomnienie którego flaki mi się wywracają. Który tam na dole zapija się w sztok nad trupem dziecka, które zamordował.

– Też bym się ku temu skłaniał – wtrącił, patrząc w górę, Addario Bach. – Albowiem, parafrazując słowa pana Fysha o nieludziach: im więcej krzywdy dzieje się idiotom, tym większa korzyść dla rozumnych.

– Zostawiłbym Parlaghy'ego i was na łaskę aguary. Ale kodeks mi zabrania. Wiedźmiński kodeks nie pozwala mi działać wedle własnej chęci. Nie wolno mi porzucić zagrożonych śmiercią.

– Wiedźmińska szlachetność! – parsknął Fysh. – Jakby się o waszych łotrostwach nie słyszało! Ale pomysł, by uciekać chyżo, popieram. Stawiaj wszystkie szmaty, Pudłorak, wypłyń na tor wodny i wiejmy co sił!

Kapitan wydał rozkazy, majtkowie zakrzątali się wokół takielunku. Sam Pudłorak podążył na dziób, po chwili namysłu Geralt i krasnolud dołączyli doń. Van Vliet, Fysh i Cobbin kłócili się na achterdeku.

– Panie Pudłorak?

– Aha?

– Skąd wzięła się nazwa statku? I ten dość nietypowy galion? Chodziło o pozyskanie kapłanów jako sponsorów?

– Slup zwodowano jako „Meluzynę" – wzruszył ramionami kapitan. – Z pasującym do nazwy i cieszącym oko galionem. Potem zmieniono jedno i drugie. Jedni mówili, że właśnie owo sponsorowanie było na rzeczy. Inni, że novigradzcy kapłani jegomość van Vlieta co i rusz w herezji i bluźnierstwie obwiniali, więc chciał wleźć im do... Chciał się im przypodobać.

„Prorok Lebioda" pruł fale dziobem.

– Geralt?

– Co, Addario?

– Ta lisica... Czyli aguara... Z tego, co słyszałem, może zmieniać postać. Może objawić się jako kobieta, ale może też przybrać postać lisa. Czyli tak, jak wilkołak?

– Inaczej. Wilkołaki, niedźwiedziołaki, szczurołaki i im podobne są teriantropami, ludźmi zdolnymi do przeobrażenia się w zwierzę. Aguara to anterion. Zwierzę, a raczej istota potrafiąca przybrać postać człowieka.

– A jej moce? Słyszałem niesłychane historie... Aguara podobno zdolna jest...

– Mam nadzieję – przerwał wiedźmin – dotrzeć do Novigradu, zanim aguara pokaże nam, do czego jest zdolna.

– A jeśli...

– Lepiej, gdyby obyło się bez jeśli.

Zerwał się wiatr. Załopotały żagle.

– Niebo ciemnieje – wskazał Addario Bach. – I chyba daleki grom dosłyszałem.

Słuch nie mylił krasnoluda. Minęło zaledwie kilka chwil, a zagrzmiało ponownie. Tym razem usłyszeli wszyscy.

– Nadciąga nawałnica! – wrzasnął Pudłorak. – Na otwartym plosie wywali nas stępką do góry! Musimy uciekać, skryć się, osłonić od wiatru! Do żagli, chłopcy!

Odepchnął sternika, sam przejął ster.

– Trzymać się! Trzymać się wszyscy!

Niebo nad prawym brzegiem zrobiło się ciemnogranatowe. Z nagła spadł wicher, targnął lasem na nadrzecznej skarpie, zakotłował nim. Korony większych drzew zaszamotały się, mniejsze wpół się zgięły pod naporem. Poleciała kurzawa liści i całych gałęzi, nawet wielkich konarów. Błysnęło oślepiająco, w tym samym niemal momencie rozległ się przenikliwy trzask gromu. Po nim, niemal natychmiast, gruchnął drugi grom. I trzeci.

W następnej chwili, sygnalizowany wcześniejszym narastającym szumem, lunął deszcz. Zza ściany wody przestali widzieć cokolwiek. „Prorok Lebioda" kołysał się i tańczył na falach, co i rusz zaliczając ostre przechyły. Do tego wszystkiego trzeszczał. Trzeszczała, jak się wydało Geraltowi, każda deska. Każda deska żyła też własnym życiem i poruszała się, jak się zdawało, całkiem niezależnie od innych. Zachodziła obawa, że slup po prostu się rozleci. Wiedźmin powtarzał sobie, że to niemożliwe, że konstrukcja statku uwzględnia żeglugę po wodach nawet bardziej wzburzonych, że są w końcu na rzece, nie na oceanie. Powtarzał to sobie, wypluwał wodę i kurczowo trzymał się lin.

Trudno było ocenić, jak długo to trwało. Wreszcie jednak kołysanie ustało, wiatr przestał szarpać, a burząca wodę nawalna ulewa zelżała, przeszła w deszcz, potem w mżawkę. Zobaczyli wówczas, że manewr Pudłoraka powiódł się. Kapitan zdołał skryć slup za wysoką zalesioną wyspą, gdzie nie targała tak nimi wichura. Chmura burzowa, wyglądało, oddalała się już, nawałnica cichła.

Z wody uniosła się mgła.

•

Z czapki Pudłoraka, kompletnie przemoczonej, ciekła woda, spływała mu po twarzy. Mimo tego kapitan czapki nie zdejmował. Prawdopodobnie nigdy jej nie zdejmował.

– Do króćset! – Otarł krople z nosa. – Gdzież nas zagnało? Czy to jakaś odnoga? Albo starorzecze? Woda niemal stoi...

– Nurt jednak nas niesie. – Fysh splunął do wody i obserwował plwocinę. Nie miał już słomianego kapelusza, musiała go porwać wichura.

– Nurt jest słaby, ale niesie – powtórzył. – Jesteśmy w przesmyku między wyspami. Trzymaj kurs, Pudłorak. Musi nas w końcu wynieść na farwater.

– Farwater – kapitan schylił się nad busolą – jest chyba w kierunku północnym. Tedy nam trzeba w prawą odnogę. Nie w lewą, lecz w prawą...

– Gdzie ty odnogi widzisz? – spytał Fysh. – Jedna jest droga. Trzymaj kurs, mówię.

– Dopiero co były dwie odnogi – upierał się Pudłorak. – Ale może mi wody do oczu naleciało. Albo to ta mgła. Dobra, niech nas nurt niesie. Tyle tylko...

– Co znowu?

– Busola. Kierunek całkiem nie ten... Nie, nie, jest dobrze. Źle widziałem. Na szkiełko nakapało mi z czapki. Płyniemy.

– Płyńmy.

Mgła na przemian gęstniała i rzedła, wiatr ucichł zupełnie. Zrobiło się bardzo ciepło.

– Woda – odezwał się Pudłorak. – Nie czujecie? Inaczej jakoś śmierdzi. Gdzie my jesteśmy?

Mgła uniosła się, zobaczyli wówczas gęsto zarośnięte brzegi, usłane przegniłymi pniami. Miejsce sosen, jodeł i cisów, porastających wyspy, zajęły krzaczaste brzozy wodne i wysokie, stożkowate u podstawy cypryśniki. Pnie cypryśników oplatały pnącza milinu, ich jaskrawo czerwone kwiaty były jedynym żywym akcentem wśród zgniłozielonej bagiennej roślinności. Woda pokryta była rzęsą i pełna wodorostów, które „Prorok" rozgarniał dziobem i wlókł za sobą niby tren. Toń była mętna i faktycznie wydzielała paskudny, zgniły jakby zapach, z dna unosiły się wielkie bąble. Pudłorak wciąż sam trzymał ster.

– Mogą tu być mielizny – zaniepokoił się nagle. – Hej tam! Jeden z ołowianką na dziób!

Płynęli, niesieni słabym prądem, wciąż wśród bagiennego krajobrazu. I zgniłego smrodu. Majtek na dziobie pokrzykiwał monotonnie, podając głębokość.

– Panie wiedźmin – Pudłorak schylił się nad busolą, popukał w szkiełko – spójrz pan na to.

– Na co?

– Myślałżem, że mi szkiełko zaparowało... Ale jeśli igła nie oszalała, to płyniemy na wschód. Znaczy, wracamy. Tam, skąd wyruszyliśmy.

– Przecież to niemożliwe. Niesie nas prąd. Rzeka...

Urwał.

Nad wodą zwieszało się olbrzymie, częściowo wykorzenione drzewo. Na jednym z gołych konarów stała kobieta w długiej i obcisłej sukni. Stała bez ruchu, patrząc na nich.

– Ster – powiedział cicho wiedźmin. – Ster, kapitanie. Pod tamten brzeg. Z dala od tego drzewa.

Kobieta znikła. A po konarze przemknął wielki lis, przemknął i skrył się w gąszczu. Zwierz wydawał się czarny, biały był tylko koniec puszystego ogona.

– Znalazła nas. – Addario Bach też zauważył. – Lisica nas znalazła...

– Do kroćset...

– Bądźcie cicho, obaj. Nie siejcie paniki.

Płynęli. Z suchych drzew na brzegach obserwowały ich pelikany.

Interludium

– Tamój, za pagórem – wskazał batem kupiec –
to już Ivalo, panieneczko. Pół stajania, nie więcej,
w mig dojdziesz. Ja na rozstaju na wschód ku Mari-
borowi obracam, tedy pożegnać się przyjdzie. Bywaj
w zdrowiu, niechaj cię w drodze bogi wiodą i strzegą.

– I was niech strzegą, dobry panie. – Nimue ze-
skoczyła z furgonu, zabrała swój węzełek i resztę bagażu, po czym dygnęła niezgrabnie. – Wielkie wam
dzięki, żeście na wóz wzięli. Wtedy, w lesie... Dzięki
wam wielkie...

Przełknęła ślinę na wspomnienie czarnego lasu,
w głąb którego wwiódł ją przed dwoma dniami gościniec. Na wspomnienie wielkich, strasznych drzew
o powykręcanych konarach, splecionych w dach nad
pustą drogą. Drogą, na której znalazła się nagle
sama, sama jedna jak palec. Na wspomnienie zgro-
zy, jaka ją wówczas ogarnęła. I pragnienia, by zawrócić i uciekać. Z powrotem do domu. Porzuciwszy
niedorzeczną myśl o samotnej wyprawie w świat.
Wyrzuciwszy tę niedorzeczną myśl z pamięci.

– Olaboga, nie dziękuj, nie ma za co – zaśmiał się
kupiec. – W drodze pomóc, ludzka rzecz. Bywaj!

– Bywajcie. Szczęśliwej drogi!

Postała chwilę na rozstaju, patrząc na kamienny
słup, do gładkiej śliskości wysmagany przez deszcze

i wichury. Z dawien musi tu stać, pomyślała. Kto wie, może więcej niż sto lat? Może pamięta ten słup Rok Komety? Armie królów Północy, ciągnące pod Brennę, na bitwę z Nilfgaardem?

Jak codziennie, powtórzyła wyuczoną na pamięć trasę. Jak czarodziejską formułę. Jak zaklęcie.

Wyrwa, Guado, Sibell, Brugge, Casterfurt, Mortara, Ivalo, Dorian, Anchor, Gors Velen.

Miasteczko Ivalo z oddali już dawało o sobie znać. Hałasem i smrodem.

Las kończył się przy rozstaju, dalej, aż ku pierwszym zabudowaniom, był już tylko goły i zjeżony pniakami zrąb, ciągnący się hen, hen po horyzont. Wszędzie snuł się dym, rzędami stały tu i kopciły żelazne beki, retorty do wypalania węgla drzewnego. Pachniała żywica. Im bliżej miasteczka, tym bardziej narastał hałas, dziwny metaliczny szczęk, od którego ziemia wyczuwalnie drżała pod stopami.

Nimue wkroczyła do miasteczka i aż westchnęła z podziwu. Źródłem huku i wstrząsów gruntu była najdziwaczniejsza machina, jaką kiedykolwiek zdarzyło się jej widzieć. Wielki i brzuchaty miedziany kocioł z gigantycznym kołem, którego obroty napędzały błyszczący od smaru tłok. Machina syczała, dymiła, parskała wrzątkiem i buchała parą, w pewnym zaś momencie wydała z siebie gwizd, gwizd tak przeraźliwy i okropny, że Nimue aż przysiadła. Opanowała się jednak szybko, podeszła nawet bliżej i z ciekawością przyjrzała pasom, za pomocą których przekładnie piekielnej machiny napędzały piły tartaku, tnące pnie w nieprawdopodobnym tempie. Poobserwowałaby dłużej, ale uszy rozbolały ją od huku i zgrzytu pił.

Przeszła przez mostek, rzeczka pod nim była mętna i ohydnie śmierdziała, niosła wióry, korę i czapy piany.

Miasteczko Ivalo zaś, do którego właśnie wkroczyła, cuchnęło jak jedna wielka latryna, latryna, w której na domiar złego ktoś uparł się przypiekać nad ogniem nieświeże mięso. Nimue, która ostatni tydzień spędziła wśród łąk i lasów, zaczynało brakować tchu. Miasteczko Ivalo, kończące kolejny etap na trasie, jawiło się jej jako miejsce odpoczynku. Teraz wiedziała, że nie zabawi tu dłużej, niż to bezwzględnie konieczne. I nie zachowa Ivalo w miłych wspomnieniach.

Na targowisku – jak zwykle – spieniężyła łubiankę grzybów i lecznicze korzenie. Poszło szybko, zdążyła nabrać wprawy, wiedziała, na co jest popyt i do kogo iść z towarem. Przy transakcjach udawała przygłupią, dzięki temu nie miała problemów ze zbytem, handlarki na wyprzódki spieszyły okpić niedojdę. Zarabiała mało, ale prędko. A tempo się liczyło.

Jedynym w okolicy źródłem czystej wody była studnia na ciasnym placyku i by napełnić manierkę, Nimue musiała odstać swoje w długaśnym ogonku. Nabycie prowiantu na dalszą drogę poszło jej sprawniej. Zwabiona zapachem kupiła też na straganie kilka paszteckików z nadzieniem, które przy bliższych oględzinach wydało się jej jednak podejrzanym. Siadła przy mleczarni, by pasztecciki zjeść, póki jeszcze choć w miarę nadawały się do spożycia bez poważnego uszczerbku na zdrowiu. Nie wyglądało bowiem, by długo w tym stadium przetrwały.

Naprzeciw była karczma „Pod Zieloną...", urwana dolna deska szyldu czyniła z nazwy zagadkę i intelektualne wyzwanie, Nimue po chwili zupełnie zatraciła się w próbach odgadnięcia, co też, prócz żaby i sałaty, może być zielone. Z zamyślenia wyrwała ją głośna dyskusja, jaką na schodkach karczmy wiedli stali bywalcy.

— „Prorok Lebioda", mówię wam — perorował jeden. — Ten bryg z legendy. Statek widmo, co więcej niż sto lat temu nazad bez wieści był przepadł, z całą załogą. Co to się potem pojawiał na rzece, kiedy się miało jakie nieszczęście przydarzyć. Z upiorami na pokładzie się pojawiał, wielu widziało. Bajali, że póty widmem będzie, póki ktoś wraku nie odnajdzie. No i odnaleźli wreszcie.

— Gdzie?

— W Przyujściu, na starorzeczu, śród błot, w samym sercu bagna, co je osuszali. Cały zielskiem bagiennym był zarosły. I mchami. Gdy te glony i mchy zdrapali, napis się pokazał. „Prorok Lebioda".

— A skarby? Skarby naszli? Skarby tam pono mieli być, w ładowni. Naszli?

— Nie wiada. Kapłani, mówią, wrak zajęli. Niby że relikwia.

— Ot, durnota — czknął inny bywalec. — W bajki wierzycie, jako te dzieci. Znaleźli jakąś krypę starą, a oni zaraz: statek widmo, skarby, relikwie. Wszystko to, powiadam wam, gówno prawda, pismackie legendy, durne plotki, babskie baje. Hola, ty tam! Dzieweczko! A tyś kto? Czyjaś ty?

— Swoja własna. — Nimue wypraktykowała już, jak odpowiadać.

— Włosy odgarnij, ucho pokaż! Bo na elfie nasienie patrzysz! A my tu elfich mieszańców nie chcemy!

— Niechajcie mnie, nie wadzę wam przecie. A wnet w drogę ruszam.

— Ha! A dokąd to?

— Do Dorian. — Nimue nauczyła się też, by zawsze podawać jako cel tylko kolejny etap, by nigdy, przenigdy nie zdradzać końcowego celu wędrówki, bo to wzbudzało tylko szaloną wesołość.

– Ho-ho! Szmat drogi przed tobą!

– Toteż i zaraz idę. A to wam jeszcze rzeknę, cni panowie, że żadnych skarbów „Prorok Lebioda" nie wiózł, nic o tym legenda nie mówi. Statek przepadł i stał się widmem, bo był przeklęty, a jego szyper nie posłuchał mądrej rady. Wiedźmin, który tam był, radził, by statek zawrócić, by się w rzeczne odnogi nie zapuszczać, póki on klątwy nie zdejmie. Czytałam o tym...

– Mleko masz pod nosem – orzekł pierwszy bywalec – a takaś mądra? Izbę ci zamiatać, dziewko, garnków doglądać i kalesony prać, ot co. Znalazła się czytata, widzieliśta?

– Wiedźmin! – parsknął trzeci. – Bajki, nic, ino bajki!

– Jeśliś taka mądrala – wtrącił kolejny – to i o naszym Sójczym Lesie wiesz pewnikiem. Co, nie? Toć powiemy: w Sójczym Lesie cosik złe śpi. Ale co parę lat się budzi, a wonczas biada temu, co przez las wędruje. A twoja droga, jeśli po prawdzie do Dorian zmierzasz, rychtyk przez Sójczy Las wiedzie.

– A to został tam jeszcze jakiś las? Wszystkoście przecie w okolicy wycięli, goły zrąb ostał.

– Patrzta, jaka mądrala, niedorostek pyskaty. Po to jest las, by go rąbać, nie? Co zrąbalim, to zrąbalim, co zostało, to zostało. A do Sójczego Lasu i drwale lękają się iść, taka tam zgroza. Sama obaczysz, jak tamój trafisz. Ze strachu w majty się zeszczasz!

– To ja już lepiej pójdę.

Wyrwa, Guado, Sibell, Brugge, Casterfurt, Mortara, Ivalo, Dorian, Anchor, Gors Velen.

Jestem Nimue verch Wledyr ap Gwyn.

Zmierzam do Gors Velen. Do Aretuzy, szkoły czarodziejek na wyspie Thanedd.

Niegdyś mogłyśmy bardzo wiele. Mogłyśmy tworzyć iluzje magicznych wysp, pokazywać tysięcznym tłumom tańczące na niebie smoki. Mogłyśmy wywoływać wizje potężnej armii, zbliżającej się do murów miasta, i wszyscy mieszkańcy widzieli tę armię tak samo, aż do najdrobniejszych detali ekwipunku i znaków na chorągwiach. Jednak sprawić to mogły tylko tamte, nie mające sobie równych lisice z czasów pradawnych, które swą czarodziejską moc okupiły życiem. Od tamtych pór zdolności naszego gatunku uległy znaczącej degradacji – zapewne skutkiem ciągłego przebywania wśród ludzi.

Wiktor Pielewin, *Swiaszczennaja kniga oborotnia*

Rozdział piętnasty

– Ładnieś nas urządził, Pudłorak! – wściekał się Javil Fysh. – Ładnieś nas wplątał! Od godziny kluczymy po odnogach! Ja słyszałem o tych bagniskach, niedobre rzeczy o nich słyszałem! Tu ludzie giną i statki! Gdzie jest rzeka? Gdzie farwater? Dlaczego...

– Zawrzyjcież, do kroćset, gębę! – zdenerwował się kapitan. – Gdzie farwater, gdzie farwater! W dupie, ot gdzie! Tacyście mądrzy? Proszę, jest okazja się wykazać! Znowu rozwidlenie! Jak mam płynąć, panie mądrala? W lewo, jak nurt niesie? Czy w prawo może rozkażecie?

Fysh parsknął i odwrócił się plecami. Pudłorak chwycił za rumby steru i pokierował slup w lewą odnogę.

Majtek z ołowianką wrzasnął. Po chwili, znacznie głośniej, wrzasnął Kevenard van Vliet.

– Od brzegu, Pudłorak! – zaryczał Petru Cobbin. – Ster prawo na burt! Z dala od brzegu! Z dala od brzegu!

– Co jest?

– Węże! Nie widzisz? Wężeeee!

Addario Bach zaklął.

Lewy brzeg roił się od węży. Gady wiły się wśród trzcin i przybrzeżnych wodorostów, pełzały po na wpół zanurzonych pniach, zwieszały się, sycząc, z nadwodnych gałęzi. Geralt rozpoznawał mokasyny, grzechotniki, żararaki, boomslangi, daboje, gałęźnice, żmije sykliwe, ariety, czarne mamby i inne, których nie znał.

Cała załoga „Proroka" w popłochu uciekła od bakburty, wrzeszcząc na różne głosy. Kevenard van Vliet przybiegł na rufę, ukucnął, dygocąc cały, za plecami wiedźmina. Pudłorak zakręcił kołem sterowym, slup zaczął zmieniać kurs. Geralt położył mu rękę na ramieniu.

– Nie – powiedział. – Trzymaj, jak było. Nie zbliżaj się do prawego brzegu.

– Ale węże... – Pudłorak wskazał na gałąź, do której się zbliżali, całą obwieszoną syczącymi gadami. – Spadną na pokład...

– Nie ma żadnych węży! Trzymaj kurs. Z dala od prawego brzegu.

Wanty grotmasztu zawadziły o zwisającą gałąź. Kilka węży owinęło się wokół lin, kilka, w tym dwie mamby, spadło na pokład. Unosząc się i sycząc, zaatakowały ściśniętych przy sterburcie. Fysh i Cobbin umknęli na dziób, majtkowie, wrzeszcząc, rzucili się ku rufie. Jeden skoczył do wody, zniknął w niej, nim zdążył krzyknąć. Na powierzchni zakłębiła się krew.

– Żyrytwa! – Wiedźmin wskazał na falę i oddalający się ciemny kształt. – W odróżnieniu od węży prawdziwa.

– Nienawidzę gadów... – zaszlochał skurczony u burty Kevenard van Vliet. – Nienawidzę węży...

– Nie ma żadnych węży. I nie było żadnych. Iluzja. Majtkowie krzyczeli, przecierali oczy. Węże znikły. Zarówno te z pokładu, jak i te z brzegu. Nie było nawet śladu po wężach.

– Co to... – wystękał Petru Cobbin. – Co to było?

– Iluzja – powtórzył Geralt. – Aguara nas dopadła.

– Że co?

– Lisica. Tworzy iluzje, by nas dezorientować. Zastanawiam się, od kiedy. Burza była raczej prawdziwa. Ale odnogi były dwie, kapitan widział dobrze. Aguara skryła jedną z odnóg pod iluzją. I sfałszowała wskazania busoli. Stworzyła też iluzję węży.

– Wiedźmińskie bajania! – parsknął Fysh. – Elfie przesądy! Zabobony! Że niby co, byle lis ma takie zdolności? Schowa odnogę, oszuka busolę? Pokaże węże tam, gdzie ich nie ma? Bzdura! Ja wam mówię, że to te wody! Zatruły nas opary, jadowite bagienne gazy i miazmaty! To przez to te zwidy-niewidy...

– To iluzje, które tworzy aguara.

– Za głupich nas masz? – krzyknął Cobbin. – Iluzje? Jakie iluzje? To były najprawdziwsze żmije! Wszyscyście widzieli, nie? Słyszeliście syk? Ja nawet czułem ich smród!

– To była iluzja. Węże nie były prawdziwe.

„Prorok" znowu zawadził wantami o zwisające gałęzie.

– To omam, tak? – powiedział jeden z majtków, wyciągając rękę. – Zwid? Ten wąż nie jest prawdziwy?

– Nie! Stój!

Zwisająca z konara olbrzymia arieta wydała mrożący krew w żyłach syk i błyskawicznie uderzyła, zatapiając kły w szyi marynarza, raz, potem drugi raz. Majtek krzyknął rozdzierająco, zatoczył się, upadł,

zadygotał w drgawkach, rytmicznie tłukąc potylicą
o pokład. Piana wystąpiła mu na usta, z oczu zaczęła
sączyć się krew. Nie żył, nim zdołali do niego podbiec.

Wiedźmin nakrył ciało płótnem.

– Do diabła, ludzie – powiedział. – Zachowajcie
ostrożność! Nie wszystko tu jest przywidzeniem!

– Uwaga! – wrzasnął marynarz z dziobu. – Uwa-
aagaaa! Wir przed nami! Wir!

Starorzecze rozwidlało się znowu. Lewa odnoga,
ta, w którą niósł ich prąd, kotłowała się i burzyła
w gwałtownym wirze. Wirujące kolisko wzbierało
pianą jak zupa w kotle. W wirze obracały się, po-
jawiając i znikając, pniaki i gałęzie, nawet jedno
całe drzewo z rosochatą koroną. Majtek z ołowianką
uciekł z dziobu, pozostali jęli wrzeszczeć. Pudłorak
stał spokojnie. Zakręcił kołem sterowym, skierował
slup w prawą, spokojną odnogę.

– Uff – otarł czoło. – W porę! Źle by było z nami,
gdyby nas ten wir wciągnął. Oj, pokręciło by nami...

– Wiry! – krzyknął Cobbin. – Żyrytwy! Aligatory!
Pijawki! Nie potrzeba żadnych iluzji, te bagna roją
się od okropności, od gadów, od wszelkiego jadowitego plugastwa. Źle, źle, że tu zabłądziliśmy. Tutaj
bez liku...

– Statków poginęło – dokończył, wskazując, Addario Bach. – A to chyba akurat prawda.

Przegniły i zgruchotany, pogrążony po nadburcia,
obrośnięty wodnym zielskiem, opleciony pnączami
i mchami, tkwił na prawym brzegu uwięzły w bagnie
wrak. Obserwowali go, gdy niesiony słabym nurtem
„Prorok" przesuwał się obok.

Pudłorak szturchnął Geralta łokciem.

– Panie wiedźmin – powiedział cicho. – Busola
wciąż szaleje. Wedle igły ze wschodniego zmienili-

śmy kurs na południowy. Jeśli to nie lisi fałsz, to jest niedobrze. Tych bagien nikt nie zbadał, ale wiadomo, że się na południe od farwateru rozciągają. Niesie nas tedy w samo serce mokradeł.

— Przecież dryfujemy — zauważył Addario Bach. — Wiatru nie ma, niesie nas prąd. A prąd oznacza połączenie z rzeką, z torem wodnym Pontaru...

— Niekoniecznie — pokręcił głową Geralt. — Słyszałem o tych starorzeczach. Mają zmienny kierunek spływu wody. Zależy, czy akurat jest przypływ, czy odpływ. I nie zapominajcie o aguarze. To też może być iluzja.

Brzegi nadal gęsto porastały cypryśniki, pojawiły się też pękate, dołem cebulasto rozrośnięte błotnie. Wiele drzew było uschniętych, martwych. Z ich strupieszałych pni i gałęzi zwieszały się gęste festony oplątwy, srebrzyście połyskującej w słońcu. Na gałęziach czatowały czaple, lustrujące przepływającego „Proroka" nieruchomymi oczami.

Marynarz z dziobu krzyknął.

Tym razem widzieli ją wszyscy. Znowu stała na zwieszonym nad wodą konarze, wyprostowana i nieruchoma. Pudłorak bez ponaglania naparł na rumby, skierował slup pod lewy brzeg. A lisica zaszczekała nagle, donośnie i przenikliwie. Zaszczekała ponownie, gdy „Prorok" przepływał obok.

Po konarze przemknął i skrył się w gąszczu wielki lis.

●

— To było ostrzeżenie — powiedział wiedźmin, gdy na pokładzie ucichła wrzawa. — Ostrzeżenie i wezwanie. A raczej żądanie.

– Byśmy uwolnili dziewczynkę – dokończył przytomnie Addario Bach. – Jasne. Ale my jej uwolnić nie możemy, bo nie żyje.

Kevenard van Vliet zastękał, chwyciwszy się za skronie. Mokry, brudny i przerażony nie przypominał już kupca, którego stać na własny statek. Przypominał pętaka przychwyconego na kradzieży śliwek.

– Co robić? – zajęczał. – Co robić?

– Ja wiem – oświadczył nagle Javil Fysh. – Przywiążmy martwą dziewkę do beczki i za burtę ją. Lisica zadzierży się, by szczenię opłakać. Zyskamy czas.

– Wstyd, panie Fysh – głos białoskórnika stwardniał nagle. – Nie godzi się tak obejść ze zwłokami. To nie po ludzku.

– A bo to człowiek był? Elfica, do tego już na wpół zwierzę. Mówię wam, z tą beczką to dobry pomysł...

– Taki pomysł – powiedział Addario Bach, przeciągając słowa – mógł przyjść do głowy tylko kompletnemu idiocie. I przyniósłby nam wszystkim zgubę. Jeśli vixena pojmie, że zabiliśmy dziewczynkę, będzie po nas.

– Nie my zabiliśmy szczeniaka – wtrącił się Petru Cobbin, nim karminowy ze złości Fysh zdążył zareagować. – Nie my! Parlaghy to uczynił. On winien. My czyści.

– Słusznie – potwierdził Fysh, zwracając się nie do van Vlieta i wiedźmina, ale do Pudłoraka i majtków. – Parlaghy winien. Niech lisica mści się na nim. Wsadźmy go do czółna razem z trupkiem i niech dryfuje. A my tymczasem...

Cobbin i kilku majtków przyjęło pomysł ochoczym okrzykiem, ale Pudłorak usadził ich natychmiast.

– Nie pozwolę na to – powiedział.

– Ani ja. – Kevenard van Vliet pobladł. – Pan Parlaghy może i zawinił, może i prawda, że kary żąda jego uczynek. Ale porzucić, wydać na śmierć? Co to, to nie.

– Jego śmierć albo nasza! – zawrzasnął Fysh. – Bo co nam czynić? Wiedźminie! Obronisz nas, gdy się lisica na pokład wedrze?

– Obronię.

Zapadła cisza.

„Prorok Lebioda" dryfował wśród śmierdzącej, wzbierającej bąblami wody, wlokąc za sobą warkocze wodorostów. Z gałęzi obserwowały ich czaple i pelikany.

●

Marynarz z dziobu ostrzegł ich krzykiem. A za chwilę krzyczeli wszyscy. Patrząc na przegniły, obrośnięty pnączami i zielskiem wrak. Ten sam, który widzieli przed godziną.

– Pływamy w kółko – stwierdził fakt krasnolud. – To pętla. Lisica złapała nas w pułapkę.

– Mamy tylko jedno wyjście. – Geralt wskazał na lewą odnogę i kotłujący się w niej wir. – Przepłynąć przez to.

– Przez ten gejzer? – ryknął Fysh. – Zdurniałeś ze szczętem? Rozerwie nas!

– Rozerwie – potwierdził Pudłorak. – Albo wywróci. Albo ciśnie na bagno, skończymy jak ów wrak. Zobaczcie, jak w tej kipieli drzewami miota. Widać, że straszną siłę ma ten wir.

– Właśnie. Widać. Bo to chyba iluzja. Myślę, że to kolejna iluzja aguary.

– Chyba? Jesteś wiedźminem, a nie umiesz rozpoznać?

– Słabszą iluzję bym rozpoznał. Te są niezwykle mocne. Ale zdaje mi się...

– Zdaje ci się. A jeśli się mylisz?

– Nie mamy wyjścia – warknął Pudłorak. – Albo przez wir, albo będziemy pływać w kółko...

– Do śmierci – dopowiedział Addario Bach. – I to do usranej.

•

Obracane w wirze drzewo co rusz wyłaniało z wody konary, niczym rozczapierzone ręce topielca. Wir burzył się, kotłował, wzbierał i pryskał pianą. „Prorok" zadygotał i pomknął nagle, wsysany w kotłowisko. Targane wirem drzewo z hukiem uderzyło o burtę, bryznęła piana. Slup zaczął się kołysać i obracać, coraz szybciej i szybciej.

Wszyscy wrzeszczeli na różne głosy.

I nagle wszystko ucichło. Woda uspokoiła się, wygładziła w taflę. „Prorok Lebioda" wolniuteńko dryfował wśród porosłych błotniami brzegów.

– Miałeś rację, Geralt – odchrząknął Addario Bach. – To jednak była iluzja.

Pudłorak długo patrzył na wiedźmina. Milczał. Wreszcie ściągnął czapkę. Szczyt głowy, jak się okazało, miał łysy jak jajo.

– Zamustrowałem do żeglugi rzecznej – wychrypiał wreszcie – bo żona prosiła. Na rzece, mówiła, bezpieczniej. Bezpieczniej niż na morzu. Nie będzie się zamartwiać, mówiła, ilekroć wypłynę.

Włożył czapkę na powrót, pokiwał głową, mocniej uchwycił rumby steru.

– Czy to już? – zajęczał spod kokpitu Kevenard van Vliet. – Czy już jesteśmy bezpieczni?

Nikt nie odpowiedział na jego pytanie.

•

Woda była gęsta od glonów i rzęsy. Wśród brzegowego drzewostanu zaczęły zdecydowanie przeważać cypryśniki, z bagna i z przybrzeżnych płycizn gęsto sterczały ich pneumatofory, korzenie oddechowe, niektóre wysokie prawie na sążeń. Na wysepkach z zielska wygrzewały się żółwie. Rechotały żaby.

Tym razem usłyszeli ją wcześniej, niż zobaczyli. Głośne, ostre szczekanie, jak skandowana groźba czy ostrzeżenie. Zjawiła się na brzegu w lisiej postaci, na zwalonym uschłym pniu. Szczekała, wysoko zadzierając głowę. Geralt złowił w jej głosie dziwne nuty, pojął, że oprócz gróźb był tam rozkaz. Ale nie im rozkazywała.

Woda pod pniem spieniła się nagle, wychynął z niej potwór, ogromny, cały pokryty zielono-brązowym deseniem łezkowatych łusek. Zabulgotał, zachlupał, posłuszny rozkazowi lisicy popłynął, burząc wodę, wprost na „Proroka".

– To też... – przełknął ślinę Addario Bach. – To też iluzja?

– Nie bardzo – zaprzeczył Geralt. – To wodjanoj! – krzyknął do Pudłoraka i majtków. – Oczarowała i poszczuła na nas wodjanoja! Bosaki! Łapcie za bosaki!

Wodjanoj wynurzył się tuż przy statku, zobaczyli płaski, porośnięty glonami łeb, wyłupiaste rybie oczy, stożkowate zęby w wielkiej paszczęce. Potwór wściekle uderzył w burtę, raz, drugi, aż cały „Prorok" zadygotał. Gdy nadbiegli z bosakami, uciekł, zanurkował, by za chwilę wynurzyć się z pluskiem za rufą, tuż przy płetwie steru. Którą chwycił zębami i targnął, aż zatrzeszczało.

– Urwie ster! – darł się Pudłorak, usiłując dziab-
nąć potwora bosakiem. – Urwie ster! Łapcie fał,
unieście płetwę! Odpędźcie cholernika od steru!

Wodjanoj gryzł i szarpał ster, ignorując krzyki
i szturchnięcia bosaków. Płetwa pękła, w zębach
stwora został kawał deski. Albo uznał, że to wystarczy, albo czar lisicy stracił moc, dość że dał nura
i zniknął.

Słyszeli z brzegu, jak aguara szczeka.

– Co jeszcze? – wrzasnął Pudłorak, wymachując
rękami. – Co ona nam jeszcze zrobi? Panie wiedźmin!

– Bogowie... – załkał Kevenard van Vliet. – Wybaczcie, żem w was nie wierzył... Wybaczcie, żeśmy
zabili dziewczynkę! Bogowie, ratujcie nas!

Nagle poczuli na twarzach powiew wiatru. Zwisający dotąd smętnie gafel „Proroka" załopotał, bom
zaskrzypiał.

– Robi się przestronniej! – krzyknął od dziobu
Fysh. – Tam, tam! Szerokie ploso, niechybnie rzeka!
Tam płyń, szyper! Tam!

Koryto faktycznie zaczęło się poszerzać, za zieloną
ścianą trzcin zamajaczyło coś na kształt plosa.

– Udało się! – zawołał Cobbin. – Ha! Wygraliśmy!
Wydarliśmy się z bagien!

– Marka pierwsza! – wrzasnął majtek z ołowianką. – Marka pierwszaaaa!

– Ster na burt! – zaryczał Pudłorak, odpychając
sternika i sam wykonując własny rozkaz. – Mieli-
znaaaaa!

„Prorok Lebioda" obrócił się dziobem w stronę je-
żącej się od pneumatoforów odnogi.

– Dokąd! – darł się Fysh. – Co robisz? Na ploso
płyń! Tam! Tam!

– Nie można! Tam mielizna! Utkniemy! Dopłyniemy do plosa odnogą, tu głębiej!

Znowu usłyszeli szczek aguary. Ale nie zobaczyli jej. Addario Bach szarpnął Geralta za rękaw.

Z zejściówki achterpiku wyłonił się Petru Cobbin, wlokąc za kołnierz ledwie trzymającego się na nogach Parlaghy'ego. Idący za nim marynarz niósł owiniętą w płaszcz dziewczynkę. Pozostałych czterech stanęło przy nich, murem, frontem ku wiedźminowi. Trzymali toporki, ościenie, żelazne haki.

– Będzie tego, moiściewy – charknął najwyższy. – My żyć chcemy. Czas coś zrobić wreszcie.

– Zostawcie dziecko – wycedził Geralt. – Puść kupca, Cobbin.

– Nie, panie – pokręcił głową marynarz. – Trupek wraz z kupczykiem pójdą za burtę, to potworzycę zatrzyma. Wtenczas uciec zdołamy.

– Wy zaś – chrapnął drugi – nie mieszajcie się. Nic do was nie mamy, ale na zawadzie nie próbujcie stawać. Bo się wam krzywda stanie.

Kevenard van Vliet skurczył się u burty, załkał, odwracając głowę. Pudłorak też uciekł zrezygnowanym wzrokiem, zaciął usta, widać było, że nie zareaguje na bunt własnej załogi.

– Tak jest, racja. – Petru Cobbin popchnął Parlaghy'ego. – Kupiec i zdechła lisica za burtę, to jedyny dla nas ratunek. Na bok, wiedźminie! Dalej, chłopy! Do łódki z nimi!

– Do której łódki? – spytał spokojnie Addario Bach. – Do tamtej może?

Już dość daleko od „Proroka", zgięty na ławce czółna, wiosłował Javil Fysh, kierując się na ploso. Wiosłował ostro, pióra wioseł rozbryzgiwały wodę, rozrzucały wodorosty.

— Fysh! — wrzasnął Cobbin. — Ty draniu! Ty skurwysynu jebany!

Fysh odwrócił się, zgiął łokieć i pokazał im wała. Po czym ponownie chwycił się wioseł.

Ale nie powiosłował daleko.

Na oczach załogi „Proroka" łódka podskoczyła nagle w gejzerze wody, zobaczyli tłukący ogon i najeżoną zębami paszczę ogromnego krokodyla. Fysh wyleciał za burtę, popłynął, wrzeszcząc, w stronę brzegu, na zjeżoną korzeniami cypryśników płyciznę. Krokodyl ścigał go, ale palisada pneumatoforów spowolniła pościg. Fysh dopłynął do brzegu, rzucił się piersią na leżący tam głaz. Ale to nie był głaz.

Olbrzymi żółw jaszczurowaty rozwarł szczęki i capnął Fysha za rękę powyżej łokcia. Fysh zawył, zaszamotał się, zawierzgał, rozbryzgując bagno. Krokodyl wynurzył się i chwycił go za nogę. Fysh zaryczał.

Przez chwilę nie było wiadomo, który z gadów zawładnie Fyshem, żółw czy krokodyl. Ale końcu oba coś dostały. W szczękach żółwia została ręka ze sterczącą z krwawej miazgi białą maczugowatą kością. Resztę Fysha zabrał krokodyl. Na zmąconej powierzchni została wielka czerwona plama.

Geralt wykorzystał osłupienie załogi. Wydarł z rąk majtka martwą dziewczynkę, cofnął się na dziób. Addario Bach stał mu u boku, uzbrojony w bosak.

Ale ani Cobbin, ani żaden z marynarzy nie próbowali oponować. Wręcz przeciwnie, wszyscy pospiesznie wycofali się na rufę. Pospiesznie. By nie powiedzieć w popłochu. Ich twarze pokryła nagle śmiertelna bladość. Skurczony przy burcie Kevenard van Vliet załkał, schował głowę między kolana i zakrył rękami.

Geralt obejrzał się.

Czy to Pudłorak się zagapił, czy zaszwankował uszkodzony przez wodjanoja ster, dość że slup wpłynął wprost pod zwisające konary, utknął na zwalonych pniach. Wykorzystała to. Wskoczyła na dziób, zwinnie, lekko i bezszelestnie. W lisiej postaci. Poprzednio widział ją na tle nieba, wydała mu się wówczas czarna, smoliście czarna. Nie była taka. Futro miała ciemne, a kitę zakończoną śnieżnobiałym kwiatem, ale w jej umaszczeniu, zwłaszcza na głowie, przeważała szarość, właściwa bardziej korsakom niż lisom srebrnym.

Zmieniła się, wyrosła, przekształciła w wysoką kobietę. Z lisią głową. Ze szpiczastymi uszami i wydłużonym pyskiem. W którym, gdy go otwarła, zalśniły rzędy kłów.

Geralt ukląkł, wolno złożył ciało dziewczynki na pokładzie, cofnął się. Aguara zawyła przeszywająco, kłapnęła zębatymi szczękami, postąpiła ku nim. Parlaghy zakrzyczał, panicznie zamachał rękami, wyrwał się Cobbinowi i wyskoczył za burtę. Od razu poszedł na dno.

Van Vliet płakał. Cobbin i majtkowie, wciąż bladzi, skupili się wokół Pudłoraka. Pudłorak zdjął czapkę.

Medalion na szyi wiedźmina drgał silnie, wibrował, drażnił. Aguara klęczała nad dziewczynką, wydając dziwne odgłosy, ni to mrucząc, ni to sycząc. Nagle uniosła głowę, wyszczerzyła kły. Zawarczała głucho, w jej ślepiach rozbłysnął ogień. Geralt nie poruszył się.

– Zawiniliśmy – powiedział. – Stało się bardzo źle. Ale niech nie dzieje się gorzej. Nie mogę pozwolić, byś skrzywdziła tych ludzi. Nie pozwolę na to.

Lisica wstała, unosząc dziewczynkę. Powiodła wzrokiem po wszystkich. Na koniec spojrzała na Geralta.

– Stanąłeś mi na drodze – powiedziała szczekliwie, ale wyraźnie, wolno wymawiając każde słowo.
– W ich obronie.

Nie odpowiedział.

– Mam córkę na rękach – dokończyła. – To ważniejsze niż wasze życie. Ale to ty stanąłeś w ich obronie, białowłosy. Po ciebie zatem przyjdę. Pewnego dnia. Gdy już zapomnisz. I nie będziesz się spodziewał.

Zwinnie wskoczyła na nadburcie, stamtąd na zwalony pień. I zniknęła w gąszczu.

W ciszy, która zapadła, słychać było tylko łkanie van Vlieta.

Wiatr ustał, zrobiło się parno. Pchany prądem „Prorok Lebioda" uwolnił się z konarów, podryfował środkiem odnogi. Pudłorak otarł czapką oczy i czoło.

Marynarz z dziobu krzyknął. Krzyknął Cobbin. Krzyczeli pozostali.

Zza gęstwiny trzcin i dzikiego ryżu wyjrzały nagle strzechy chat. Zobaczyli suszące się na tyczkach sieci. Żółciutki piasek plaży. Pomost. A dalej, za drzewami na cyplu, szeroki nurt rzeki pod błękitnym niebem.

– Rzeka! Rzeka! Nareszcie!

Krzyczeli wszyscy. Majtkowie, Petru Cobbin, van Vliet. Tylko Geralt i Addario Bach nie dołączyli do chóru.

Milczał też Pudłorak, napierając na ster.

– Co robisz? – wrzasnął Cobbin. – Dokąd? Na rzekę się kieruj! Tam! Na rzekę!

– Nie da rady – w głosie kapitana brzmiały rozpacz i rezygnacja. – Flauta, statek steru ledwo słucha, a prąd coraz silniejszy. Dryfujemy, odpycha nas, niesie znowu w odnogi. Z powrotem w bagna.

– Nie!

Cobbin zaklął. I wyskoczył za burtę. I popłynął ku plaży.

W ślad za nim skoczyli do wody marynarze, wszyscy, Geralt nie zdołał żadnego powstrzymać. Addario Bach mocnym chwytem osadził w miejscu szykującego się do skoku van Vlieta.

– Błękitne niebo – powiedział. – Złocisty piasek plaży. Rzeka. Zbyt piękne, żeby było prawdziwe. Znaczy, nie jest prawdziwe.

I nagle obraz zamigotał. Nagle tam, gdzie dopiero co były rybackie chaty, złota plaża i nurt rzeki za cyplem, wiedźmin na sekundę zobaczył pajęczyny oplątwy, do samej wody zwieszające się z konarów strupieszałych drzew. Bagniste brzegi, zjeżone pneumatoforami cypryśników. Czarną, wzbierającą bąblami topiel. Morze wodorostów. Nieskończony labirynt odnóg.

Przez sekundę widział to, co skrywała pożegnalna iluzja aguary.

Płynący zaczęli nagle krzyczeć i tłuc się w wodzie. I po kolei znikać w niej.

Petru Cobbin wynurzył się, krztusząc i wrzeszcząc, cały pokryty wijącymi się, pręgowatymi, grubymi jak węgorze pijawkami. Potem skrył się pod wodą i nie wynurzył już więcej.

– Geralt!

Addario Bach przyciągnął bosakiem łódkę, która przetrwała spotkanie z krokodylem. A teraz przydryfowała do burty. Krasnolud wskoczył, odebrał od Geralta wciąż otępiałego van Vlieta.

– Kapitanie!

Pudłorak pomachał im czapką.

– Nie, panie wiedźmin! Ja statku nie porzucę, do portu go dowiodę, choćby nie wiem co! A jak nie, razem ze statkiem na dnie mi lec! Bywajcie!

„Prorok Lebioda" dryfował spokojnie i majestatycznie, wpływał w odnogę, znikał w niej.

Addario Bach popluł w dłonie, zgarbił się, pociągnął wiosłami. Łódka pomknęła po wodzie.

– Dokąd?

– Tamto ploso, za mielizną. Tam jest rzeka. Pewien jestem. Wypłyniemy na farwater, napotkamy jakiś statek. A jak nie, to tą łodzią choćby do samego Novigradu.

– Pudłorak...

– Da radę. Jeśli tak mu pisane.

Kevenard van Vliet popłakiwał. Addario wiosłował.

Niebo pociemniało. Usłyszeli daleki, przeciągły grom.

– Burza idzie – powiedział krasnolud. – Zmokniemy, cholera.

Geralt parsknął. A potem zaczął się śmiać. Serdecznie i szczerze. I zaraźliwie. Bo za chwilę śmiali się obaj.

Addario wiosłował silnymi, równymi pociągnięciami. Łódź mknęła po wodzie jak strzała.

– Wiosłujesz – ocenił Geralt, ocierając wyciśnięte przez śmiech łzy – jakbyś w życiu nic innego nie robił. Myślałem, że krasnoludy nie umieją ani żeglować, ani pływać...

– Ulegasz stereotypom.

Interludium

Dom aukcyjny braci Borsodych mieścił się na placyku przy ulicy Głównej, faktycznie głównej arterii Novigradu, łączącej rynek ze świątynią Wiecznego Ognia. Braci, w początkach swej kariery handlujących końmi i owcami, wtedy stać było tylko na szopę na podgrodziu. Po czterdziestu dwóch latach od założenia dom aukcyjny zajmował imponujący trzypiętrowy budynek w najbardziej reprezentacyjnej części miasta. Wciąż pozostawał w rękach rodziny, ale przedmiotem aukcji były już wyłącznie drogie kamienie, głównie diamenty, oraz dzieła sztuki, antyki i przedmioty kolekcjonerskie. Aukcje odbywały się raz na kwartał, niezmiennie w piątki.

Dziś sala aukcyjna była wypełniona do ostatniego niemal miejsca. Obecnych było, jak oceniła Antea Derris, dobre sto osób.

Szum i pogwar ścichły. Miejsce za pulpitem zajął licytator. Abner de Navarette.

Abner de Navarette, jak zwykle, prezentował się wspaniale w czarnym aksamitnym kaftanie i złotej brokatowej kamizeli. Szlachetnych rysów i fizjonomii mogli mu pozazdrościć książęta, a postawy i manier arystokraci. Tajemnicą poliszynela było, iż Abner de Navarette faktycznie był arystokratą, wykluczonym z rodu i wydziedziczonym za pijaństwo, utracjuszostwo i rozpustę. Gdyby nie rodzina

Borsodych, Abner de Navarette parałby się żebractwem. Ale Borsodym potrzebny był licytator o aparycji arystokraty. A żaden z kandydatów nie mógł pod względem aparycji równać się z Abnerem de Navarette.

– Dobry wieczór paniom, dobry wieczór panom – przemówił głosem równie aksamitnym co jego kaftan. – Witam w Domu Borsodych na kwartalnej aukcji dzieł sztuki i antyków. Będąca przedmiotem aukcji kolekcja, z którą zapoznali się państwo w naszej galerii, a która stanowi zbiór unikalny, pochodzi w całości od właścicieli prywatnych.

– Przeważająca większość z państwa, jak konstatuję, to nasi stali goście i klienci, którym nieobce są zasady naszego Domu i obowiązujący podczas aukcji regulamin. Wszystkim z tu obecnych broszurę z regulaminem wręczono przy wejściu. Wszystkich uważam zatem za poinformowanych odnośnie naszych przepisów i świadomych konsekwencji ich naruszania. Zacznijmy więc bez zwłoki.

– Lot numer jeden: figurynka nefrytowa, grupowa, przedstawiająca nimfę... hmm... z trzema faunami. Wykonana, według naszych ekspertów, przez gnomy, wiek około stu lat. Cena wywoławcza dwieście koron. Widzę dwieście pięćdziesiąt. To wszystko? Ktoś zaoferuje więcej? Nie? Sprzedana panu z numerkiem trzydzieści sześć.

Urzędujący przy sąsiednim pulpicie dwaj klerkowie pilnie zapisywali rezultaty sprzedaży.

– Lot numer dwa: *Aen N'og Mab Taedh'morc*, zbiór elfich baśni i wierszowanych przypowieści. Bogato ilustrowany. Stan idealny. Cena wywoławcza pięćset koron. Pięćset pięćdziesiąt, pan kupiec Hofmeier. Pan rajca Drofuss, sześćset. Pan Hofmeier, sześćset pięćdziesiąt. To wszystko? Sprzedana za sześćset pięćdziesiąt koron panu Hofmeierowi z Hirundum.

– Lot numer trzy: przyrząd z kości słoniowej, o kształcie... hmm... obłym i wydłużonym, służący... hmm... zapewne do masażu. Pochodzenie zamorskie, wiek nieznany. Cena wywoławcza sto koron. Widzę sto pięćdziesiąt. Dwieście, pani w maseczce, z numerkiem czterdzieści trzy. Dwieście pięćdziesiąt, pani w woalu, z numerkiem osiem. Nikt nie da więcej? Trzysta, pani aptekarzowa Vorsterkranz. Trzysta pięćdziesiąt! Żadna z pań nie da więcej? Sprzedany za trzysta pięćdziesiąt koron pani z numerkiem czterdzieści trzy.

– Lot numer cztery: *Antidotarius magnus*, unikalny traktat medyczny, wydany przez uniwersytet w Castell Graupian w początkach istnienia uczelni. Cena wywoławcza osiemset koron. Widzę osiemset pięćdziesiąt. Dziewięćset, pan doktor Ohnesorg. Tysiąc, szanowna Marti Sodergren. To wszystko? Sprzedany za tysiąc koron szanownej Sodergren.

– Lot numer pięć: *Liber de naturis bestiarum*, biały kruk, oprawna w deseczki bukowe, bogato ilustrowana...

– Lot numer sześć: Dziewczynka z kotkiem, portret *en trois quarts*, olej na płótnie, szkoła cintryjska. Cena wywoławcza...

– Lot numer siedem: dzwonek z trzonkiem, mosiężny, robota krasnoludzka, wiek znaleziska trudny do oszacowania, ale rzecz z pewnością starożytna. Na obwodzie napis krasnoludzkimi runami, głoszący: „No i czego ciulu dzwonisz". Cena wywoławcza...

– Lot numer osiem: olej i tempera na płótnie, artysta nieznany. Arcydzieło. Proszę zwrócić uwagę na niezwykłą chromatykę, grę barw i dynamikę świateł. Półmroczna atmosfera i wspaniały koloryt majestatycznie oddanej leśnej przyrody. A w centralnej części, w tajemniczym światłocieniu, proszę spojrzeć, główna postać dzieła: jeleń na rykowisku. Cena wywoławcza...

– Lot numer dziewięć: *Ymago mundi*, znana też pod tytułem *Mundus novus*. Księga niezwykle rzadka, w posiadaniu uniwersytetu oxenfurckiego jest tylko jeden egzemplarz, nieliczne egzemplarze w rękach prywatnych. Oprawna w skórę kozią, kurdybanową. Stan idealny. Cena wywoławcza tysiąc pięćset koron. Szanowny Vimme Vivaldi, tysiąc sześćset. Czcigodny kapłan Prochaska, tysiąc sześćset pięćdziesiąt. Tysiąc siedemset, pani z końca sali. Tysiąc osiemset, pan Vivaldi. Tysiąc osiemset pięćdziesiąt, czcigodny Prochaska. Tysiąc dziewięćset pięćdziesiąt, pan Vivaldi. Dwa tysiące koron, brawo, czcigodny Prochaska. Dwa tysiące sto, pan Vivaldi. Czy ktoś da więcej?

– Ta księga jest bezbożna, zawiera heretyckie treści! Winna być spalona! Chcę ją wykupić, by spalić! Dwa tysiące dwieście koron!

– Dwa tysiące pięćset! – parsknął Vimme Vivaldi, głaszcząc białą wypielęgnowaną brodę. – Dasz więcej, pobożny palaczu?

– Skandal! Mamona tu triumfuje nad prawością! Pogańskich krasnoludów traktuje się lepiej niż ludzi! Poskarżę się władzom!

– Księga sprzedana za dwa tysiące pięćset koron panu Vivaldiemu – ogłosił spokojnie Abner de Navarette. – Czcigodnemu Prochasce przypominam zaś o obowiązujących w Domu Borsodych zasadach i regulaminie.

– Wychodzę!

– Żegnamy. Raczą państwo wybaczyć. Unikato-
wość i bogactwo oferty Domu Borsodych skutkuje,
bywa, emocjami. Kontynuujemy. Lot numer dziesięć: absolutna osobliwość, niebywałe znalezisko,
dwa miecze wiedźmińskie. Dom postanowił nie ofe-
rować ich oddzielnie, lecz jako komplet, w hołdzie
dla wiedźmina, któremu przed laty służyły. Pierwszy miecz, ze stali pochodzącej z meteorytu. Klinga
wykuta i ostrzona w Mahakamie, autentyczność
krasnoludzkiej puncy potwierdzona przez naszych
ekspertów.

– Drugi miecz, srebrny. Na jelcu i całej długości
klingi znaki runiczne i glify, potwierdzające orygi-
nalność. Cena wywoławcza tysiąc koron za komplet.
Tysiąc pięćdziesiąt, pan z numerkiem siedemnaście.
To wszystko? Nikt nie da więcej? Za takie rarytety?

– Gówno, nie pieniądze – mruknął siedzący
w ostatnim rzędzie Nikefor Muus, urzędnik magistracki, na przemian nerwowo zaciskając w pięści
poplamione inkaustem palce lub przeczesując nimi
rzadkie włosy. – Wiedziałem, że nie warto było...

Antea Derris uciszyła go syknięciem.

– Tysiąc sto, pan hrabia Horvath. Tysiąc dwieście,
pan z numerkiem siedemnaście. Tysiąc pięćset, szanowny Nino Cianfanelli. Tysiąc sześćset, pan w masce. Tysiąc siedemset, pan z numerkiem siedemnaście.
Tysiąc osiemset, pan hrabia Horvath. Dwa tysiące,
pan w masce. Dwa tysiące sto, szanowny Cianfanelli.
Dwa tysiące dwieście, pan w masce. To wszystko? Dwa tysiące pięćset, szanowny Cianfanelli...
Pan z numerkiem siedemnaście...

Pana z numerkiem siedemnaście chwyciło nagle
pod ramiona dwóch krzepkich zbirów, którzy niepo-
strzeżenie weszli na salę.

– Jerosa Fuerte, zwany Szpikulcem – wycedził trzeci zbir, tkając pojmanego pałką w pierś. – Najemny morderca, ścigany listem gończym. Jesteś aresztowany. Wyprowadzić.

– Trzy tysiące! – wrzasnął Jerosa Fuerte, zwany Szpikulcem, wymachując paletką z numerem siedemnaście, którą wciąż dzierżył w dłoni. – Trzy... tysiące...

– Przykro mi – powiedział chłodno Abner de Navarette. – Regulamin. Aresztowanie licytującego anuluje jego ofertę. Ważna oferta to dwa tysiące pięćset, szanowny Cianfanelli. Kto da więcej? Dwa tysiące sześćset, hrabia Horvath. To wszystko? Dwa tysiące siedemset, pan w masce. Trzy tysiące, szanowny Cianfanelli. Nie widzę dalszych ofert...

– Cztery tysiące.

– Ach. Szanowny Molnar Giancardi. Brawo, brawo. Cztery tysiące koron. Czy ktoś da więcej?

– Chciałem dla syna – warknął Nino Cianfanelli. – A ty przecie same córki masz, Molnar. Po co ci te miecze? Ale cóż, niech ci będzie. Ustąpię.

– Miecze sprzedane – oznajmił de Navarette – szanownemu panu Molnarowi Giancardiemu za cztery tysiące koron. Kontynuujemy, szanowne panie, szanowni panowie. Lot numer jedenaście: płaszcz z futra małpiego...

Nikefor Muus, radosny i wyszczerzony jak bóbr, klepnął Anteę Derris w łopatkę. Silnie. Antea ostatkiem woli powstrzymała się od dania mu w mordę.

– Wychodzimy – syknęła.

– A pieniądze?

– Po zakończeniu aukcji i załatwieniu formalności. To potrwa.

Lekceważąc burczenie Muusa, Antea ruszyła ku drzwiom. Podrażnił ją czyjś wzrok, spojrzała ukradkiem. Kobieta. Czarnowłosa. Odziana w czerń i biel. Z obsydianową gwiazdą na dekolcie.

Poczuła dreszcz.

•

Antea miała słuszność. Formalności potrwały. Dopiero po dwóch dniach mogli udać się do banku. Filii któregoś z krasnoludzkich banków, pachnących, jak wszystkie, pieniędzmi, woskiem i mahoniową boazerią.

– Do wypłaty jest trzy tysiące trzysta trzydzieści sześć koron – oznajmił klerk. – Po pobraniu prowizji banku, wynoszącej jeden procent.

– Borsody piętnaście, bank jeden – zawarczał Nikefor Muus. – Od wszystkiego by procent brali! Złodziej na złodzieju! Dawać forsę!

– Jedną chwilę – powstrzymała go Antea. – Wpierw załatwmy nasze sprawy, twoje i moje. Prowizja należy się i mnie. Czterysta koron.

– Ale, ale! – rozdarł się Muus, przyciągając spojrzenia innych klerków i klientów banku. – Jakie czterysta? Od Borsodych dostałem ledwie trzy tysiące z groszami...

– Zgodnie z umową należy mi się dziesięć procent od wyniku aukcji. Koszty są twoją sprawą. I tylko ciebie obciążają.

– Co ty mi tu...

Antea Derris spojrzała na niego. Wystarczyło. Między Anteą a jej ojcem nie było dużego podobieństwa. Ale spojrzeć umiała Antea identycznie jak ojciec. Jak Pyral Pratt. Muus skurczył się pod spojrzeniem.

– Z kwoty do wypłaty – pouczyła klerka – poproszę o czek bankierski na czterysta koron. Wiem, że bank pobierze prowizję, akceptuję to.

– A moją forsę gotówką! – Urzędnik magistracki wskazał na wielki skórzany tornister, który przytaszczył. – Zawiozę do domu i schowam dobrze! Żadne złodziejskie banki żadnych prowizji ze mnie zdzierać nie będą!

– To znaczna kwota. – Klerk wstał. – Proszę zaczekać.

Wychodzący z kantorka klerk uchylił drzwi na zaplecze tylko na moment, ale Antea przysięgłaby, że przez moment widziała czarnowłosą kobietę odzianą w czerń i biel.

Poczuła dreszcz.

●

– Dziękuję, Molnar – powiedziała Yennefer. – Nie zapomnę ci tej przysługi.

– Za cóż dziękujesz? – uśmiechnął się Molnar Giancardi. – Cóżem to uczynił, czymżem się przysłużył? Tym, że kupiłem na aukcji wskazany lot? Płacąc zań pieniędzmi z twojego prywatnego konta? A może tym, że się odwróciłem, gdy przed chwilą rzucałaś zaklęcie? Odwróciłem się, bo patrzyłem z okna na tę pośredniczkę, gdy się oddalała, wdzięcznie kołysząc tym i owym. W moim typie, nie kryję, damulka, choć za ludzkimi kobietami nie przepadam. Czy twoje zaklęcie jej również... przysporzy kłopotów?

– Nie – przerwała czarodziejka. – Jej nic się nie stanie. Wzięła czek, nie złoto.

– Jasne. Miecze wiedźmina, jak mniemam, zabierzesz od razu? One przecie są dla niego...

– Wszystkim – dokończyła Yennefer. – Związany jest z nimi przeznaczeniem. Wiem, wiem, a jakże. Mówił mi. A ja nawet zaczynałam wierzyć. Nie, Molnar, nie zabiorę dziś tych mieczy. Niech zostaną

w depozycie. Wkrótce przyślę po nie kogoś upełno-
mocnionego. Opuszczam Novigrad jeszcze dziś.

– Ja też. Jadę do Tretogoru, skontroluję również
tamtejszą filię. Potem wracam do siebie, do Gors
Velen.

– Cóż, jeszcze raz dzięki. Bywaj, krasnoludzie.

– Bywaj, czarownico.

Interludium

**Równe sto godzin
od momentu odbioru złota
w banku Giancardich w Novigradzie**

— Masz zakaz wstępu — powiedział wykidajło Tarp. — Dobrze o tym wiesz. Odstąp od schodów.

— A to widziałeś, chamie? — Nikefor Muus potrząsnął i zabrzęczał pękatym trzosem. — Widziałeś w życiu tyle złota naraz? Precz z drogi, bo tu pan idzie! Bogaty pan! Nastąp się, wieśniaku!

— Wpuść go, Tarp! — Z wnętrza austerii wyłonił się Febus Ravenga. — Nie chcę tu hałasów, goście się niepokoją. A ty bacz. Raz mnie oszukałeś, drugiego razu nie będzie. Lepiej, żebyś tym razem miał czym zapłacić, Muus.

— Pan Muus! — Urzędnik odepchnął Tarpa. — Pan! Bacz, do kogo mówisz, karczmarzu!

— Wina! — zakrzyknął, rozpierając się za stołem. — Najdroższego, jakie macie!

— Najdroższe — odważył się maître — kosztuje sześćdziesiąt koron...

— Stać mnie! Dawać cały dzban, migiem!

— Ciszej — upomniał Ravenga. — Ciszej, Muus.

— Nie uciszaj mnie, wydrwigroszu! Oszuście! Parweniuszu! Kim ty jesteś, by mnie uciszać? Szyld pozłacany, ale wciąż łajno na cholewkach! A gówno zawsze będzie gównem! Popatrz no tu! Widziałeś w życiu tyle złota naraz? Widziałeś?

Nikefor Muus sięgnął do trzosa, wyciągnął garść złotych monet i zamaszyście rzucił je na stół.

Monety rozbryzgnęły się w brunatną maź. Dokoła rozszedł się potworny smród ekskrementów.

Goście austerii „Natura Rerum" zerwali się z miejsc, pobiegli do wyjścia, krztusząc się i zakrywając nosy serwetkami. Maître zgiął się w wymiotnym odruchu. Ktoś krzyknął, ktoś zaklął. Febus Ravenga ani drgnął. Stał niczym posąg, skrzyżowawszy ręce na piersi.

Muus, osłupiały, potrząsnął głową, wybałuszył i przetarł oczy, gapiąc się na cuchnącą kupę na obrusie. Wreszcie ocknął się, sięgnął do trzosa. I wyciągnął rękę pełną gęstej mazi.

– Masz rację, Muus – przemówił lodowatym głosem Febus Ravenga. – Gówno zawsze będzie gównem. Na podwórze z nim.

Wleczony urzędnik magistracki nawet nie stawiał oporu, zbyt był oszołomiony tym, co zaszło. Tarp zaciągnął go za wychodek. Na znak Ravengi pachołcy zdjęli drewnianą pokrywę dołu kloacznego. Na ten widok Muus ożył, jął wrzeszczeć, zapierać się i wierzgać. Nie na wiele mu się to zdało. Tarp zawlókł go do szamba i wrzucił do dołu. Młodzian plasnął w rzadkie odchody. Ale nie tonął. Rozkrzyżował ręce i nogi i nie tonął, utrzymywany na powierzchni brei przez wrzucone tam wiechcie słomy, szmatki, patyczki i zmięte strony wydarte z różnych uczonych i pobożnych ksiąg.

Febus Ravenga zdjął ze ściany lamusa drewniane widły do siana, sporządzone z jednej rosochatej gałęzi.

– Gówno było, jest i pozostanie gównem – powiedział. – I zawsze w końcu do gówna trafi.

Naparł na widły i zatopił Muusa. Z głową. Muus z pluskiem wydarł się na powierzchnię, rycząc, kaszląc i plując. Ravenga pozwolił mu trochę pokaszleć i nabrać tchu, po czym zatopił go ponownie. Tym razem naprawdę głęboko.

Powtórzywszy operację jeszcze kilka razy, rzucił widły.

— Zostawcie go tam — rozkazał. — Niech się sam wykaraska.

— To nie będzie łatwe — ocenił Tarp. — I trochę potrwa.

— I niech potrwa. Nie ma pośpiechu.

A mon retour, hé! je m'en désespere,
Tu m'as reçu d'un baiser tout glacé.

Pierre de Ronsard

Rozdział szesnasty

Na redę wpływał właśnie pod pełnymi żaglami novigradzki szkuner „Pandora Parvi", piękny w samej rzeczy statek. Piękny i szybki, pomyślał Geralt, schodząc po trapie na ruchliwe nabrzeże. Widział szkuner w Novigradzie, dowiadywał się, wiedział, że wypływał z Novigradu całe dwa dni później niż galera „Stinta", na którą sam się zabrał. Mimo tego dotarł do Kerack praktycznie o tej samej godzinie. Może trzeba było zaczekać i zaokrętować się na szkuner, pomyślał. Dwa dni dłużej w Novigradzie, kto wie, może jednak zdobyłbym jakieś informacje?

Próżne dywagacje, ocenił. Może, kto wie, a nuż. Co się stało, to się stało, nic już tego nie odmieni. I nie ma co się nad tym rozwodzić.

Pożegnał spojrzeniem szkuner, latarnię morską, morze i ciemniejący burzowymi chmurami horyzont. Po czym raźnym krokiem ruszył w stronę miasta.

●

Sprzed willi tragarze wynosili właśnie lektykę, filigranową konstrukcję z fireneczkami w kolorze lila. Musiał być wtorek, środa albo czwartek. W te dni Lytta Neyd przyjmowała pacjentki, a pacjentki, zwykle zamożne panie z wyższych sfer, korzystały z takich lektyk właśnie.

Odźwierny wpuścił go bez słowa. I dobrze. Geralt nie był w najlepszym nastroju i pewnie słowem by się zrewanżował. A może nawet dwoma lub trzema.

Patio był puste, woda w fontannie szemrała cichutko. Na malachitowym stoliku stała karafka i pucharki. Geralt nalał sobie bez ceregieli.

Gdy uniósł głowę, zobaczył Mozaïk. W białym kitlu i fartuszku. Bladą. Z przylizanymi włosami.

– To ty – powiedziała. – Wróciłeś.

– To z całą pewnością ja – potwierdził sucho. – Z całą pewnością wróciłem. A to wino z całą pewnością skwaśniało nieco.

– Też się cieszę, że cię widzę.

– Koral? Jest? A jeśli jest, to gdzie?

– Przed chwilą – wzruszyła ramionami – widziałam ją między nogami pacjentki. Z całą pewnością jest tam nadal.

– Faktycznie nie masz wyjścia, Mozaïk – odrzekł spokojnie, patrząc jej w oczy. – Musisz zostać czarodziejką. Zaprawdę, masz ogromne predyspozycje i zadatki. Twego ciętego dowcipu nie doceniliby w manufakturze tkackiej. Ani tym bardziej w lupanarze.

– Uczę się i rozwijam. – Nie spuściła wzroku. – Już nie płaczę w kątku. Odpłakałam swoje. Ten etap mam już za sobą.

– Nie, nie masz, oszukujesz się. Jeszcze wiele przed tobą. I sarkazm cię przed tym nie uchroni. Zwłaszcza że jest sztuczny i kiepsko naśladowany. Ale dość o tym, nie mnie udzielać ci życiowych nauk. Gdzie, pytałem, jest Koral?

– Tutaj. Witaj.

Czarodziejka jak duch wyłoniła się zza kotary. Jak Mozaïk, była w białym lekarskim kitlu, a jej upięte rude włosy kryła płócienna czapeczka, którą w zwykłych warunkach uznałby za śmieszną. Ale warunki nie były zwykłe i śmiech nie był na miejscu, potrzebował sekund, by to pojąć.

Podeszła, bez słów pocałowała go w policzek. Wargi miała zimne. A oczy podkrążone.

Pachniała lekami. I tym czymś, czego używała jako dezynfektantu. To był wredny, odpychający, chory zapach. Zapach, w którym był lęk.

– Zobaczymy się jutro – uprzedziła go. – Jutro o wszystkim mi opowiesz.

– Jutro.

Spojrzała nań, a było to spojrzenie z bardzo daleka, znad dzielącej ich przepaści czasu i zdarzeń. Potrzebował sekund, by pojąć, jak głęboka to przepaść i jak odległe dzielą ich zdarzenia.

– Może lepiej pojutrze. Idź do miasta. Spotkaj się z poetą, bardzo się o ciebie niepokoił. Ale teraz idź, proszę. Muszę zająć się pacjentką.

Gdy odeszła, spojrzał na Mozaïk. Zapewne wystarczająco wymownie, bo nie zwlekała z wyjaśnieniem.

– Rano miałyśmy poród – powiedziała, a głos zmienił jej się lekko. – Trudny. Zdecydowała się na kleszcze. I wszystko, co mogło pójść źle, poszło źle.

– Rozumiem.

– Wątpię.

– Do widzenia, Mozaïk.

– Długo cię nie było. – Uniosła głowę. – Dużo dłużej, niż oczekiwała. Na Rissbergu nic nie wiedzieli albo udawali, że nie wiedzą. Coś się wydarzyło, prawda?

– Coś się wydarzyło.

– Rozumiem.

– Wątpię.

Jaskier zaimponował domyślnością. Stwierdzając fakt, z oczywistością którego Geralt wciąż nie do końca się oswoił. I nie całkiem ją akceptował.

– Koniec, co? Przeminęło z wiatrem? No jasne, ona i czarodzieje potrzebowali cię, zrobiłeś swoje, możesz odejść. I wiesz co? Rad jestem, że to już. Kiedyś wszak musiał skończyć się ten przedziwny romans, a im dłużej trwał, tym groźniejsze implikował konsekwencje. Ty również, jeśli chcesz znać moje zdanie, powinieneś się cieszyć, że masz to z głowy i że tak gładko poszło. W uśmiech radosny powinieneś stroić zatem lica, nie zaś w grymas mroczny i posępny, z którym, uwierz mi, wyjątkowo ci nie do twarzy, wyglądasz z nim po prostu jak człowiek na ciężkim kacu, który na domiar strul się zakąską i nie pamięta, na czym i kiedy złamał ząb ani skąd te ślady nasienia na spodniach.

– A może – ciągnął bard, zupełnie niezrażony brakiem reakcji ze strony wiedźmina – twe przygnębienie z czego innego wypływa? Czyżby z faktu, że to ciebie wystawiono za drzwi, podczas gdy ty planowałeś finał we własnym stylu? Taki z ucieczką nad ranem i kwiatkami na stoliku? Ha, ha, w miłości jak na wojnie, przyjacielu, a twoja miła postąpiła jak wytrawny strateg. Zadziałała wyprzedzająco, atakiem prewencyjnym. Musiała czytać *Historię wojen* marszałka Pelligrama. Pelligram przytacza wiele przykładów zwycięstw osiągniętych z pomocą podobnego fortelu.

Geralt nadal nie reagował. Jaskier, wyglądało, reakcji nie oczekiwał. Dopił piwo, skinął na karczmarkę, by przyniosła następne.

– Biorąc powyższe pod rozwagę – podjął, kręcąc kołki lutni – ja generalnie jestem za seksem na pierwszej randce. Na przyszłość ze wszech miar ci polecam. Eliminuje to konieczność dalszych randek z tą samą osobą, co bywa nużące i czasochłonne. Jeśli już przy tym jesteśmy, to zachwalana przez ciebie pani mecenas faktycznie okazała się warta zachodu. Nie uwierzysz...

– Uwierzę – wiedźmin nie wytrzymał, przerwał dość obcesowo. – Uwierzę bez opowiadania, możesz więc je sobie darować.

– No tak – skonstatował bard. – Przygnębion, strapion i zgryzotą trawion, przez co zgryźliw i opryskliw. To nie tylko kobieta, zdaje mi się. To coś jeszcze. Wiem, psiakrew. I widzę. W Novigradzie nie udało się? Nie odzyskałeś mieczy?

Geralt westchnął, choć obiecywał sobie nie wzdychać.

– Nie odzyskałem. Spóźniłem się. Były komplikacje, wydarzyło się to i owo. Złapała nas burza, potem nasza łódka zaczęła brać wodę... A potem pewien białoskórnik ciężko się rozchorował... Ach, nie będę cię nudził szczegółami. Krótko mówiąc, nie zdążyłem na czas. Gdy dotarłem do Novigradu, było już po aukcji. W domu Borsodych zbyli mnie krótko. Aukcje objęte są tajemnicą sprzedaży, chroniącą zarówno osoby wystawiające, jak i kupujące. Osobom postronnym firma nie udziela żadnych informacji, bla, bla, bla, do widzenia panu. Nie dowiedziałem się niczego. Nie wiem, czy miecze sprzedano, a jeśli tak, to kto je kupił. Nie wiem nawet tego, czy złodziej w ogóle wystawił miecze na aukcji. Mógł wszak zlekceważyć radę Pratta, mogła mu się trafić inna sposobność. Nie wiem nic.

– Pech. – Pokiwał głową Jaskier. – Pasmo niefortunnych trafów. Śledztwo kuzyna Ferranta też stanęło, jak mi się zdaje, w martwym punkcie. Kuzyn

Ferrant, jeśli już przy nim jesteśmy, nieustannie o ciebie dopytuje. Gdzie jesteś, czy mam od ciebie jakieś wieści, kiedy wrócisz, czy aby zdążysz na królewskie gody i czy aby nie zapomniałeś o obietnicy złożonej księciu Egmundowi. Oczywiście słowa mu nie pisnąłem ani o twoich przedsięwzięciach, ani o aukcji. Ale święto Lammas, przypominam, coraz bliżej, zostało dziesięć dni.

– Wiem. Ale może coś się w tym czasie wydarzy? Coś szczęśliwego, dajmy na to? Po paśmie niefortunnych trafów przydałaby się jakaś odmiana.

– Nie przeczę. A jeśli...

– Pomyślę i podejmę decyzję. – Geralt nie dał bardowi dokończyć. – Do tego, by na królewskich godach wystąpić jako straż przyboczna, w zasadzie nic mnie nie obliguje, Egmund i instygator nie odzyskali moich mieczy, a taki był warunek. Ale wcale nie wykluczam, że spełnię książęce życzenie. Przemawiają za tym choćby względy materialne. Książę przechwalał się, że grosza nie poskąpi. A wszystko wskazuje na to, że będą mi potrzebne całkiem nowe miecze, wykonane na specjalne zamówienie. A to będzie sporo kosztować. Ach, co tu gadać. Chodźmy gdzieś coś zjeść. I wypić.

– Do Ravengi, do „Natury"?

– Nie dziś. Dziś mam ochotę na rzeczy proste, naturalne, nieskomplikowane i szczere. Jeśli wiesz, co mam na myśli.

– Jasne, że wiem. – Jaskier wstał. – Chodźmy nad morze, do Palmyry. Znam jedno miejsce. Dają tam śledzie, wódkę i zupę z ryb, które zwą się kurki. Nie śmiej się! Naprawdę tak się zwą!

– Niech się zwą, jak chcą. Idziemy.

Most na Adalatte był zablokowany, przetaczała się właśnie przezeń kolumna wyładowanych wozów i grupa konnych, ciągnących luzaki. Geralt i Jaskier musieli zaczekać, usunąć się z drogi.

Kawalkadę zamykał samotny jeździec na gniadej klaczy. Klacz rzuciła łbem i powitała Geralta przeciągłym rżeniem.

– Płotka!

– Witaj, wiedźminie. – Jeździec zdjął kaptur, odsłonił twarz. – Ja właśnie do ciebie. Choć nie spodziewałem się, że tak szybko na siebie wpadniemy.

– Witaj, Pinety.

Pinety zeskoczył z siodła. Geralt zauważył, że jest uzbrojony. Było to dość dziwne, magicy niezwykle rzadko nosili broń. Okuty mosiądzem pas czarodzieja obciążał miecz w bogato zdobionej pochwie. Był tam też i sztylet, solidny i szeroki.

Przejął od czarodzieja wodze Płotki, pogładził klacz po nozdrzach i zagrzywku. Pinety ściągnął rękawice i zatknął je za pas.

– Racz wybaczyć, mistrzu Jaskrze – powiedział – ale chciałbym zostać z Geraltem sam na sam. To, co mam mu do powiedzenia, przeznaczone jest wyłącznie dla jego uszu.

– Geralt – napuszył się Jaskier – nie miewa przede mną tajemnic.

– Wiem. Wielu szczegółów jego życia prywatnego dowiedziałem się z twoich ballad.

– Ale...

– Jaskier – przerwał wiedźmin. – Idź się przejść.

– Dziękuję ci – powiedział, gdy zostali sami. – Dziękuję, żeś przywiódł tu mojego konia, Pinety.

– Zauważyłem – odrzekł czarodziej – że byłeś do niego przywiązany. Gdy więc odnaleźliśmy go w Sośnicy...

– Byliście w Sośnicy?

– Byliśmy. Zawezwał nas konstabl Torquil.

– Widzieliście...

– Widzieliśmy – przerwał ostro Pinety. – Wszystko widzieliśmy. Nie mogę zrozumieć, wiedźminie. Nie mogę zrozumieć. Dlaczegoś ty go wtedy nie zarąbał? Tam, na miejscu? Postąpiłeś, pozwól to sobie powiedzieć, nie najmądrzej.

Wiem, powstrzymał się od przyznania Geralt. Wiem, a jakże. Okazałem się za głupi, by skorzystać z szansy danej przez los. Bo i cóż to mi szkodziło, jeden trup więcej na rozkładzie. Co to znaczy dla płatnego zabójcy. A że mierziło mnie bycie waszym narzędziem? Ja przecież zawsze jestem czyimś narzędziem. Było zacisnąć zęby i zrobić, co należało.

– Zaskoczy cię to pewnie – Pinety spojrzał mu w oczy – ale natychmiast pospieszyliśmy ci na ratunek, ja i Harlan. Domyśliliśmy się, że ratunku wyglądasz. Przyskrzyniliśmy Degerlunda nazajutrz, gdy rozprawiał się z jakąś przypadkową bandą.

Przyskrzyniliście, powstrzymał się od powtórzenia wiedźmin. I nie mieszkając skręciliście mu kark? Będąc ode mnie mądrzejsi, nie powtórzyliście mojego błędu? Akurat. Gdyby tak było, nie miałbyś teraz takiej miny, Guincamp.

– Nie jesteśmy mordercami. – Czarodziej poczerwieniał, zająknął się. – Zabraliśmy go na Rissberg. I zrobił się huczek... Wszyscy byli przeciw nam. Ortolan, o dziwo, zachował się powściągliwie, a to właśnie z jego strony oczekiwaliśmy najgorszego. Ale Biruta Icarti, Raby, Sandoval, nawet Zangenis, który wcześniej nam sprzyjał... Wysłuchaliśmy sążnistej prelekcji o solidarności wspólnoty, o braterstwie, o lojalności. Dowiedzieliśmy się, że tylko ostatni łajdacy nasyłają na konfratra najemnego zabójcę, że trzeba bardzo nisko upaść, by nająć na współbratymca wiedźmina. Z niskich pobudek. Z zazdrości o talent i prestiż współbratymca, z zawiści o jego naukowe osiągnięcia i sukcesy.

Powołanie się na incydenty z Pogórza, na czterdzieści cztery trupy, nie dało nic, powstrzymał się od stwierdzenia wiedźmin. Jeśli nie liczyć wzruszeń ramion. I zapewne sążnistego wykładu o nauce, która wymaga ofiar. O celu, który uświęca środki.

– Degerlund – podjął Pinety – stanął przed komisją i wysłuchał surowej nagany. Za uprawianie goecji, za zabitych przez demona ludzi. Był hardy, liczył widać na interwencję Ortolana. Ale Ortolan jakby o nim zapomniał, całkowicie oddawszy się swej najnowszej pasji: opracowania formuły niezwykle skutecznego i uniwersalnego nawozu, mającego zrewolucjonizować rolnictwo. Zdany tylko na siebie Degerlund uderzył w inny ton. Płaczliwy i żałosny. Zrobił z siebie pokrzywdzonego. Ofiarę w równej mierze własnej ambicji i magicznego talentu, dzięki którym wywołał demona tak potężnego, że niemożliwego do opanowania. Przysiągł, że uprawiania goecji zaniecha, że już nigdy jej nie tknie. Że całkowicie poświęci się badaniom nad udoskonaleniem rodzaju ludzkiego, nad transhumanizmem, specjacją, introgresją i modyfikowaniem genetycznym.

I dano mu wiarę, powstrzymał się od stwierdzenia wiedźmin.

– Dano mu wiarę. Wpłynął na to Ortolan, który nagle objawił się przed komisją w oparach nawozu. Nazwał

Degerlunda kochanym młodzianem, który wprawdzie dopuścił się errorów, ale któż jest bez errorów. Nie dubitował, że młodzian się poprawi i że on za to ręczy. Prosił, by komisja gniew temperowała, kompassyą okazała i młodziana nie kondemnowała. Wreszcie ogłosił Degerlunda swym dziedzicem i sukcessorem, w pełni scedował na niego Cytadelę, swoje prywatne laboratorium. On sam, oświadczył, laboratorium nie potrzebuje, albowiem rezolwował się trudzić i exercyzować pod gołym niebem, na zagonach i grządkach. Birucie, Rabemu i reszcie rzecz przypadła do gustu. Cytadela, z uwagi na niedostępność, mogła z powodzeniem robić za miejsce odosobnienia. Degerlund wpadł we własne sidła. Znalazł się w areszcie domowym.

A aferę zamieciono pod dywan, powstrzymał się wiedźmin.

– Podejrzewam – Pinety spojrzał na niego bystro – że wpływ na to miał i wzgląd na ciebie, na twoją osobę i reputację.

Geralt uniósł brwi.

– Wasz wiedźmiński kodeks – podjął czarodziej – zabrania ponoć zabijania ludzi. Ale o tobie mówią, że traktujesz ów kodeks bez przesadnej czci. Że zdarzało się to i owo, że co najmniej kilka osób rozstało się z życiem za twoją sprawą. Birutę i innych strach obleciał. Że wrócisz na Rissberg i dokończysz dzieła, a przy okazji i oni gotowi oberwać. A Cytadela to stuprocentowo bezpieczny azyl, zaadaptowana na laboratorium dawna gnomia górska twierdza, obecnie magicznie chroniona. Nikt się do Cytadeli nie dostanie, nie ma na to sposobu. Degerlund jest więc nie tylko odizolowany, ale i bezpieczny.

Rissberg też jest bezpieczny, powstrzymał się wiedźmin. Zabezpieczony przed skandalem i kompromitacją. Degerlund w izolacji, afery nie ma. Nikt się nie dowie, że cwaniak i karierowicz oszukał i wyprowadził w pole czarodziejów z Rissbergu, mniemających się i głoszących elitą magicznego bractwa. Że korzystając z naiwności i głupoty owej elity, degenerat i psychopata mógł bez przeszkód zamordować czterdziestu kilku ludzi.

– W Cytadeli – czarodziej nadal nie spuszczał z niego oka – Degerlund będzie pod kuratelą i obserwacją. Nie wywoła już żadnego demona.

Nigdy nie było żadnego demona. I ty, Pinety, dobrze o tym wiesz.

– Cytadela – czarodziej odwrócił wzrok, popatrzył na statki na redzie – jest ulokowana w skale kompleksu góry Cremora, tej, u stóp której leży Rissberg. Próba wdarcia się tam równałaby się samobójstwu. Nie tylko z racji magicznych zabezpieczeń. Pamiętasz, o czym nam wtedy opowiadałeś? O opętanym, którego kiedyś zabiłeś? W stanie wyższej konieczności, ratując jedno dobro kosztem drugiego, tym samym wyłączając bezprawność czynu zabronionego? No to chyba pojmujesz, że teraz okoliczności są zupełnie inne. Odizolowany Degerlund nie stanowi zagrożenia rzeczywistego i bezpośredniego. Jeśli choć tkniesz go palcem, popełnisz czyn zabroniony i bezprawny. Jeśli spróbujesz go zabić, pójdziesz pod trybunał za próbę morderstwa. Niektórzy z naszych, wiem to, mają nadzieję, że jednak spróbujesz. I skończysz na szafocie. Dlatego radzę: odpuść. Zapomnij o Degerlundzie. Zostaw rzeczy swojemu biegowi.

– Milczysz – stwierdził fakt Pinety. – Powstrzymujesz się od komentarzy.

– Bo i nie ma czego komentować. Jedno mnie tylko ciekawi. Ty i Tzara. Zostaniecie na Rissbergu?

Pinety zaśmiał się. Sucho i nieszczerze.

– Obu nas, mnie i Harlana, poproszono o rezygnację, na własne życzenie, z racji na stan zdrowia. Opuściliśmy Rissberg, nigdy już tam nie wrócimy. Harlan wybiera się do Poviss, na służbę u króla Rhyda. Ja jednak skłaniam się ku dalszej jeszcze podróży. W Cesarstwie Nilfgaardu, słyszałem, traktują magów użytkowo i bez przesadnego szacunku. Ale płacą im dobrze. A jeśli już o Nilfgaardzie mowa... Byłbym zapomniał. Mam dla ciebie pożegnalny prezent, wiedźminie.

Odpiął rapcie, owinął nimi pochwę i wręczył miecz Geraltowi.

– To dla ciebie – uprzedził, nim wiedźmin zdążył się odezwać. – Dostałem go na szesnaste urodziny. Od ojca, który nie mógł przeboleć, że zdecydowałem się na szkołę magii. Liczył, że podarunek wpłynie na mnie, że będąc posiadaczem takiego oręża poczuję się w obowiązku dochować rodowej tradycji i wybrać karierę wojskową. Cóż, zawiodłem rodzica. We wszystkim. Nie lubiłem polować, wolałem wędkarstwo. Nie ożeniłem się z jedyną córką jego serdecznego przyjaciela. Nie zostałem wojakiem, miecz obrastał kurzem w szafie. Nic mi po nim. Tobie lepiej posłuży.

– Ależ... Pinety...

– Bierz, nie certol się. Wiem, że twoje miecze przepadły i jesteś w potrzebie.

Geralt ujął jaszczurczą rękojeść, do połowy wysunął klingę z pochwy. Cal powyżej jelca widniała punca w kształcie słońca o szesnastu promieniach, na przemian prostych i falujących, symbolizujących w heraldyce słoneczny blask i słoneczny żar. Dwa cale za słońcem zaczynała się wykonana pięknie stylizowanym liternictwem inskrypcja, słynny znak firmowy.

– Klinga z Viroledy – stwierdził fakt. – Tym razem autentyk.

– Słucham?

– Nic, nic. Podziwiam. I wciąż nie wiem, czy wolno mi przyjąć...

– Wolno ci przyjąć. W zasadzie już przyjąłeś, masz go wszak w ręku. Do diabła, nie certol się, mówiłem. Daję ci miecz z sympatii. Byś pojął, że nie każdy czarodziej jest ci wrogiem. A mnie bardziej przydadzą się wędki. W Nilfgaardzie rzeki piękne i czyste, w nich moc pstrągów i łososi.

– Dziękuję. Pinety?

– Tak?

– Dajesz mi ten miecz wyłącznie z sympatii.

– Z sympatii, a jakże – czarodziej zniżył głos. – Ale może nie wyłącznie. Co mnie zresztą obchodzi, co się tu wydarzy, do jakich celów ów miecz ci posłuży? Żegnam te strony, nigdy tu nie wrócę. Widzisz ten pyszny galeon na redzie? To „Euryale", port macierzysty Baccalá. Wypływam pojutrze.

– Przybyłeś trochę wcześniej.

– Tak... – zająknął się lekko magik. – Wcześniej chciałbym się tu... Z kimś pożegnać.

– Powodzenia. Dzięki za miecz. I za konia, raz jeszcze. Bywaj, Pinety.

– Bywaj. – Czarodziej bez zastanowienia uścisnął podaną mu dłoń. – Bywaj, wiedźminie.

•

Odnalazł Jaskra, jakżeby inaczej, w portowym szynku, siorbiącego z miski rybną polewkę.

– Wyjeżdżam – oznajmił krótko. – Zaraz.

– Zaraz? – Jaskier zamarł z łyżką w pół drogi. – Teraz? Myślałem...

– Nieważne, co myślałeś. Jadę natychmiast. Kuzyna instygatora uspokój. Wrócę na królewskie gody.

– A to co jest?

– A jak ci się wydaje?

– Miecz, jasne. Skąd go masz? Od czarodzieja, tak? A ten, który dostałeś ode mnie? Gdzie jest?

– Stracił się. Wracaj do górnego miasta, Jaskier.

– A Koral?

– Co Koral?

– Co mam powiedzieć, gdy zapyta...

– Nie zapyta. Nie znajdzie na to czasu. Będzie się z kimś żegnać.

Interludium

TAJNE
Illustrissimus et Reverendissimus
Magnus Magister Narses de la Roche
Przewodniczący Kapituły Daru i Sztuk
Novigrad

*Datum ex Castello Rissberg,
die 15 mens. Jul. anno 1245 post Resurrectionem*

Re:
Mistrza Sztuk mgr mag
Sorela Alberta Amadora Degerlunda

Honoratissime Arcymistrzu,
niewątpliwie dotarły do Kapituły pogłoski o incydentach, jakie miały miejsce latem *anno currente* na zachodnich rubieżach Temerii, skutkiem których to incydentów, jak się domniemywa, życie utraciło około czterdziestu – dokładnie stwierdzić nie można – osób, głównie niewykwalifikowanych robotników leśnych. Incydenty te kojarzone są, ku naszemu ubolewaniu, z osobą Mistrza Sorela Alberta Amadora Degerlunda, członka zespołu badawczego Kompleksu Rissberg.

Zespół badawczy Kompleksu Risserg łączy się w bólu z rodzinami ofiar incydentów, jakkolwiek ofiary, stojące bardzo nisko w hierarchii społecznej, nadużywające alkoholu i wiodące życie niemoralne, zapewne w żadnych związkach rodzinnych nie pozostawały.

Pragniemy przypomnieć Kapitule, iż mistrz Degerlund, uczeń i pupil Arcymistrza Ortolana, jest wybitnym naukowcem, specjalistą w dziedzinie genetyki, notującym ogromne, wręcz nie do oszacowania osiągnięcia w zakresie transhumanizmu, introgresji i specjacji. Badania, jakie mistrz Degerlund prowadzi, mogą okazać się kluczowe dla rozwoju i ewolucji rasy ludzkiej. Jak wiadomo, rasa ludzka ustępuje rasom nieludzkim pod względem wielu cech fizycznych, psychicznych i psychomagicznych. Eksperymenty mistrza Degerlunda, polegające na hybrydyzacji i łączeniu puli genów, mają na celu początkowo zrównanie rasy ludzkiej z rasami nieludzkimi, długofalowo zaś – poprzez specjację – dominację nad nimi i całkowite ich podporządkowanie. Nie musimy chyba wyjaśniać, jak kapitalne rzecz ta ma znaczenie. Byłoby niewskazane, by jakieś drobne incydenty postęp w/w prac naukowych zwolniły lub zahamowały.

Co do samego mistrza Degerlunda, zespół badawczy Kompleksu Rissberg bierze pełną odpowiedzialność za opiekę medyczną nad nim. U mistrza Degerlunda już wcześniej diagnozowano skłonności narcystyczne, brak empatii i lekkie zaburzenia emocjonalne. W czasie poprzedzającym popełnianie zarzucanych mu czynów stan ów nasilił się aż do wystąpienia objawów zaburzenia afektywnego dwubiegunowego. Można stwierdzić, iż w chwili popełniania zarzucanych mu czynów mistrz Degerlund nie kontrolował swych reakcji emocjonalnych i miał upośledzoną zdolność odróżniania dobra od zła. Można przyjąć, że mistrz Degerlund był *non compos mentis*,

eo ipso czasowo utracił poczytalność, toteż odpowiedzialności karnej za przypisywane mu czyny ponosić
nie może, jako że *impune est admittendum quod per
furorem alicuius accidit.*

Mistrz Degerlund umieszczony został *ad interim*
w miejscu o lokalizacji utajnionej, gdzie jest leczony
i kontynuuje swe badania.

Sprawę uważając za zamkniętą, pragniemy zwrócić uwagę Kapituły na osobę konstabla Torquila,
prowadzącego śledztwo w sprawie incydentów w Temerii. Konstabl Torquil, podwładny bajlifa z Gors
Velen, skądinąd znany jako funkcjonariusz sumien-
ny i zagorzały obrońca prawa, wykazuje w kwestii
incydentów w w/w osadach zbytnią nadgorliwość
i podąża zdecydowanie niewłaściwym z naszego
punktu widzenia tropem. Należałoby wpłynąć na
jego przełożonych, by nieco jego zapał utemperowali.
A gdyby to nie poskutkowało, warto by zlustrować
kartoteki konstabla, jego żony, rodziców, dziadków,
dzieci i dalszych członków rodziny pod kątem życia
osobistego, przeszłości, karalności, spraw majątko-
wych i preferencji seksualnych. Sugerujemy kontakt
z kancelarią adwokacką Codringher i Fenn, z której
usług, jeśli wolno Kapitule przypomnieć, korzystano
przed trzema laty celem dyskredytowania i kompro-
mitowania świadków w sprawie znanej jako „afera
zbożowa".

Item, pragniemy zwrócić uwagę Kapituły, iż
w przedmiotową sprawę wplątany został, niestety,
wiedźmin, zwany Geraltem z Rivii. Ów miał w incydenty w osadach wgląd bezpośredni, mamy też podstawy przypuszczać, że wiąże owe wydarzenia z osobą mistrza Degerlunda. Również owego wiedźmina
należałoby uciszyć, gdyby jął drążyć rzecz nazbyt

wnikliwie. Zwracamy uwagę, że aspołeczna postawa, nihilizm, rozchwianie emocjonalne i chaotyczna osobowość wzmiankowanego wiedźmina mogą sprawić, iż samo ostrzeżenie może okazać się *non sufficit* i konieczne okażą się środki ekstremalne. Wiedźmin jest pod naszą stałą inwigilacją i gotowi jesteśmy takie środki zastosować – jeśli, rzecz jasna, Kapituła to zaaprobuje i zaleci.

W nadziei, iż powyższe wyjaśnienie okaże się dla Kapituły wystarczające dla zamknięcia sprawy, *bene valere optamus* i pozostajemy

z najwyższym poważaniem

za zespół badawczy Kompleksu Rissberg
semper fidelis vestrarum bona amica

Biruta Anna Marquette Icarti *manu propria*

Odpłać ciosem za cios, pogardą za pogardę, śmiercią za śmierć, a odpłać z potężnym procentem! Oko za oko, ząb za ząb, w czwórnasób, po stokroć!

Anton Szandor LaVey, *Biblia Szatana*

Rozdział siedemnasty

– W samą porę – powiedział ponuro Frans Torquil. – Zdążyłeś, wiedźminie, rychtyk na widowisko. Zaraz się zacznie.

Leżał na łóżku, na wznak, blady jak bielona ściana, z włosami mokrymi od potu i przyklejonymi do czoła. Miał na sobie wyłącznie zgrzebną lnianą koszulę, która Geraltowi od razu skojarzyła się ze śmiertelną. Lewe udo, od pachwiny aż po kolano, spowijał przesiąknięty krwią bandaż.

Pośrodku izby ustawiono stół, nakryto prześcieradłem. Niski typek w czarnym kaftanie bez rękawów wykładał na stół narzędzia, po kolei, jedno po drugim. Noże. Kleszcze. Dłuta. Piły.

– Jednego mi żal – zgrzytnął zębami Torquil. – Że ich dopaść nie zdołałem, skurwysynów. Wola bogów, niepisane mi było... I już nie będzie.

– Co się stało?

– To samo, psiakrew, co w Cisach, Rogowiźnie, Sośnicy. Tyle że nietypowo, na samym skraju puszczy. I nie na polanie, ale na gościńcu. Naskoczyli na podróżnych. Troje zabili, dwoje dzieci porwali. Trzeba trafu, żem był z oddziałem w pobliżu, od razu poszliśmy w pościg, wnet goniliśmy na oko. Dwóch drabów wielkich jak byki i jednego pokracznego garbusa. I tenże garbus z kuszy do mnie wygarnął.

Konstabl zaciął zęby, krótkim gestem wskazał na zabandażowane udo.

– Rozkazałem moim, by mię zostawili i tamtych gonili. Nie posłuchały, psiejuchy. I skutek taki, że uszli. A ja? Co z tego, że zratowali? Kiedy mi ninie nogę urżną? Wolej by mi było, kurwa, skapieć tam, ale jeszcze tamtych fikających nogami na stryczkach zobaczyć, nim by mi oczy zgasły. Nie usłuchały rozkazu, huncwoty. Teraz siedzą tam, wstydzą się.

Podwładni konstabla, faktycznie jak jeden mąż z nieszczególnymi minami, okupowali ławę pod ścianą. Towarzyszyła im nijak do towarzystwa nie przystająca pomarszczona staruszka w kompletnie nie licującym z siwizną wianku na głowie.

– Możemy zaczynać – powiedział typek w czarnym kaftanie. – Pacjenta na stół, przywiązać mocno pasami. Niechaj postronni opuszczą izbę.

– Niech zostaną – warknął Torquil. – Niech wiem, że patrzą. Będzie mi wstyd krzyczeć.

– Zaraz. – Geralt wyprostował się. – Kto orzekł, że amputacja jest konieczna?

– Jam tak orzekł. – Czarny typek też się wyprostował, ale by spojrzeć Geraltowi w twarz, i tak musiał mocno zadzierać głowę. – Jam jest messer Luppi, lejbmedyk bajlifa z Gors Velen, specjalnie przysłany. Badaniem stwierdziłem, że rana zakażona. Nogę mus odjąć, innego ratunku nie ma.

– Ile bierzesz za zabieg?

– Koron dwadzieścia.

– Masz tu trzydzieści. – Geralt wysupłał z mieszka trzy dziesięciokoronówki. – Zbierz instrumenty, pakuj się, wracaj do bajlifa. Gdyby pytał, to pacjentowi ma się ku lepszemu.

– Ale… Zaprotestować muszę…

– Pakuj się i wracaj. Którego z tych słów nie rozumiesz? A ty, babko, sama tu. Odwiń bandaż.

– On – staruszka wskazała lejbmedyka – zabronił mi rannego tykać. Żem niby znachorka i wiedźma. Groził, że doniesie na mnie.

– Olej go. On zresztą właśnie wychodzi.

Babka, w której Geralt od razu poznał zielarkę, posłuchała. Odwijała bandaż ostrożnie, mimo tego Torquil kręcił głową, posykiwał i stękał.

– Geralt... – stęknął. – Co ty kombinujesz? Mówił medykus, że ratunku nie ma... Lepiej nogę stracić niż życie.

– Gówno prawda. Wcale nie lepiej. A teraz się zamknij.

Rana wyglądała paskudnie. Ale Geralt widywał gorsze.

Wyjął z sakwy puzdro z eliksirami. Messer Luppi, już spakowany, przyglądał się, kręcił głową.

– Na nic tu dekokty – orzekł. – Na nic łżemagia i znachorskie sztuczki. Szarlataneria i tyle. Jako medyk, zaprotestować muszę...

Geralt odwrócił się, spojrzał. Medyk wyszedł. Pospiesznie. Potknął się w progu.

– Czterech do mnie. – Wiedźmin odkorkował flakonik. – Przytrzymajcie go. Zaciśnij zęby, Frans.

Wylany na ranę eliksir spienił się silnie. Konstabl stęknął rozdzierająco. Geralt odczekał chwilę, wylał drugi eliksir. Ten drugi też się pienił, a do tego syczał i dymił. Torquil zakrzyczał, zaszamotał głową, wyprężył się, przewrócił oczami i zemdlał.

Staruszka wydobyła z tobołka łagiewkę, wybrała stamtąd przygarść zielonej mazi, grubą warstwą nałożyła na kawał złożonego płótna, przykryła ranę.

– Żywokost – odgadł Geralt. – Okład z żywokostu, arniki i nagietka. Dobrze, babulu, bardzo dobrze. Przydałby się też dziurawiec, kora dębu...

– Widzita go – przerwała babka, nie unosząc głowy znad nogi konstabla. – Zielarstwa będzie mnie uczył. Ja, synku, leczyłam ziołami już wtedy, kiedyś ty jeszcze obrzygiwał nianię kaszką z mleczkiem. A wy, drągale, odstąpcież, bo mi światło zasłaniacie. I cuchniecie niemożebnie. Zmieniać trza onuce, zmieniać. Co jakiś czas. Poszli precz z izby, do kogo mówię?

– Nogę trzeba będzie unieruchomić. Włożyć w długie łubki...

– Nie ucz mnie, mówiłam. I sam też na dwór się wynoś. Czego tu jeszcze stoisz? Na co czekasz? Na podzięki, żeś wielkodusznie swe magiczne wiedźmińskie leki poświęcił? Na obietnicę, że on ci tego póki życia nie zapomni?

– Chcę go o coś spytać.

– Zaprzysiąż, Geralt – zupełnie nieoczekiwanie odezwał się Frans Torquil – że ich dopadniesz. Że im nie darujesz...

– Dam mu cosik na sen i gorączkę, bo bredzi. A ty, wiedźminie, wyjdź. Poczekaj przed chałupą.

Nie czekał długo. Babka wyszła, podciągnęła kieckę, poprawiła przekrzywiony wianek. Usiadła obok na przyzbie. Potarła stopą o stopę. Miała niezwykle małe.

– Śpi – oznajmiła. – I chyba wyżyje, jeśli się nic złego nie wda, tfu, tfu. Kość się zrośnie. Ocaliłeś mu girę wiedźmińskimi czarami. Kulawym na zawsze zostanie i na koń, widzi mi się, już nie siędzie nigdy, ale co dwie nogi, to nie jedna, he, he.

Sięgnęła za pazuchę, pod haftowany serdak, przez co jeszcze silniej zapachniała ziołami. Wyciągnęła drewniane puzdereczko, otworzyła je. Po chwili wahania podsunęła Geraltowi.

– Wciągniesz?

– Nie, dziękuję. Nie używam fisstechu.

– Ja zaś... – Zielarka wciągnęła narkotyk do nosa, najpierw do jednej, potem drugiej dziurki. – Ja zaś i owszem, od czasu do czasu. Kurewsko dobrze robi. Na jasność umysłu. Na długowieczność. I urodę. Popatrz ino na mnie.

Popatrzył.

– Za wiedźmiński lek dla Fransa – babka przetarła łzawiące oko, pociągnęła nosem – dziękuję ci, nie zapomnę. Wiem, że zazdrośnie onych waszych dekoktów strzeżecie. A tyś mu ich użyczył, bez namysłu. Choć przecie przez to dla ciebie samego może w potrzebie zbraknąć. Nie strach?

– Strach.

Odwróciła głowę profilem. W samej rzeczy, musiała być niegdyś piękną niewiastą. Ale kurewsko dawno.

– A teraz – odwróciła się – gadaj. O coś Fransa pytać chciał?

– Nieważne. Śpi, a mnie czas w drogę.

– Gadaj.

– Góra Cremora.

– Było tak od razu. Co chcesz wiedzieć o tej górze?

•

Chałupa stała dość daleko za wsią, pod samą ścianą boru, las zaczynał się tuż za ogrodzeniem sadu, pełnego drzewek ciężkich od jabłek. Reszta nie wykraczała poza wiejską klasykę – stodoła, szopa, kurnik, kilka uli, warzywnik, kupa nawozu. Z komina sączyła się smużka jasnego i mile pachnącego dymu.

Uwijające się przy opłotkach perliczki dostrzegły go pierwsze, zaalarmowały okolicę piekielnym jazgotem. Kręcące się po podwórku dzieciaki – trójka – pomknęły w stronę chaty. W drzwiach pojawiła się kobieta. Wysoka, jasnowłosa, w zapasce na zgrzebnej kiecce. Podjechał bliżej, zsiadł z konia.

– Powitać – powitał. – Gospodarz w domu?

Dzieciaki, dziewczynki co do jednej, uczepiły się maminej kiecki i zapaski. Niewiasta patrzyła na wiedźmina, a we wzroku jej próżno szukałbyś sympatii. Nie dziwota. Dobrze widziała rękojeść miecza nad ramieniem wiedźmina. Medalion na szyi. Srebrne ćwieki na rękawicach, których wiedźmin bynajmniej nie krył. Wręcz je demonstrował.

– Gospodarz – powtórzył. – Otto Dussart, znaczy się. Mam doń interes.

– Jaki?

– Osobisty. Zastałem?

Wpatrywała się, milcząc, lekko przekrzywiwszy głowę. Była, jak ocenił, urody w typie rustykalnym, czyli lat liczyć sobie mogła między dwadzieścia pięć a czterdzieści pięć. Precyzyjniejsza ewaluacja, jak w przypadku większości mieszkanek wsi, nie była możliwa.

– Zastałem?

– Nie ma.

– Tedy zaczekam – zarzucił wodze klaczy na żerdź – aż wróci.

– To może długo być.

– Wytrzymam jakoś. Choć po prawdzie wolałbym w izbie niż pod płotem.

Niewiasta przez chwilę mierzyła go wzrokiem. Jego i jego medalion.

– Gość w dom – wyrzekła wreszcie. – Zapraszam.

– Zaproszenie przyjmuję – odpowiedział zwyczajową formułką. – Prawu gościny nie uchybię.

– Nie uchybisz – powtórzyła przeciągle. – Ale miecz nosisz.

– Taka profesja.

– Miecze kaleczą. I zabijają.

– Życie też. Jak w końcu będzie z tym zaproszeniem?

– Prosim do izby.

Wchodziło się, jak zwykle do takich sadyb, przez sień, ciemną i zagraconą. Sama izba okazała się dość przestronną, jasną i czystą, ściany tylko w pobliżu kuchni i komina nosiły ślady kopcia, wszędzie indziej cieszyły bielą i kolorowymi makatkami, wszędzie wisiały też różne domowe utensylia, pęki ziół, warkocze czosnku, wianki papryki. Tkana zasłona odgradzała izbę od komory. Pachniało kuchnią. Znaczy się, kapustą.

– Prosim siadać.

Gospodyni wciąż stała, mnąc zapaskę. Dzieci przycupnęły koło pieca, na niskiej ławie.

Medalion na szyi Geralta drgał. Silnie i nieustannie. Trzepotał pod koszulą jak schwytany ptak.

– Ten miecz – odezwała się kobieta, podchodząc do kuchni – było w sieni ostawić. Nieobyczajnie to, z orężem za stół siadać. Jeno zbóje tak czynią. Tyś zbój?

– Dobrze wiesz, kim jestem – uciął. – A miecz zostanie tam, gdzie jest. Celem przypominania.

– O czym?

– O tym, że pochopne działania miewają groźne konsekwencje.

– Tu nigdzie broni nijakiej nie masz, tedy...

– Dobra, dobra – przerwał obcesowo. – Nie czarujmy się, pani gospodyni. Chłopska chata i obejście to arsenał, niejeden już padł od motyki, że o cepach i widłach nie wspomnę. Słyszałem o jednym zabitym bijakiem od maselnicy. Wszystkim można wyrządzić krzywdę, jeśli się chce. Lub musi. Jeśli my już przy tym, to zostaw w spokoju ten garnek z ukropem. I odsuń się od kuchni.

– Nicem nie zamiarowała – wyrzekła prędko kobieta, kłamiąc w sposób oczywisty. – A tam nie ukrop, ino barszcz. Ugościć chciałam...

– Dziękuję. Alem niegłodny. Więc garnka nie tykaj i odejdź od pieca. Siądź tam, przy dzieciach. I grzecznie poczekamy na gospodarza.

Siedzieli w ciszy, przerywanej jeno bzyczeniem much. Medalion drgał.

– W piecu saganek z kapustą dochodzi – przerwała ciężkie milczenie niewiasta. – Wyjąć trza, przemieszać, bo się przypali.

– Ona – Geralt wskazał na najmniejszą z dziewczynek – niech to zrobi.

Dziewczynka wstała powoli, łypiąc na niego spod płowej grzywki. Ujęła widełki na długim trzonku, schyliła się ku drzwiczkom pieca. I nagle skoczyła na Geralta jak kocica. Zamierzała widełkami przygwoździć mu szyję do ściany, ale uchylił się, szarpnął trzonek, obalił ją na polepę. Zaczęła się zmieniać, nim jeszcze upadła.

Niewiasta i dwie pozostałe już się zmienić zdążyły. Na wiedźmina leciały w skoku trzy wilki, szara wilczyca i dwa wilczątka, z przekrwionymi ślepiami i wyszczerzonymi kłami. W skoku rozdzieliły się, iście po wilczemu, atakując ze wszystkich stron. Uskoczył, na wilczycę pchnął ławę, wilczątka odtrącił ciosami pięści w nabijanych srebrem rękawicach. Zaskowyczały, przypadły do ziemi, szczerząc kły. Wilczyca zawyła dziko, skoczyła znowu.

– Nie! Edwina! Nie!

Zwaliła się na niego, przygniatając do ściany. Ale już w ludzkiej postaci. Odmienione dziewczynki pierzchnęły natychmiast, kucnęły przy piecu. Niewiasta została, klęcząc u jego kolan, patrząc zawstydzonym wzrokiem. Nie wiedział, czy wstydzi się ataku, czy tego, że się nie powiódł.

– Edwina! Jakże tak? – zagrzmiał, biorąc się pod boki, brodaty mężczyzna słusznego wzrostu. – Cóżeś ty?

– To wiedźmin! – parsknęła niewiasta, wciąż na klęczkach. – Zbój z mieczem! Po ciebie przyszedł! Morderca! Krwią cuchnie!

– Milcz, kobieto. Ja go znam. Wybaczcie, panie Geralcie. Nic wam nie jest? Wybaczcie. Nie wiedziała... Myślała, że skoro wiedźmin...

Urwał, spojrzał niespokojnie. Niewiasta i dziewczynki skupiły się przy piecu. Geralt przysiągłby, że słyszy ciche warczenie.

– Nic się nie stało – powiedział. – Nie mam żalu. Ale zjawiłeś się w samą porę. Ani o moment nie za wcześnie.

– Wiem – brodacz wzdrygnął się zauważalnie. – Wiem, panie Geralcie. Siadajcie, siadajcie za stół... Edwina! Piwa podaj!

– Nie. Wyjdźmy, Dussart. Na słowo.

Pośrodku podwórza siedział bury kot, na widok wiedźmina pierzchnął w okamgnieniu i skrył się w pokrzywach.

– Nie chcę stresować ci żony ani straszyć dzieci – oświadczył Geralt. – Nadto mam sprawę, o której wolałbym w cztery oczy. Chodzi, widzisz, o pewną przysługę.

– Co tylko zechcecie – wyprostował się brodacz. – Ino rzeknijcie. Każde wasze życzenie spełnię, jeśli tylko w mej mocy. Dług mam wobec was, wielki dług. Dzięki wam żywy chodzę po świecie. Boście mnie wonczas oszczędzili. Wam zawdzięczam...

– Nie mnie. Sobie. Temu, że nawet w wilczej postaci pozostawałeś człowiekiem i nigdy nikomu nie wyrządziłeś krzywdy.

– Nie wyrządziłem, prawda jest. I co mi to dało? Sąsiedzi, podejrzeń nabrawszy, zaraz mi wiedźmina na kark ściągnęli. Choć biedacy, ciułali grosz do grosza, by móc was na mnie wynająć.

– Myślałem nad tym – przyznał Geralt – by zwrócić im pieniądze. Ale to mogłoby wzbudzić podejrzenia. Zagwarantowałem im wiedźmińskim słowem, że zdjąłem z ciebie wilkołaczy urok i w pełni wyleczyłem z lykantropii, że teraz jesteś najnormalniejszy w świecie. Taki wyczyn musi kosztować. Jeśli ludzie za coś płacą, to w to wierzą; co opłacone, to staje się prawdziwe i legalne. Im drożej, tym bardziej.

– Aż ciarki chodzą, gdy tamten dzień wspomnę. – Dussart pobladł mimo opalenizny. – Ledwiem wtedy nie umarł ze strachu, gdym was ze srebrną klingą uwidział. Myślałem, ostatnia moja godzina wybiła. Mało to się słyszało opowieści? O wiedźminach-mordercach, w krwi i męce się lubujących? Wyście, pokazało się, człek prawy. I dobry.

– Nie przesadzajmy. Ale mojej rady posłuchałeś, wyniosłeś się z Guaamez.

– Musiałem – rzekł ponuro Dussart. – W Guaamez niby uwierzyli, żem odczarowany, ale mieliście rację, były wilkołak też nie ma wśród ludzi lekko. Wyszło na wasze: to, kim się było, u ludzi większe ma znaczenie niż to, kim się jest. Mus był się stamtąd wynosić, wędrować w obce okolice, gdzie nikt mnie nie znał. Tułałem się, tułałem... Aż wreszcie tu trafiłem. I tu Edwinę poznałem...

– Rzadko się zdarza – pokręcił głową Geralt – by dwoje teriantropów złączyło się w parę. Jeszcze rzadsze bywa potomstwo z takich związków. Szczęściarz z ciebie, Dussart.

– A żebyście wiedzieli – wyszczerzył zęby wilkołak. – Dzieciaki jak z obrazka, rosną na piękne panny. A z Edwiną to my się jak w korcu maku dobrali. Z nią mi być, po kres dni.

– Poznała we mnie wiedźmina od razu. I od razu gotowa była do obrony. Wrzącym barszczem, nie uwierzysz, miała zamiar mnie potraktować. Pewnie i ona nasłuchała się wilkołaczych bajek o krwiożerczych wiedźminach w męce się lubujących.

– Wybaczcie jej, panie Geralcie. A owego barszczu wnet pokosztuję. Edwina wyborny barszcz warzy.

– Może lepiej – wiedźmin pokręcił głową – bym się nie narzucał. Dzieci straszyć nie chcę, tym bardziej twojej małżonki denerwować. Dla niej wciąż jestem zbój z mieczem, trudno oczekiwać, by tak od razu się do mnie przekonała. Powiedziała, że krwią cuchnę. W przenośni, jak rozumiem.

– Nie bardzo. Bez urazy, panie wiedźminie, ale jedzie od was krwią okrutnie.

– Nie miałem kontaktu z krwią od...

– Od jakichś dwóch tygodni, bym powiedział – dokończył wilkołak. – To krzepnąca krew, martwa krew, dotykaliście kogoś pokrwawionego. Jest i wcześniejsza krew, sprzed miesiąca. Zimna krew. Krew gada. Sami też krwawiliście. Z rany, żywą krwią.

– Jestem pełen podziwu.

– My, wilkołaki – Dussart wyprostował się dumnie – ździebko czulsze od ludzkiego mamy powonienie.

– Wiem – uśmiechnął się Geralt. – Wiem, że wilkołaczy zmysł węchu to istny cud przyrody. Dlatego to właśnie do ciebie przychodzę prosić o przysługę.

•

– Ryjówki – powęszył Dussart. – Ryjówki, znaczy się sorki. I norniki. Dużo norników. Łajno. Dużo łajna. Głównie kuny. I łasicy. Nic więcej.

Wiedźmin westchnął, po czym splunął. Nie krył rozczarowania. Była to już czwarta jaskinia, w której Dussart nie wywęszył nic poza gryzoniami i polującymi na gryzonie drapieżnikami. I obfitością łajna jednych i drugich.

Przeszli do następnego ziejącego w skalnej ścianie otworu. Kamienie usuwały się spod nóg, sypały na piarg. Było stromo, szło się z trudem, Geralt zaczynał już odczuwać zmęczenie. Dussart w zależności od terenu zmieniał się w wilka albo zostawał w postaci ludzkiej.

– Niedźwiedzica. – Zajrzał do kolejnej groty, pociągnął nosem. – Z młodymi. Była, ale poszła, już jej tam nie ma. Są świstaki. Ryjówki. Nietoperze. Dużo nietoperzy. Gronostaj. Kuna. Rosomak. Dużo łajna.

Następna pieczara.

– Tchórzyca. Ma cieczkę. Jest też rosomak... Nie, dwa. Para rosomaków.

– Podziemne źródło, woda lekko siarczana. Gremliny, cała grupa, chyba z dziesięć sztuk. Jakieś płazy, chyba salamandry... Nietoperze...

Z położonego gdzieś wysoko występu skalnego sfrunął ogromny orzeł, krążył nad nimi, pokrzykując.

Wilkołak uniósł głowę, spojrzał na górskie szczyty.
I sunące zza nich ciemne chmury.

– Burza idzie. To ci lato, żeby niemal dnia bez burzy... Co robimy, panie Geralcie? Następna dziura?

– Następna dziura.

By dotrzeć do tej następnej, musieli przebyć spa-
dającą z krzesanicy siklawę, niezbyt dużą, ale wy-
starczającą do tego, by ich solidnie zmoczyć. Poros-
słe mchem skały były tu śliskie jak mydło. Dussart,
by jakoś iść, zmienił się w wilka. Geralt, kilka razy
niebezpiecznie się pośliznąwszy, przemógł się, zaklął i pokonał trudny odcinek na czworakach. Dobrze, że nie ma tu Jaskra, pomyślał, opisałby to
w balladzie. Przodem lykantrop w wilczej postaci,
za nim wiedźmin na czworakach. Mieliby ludzie
używanie.

– Duża dziura, panie wiedźminie – powęszył Dussart. – Duża i głęboka. Są tam górskie trolle, pięć
albo sześć wyrośniętych trolli. I nietoperze. Mnóstwo nietoperzego łajna.

– Idziemy dalej. Do następnej.

– Trolle... Te same trolle, co poprzednio. Pieczary
się łączą.

– Niedźwiedź. Piastun. Był tam, ale poszedł. Niedawno.

– Świstaki. Nietoperze. Liścionosy.

Od następnej jaskini wilkołak odskoczył jak opa-
rzony.

– Gorgon – wyszeptał. – W głębi jamy siedzi wielki
gorgon. Śpi. Poza nim nie ma tam nic.

– Nie dziwię się – mruknął wiedźmin. – Odejdź-
my. Po cichu. Bo gotów się zbudzić...

Odeszli, oglądając się niespokojnie. Do kolejnej
groty, szczęśliwie położonej w oddaleniu od leża

gorgona, zbliżali się bardzo powoli, świadomi, że ostrożność nie zawadzi. Nie zawadziła, ale okazała się niepotrzebną. Kilka kolejnych pieczar nie kryło w swych czeluściach niczego poza nietoperzami, świstakami, myszami, nornikami i ryjówkami. I całymi pokładami łajna.

Geralt był zmęczony i zrezygnowany. Dussart w wyraźny sposób też. Ale trzymał, przyznać mu było trzeba, fason, nie objawił zniechęcenia słowem ni gestem. Wiedźmin nie miał jednak złudzeń. Wilkołak wątpił w powodzenie operacji. Zgodnie z tym, co Geralt niegdyś zasłyszał, a co potwierdziła babka zielarka, góra Cremora była od wschodniej, stromej strony dziurawa jak ser, przewiercona niezliczonymi jaskiniami. Jaskiń, i owszem, znaleźli bez liku. Ale Dussart wyraźnie nie wierzył, by udało się wywęszyć i odnaleźć tę właściwą, będącą podziemnym przejściem do wnętrza skalnego kompleksu Cytadeli.

Na domiar złego błysnęło. Zagrzmiało. I zaczęło padać. Geralt miał szczery zamiar splunąć, zakląć brzydko i ogłosić koniec przedsięwzięcia. Przemógł się.

– Ruszamy, Dussart. Następna dziura.

– Wedle życzenia, panie Geralcie.

I nagle, przy kolejnym ziejącym w skale otworze, nastąpił – zupełnie jak w kiepskiej powieści – przełom akcji.

– Nietoperze – ogłosił wilkołak, węsząc. – Nietoperze i... I kot.

– Ryś? Żbik?

– Kot – wyprostował się Dussart. – Zwykły domowy kot.

Otto Dussart z ciekawością przyglądał się buteleczkom eliksirów, patrzył, jak wiedźmin je wypija. Obserwował zmiany zachodzące w wyglądzie Geralta, a oczy rozszerzały mu się z podziwu i strachu.

– Nie każcie mi aby – powiedział – wchodzić z wami do tej jamy. Bez urazy, ale nie pójdę. Ze strachu, co tam może być, aż sierść mi się jeży...

– Ani mi w głowie postało, by cię o to prosić. Wracaj do domu, Dussart, do żony i dzieci. Wyświadczyłeś mi przysługę, zrobiłeś, o co cię poprosiłem, więcej wymagać nie mogę.

– Zaczekam – zaprotestował wilkołak. – Zaczekam, aż wyjdziecie.

– Nie wiem – Geralt poprawił miecz na plecach – kiedy stamtąd wyjdę. I czy w ogóle wyjdę.

– Nie mówcie tak. Zaczekam... Zaczekam do zmierzchu.

•

Dno jaskini zalegał gruby pokład nietoperzego guana. Same nietoperze – brzuchate gacki – gronami całymi wisiały u stropu, wiercąc się i ospale popiskując. Strop początkowo był wysoko nad głową Geralta, po równym dnie mógł iść w miarę szybko i wygodnie. Wygoda skończyła się jednak rychło – wpierw musiał zacząć się schylać, schylać coraz niżej i niżej, wreszcie nie pozostało nic innego, jak poruszać się na czworakach. A w końcu pełznąć.

Był moment, w którym zatrzymał się, zdecydowany zawracać, ciasnota poważnie groziła utknięciem. Ale usłyszał szum wody, a na twarzy poczuł jakby powiew zimnego powietrza. Świadom, że ryzykuje, przepchnął się przez szczelinę, odetchnął z ulgą, gdy zaczęła się poszerzać. Korytarz znienacka stał się pochylnią, po której zjechał w dół, prosto w koryto podziemnego strumienia, wypływającego spod jednej skały, a znikającego pod przeciwległą. Skądś z góry sączyło się słabe światło i to stamtąd – z bardzo wysoka – dochodziły zimne powiewy.

Ponor, w którym znikał strumień, wyglądał na zalany wodą całkowicie, wiedźminowi, choć podejrzewał tam syfon, nie w smak było nurkować. Wybrał drogę w górę strumienia, pod wartki prąd, po wiodącej w górę pochylni. Nim wydostał się z pochylni do wielkiej sali, był przemoczony do suchej nitki i upaprany mułem wapiennych osadów.

Sala była ogromna, cała w majestatycznych naciekach, polewach, draperiach, stalagmitach, stalaktytach i stalagnatach. Strumień płynął dnem, głęboko wydrążonym meandrem. Także i tu z góry sączyło się światło i czuło się słaby przeciąg. Czuło się coś jeszcze. Węch wiedźmina z powonieniem wilkołaka konkurować nie mógł, ale teraz i wiedźmin czuł to, co wilkołak wcześniej – nikły odór kociego moczu.

Postał chwilę, rozejrzał się. Ciąg powietrza wskazał mu wyjście, otwór, niby pałacowy portal flankowany filarami potężnych stalagmitów. Tuż obok zobaczył wypełnioną miałkim piaskiem nieckę. To od tej właśnie niecki jechało kotem. Na piasku widniały liczne odciski kocich łapek.

Przewiesił przez plecy miecz, który musiał zdjąć w ciasnocie szczelin. I wkroczył pomiędzy stalagmity.

Wiodący łagodnie pod górę korytarz był wysoko sklepiony i suchy. Dno zalegały głazy, ale dało się iść. Szedł. Do momentu, gdy drogę zagrodziły mu drzwi. Solidne i zamczyste.

Do tej chwili wcale nie był pewien, czy szedł po właściwym tropie, nie miał żadnej pewności, czy aby wszedł do właściwej jaskini. Drzwi zdawały się potwierdzać, że tak.

W drzwiach, przy samym progu, był mały, całkiem niedawno wypiłowany otwór. Przejście dla kota.

Pchnął drzwi – ani drgnęły. Drgnął natomiast – nieznacznie – amulet wiedźmina. Drzwi były magiczne, zabezpieczone czarem. Słabe drgnięcie medalionu sygnalizowało jednak, że nie był to czar silny. Zbliżył twarz do drzwi.

– Przyjaciel.

Drzwi otwarły się bezszelestnie na oliwionych zawiasach. Jak trafnie odgadł, w słabe magiczne zabezpieczenie i fabryczne hasło wyposażono je standardowo, w produkcji seryjnej, nikomu – na jego szczęście – nie chciało się instalować w nich czegoś bardziej wyrafinowanego. Miały odgrodzić od kompleksu pieczar i od istot niezdolnych posłużyć się nawet tak prostą magią.

Za drzwiami – które dla pewności zabezpieczył kamieniem – kończyły się naturalne jaskinie. Zaczynał korytarz wykuty w skale oskardami.

Nadal, mimo wszystkich przesłanek, nie był pewien. Aż do momentu, gdy zobaczył przed sobą światło. Migocące światło pochodni lub kaganka. A po chwili usłyszał dobrze znany mu śmiech. Rechot.

– Buueh-hhhrrr-eeeehhh-bueeeeh!

Światło i rechot, jak się okazało, dolatywały ze sporego pomieszczenia, oświetlonego zatkniętym w żelazny uchwyt łuczywem. Pod ścianami piętrzyły się skrzynie, pudła i beczki. Przy jednej ze skrzyń, beczki mając za krzesła, zasiadali Bue i Bang. Grali w kości. Rechotał Bang, wyrzuciwszy widać właśnie więcej oczek.

Na skrzynce obok stał gąsior okowity. Przy nim leżała zakąska.

Upieczona ludzka noga.

Wiedźmin wyjął miecz z pochwy.

– Dzień dobry, chłopcy.

Bue i Bang gapili się nań przez czas jakiś z otwartymi gębami. Po czym zaryczeli, zerwali się, obalając beczki, porwali za broń. Bue za kosę, Bang za szeroki bułat. I rzucili się na wiedźmina.

Zaskoczyli go, choć liczył się z tym, że nie będą to przelewki. Ale nie spodziewał się, że pokraczne wielgusy będą tak szybkie.

Bue nisko machnął kosą, gdyby nie wyskok w górę, straciłby obie nogi. Ledwo uniknął ciosu Banga, bułat skrzesał iskry z kamiennej ściany.

Wiedźmin umiał radzić sobie z szybkimi osobnikami. Z wielkimi też. Szybcy czy wolni, wielcy czy mali, wszyscy mieli miejsca wrażliwe na ból.

I pojęcia nie mieli, jak szybki jest wiedźmin po wypiciu eliksirów.

Bue zawył, cięty w łokieć, cięty w kolano Bang zawył jeszcze głośniej. Wiedźmin zmylił go szybką woltą, przeskoczył nad ostrzem kosy, samym końcem klingi ciął Buego w ucho. Bue zaryczał, trzęsąc głową, zawinął kosą, zaatakował. Geralt złożył palce i uderzył go Znakiem Aard. Ugodzony czarem Bue klapnął zadem na podłogę, zęby zadzwoniły mu słyszalnie.

Bang szeroko zamachnął się bułatem. Geralt zwinnie zanurkował pod ostrzem, w przelocie chlasnął olbrzyma w drugie kolano, zawirował, doskoczył do usiłującego wstać Buego, ciął go przez oczy. Bue zdążył jednak cofnąć głowę, cios chybił, trafił w łuki brwiowe, krew momentalnie zalała twarz ogrotrolla. Bue zaryczał, zerwał się, rzucił na Geralta na oślep, Geralt odskoczył, Bue wpadł na Banga, zderzył się z nim. Bang odepchnął go i rycząc wściekle, runął na wiedźmina, tnąc bułatem na odlew. Geralt uniknął ostrza szybkim zwodem i półobrotem, ciął ogrotrolla dwa razy, w oba łokcie. Bang zawył, ale bułata nie upuścił, ponownie zamachnął się, ciął szeroko i bezładnie. Geralt wywinął się z zasięgu ostrza. Zwód wyniósł go za plecy Banga, nie mógł nie wykorzystać takiej szansy. Odwrócił miecz i ciachnął z dołu, pionowo, równo pomiędzy pośladki. Bang chwycił się za tyłek, zawył, zakwiczał, zadrobił nogami, ugiął kolana i zsikał się.

Oślepiony Bue zamachnął się kosą. Trafił. Ale nie wiedźmina, który wywinął się w piruecie. Trafił swego wciąż trzymającego się za zad koleżkę. I zmiótł mu głowę z barków. Z uciętej tchawicy z głośnym sykiem uszło powietrze, krew z arterii buchnęła niby lawa z krateru wulkanu, wysoko, aż na pułap.

Bang stał, posikując krwią, niczym bezgłowa statua w fontannie, stabilizowany w pionie przez ogromne płaskie stopy. Ale wreszcie przechylił się i padł niczym kloc.

Bue przetarł zalane krwią oczy. Zaryczał jak bawół, gdy wreszcie dotarło doń, co się stało. Zatupał nogami, wywinął kosą. Zakręcił się w miejscu, szukając wiedźmina. Nie znalazł. Bo wiedźmin był za jego plecami. Cięty pod pachę wypuścił kosę z rąk, rzucił się na Geralta z gołymi rękami, krew znów zalała mu oczy, więc zderzył się ze ścianą. Geralt doskoczył, ciął.

Bue najwyraźniej nie wiedział, że ma przecięte tętnice. I że już dawno powinien umrzeć. Ryczał, kręcił się w miejscu, wymachiwał rękami. Aż złamały się pod nim kolana, ukląkł w kałuży krwi. Na klęczkach ryczał i wymachiwał dalej, ale coraz to ciszej i ospalej. Geralt, by skończyć, podszedł i pchnął go sztychem pod mostek. To był błąd.

Ogrotroll stęknął i ucapił za klingę, jelec i rękę wiedźmina. Ślepia zachodziły mu już mgłą, ale chwytu nie zwalniał. Geralt przystawił mu but do piersi, zaparł się, szarpnął. Choć krew sikała mu z ręki, Bue nie puścił.

– Ty głupi skurwysynu – wycedził, wkraczając do kawerny, Pasztor, mierząc do wiedźmina ze swego dwułuczyskowego arbalestu. – Po śmierć tu przylazłeś. Już po tobie, diabli pomiocie. Trzymaj go, Bue!

Geralt szarpnął się. Bue stęknął, ale nie puścił. Garbus wyszczerzył zęby i nacisnął spust. Geralt skulił się w uniku, ciężki bełt otarł się lotkami o jego bok, gruchnął w ścianę. Bue puścił miecz, leżąc na brzuchu, ucapił wiedźmina za nogi, unieruchomił. Pasztor zaskrzeczał triumfalnie i uniósł kuszę.

Ale wystrzelić nie zdołał.

Do kawerny wpadł, niczym szary pocisk, ogromny wilk. Uderzył Pasztora po wilczemu, w nogi, od tyłu, rwąc wiązadła podkolanowe i tętnice. Garbus wrzasnął, upadł. Cięciwa upuszczonego arbalestu szczęknęła, Bue charknął. Bełt trafił go prosto w ucho i wszedł po lotki. A grot wyszedł drugim uchem.

Pasztor zawył. Wilk rozwarł straszliwą paszczękę i chwycił go za głowę. Wycie zmieniło się w rzężenie.

Geralt odtrącił od nóg martwego wreszcie ogrotrolla.

Dussart, już w ludzkiej postaci, uniósł się znad zwłok Pasztora, otarł wargi i podbródek.

– Po czterdziestu dwu latach bycia wilkołakiem – powiedział, napotykając wzrok wiedźmina – wręcz wypadało wreszcie kogoś zagryźć.

•

– Musiałem przyjść – usprawiedliwił się Dussart.

– Wiedziałem, panie Geralcie, że mus mi was ostrzec.

– Przed nimi? – Geralt wytarł klingę, wskazał na nieruchome ciała.

– Nie tylko.

Wiedźmin wszedł do pomieszczenia, które wskazywał wilkołak. I cofnął się odruchowo.

Kamienna podłoga była czarna od skrzepłej krwi. Pośrodku pomieszczenia ziała czarna ocembrowana dziura. Obok piętrzyła się sterta trupów. Nagich i pokaleczonych, pokrojonych, poćwiartowanych, niekiedy obdartych ze skóry. Trudno było ocenić, ilu.

Z dziury, z głębi, słychać je było wyraźnie, dobiegały odgłosy chrupania, trzaski miażdżonych kości.

– Wcześniej nie mogłem tego wyczuć – wymamrotał Dussart głosem pełnym odrazy. – Dopiero jakeście tamte drzwi otwarli, tam, w dole, wywęszyłem... Uciekajmy stąd, panie. Dalej od tej trupiarni.

– Mam tu jeszcze coś do załatwienia. Ale ty idź. Dzięki ci wielkie, że przyszedłeś z pomocą.

– Nie dziękujcie. Dług u was miałem. Szczęśliw jestem, żem się mógł zeń uiścić.

•

W górę wiodły kręcone schody, wijąc się wykutym w skale cylindrycznym szybem. Trudno było ocenić dokładnie, ale Geralt z grubsza obliczał, że gdyby to były schody standardowej wieży, wspiąłby się na pierwszą, może drugą górną kondygnację. Naliczył sześćdziesiąt dwa stopnie, gdy wreszcie zatrzymały go drzwi.

Podobnie jak tamte na dole, te również miały wypiłowane przejście dla kota. Podobnie jak tamte na dole zamczyste, nie były jednak magiczne, ustąpiły łatwo po naciśnięciu klamki.

Pomieszczenie, do którego wszedł, nie miało okien i oświetlone było słabo. Pod sufitem wisiało kilka magicznych kul, ale aktywna była tylko jedna. Cuchnęło okropnie, chemią i wszelkim możliwym okropieństwem. Pierwszy rzut oka zdradzał, co się tu mieści. Słoje, butle i flakony na półkach, retorty, szklane bańki i rurki, stalowe instrumenty i narzędzia, słowem, laboratorium, pomyłka wykluczona.

Na regale tuż przy wejściu stały rzędem wielkie słoje. Najbliższy pełen był ludzkich oczu, pływających w żółtym płynie niby mirabelki w kompocie. W drugim słoju był homunkulus, malutki, nie większy niż dwie złożone razem pięści. W trzecim...

W trzecim słoju unosiła się w płynie ludzka głowa. Rysów może by nie rozpoznał, zniekształconych przez skaleczenia, obrzęk i odbarwienie, słabo widocznych przez mętnawą ciecz i grube szkło. Ale głowa była zupełnie łysa. Tylko jeden czarodziej golił głowę na łyso.

Harlan Tzara, okazało się, nigdy nie dotarł do Poviss.

W dalszych słojach też coś pływało, różne sine i blade paskudztwa. Ale więcej głów w nich nie było.

Środek pomieszczenia zajmował stół. Stalowy wyprofilowany stół z odpływowym drenem.

Na stole leżał nagi trup. Trupek. Zwłoki dziecka. Jasnowłosej dziewczynki.

Zwłoki były rozpłatane cięciem w kształcie litery Y. Organy wewnętrzne, wyjęte, ułożone były po obu stronach ciała, równo, porządnie i przejrzyście. Wyglądało to zupełnie jak rycina w atlasie anatomicznym. Brakowało tylko oznaczeń. Fig.1, fig. 2 i tak dalej.

Kątem oka dostrzegł ruch. Wielki czarny kot przemknął pod ścianą, spojrzał na niego, zasyczał, uciekł uchylonymi drzwiami. Geralt ruszył za nim.

– Panie...

Zatrzymał się. I obrócił.

W kącie stała klatka, niska, przypominająca kojec dla kur. Zobaczył cienkie palce zaciśnięte na żelaznych prętach. A potem oczy.

– Panie... Ratujcie...

Chłopczyk, najwyżej dziesięcioletni. Skulony i rozdygotany.

– Ratujcie...

– Bądź cicho. Nic ci już nie grozi, ale wytrzymaj jeszcze. Zaraz wrócę po ciebie.

– Panie! Nie odchodźcie!

– Cicho, mówiłem.

Najpierw była wiercąca kurzem w nosie biblioteka. Potem jakby salon. A potem sypialnia. Wielkie łoże z czarnym baldachimem na hebanowych wspornikach.

Usłyszał szelest. Odwrócił się.

W drzwiach stał Sorel Degerlund. Ufryzowany, w opończy haftowanej w złote gwiazdy. Obok Degerlunda stało coś niezbyt dużego, całkiem szarego i uzbrojonego w zerrikańską szablę.

– Mam naszykowany słój z formaliną – powiedział czarodziej. – Na twoją głowę, odmieńcze. Zabij go, Beta!

Degerlund jeszcze kończył zdanie, napawając się własnym głosem, gdy szary stwór już atakował, niesamowicie szybka szara zjawa, zwinny i bezszelestny szary szczur, ze świstem i błyskiem szabli. Geralt uniknął dwóch cięć, zadawanych klasycznie, krzyżowo. Za pierwszym razem poczuł koło ucha ruch pchniętego klingą powietrza, za drugim lekkie muśnięcie po rękawie. Trzecie cięcie sparował mieczem, przez moment byli w zwarciu. Zobaczył twarz szarego stwora, wielkie żółte oczy z pionową źrenicą, wąskie szczeliny w miejscu nosa, szpiczaste uszy. Ust stwór nie miał w ogóle.

Rozłączyli się. Stwór odkręcił się zwinnie, zaatakował natychmiast, zwiewnym, tanecznym krokiem, znowu krzyżowo. Znowu przewidywalnie. Był nieludzko ruchliwy, niesamowicie obrotny, piekielnie śmigły. Ale głupi.

Pojęcia nie miał, jak szybki jest wiedźmin po wypiciu eliksirów.

Geralt pozwolił mu tylko na jedno cięcie, które wymanewrował. Potem zaatakował sam. Ruchem wyćwiczonym i stokroć wypraktykowanym. Otoczył szarego stwora szybkim półobrotem, wykonał mylącą fintę i ciął go w obojczyk. Krew nawet nie zdążyła siknąć, gdy obrócił miecz i ciął stwora pod pachę. I odskoczył, gotów na więcej. Ale nie trzeba było więcej.

Stwór, okazało się, miał usta. Rozwarły się w szarej twarzy niby pękająca rana, szeroko, od ucha do ucha, ale nie więcej niż na pół cala. Ale głosu ani dźwięku stwór nie wydał. Upadł na kolana, potem na bok. Przez chwilę drgał, poruszał rękami i nogami jak pies, któremu coś się śni. Potem umarł. W ciszy.

Degerlund popełnił błąd. Zamiast uciekać, uniósł obie dłonie i zaczął skandować zaklęcie, wściekłym, szczekliwym, przepełnionym złością i nienawiścią głosem. Wokół jego dłoni zakłębił się płomień, formując ognistą kulę. Wyglądało to trochę jak produkcja cukrowej waty. Nawet śmierdziało podobnie.

Degerlund nie zdołał wytworzyć pełnej kuli. Pojęcia nie miał, jak szybki jest wiedźmin po wypiciu eliksirów.

Geralt doskoczył, ciął mieczem po kuli i dłoniach czarodzieja. Huknęło, jakby rozpalał się piec, posypały się iskry. Degerlund, wrzeszcząc, wypuścił ognistą sferę z sikających krwią rąk. Kula zgasła, wypełniając pomieszczenie swądem spalonego karmelu.

Geralt odrzucił miecz. Uderzył Degerlunda w twarz, z szerokiego zamachu, otwartą dłonią. Czarodziej krzyknął, skulił się, obrócił plecami. Wiedźmin poderwał go, chwycił w klamrę, objął szyję przedramieniem. Degerlund wrzasnął, zaczął wierzgać.

– Nie możesz! – zawył. – Nie możesz mnie zabić! Nie wolno ci... Ja jestem... Jestem człowiekiem!

Geralt zacisnął przedramię na jego szyi. Na początek nie za mocno.

– To nie ja! – wył czarodziej. – To Ortolan! Ortolan mi kazał! Zmusił mnie! A Biruta Icarti wiedziała o wszystkim! Ona! Biruta! To był jej pomysł, ten medalion! To ona kazała mi go zrobić!

Wiedźmin zwiększył nacisk.

– Ratunkuuuu! Luuudzieeee! Ratuuunkuuu!

Geralt zwiększył nacisk.

– Ludz... Pomocc... Nieeeee...

Degerlund rzęził, z ust obficie ciekła mu ślina. Geralt odwrócił głowę. Zwiększył nacisk.

Degerlund stracił przytomność, obwisł. Mocniej. Trzasnęła kość gnykowa. Mocniej. Załamała się krtań. Mocniej. Jeszcze mocniej.

Trzasnęły i przemieściły się kręgi szyjne.

Geralt potrzymał Degerlunda jeszcze chwilę. Potem mocno szarpnął mu głowę w bok, dla zupełnej pewności. Potem puścił. Czarodziej osunął się na posadzkę, miękko, jak jedwabna tkanina.

Wiedźmin wytarł obśliniony rękaw w kotarę.

Wielki czarny kot zjawił się znikąd. Otarł się o ciało Degerlunda. Polizał nieruchomą rękę. Zamiauczał, zapłakał żałośnie. Położył się obok trupa, wtulił w jego bok. Patrzył na wiedźmina szeroko otwartymi złotymi oczyma.

– Musiałem – powiedział wiedźmin. – Tak było trzeba. Kto jak kto, ale ty powinieneś zrozumieć.

Kot zmrużył oczy. Na znak, że rozumie.

Przez Boga! Siądźmy na ziemię i prawmy
Smutne powieści o zgonie monarchów.
Jednych strącono, drudzy w boju legli,
Tych udręczyły upiory strąconych,
Tych struły żony, tamtych w śnie zabito,
Mord wszystkich końcem.

William Szekspir, *Ryszard II*,
przełożył Stanisław Koźmian

Rozdział osiemnasty

Dzień królewskich zaślubin cieszył pogodą już od wczesnego ranka, błękitu nad Kerack nie plamiła nawet jedna chmurka. Już od rana było bardzo ciepło, upał łagodziła wiejąca od morza bryza.

Od wczesnego ranka w Górnym Mieście panowało poruszenie. Ulice i skwery zamiatano pilnie, fronty domów dekorowano wstęgami i girlandami, wciągano na maszty proporce. Drogą wiodącą ku królewskiemu pałacowi już od rana powędrował sznur dostawców, wyładowane wozy i wózki mijały się z powracającymi pustymi, biegali pod górę tragarze, rzemieślnicy, handlarze, gońcy i posłańcy. Nieco później droga zaroiła się od lektyk, którymi do pałacu podróżowali weselni goście. Moje gody to nie w kij dmuchał, miał pono oświadczyć król Belohun, moje gody mają zapaść ludziom w pamięć i głośno ma być o nich jak świat długi i szeroki. Z rozkazu króla uroczystości miały się zatem rozpocząć rano i trwać aż do późnych godzin nocnych. Przez cały ten czas na gości miały czekać niebywałe wręcz atrakcje.

Kerack było królestwem maleńkim i w sumie nie nazbyt ważnym, toteż Geralt wątpił, by świat godami Belohuna specjalnie się przejął, choćby ten postanowił balować nawet przez cały tydzień i diabli wiedzą, jakie atrakcje wymyślił, do ludzi z okolic odleglejszych niż sto mil żadne wieści o wydarzeniu dotrzeć szans nie miały. Ale dla Belohuna, co było wiadomym powszechnie, centrum świata stanowiło miasto Kerack, a światem była okolica w całkiem niedużym od Kerack promieniu.

Obaj z Jaskrem przyodziali się jak najeleganciej potrafili i mogli, Geralt nabył nawet na tę okoliczność nowiutką kurtkę z cielęcej skóry, potężnie, zdaje się, przepłacając. Co do Jaskra, ów z początku ogłosił, że królewskie gody olewa i nie weźmie w nich udziału. Znalazł się bowiem na liście gości, ale jako krewniak królewskiego instygatora, nie zaś jako światowej sławy poeta i bard. I nie zaproponowano mu występu. Jaskier uznał to za despekt i obraził się. Jak zwykle u niego obraza nie trwała długo, wszystkiego niecałe pół dnia.

Wzdłuż całej wijącej się zboczem wzgórza drogi do pałacu ustawiono maszty, na nich, leniwie poruszane bryzą, wisiały żółte proporce z godłem Kerack, błękitnym delfinem *nageant* z czerwonymi płetwami i ogonem.

Przed wejściem na tereny pałacowe czekał na nich krewniak Jaskra, Ferrant de Lettenhove, w asyście kilku królewskich gwardzistów w barwach herbowego delfina, czyli w błękicie i czerwieni. Instygator przywitał się z Jaskrem i przywołał pazia, który miał asystować poecie i poprowadzić go na miejsce imprezy.

– Wy zaś, mości Geralcie, pozwólcie za mną.

Przeszli boczną parkową alejką, mijając część ewidentnie gospodarczą, dobiegały stamtąd bowiem brzęki garnków i kuchennych utensyliów, jak również ohydne obelgi, jakimi kuchmistrze obrzucali kuchcików. Do tego zaś mile i smakowicie pachniało jadłem. Geralt znał jadłospis, wiedział, czym raczyć się będą podczas imprezy goście weselni. Parę dni temu odwiedził wraz z Jaskrem austerię „Natura Rerum". Febus Ravenga, nie kryjąc dumy, pochwalił się, że wespół z kilkoma innymi restauratorami organizuje ucztę i układa listę dań, przy przyrządzaniu których trudzić się będzie elita miejscowych szefów kuchni. Na śniadanie, opowiedział, podane będą ostrygi, jeżowce, krewetki i kraby sauté. Na drugie śniadanie galaretki mięsne i pasztety rozmaite, łososie wędzone i marynowane, kaczki w auszpiku, sery owcze i kozie. Na obiad będzie *ad libitum* rosół mięsny albo rybny, do tego gałeczki mięsne lub rybne, flaki z pulpecikami z wątróbki, żabnice z rusztu zarumienione miodem oraz okonie morskie z szafranem i goździkami.

Potem, recytował Ravenga, modulując oddech jak szkolony orator, podawane będą sztuka mięsa z białym sosem z kaparami, jajami i musztardą, kolano łabędzie z miodem, kapłony obkładane słoniną, kuropatwy z konfiturą z pigw, pieczone gołębie oraz tort z wątroby baraniej i jęczmiennej kaszy. Sałaty i warzywa przeróżne. Potem karmelki, nugaty, ciastka nadziewane, smażone kasztany, konfitury i marmolady. Wina z Toussaint, ma się rozumieć, serwowane będą bez przerwy i na okrągło.

Ravenga opisywał obrazowo, że aż ślinka ciekła. Geralt wątpił jednak, by udało mu się pokosztować czegokolwiek z tego obszernego menu. Na tych godach nie był bynajmniej gościem. Był w gorszej sytuacji niż biegający paziowie, którym zawsze udawało się uszczknąć coś z noszonych półmisków lub chociaż wsadzić palec w krem, sos lub pasztet.

Głównym terenem uroczystości był pałacowy park, niegdyś sad świątynny, przez królów Kerack przebudowany i rozbudowany, głównie o kolumnady, altany i świątynie dumania. Dziś wśród drzew i budowli rozstawiono dodatkowo liczne kolorowe pawilony, a ochronę przed palącym słońcem i upałem zapewniały rozpięte na tykach płótna. Zgromadził się tu już tłumek gości. Nie miało być ich nazbyt wielu, w sumie jakieś dwie setki. Listę, jak niosła plotka, układał sam król, zaproszenia miało dostać wyłącznie grono wybranych, sama elita. Do elity, jak się okazało, Belohun zaliczał głównie krewnych i powinowatych. Prócz tych zaproszona została miejscowa socjeta i śmietanka towarzyska, kluczowi urzędnicy administracji, najbogatsi lokalni i zagraniczni ludzie interesu oraz dyplomaci, to jest udający attaché handlowych szpiedzy z krajów ościennych. Listę dopełniało całkiem liczne grono pochlebców, nadskakiwaczy i przodowników we właźeniu monarsze w zad bez mydła.

Przed jednym z bocznych wejść do pałacu czekał książę Egmund, odziany w czarny kaftan z bogatym srebrno-złotym haftem. Towarzyszyło mu kilku młodych mężczyzn. Wszyscy mieli długie i trefione włosy, wszyscy nosili będące szczytem mody watowane dublety i obcisłe spodnie z przesadnie wypchanymi saczkami na genitalia. Nie spodobali się Geraltowi. Nie tylko z powodu drwiących spojrzeń, jakimi obrzucili jego odzież. Nazbyt przypominali mu Sorela Degerlunda.

Na widok instygatora i wiedźmina książę natychmiast odprawił świtę. Pozostał tylko jeden osobnik. Ów włosy miał krótkie, a spodnie nosił normalne.

Mimo tego Geraltowi się nie spodobał. Miał dziwne oczy. Z których nieładnie patrzyło.

Geralt ukłonił się księciu. Książę nie odkłonił się, ma się rozumieć.

– Oddaj mi miecz – powiedział do Geralta zaraz po przywitaniu. – Nie możesz tu paradować z bronią. Nie obawiaj się, choć nie będziesz miecza widział, będziesz go stale miał na podorędziu. Wydałem rozkazy. Gdyby coś zaszło, miecz natychmiast ci podadzą. Zajmie się tym tu obecny kapitan Ropp.

– A jakie jest prawdopodobieństwo, że coś zajdzie?

– Gdyby było żadne lub niewielkie, czy zawracałbym ci głowę? Oho! – Egmund przyjrzał się pochwie i klindze. – Miecz z Viroledy! Nie miecz, a dzieło sztuki. Wiem, bo sam kiedyś miałem podobny. Ukradł mi go mój przyrodni brat, Viraxas. Gdy ojciec go wypędził, przed odejściem przywłaszczył sobie sporo cudzych rzeczy. Na pamiątkę, zapewne.

Ferrant de Lettenhove zachrząkał. Geralt przypomniał sobie słowa Jaskra. Imienia wygnanego pierworodnego na dworze nie wolno było wymawiać. Ale Egmund najwyraźniej zakazy lekceważył.

– Dzieło sztuki – powtórzył książę, wciąż oglądając miecz. – Nie dociekając, jakim sposobem nabyłeś, gratuluję nabytku. Bo nie chce mi się wierzyć, by tamte ukradzione były lepsze od tego tu.

– Kwestia gustu, smaku i preferencji. Ja wolałbym odzyskać te ukradzione. Książę i pan instygator zaręczali słowem, że wykryją sprawcę. Był to, pozwolę sobie przypomnieć, warunek, pod którym podjąłem się zadania ochrony króla. Warunek w sposób oczywisty nie został spełniony.

– W sposób oczywisty nie został – przyznał zimno Egmund, przekazując miecz kapitanowi Roppowi, osobnikowi o nieładnym spojrzeniu. – Czuję się zatem w obowiązku wynagrodzić ci to. Miast trzystu koron, którymi zamierzałem opłacić twoje usługi, dostaniesz pięćset. Dodam też, że śledztwo w sprawie twoich mieczy nie zostało umorzone i jeszcze możesz je odzyskać. Ferrant podobno ma już podejrzanego. Prawda, Ferrant?

– Śledztwo – oznajmił sucho Ferrant de Lettenhove – jednoznacznie wskazało na osobę Nikefora Muusa, urzędnika magistrackiego i sądowego. Zbiegł, ale schwytanie go jest tylko kwestią czasu.

– Niedługiego, jak mniemam – parsknął książę. – Niewielka to sztuka, złapać umazanego inkaustem urzędniczynę. Który w dodatku niechybnie nabawił się za biurkiem hemoroidów, te zaś utrudniają ucieczkę, zarówno pieszą, jak i konną. Jak on w ogóle zdołał się wymknąć?

– Mamy do czynienia – chrząknął instygator – z człowiekiem mało przewidywalnym. I chyba niespełna rozumu. Zanim zniknął, wywołał jakąś obrzydliwą awanturę w lokalu Ravengi, chodziło, wybaczcie, o ludzkie odchody... Lokal musiano na czas jakiś zamknąć, bo... Oszczędzę drastycznych szczegółów. Podczas dokonanej w mieszkaniu Muusa rewizji skradzionych mieczy nie wykryto, znaleziono natomiast... Wybaczcie... Skórzany raniec, po brzegi wypełniony...

– Nie mów, nie mów, zgaduję, czym – skrzywił się Egmund. – Tak, to faktycznie mówi wiele o stanie psychicznym tego osobnika. Twoje miecze, wiedźminie, w tej sytuacji raczej przepadły. Nawet jeśli Ferrant go schwyta, niczego nie dowie się od wariata. Takich nawet na tortury nie warto kłaść, męczeni tylko bredzą bez ładu ni składu. A teraz wybaczcie, obowiązki wzywają.

Ferrant de Lettenhove poprowadził Geralta ku głównemu wejściu na tereny pałacowe. Wnet znaleźli się na wyłożonym kamiennymi płytami dziedzińcu, na którym seneszale witali przybywających gości, a gwardziści i paziowie eskortowali ich dalej, w głąb parku.

– Czego mogę się spodziewać?

– Słucham?

– Czego mogę się tu dziś spodziewać. Które z tych słów nie było zrozumiałym?

– Książę Xander – zniżył głos instygator – chwalił się przy świadkach, że już jutro będzie królem. Ale mówił to nie pierwszy raz i zawsze będąc nietrzeźwym.

– Zdolny jest do dokonania zamachu?

– Niezbyt. Ale ma kamarylę, zauszników i faworytów. Ci są zdolniejsi.

– Ile jest prawdy w tym, że Belohun już dziś ogłosi następcą tronu syna poczętego z nową małżonką?

– Sporo.

– A tracący szanse na tron Egmund, patrzcie i podziwiajcie, wynajmuje wiedźmina, by ojca strzegł i bronił. Podziwu godna miłość synowska.

– Nie dywaguj. Podjąłeś się zadania. Wykonaj je.

– Podjąłem się i wykonam. Choć jest mocno niejasne. Nie wiem, kto w razie czego będzie przeciw mnie. Powinienem chyba jednak wiedzieć, kto mnie w razie czego wesprze.

– Jeśli zajdzie potrzeba, miecz, jak obiecał książę, poda ci kapitan Ropp. On też cię wesprze. Pomogę ja, w miarę sił. Bo dobrze ci życzę.

– Od kiedy?

– Słucham?

– Nigdy dotąd nie rozmawialiśmy w cztery oczy. Zawsze był z nami Jaskier, a przy nim nie chciałem poruszać tematu. Detaliczne informacje na piśmie, o moich rzekomych przekrętach. Skąd Egmund je miał? Kto je sfabrykował? Przecież nie on sam. To ty je sfabrykowałeś, Ferrant.

– Nie miałem z tym nic wspólnego. Zapewniam...

– Kiepski z ciebie kłamca, jak na stróża prawa. Nie odgadnąć, jakim cudem dochrapałeś się tego stanowiska.

Ferrant de Lettenhove zaciął usta.

– Musiałem – powiedział. – Wykonywałem rozkazy.

Wiedźmin patrzył na niego długo.

– Nie uwierzyłbyś – rzekł wreszcie – ileż razy słyszałem już coś podobnego. Pocieszające jest, że najczęściej z ust ludzi, których właśnie miano wieszać.

•

Lytta Neyd była wśród gości. Wypatrzył ją bez trudu. Bo przyciągała oko.

Mocno wydekoltowaną suknię z soczyście zielonego krepdeszynu zdobił na froncie haft w formie stylizowanego motyla, skrzący się od maleńkich cekinów. Suknia miała dołem falbanki. Falbanki w stroju kobiet starszych niż lat dziesięć z reguły wywoływały u wiedźmina ironiczne politowanie, w sukni Lytty jednak harmonizowały z resztą, i to w sposób więcej niż atrakcyjny.

Szyję czarodziejki opinała kolia ze szlifowanych szmaragdów. Żaden nie był mniejszy niż migdał. Jeden był znacznie większy.

Jej rude włosy były jak pożar lasu.

U boku Lytty stała Mozaïk. W czarnej i zaskakująco śmiałej sukni z jedwabiu i szyfonu, na ramionach i rękawach całkowicie przejrzystego. Szyję i dekolt dziewczyny kryło coś w rodzaju fantazyjnie udrapowanej szyfonowej kryzy, co w połączeniu z długimi czarnymi rękawiczkami dodawało postaci aury ekstrawagancji i tajemniczości.

Obie nosiły buty na czterocalowym obcasie. Lytta ze skóry legwana, Mozaïk czarne lakierki.

Geralt przez moment wahał się, czy podejść. Ale tylko przez moment.

– Witaj – powitała go powściągliwie. – Cóż za spotkanie, rada jestem cię widzieć. Mozaïk, wygrałaś, białe pantofelki są twoje.

– Zakład – domyślił się. – Co było przedmiotem?

– Ty. Mniemałam, że już cię nie zobaczymy, szłam o zakład, że się już nie pojawisz. Mozaïk zakład przyjęła, bo mniemała inaczej.

Obdarzyła go głębokim jadeitowym spojrzeniem, ewidentnie czekając na komentarz. Na słowa. Jakiekolwiek. Geralt milczał.

– Witam piękne panie! – Jaskier wyrósł jak spod ziemi, iście *deus ex machina*. – Kłaniam się nisko, hołd składam urodzie. Pani Neyd, panno Mozaïk. Wybaczcie, że bez kwiatów.

– Wybaczamy. Cóż tam nowego w sztuce?

– Jak to w sztuce, wszystko i nic. – Jaskier zdjął z tacy przechodzącego obok pazia pucharki z winem, wręczył damom. – Impreza drętwawa krzynkę, nie uważacie? Ale wino dobre. Est Est, czterdzieści za pintę. Czerwone też niczego, próbowałem. Tylko hipokrasu nie pijcie, nie umieją przyprawiać. A goście wciąż się schodzą, uważacie? Jak zwykle w wyższych sferach, to są takie odwrotne wyścigi, gonitwa *à re-*

bours, wygrywa i laury zbiera ten, kto zjawi się jako ostatni. I będzie miał piękne wejście. Właśnie chyba obserwujemy finisz. Linię mety mija właściciel sieci tartaków z małżonką, tym samym przegrywając z będącym tuż za nim zarządcą portu z małżonką. Ten z kolei przegrywa z nieznanym mi elegantem...

– To szef kovirskiego przedstawicielstwa handlowego – wyjaśniła Koral. – Z małżonką. Ciekawe, czyją.

– Do ścisłej czołówki, spójrzcie, dołącza Pyral Pratt, stary bandzior. Z niczego sobie partnerką... Psiakrew!

– Co ci się stało?

– Ta kobieta obok Pratta... – zachłysnął się Jaskier. – To jest... To jest Etna Asider... Wdówka, która sprzedała mi miecz...

– Tak ci się przedstawiła? – parsknęła Lytta. – Etna Asider? Banalny anagram. Ta osoba to Antea Derris. Najstarsza córka Pratta. Żadną wdówką nie jest, bo nigdy nie wyszła za mąż. Krążą plotki, że nie lubi mężczyzn.

– Córka Pratta? Niemożliwe! Bywałem u niego...

– I nie spotkałeś jej tam – nie dała mu dokończyć czarodziejka. – Nic dziwnego. Antea nie jest w najlepszych relacjach z rodziną, nawet nazwiska nie używa, posługuje się aliasem złożonym z dwóch imion. Z ojcem kontaktuje się tylko w interesach, które zresztą prowadzą całkiem ożywione. Sama się jednak dziwię, widząc ich tu razem.

– Pewnie mają w tym interes – zauważył bystro wiedźmin.

– Strach pomyśleć, jaki. Antea oficjalnie zajmuje się pośrednictwem handlowym, ale jej ulubiony sport to hochsztaplerka, oszustwo i przekręt. Poeto, mam do ciebie prośbę. Ty jesteś bywały, a Mozaïk nie. Oprowadź ją wśród gości, przedstaw tym, kogo znać warto. Wskaż tych, których nie warto.

Zapewniwszy, iż życzenie Koral jest dlań rozkazem, Jaskier podał Mozaïk ramię. Zostali sami.

– Chodź – Lytta przerwała przedłużające się milczenie. – Przejdziemy się. Tam, na wzgórek.

Ze wzgórka, ze świątyni dumania, z wysoka, roztaczał się widok na miasto, na Palmyrę, port i morze. Lytta osłoniła oczy dłonią.

– Cóż to tam wpływa na redę? I rzuca kotwicę? Trójmasztowa fregata o ciekawej konstrukcji. Pod czarnymi żaglami, ha, to dość niecodzienne...

– Zostawmy fregaty. Jaskier i Mozaïk odesłani, jesteśmy sami i na uboczu.

– A ty – odwróciła się – zastanawiasz się, dlaczego. Czekasz, cóż takiego ci zakomunikuję. Czekasz na pytania, które ci postawię. A ja może chcę tylko opowiedzieć ci najświeższe plotki? Ze środowiska czarodziejów? Ach, nie, nie lękaj się, nie dotyczą Yennefer. Dotyczą Rissbergu, miejsca wszak znanego ci skądinąd. Zaszły tam ostatnio spore zmiany... Jakoś nie widzę w twych oczach błysku zaciekawienia. Mam kontynuować?

– Ależ proszę.

– Zaczęło się, gdy zmarł Ortolan.

– Ortolan nie żyje?

– Zmarł niecały tydzień temu. Według wersji oficjalnej śmiertelnie zatruł się nawozami, nad którymi pracował. Ale plotka głosi, że to był udar mózgu, wywołany wieścią o nagłej śmierci jednego z jego pupili, który zginął w wyniku jakiegoś nieudanego a wielce podejrzanego eksperymentu. Chodzi o niejakiego Degerlunda. Kojarzysz go? Spotkałeś, gdy byłeś na zamku?

– Nie wykluczam. Spotkałem wielu. Nie wszyscy byli warci zapamiętania.

– Ortolan podobno obwinił o śmierć pupila cały zarząd Rissbergu, wściekł się i doznał udaru. Był naprawdę wiekowy, od lat cierpiał na nadciśnienie tętnicze, nie było też tajemnicą jego uzależnienie od fisstechu, a fisstech i nadciśnienie to wybuchowa mieszanka. Ale coś tam musiało być na rzeczy, bo na Rissbergu zaszły istotne zmiany personalne. Jeszcze przed śmiercią Ortolana doszło tam do konfliktów, do odejścia zmuszono między innymi Algernona Guincampa, bardziej znanego jako Pinety. Jego kojarzysz z pewnością. Bo jeśli ktoś tam był wart zapamiętania, to on właśnie.

– Fakt.

– Śmierć Ortolana – Koral zmierzyła go bacznym spojrzeniem – wywołała szybką reakcję Kapituły, do uszu której już wcześniej doszły jakieś niepokojące wieści, tyczące wybryków nieboszczyka i jego pupila. Co ciekawe, a w naszych czasach coraz bardziej znamienne, lawinę wywołał maleńki kamyczek. Nic nie znaczący człowiek z gminu, jakiś nadgorliwy szeryf czy konstabl. Ów zmusił do działania swego przełożonego, bajlifa z Gors Velen. Bajlif przekazał oskarżenia wyżej i tak, szczebel po szczeblu, rzecz dotarła do rady królewskiej, a stamtąd do Kapituły. Żeby nie przedłużać: znaleziono winnych braku nadzoru. Z zarządu musiała odejść Biruta Icarti, wróciła na uczelnię, do Aretuzy. Odeszli Axel Raby i Sandoval. Utrzymał stanowisko Zangenis, zyskał łaski Kapituły donosząc na tamtych i zwalając na nich całą winę. I co ty na to? Masz mi może coś do powiedzenia?

– A cóż ja mógłbym mieć do powiedzenia? To wasze sprawy. I wasze afery.

– Afery, wybuchające na Rissbergu krótko po twojej tam wizycie.

– Przeceniasz mnie, Koral. I moją moc sprawczą.

– Nigdy niczego nie przeceniam. I rzadko nie doceniam.

– Mozaïk i Jaskier za moment wrócą – spojrzał jej w oczy, z bliska. – A wszak nie bez powodu kazałaś im się oddalić. Powiedz wreszcie, o co chodzi.

Wytrzymała spojrzenie.

– Dobrze wiesz, o co chodzi – odparła. – Nie obrażaj więc mojej inteligencji poprzez czynione na pokaz zaniżanie własnej. Nie byłeś u mnie od ponad miesiąca. Nie, nie myśl, że pragnę ckliwego melodramatyzmu czy patetyczno-sentymentalnych gestów. Od związku, który się kończy, nie oczekuję niczego poza miłym wspomnieniem.

– Użyłaś, zdaje się, słowa „związek"? Zaiste, zadziwia jego znaczeniowa pojemność.

– Niczego – puściła mimo uszu, a wzroku nie spuściła – poza miłym wspomnieniem. Nie wiem, jak to jest w twoim przypadku, ale jeśli chodzi o mnie, cóż, będę szczera, nie jest z tym za dobrze. Warto by, myślę, dołożyć nieco starań w tym kierunku. Sądzę, że nie trzeba by wiele. Ot, coś drobnego, acz miłego, miły akord końcowy, coś, co zostawi przyjemne wspomnienie. Zdobędziesz się na coś takiego? Zechcesz mnie odwiedzić?

Nie zdążył odpowiedzieć. Zaczął ogłuszająco bić dzwon na kampanili, uderzył dziesięć razy. Potem rozbrzmiały trąby, donośną, mosiężną i nieco kakofoniczną fanfarą. Tłum gości rozdzielili, tworząc szpaler, błękitno-czerwoni gwardziści. Pod portykiem w wejściu do pałacu zjawił się marszałek dworu, ze złotym łańcuchem na szyi i wielką jak kłonica laską w dłoni. Za marszałkiem kroczyli heroldowie, za heroldami seneszale. Za seneszalami zaś, w sobolowym kołpaku na głowie i z berłem w ręku, podążał własną kościstą i żylastą osobą Belohun, król Kerack. U jego boku szła szczuplutka blondyneczka w woalce, mogąca być wyłącznie królewską wybranką, w całkiem niedalekiej przyszłości małżonką i królową. Blondyneczka miała na sobie śnieżnobiałą suknię i obwieszona była brylantami, raczej nadmiernie, raczej po nuworyszowsku i raczej bez gustu. Podobnie jak król dźwigała na ramionach gronostajowy płaszcz, podtrzymywany z tyłu przez paziów.

Za królewską parą, jednak o wiele mówiące kilkanaście kroków za podtrzymującymi gronostaje paziami, podążała królewska rodzina. Był tam rzecz jasna Egmund, mający u boku kogoś jasnego niczym albinos, mógł to być tylko jego brat Xander. Za braćmi szła reszta krewniaków, kilku mężczyzn, kilka kobiet, do tego kilkoro wyrostków i podlotków, ewidentnie progenitura legalna oraz pozamałżeńska.

Wśród kłaniających się gości i głęboko dygających dam orszak królewski dotarł do celu, którym było przypominające nieco konstrukcją szafot podwyższenie. Na podwyższeniu, od góry nakrytym baldachimem, od boków osłoniętym gobelinami, ustawiono dwa trony. Na owych zasiedli król i panna młoda. Reszcie rodziny kazano stać.

Trąby po raz wtóry poraziły uszy mosiężnym rykiem. Marszałek, machając dłońmi niczym dyrygent przed orkiestrą, zachęcił gości do okrzyków, wiwatów i toastów. Ze wszech stron rozległy się i posłusznie posypały życzenia nieustającego zdrowia, szczęścia, pomyślności, wszystkiego najlepszego, lat długich, dłuższych, jak najdłuższych i jeszcze dłuższych, goście i dworacy prześcigali się nawzajem. Król Belohun wyniosłego i nabzdyczonego wyrazu twarzy nie zmienił, zadowolenie z życzeń, komplementów i peanów na cześć swą i swej wybranki demonstrował jedynie lekkimi skinieniami berła.

Marszałek uciszył gości i przemówił, przemawiał długo, płynnie przechodząc od grandilokwencji do bombastyczności i z powrotem. Geralt całą uwagę poświęcał obserwacji tłumu, toteż z mowy dotarło doń piąte przez dziesiąte. Król Belohun, ogłaszał wszem i wobec marszałek, szczerze się cieszy z przybycia tak licznego grona, rad jest powitać, w dniu tak uroczystym życzy gościom dokładnie tego samego, co oni jemu, ceremonia ślubna odbędzie się porą popołudniową, do tego czasu goście niechaj jedzą, piją i bawią się przy licznych zaplanowanych na tę okoliczność atrakcjach.

Ryk trąb ogłosił koniec części oficjalnej. Orszak królewski jął opuszczać ogrody. Wśród gości Geralt zdążył już dostrzec kilka dość podejrzanie zachowujących się grupek. Zwłaszcza jedna mu się nie podobała, bo kłaniała się orszakowi nie tak nisko, jak inni i usiłowała przepychać ku bramie pałacu. Lekko przesunął się w kierunku szpaleru niebiesko-czerwonych żołnierzy. Lytta szła obok.

Belohun kroczył ze wzrokiem utkwionym przed siebie. Panna młoda rozglądała się, czasem kiwała głową pozdrawiającym ją gościom. Powiew wiatru uniósł na moment jej woalkę. Geralt zobaczył wielkie błękitne oczy. Zobaczył, jak oczy te znajdują nagle wśród tłumu Lyttę Neyd. I jak w oczach tych zapala się nienawiść. Czysta, klarowna, destylowana wręcz nienawiść.

Trwało to sekundę, potem rozbrzmiały trąby, orszak przeszedł, gwardziści odmaszerowali. Podejrzanie zachowująca się grupka miała, jak się okazało, na celu tylko stół z winem i zakąskami, który obległa i ogołociła, uprzedzając innych. Na zaimprowizowanych tu i ówdzie estradach rozpoczęły się występy – zagrały kapele gęśli, lir, piszczałek i fujarek, zaśpiewały chóry. Żonglerzy zmieniali kuglarzy, siłacze ustępowali miejsca akrobatom, linoskoczków zastępowały roznegliżowane tancerki z tamburynkami. Robiło się coraz weselej. Policzki pań zaczynały kraśnieć, czoła panów lśnić od potu, mowa jednych i drugich robiła się już bardzo głośna. I lekko bełkotliwa.

Lytta odciągnęła go za pawilon. Spłoszyli parę, która się tam skryła w celach jednoznacznie seksualnych. Czarodziejka nie przejęła się, niemal nie zwróciła uwagi.

– Nie wiem, co tu się szykuje – powiedziała. – Nie wiem, choć się domyślam, po co i dlaczego ty tu jesteś. Ale miej oczy otwarte i wszystko, co uczynisz, czyń z rozwagą. Królewska narzeczona to nie kto inny, a Ildiko Breckl.

– Nie pytam, czy ją znasz. Widziałem to spojrzenie.

– Ildiko Breckl – powtórzyła Koral. – Tak się nazywa. Wylali ją z Aretuzy na trzecim roku. Za drobne kradzieże. Jak widzę, poradziła sobie w życiu. Czarodziejką nie została, ale za kilka godzin będzie królową. Wisienka na kremie, psiakrew. Siedemnaście lat? Stary dureń. Ildiko ma dobre dwadzieścia pięć.

– I raczej cię nie lubi.

– Z wzajemnością. To zawołana intrygantka, za nią zawsze ciągną się kłopoty. Ale to nie wszystko.

Ta fregata, która wpłynęła do portu pod czarnymi żaglami. Wiem już, co to za okręt, słyszałam o nim. To „Acherontia". Ma bardzo złą sławę. Tam, gdzie się zjawia, zwykle coś się wydarza.

– Co, przykładowo?

– To załoga najemników, których można podobno nająć do wszystkiego. A do czego, twoim zdaniem, najmuje się najemników? Do prac murarskich?

– Muszę iść. Wybacz, Koral.

– Cokolwiek by się miało zdarzyć – powiedziała wolno, patrząc mu w oczy. – Cokolwiek by zaszło, ja nie mogę być w to wmieszana.

– Bez obaw. Nie zamierzam wzywać cię na pomoc.

– Źle mnie zrozumiałeś.

– Z całą pewnością. Wybacz, Koral.

●

Zaraz za obrośniętą bluszczem kolumnadą wpadł na wracającą Mozaïk. Zadziwiająco spokojną i chłodną pośród gorąca, gwaru i rozgardiaszu.

– Gdzie Jaskier? Zostawił cię?

– Zostawił – westchnęła. – Ale ekskuzował się grzecznie, was też kazał przeprosić. Poproszono go o prywatny występ. W pałacowych komnatach, dla królowej i jej fraucymeru. Nie mógł odmówić.

– Kto go poprosił?

– Mężczyzna o wyglądzie żołnierza. I dziwnym wyrazie oczu.

– Muszę iść. Wybacz, Mozaïk.

Za przybranym kolorowymi wstęgami pawilonem zebrał się tłumek, serwowano jadło, pasztety, łososie i kaczki w auszpiku. Geralt torował sobie drogę, wypatrując kapitana Roppa lub Ferranta de Letten-hove. Miast tego trafił wprost na Febusa Ravengę.

Restaurator wyglądał jak arystokrata. Odziany był w brokatowy dublet, głowę przystroił zaś kapeluszem zdobnym pękiem pysznych strusich piór. Towarzyszyła mu córka Pyrala Pratta, szykowna i elegancka w czarnym męskim stroju.

– O, Geralt – ucieszył się Ravenga. – Pozwól, Anteo, że ci przedstawię: Geralt z Rivii, słynny wiedźmin. Geralt, to pani Antea Derris, faktorka. Napij się z nami wina...

– Wybaczcie – przeprosił – ale spieszę się. Panią Anteę zaś poznałem już, choć nie osobiście. Będąc na twoim miejscu, Febusie, nie kupowałbym od niej niczego.

Portyk nad wejściem do pałacu jakiś uczony lingwista ozdobił transparentem głoszącym: CRESCITE ET MULTIPLICAMINI. A Geralta zatrzymały skrzyżowane drzewca halabard.

– Wstęp wzbroniony.

– Muszę się pilnie widzieć z królewskim instygatorem.

– Wstęp wzbroniony – zza halabardników wyłonił się dowódca warty. W lewej dłoni trzymał szponton. Brudny palec prawej wycelował Geraltowi prosto w nos. – Wzbroniony, pojmujesz waść?

– Jeśli nie zabierzesz palca sprzed mojej twarzy, złamię ci go w kilku miejscach. O, właśnie, od razu lepiej. A teraz prowadź do instygatora!

– Ilekroć natykasz się na straż, od razu awantura – odezwał się zza pleców wiedźmina Ferrant de Lettenhove, musiał iść jego śladem. – To poważna skaza charakteru. Może mieć przykre konsekwencje.

– Nie lubię, kiedy ktoś wzbrania mi wstępu.

– A od tego wszak są straże i warty. Nie byłyby potrzebne, gdyby wszędzie wstęp był wolny. Przepuście go.

– Mamy rozkazy od samego króla – zmarszczył czoło dowódca warty. – Nikogo nie wpuszczać bez rewizji!

– Zrewidujcie go więc.

Rewizja była dokładna, strażnicy nie lenili się, obszukali dokładnie, nie ograniczyli do pobieżnego obmacania. Niczego nie znaleźli, noszonego zwykle w cholewie sztyletu Geralt na gody nie zabrał.

– Zadowoleni? – Instygator spojrzał na dowódcę z góry. – Usuńcie się zatem i przepuśćcie nas.

– Wasza miłość raczy wybaczyć – wycedził dowódca. – Rozkaz króla był wyraźny. Dotyczył wszystkich.

– Co takiego? Nie zapominaj się, chłopie! Wiesz, przed kim stoisz?

– Nikogo bez rewizji. – Dowódca skinął na strażników. – Rozkaz był wyraźny. Niechaj wasza miłość nie czyni ambarasów. Nam... i sobie.

– Co się tu dziś dzieje?

– Względem tego proszę ze zwierzchnością. Mnie kazali, aby rewidować.

Instygator zaklął pod nosem, poddał się rewizji. Nie miał przy sobie nawet scyzoryka.

– Co to wszystko ma oznaczać, chciałbym wiedzieć – mówił, gdy wreszcie poszli korytarzem. – Jestem poważnie zaniepokojony. Poważnie zaniepokojony, wiedźminie.

– Widziałeś Jaskra? Podobno wezwali go do pałacu na śpiewaczy występ.

– Nic mi o tym nie wiadomo.

– A wiadomo ci, że do portu wpłynęła „Acherontia"? Mówi ci coś ta nazwa?

– I to wiele. A mój niepokój wzrasta. Z minuty na minutę. Pospieszajmy!

Po westybulu – niegdysiejszym świątynnym wiry-darzu – kręcili się uzbrojeni w partyzany gwardziści, błękitno-czerwone uniformy migały też na krużgan-kach. Stuk butów i podniesione głosy dobiegały z korytarzy.

– Hola! – Instygator skinął na przechodzącego żołnierza. – Sierżancie! Co się tu dzieje?

– Wasza miłość wybaczy... Z rozkazu spieszę...

– Stój, mówię! Co się tu dzieje? Żądam wyjaśnień! Czy coś się stało? Gdzie jest książę Egmund?

– Pan Ferrant de Lettenhove.

W drzwiach, pod chorągwiami z błękitnym delfi-nem, w asyście czterech rosłych drabów w skórzanych kabatach, stał własną osobą król Belohun. Wyzbył się królewskich atrybutów, nie wyglądał więc na króla. Wyglądał na wieśniaka, któremu właśnie krowa się ocieliła. Wydając na świat przepiękne cielątko.

– Pan Ferrant de Lettenhove – w głosie króla też pobrzmiewała radość z przychówku. – Królewski in-stygator. Znaczy, mój instygator. A może nie mój? Może mojego syna? Zjawiasz się, choć cię nie wzy-wałem. W zasadzie być tutaj w danej chwili było twoim służbowym obowiązkiem, ale nie wezwałem cię. Niechaj, pomyślałem sobie, Ferrant bawi się, niechaj zje, popije, przygrucha sobie jakąś i zerżnie w altance. Ja Ferranta nie wezwę, nie chcę go tutaj. Czy wiesz, dlaczego cię nie chciałem? Bo nie miałem pewności, komu służysz. Komu służysz, Ferrant?

– Służę – instygator skłonił się głęboko – Waszej Królewskiej Mości. I jestem całkowicie Waszej Mości oddany.

– Wszyscy słyszeli? – Król rozejrzał się teatralnie. – Ferrant jest mi oddany! Dobrze, Ferrant, dobrze. Takiej odpowiedzi oczekiwałem, królewski instygatorze. Możesz zostać, przydasz się. Obarczę cię zaraz zadaniami w sam raz dla instygatora... Hola! A ten tu? Kto to jest? Zaraz, zaraz! Czy to aby nie ten wiedźmin, co robił przekręty? Którego wskazała nam czarodziejka?

– Okazał się niewinny, czarodziejkę wprowadzono w błąd. Doniesiono na niego...

– Na niewinnych nie donoszą.

– Była decyzja sądu. Sprawę umorzono z braku dowodów.

– Ale sprawa była, znaczy, był smród. Decyzje sądów i wyroki biorą się z fantazji i fanaberii sądowych urzędników, smród zaś dobywa się z samego sprawy sedna. Dość mi o tym, nie będę tracił czasu na wykłady o jurysprudencji. W dniu własnego ożenku mogę okazać wspaniałomyślność, nie każę go zamknąć, ale niechaj ten wiedźmin zejdzie mi z oczu natychmiast. I nigdy więcej na oczy się nie pokazuje!

– Wasza Królewska Mość... Jestem zaniepokojony... Do portu podobno wpłynęła „Acherontia". W tej sytuacji względy bezpieczeństwa dyktują, by zapewnić ochronę... Wiedźmin mógłby...

– Co mógłby? Zasłonić mnie własną piersią? Porazić zamachowców wiedźmińskimi czarami? Wszak takim właśnie zadaniem obarczył go Egmund, mój kochający syn? Chronić ojca i zapewnić mu bezpieczeństwo? Pozwól no za mną, Ferrant. Ha, do diabła, pozwól i ty, wiedźminie. Coś wam pokażę. Zobaczycie, jak dba się o własne bezpieczeństwo i jak zapewnia się sobie ochronę. Przyjrzycie się. Posłuchacie. Może się czegoś nauczycie. I czegoś dowiecie. O sobie. Dalej, za mną!

Poszli, ponaglani przez króla i otoczeni przez drabów w skórzanych kabatach. Weszli do dużej sali, pod wymalowanym w morskie fale i potwory plafonem stał tu na podwyższeniu tron, na owym Belohun zasiadł. Naprzeciw, pod przedstawiającym stylizowaną mapę świata freskiem, na ławie, pod strażą kolejnych drabów, siedzieli królewscy synowie. Książęta Kerack. Czarny jak kruk Egmund i jasny jak albinos Xander.

Belohun rozparł się na tronie. Patrzył na synów z góry, wzrokiem triumfatora, przed którym klęczą błagający o łaskę, rozgromieni w bitwie wrogowie. Na obrazach, które Geralt widywał, triumfatorzy mieli jednak zwykle na twarzach powagę, dostojeństwo, szlachetność i szacunek dla pokonanych. Na twarzy Belohuna próżno by tego szukać. Malowało się na niej wyłącznie zjadliwe szyderstwo.

– Mój nadworny trefniś – przemówił król – rozchorował się wczoraj. Sraczki dostał. Myślałem, pech, nie będzie żartów, nie będzie krotochwil, nie będzie śmiesznie. Myliłem się. Jest śmiesznie. Tak śmiesznie, że boki zrywać. Bo to wy, wy obaj, synowie moi, jesteście śmieszni. Żałośni, ale śmieszni. Lata całe, gwarantuję wam, z moją żonką w łożnicy, po figlach i miłosnych harcach, ilekroć wspomnimy o was obu, o tym dniu, do łez będziemy się zaśmiewać. Bo wszak nie ma nic śmieszniejszego niż głupiec.

Xander, nietrudno było to zauważyć, bał się. Biegał po sali oczami i intensywnie się pocił. Egmund przeciwnie, nie objawiał strachu. Patrzył ojcu wprost w oczy i odwzajemniał zjadliwość.

– Głosi ludowa mądrość: miej nadzieję na najlepsze, bądź gotów na najgorsze. Byłem więc gotów na najgorsze. Bo czy może być coś gorszego od zdrady rodzonych synów? Wśród waszych najbardziej zaufanych komilitonów ulokowałem swoich agentów.

Wasi wspólnicy zdradzili was natychmiast, gdy tylko ich przycisnąłem. Wasi totumfaccy i faworyci właśnie uciekają z miasta.

– Tak, synowie moi. Myśleliście, żem ślepy i głuchy? Żem stary, zgrzybiały i niedołężny? Myśleliście, że nie widzę, że obaj pragniecie tronu i korony? Że pożądacie ich tak, jak świnia trufli? Świnia, która zwęszy truflę, głupieje. Z pożądania, z żądzy, z chętki i dzikiej oskomy. Świnia szaleje, kwiczy, ryje, na nic nie zważa, byle się tylko do trufli dorwać. By ją odgonić, trzeba tęgo walić kijem. I wy, synowie, właśnie świniami się okazaliście. Zwęszyliście grzyb, oszaleliście z żądzy i oskomy. Ale gówno dostaniecie, nie truflę. A kija i owszem, posmakujecie. Wystąpiliście przeciw mnie, synowie, targnęliście się na moją władzę i osobę. Zdrowie ludzi, którzy przeciw mnie występują, zwykło ulegać gwałtownemu pogorszeniu. To fakt potwierdzony przez nauki medyczne.

– W porcie rzuciła kotwicę fregata „Acherontia". Przypłynęła tu na mój rozkaz, to ja wynająłem kapitana. Sąd zbierze się jutro rano, wyrok zapadnie przed południem. A w południe wy obaj będziecie na okręcie. Z pokładu pozwolą wam zejść dopiero wtedy, gdy fregata minie latarnię morską w Peixe de Mar. Co w praktyce oznacza, że wasze nowe miejsce zamieszkania to Nazair. Ebbing. Maecht. Albo Nilfgaard. Albo sam koniec świata i przedsionek piekła, jeśli wolą waszą będzie tam powędrować. Bo tutaj, w te okolice, nie powrócicie nigdy. Nigdy. Jeśli miłe wam głowy na szyjach.

– Chcesz nas wygnać? – zawył Xander. – Tak, jak wygnałeś Viraxasa? Naszych imion też zabronisz wymawiać na dworze?

– Viraxasa wygnałem w gniewie i bez wyroku. Co nie oznacza, że nie każę go stracić, gdyby ośmielił się wrócić. Was obu skaże na wygnanie trybunał. Legalnie i prawomocnie.

– Takiś tego pewien? Zobaczymy! Zobaczymy, co na takie bezprawie powie sąd!

– Sąd wie, jakiego wyroku oczekuję, i taki wyda. Jednomyślnie i jednogłośnie.

– Akurat jednogłośnie! W tym kraju sądy są niezawisłe!

– Sądy tak. Ale sędziowie nie. Głupi jesteś, Xander. Twoja matka była głupia jak but, wdałeś się w nią. Nawet tego zamachu z pewnością nie uknułeś sam, wszystko zaplanował któryś z twoich faworytów. Ale w sumie cieszę się, że spiskowałeś, z radością się ciebie pozbędę. Co innego Egmund, tak, Egmund jest sprytny. Wiedźmin, wynajęty do ochrony ojca przez troskliwego syna, ach, jakże sprytnie ukrywałeś to w tajemnicy, tak żeby wszyscy się dowiedzieli. A potem trucizna kontaktowa. Chytra rzecz, taka trucizna, jadło i napitki mi próbują, ale kto by pomyślał o trzonku pogrzebacza do komina w królewskiej sypialni? Pogrzebacza, którego tylko ja używam i nikomu dotykać nie pozwalam? Przebiegle, przebiegle, synu. Tylko że twój truciciel zdradził cię, tak już jest, zdrajcy zdradzają zdrajców. Czemu milczysz, Egmund? Nie masz mi nic do powiedzenia?

Oczy Egmunda były zimne, nadal nie było w nich nawet cienia lęku. Wcale nie przeraża go perspektywa banicji, pojął Geralt, nie myśli o wygnaniu ani o egzystencji na obczyźnie, nie myśli o „Acherontii", nie myśli o Peixe de Mar. O czym więc myśli?

– Nie masz – powtórzył król – nic do powiedzenia, synu?

– Tylko jedno – wycedził Egmund. – Jedną z mądrości ludowych, które tak lubisz. Nie masz głupca nad starego głupca. Wspomnij me słowa, drogi ojcze. Gdy nadejdzie pora.

– Zabrać ich, zamknąć i pilnować – rozkazał Belohun. – To twoje zadanie, Ferrant, to rola instygatora. A teraz wezwać mi tu krawca, marszałka i notariusza, wszyscy inni precz. A ty, wiedźminie... Nauczyłeś się dziś czegoś, prawda? Dowiedziałeś czegoś o sobie? Tego mianowicie, że z ciebie naiwny frajer? Jeśliś to zrozumiał, to będzie jakiś pożytek z twojej dziś tu wizyty. Która to wizyta właśnie się skończyła. Hola tam, dwóch do mnie! Odprowadzić tego tu wiedźmina do bramy i wyrzucić za ową. Przypilnować, by wcześniej nie świsnął czegoś ze srebrnej zastawy!

•

W korytarzu za westybulem drogę zastąpił im kapitan Ropp. W towarzystwie dwóch osobników o podobnych oczach, ruchach i postawie. Geralt szedł o zakład, że wszyscy trzej służyli niegdyś w tej samej jednostce. Nagle zrozumiał. Nagle pojął, iż wie, co się stanie, jak się sprawy potoczą. Nie zdziwiło go więc, gdy Ropp oświadczył, że przejmuje dozór nad eskortowanym, i rozkazał gwardzistom odmaszerować. Wiedział, że kapitan każe mu iść za sobą. Tak, jak oczekiwał, dwaj pozostali szli z tyłu, za jego plecami.

Przeczuwał, kogo zastanie w komnacie, do której weszli.

Jaskier był blady jak nieboszczyk i wyraźnie przerażony. Ale chyba nieuszkodzony. Siedział na krześle z wysokim oparciem. Za krzesłem stał chudy typ z włosami zaczesanymi i związanymi w harcap. Typ trzymał w dłoni mizerykordię o długim, cienkim, czwórgrannym ostrzu. Ostrze wycelowane było w szyję poety, pod żuchwę, skośnie w górę.

– Tylko bez głupstw – ostrzegł Ropp. – Bez głupstw, wiedźminie. Jeden nieprzemyślany ruch, jedno drgnięcie choćby, a pan Samsa zakłuje grajka jak wieprza. Nie zawaha się.

Geralt wiedział, że pan Samsa się nie zawaha. Bo oczy miał pan Samsa jeszcze paskudniejsze niż Ropp. Były to oczy o bardzo szczególnym wyrazie. Ludzi o takich oczach można było czasem napotkać w kostnicach i prosektoriach. Zatrudniali się tam bynajmniej nie po to, aby się sustentować, lecz by mieć sposobność do realizacji skrytych upodobań.

Geralt rozumiał już, dlaczego książę Egmund był spokojny. Dlaczego bez lęku spoglądał w przyszłość. I w oczy ojca.

– Chodzi nam o to, byś był posłuszny – powiedział Ropp. – Będziesz posłuszny, obaj ocalicie życie.

– Zrobisz, co ci każemy – kłamał dalej kapitan – to puścimy wolno ciebie i wierszokletę. Będziesz oporny, zabijemy was obu.

– Popełniasz błąd, Ropp.

– Pan Samsa – Ropp nie przejął się ostrzeżeniem – zostanie tu z grajkiem. My, to znaczy ty i ja, udamy się do królewskich komnat. Będzie tam straż. Mam, jak widzisz, twój miecz. Wręczę ci go, a ty zajmiesz się strażą. I odsieczą, którą straż zdąży wezwać, nim wszystkich zabijesz. Słysząc raban, pokojowiec wyprowadzi króla sekretnym wyjściem, a tam czekać będą panowie Richter i Tverdoruk. Którzy zmienią nieco tutejszą sukcesję tronu i historię tutejszej monarchii.

– Popełniasz błąd, Ropp.

– Teraz – powiedział kapitan, podchodząc bardzo blisko. – Teraz potwierdzisz, że zrozumiałeś zadanie i że je wykonasz. Jeśli tego nie zrobisz, nim w myśli doliczę do trzech, pan Samsa przekłuje grajkowi bębenek w prawym uchu, a ja będę liczył dalej. Nie będzie oczekiwanego efektu, pan Samsa żgnie w drugie ucho. A potem wykłuje poecie oko. I tak dalej, do skutku, którym będzie wkłucie się w mózg. Zaczynam liczyć, wiedźminie.

– Nie słuchaj go, Geralt! – Jaskier cudem jakimś wydobył głos ze ściśniętego gardła. – Nie odważą się mnie tknąć! Jestem sławny!

– On – ocenił zimno Ropp – chyba nie traktuje nas poważnie. Panie Samsa, prawe ucho.

– Stój! Nie!

– Tak lepiej – kiwnął głową Ropp. – Tak lepiej, wiedźminie. Potwierdź, że zrozumiałeś zadanie. I że je wykonasz.

– Wpierw sztylet z dala od ucha poety.

– Ha – parsknął pan Samsa, unosząc mizerykordię wysoko nad głowę. – Tak dobrze?

– Tak dobrze.

Geralt lewą ręką chwycił Roppa za napięstek, prawą za rękojeść swego miecza. Przyciągnął kapitana silnym szarpnięciem i z całej mocy uderzył go czołem w twarz. Chrupnęło. Wiedźmin wyszarpnął miecz z pochwy, nim Ropp padł, jednym płynnym ruchem, z krótkiego obrotu odrąbał panu Samsie uniesioną rękę z mizerykordią. Samsa wrzasnął, runął na kolana. Richter i Tverdoruk skoczyli na wiedźmina z dobytymi sztyletami, wpadł między nich półwoltą. W przelocie rozpłatał szyję Richtera, krew trysnęła aż na zwisający z sufitu pająk. Tverdoruk zaatakował, skacząc w nożowniczych fintach, ale potknął się o leżącego Roppa, na moment stracił równowagę. Geralt nie dał mu jej odzyskać. Z szybkiego wypadu ciął go z dołu w pachwinę, i drugi raz, z góry, w tętnicę szyjną. Tverdoruk upadł, zwinął się w kłębek.

Pan Samsa go zaskoczył. Choć bez prawej ręki, choć sikający krwią z kikuta, lewą odnalazł na podłodze mizerykordię. I zamierzył się nią na Jaskra. Poeta wrzasnął, ale wykazał przytomność umysłu. Spadł z krzesła i odgrodził się nim od napastnika. A Geralt na więcej panu Samsie nie pozwolił. Krew ponownie zbryzgała sufit, pająk i tkwiące w pająku ogarki świec.

Jaskier podniósł się na kolana, oparł czołem o ścianę, po czym nader obficie i rozbryzgliwie zwymiotował.

Do komnaty wpadł Ferrant de Lettenhove, z nim kilku gwardzistów.

– Co się dzieje? Co tu zaszło? Julianie! Cały jesteś? Julianie!

Jaskier uniósł rękę, dając znak, że odpowie za chwilę, bo teraz nie ma czasu. Po czym zwymiotował ponownie.

Instygator nakazał gwardzistom wyjść, zamknął za nimi drzwi. Przyjrzał się trupom, ostrożnie, by nie wdepnąć w rozlaną krew i bacząc, by krew kapiąca z pająka nie poplamiła mu dubletu.

– Samsa, Tverdoruk, Richter – rozpoznał. – I pan kapitan Ropp. Zaufani księcia Egmunda.

– Wykonywali rozkazy – wzruszył ramionami wiedźmin, patrząc na miecz. – Podobnie jak i ty, byli posłuszni rozkazom. A ty nic o tym nie wiedziałeś. Potwierdź, Ferrant.

– Nic o tym nie wiedziałem – zapewnił prędko instygator i cofnął się, oparł plecami o ścianę. – Przysięgam! Chyba nie podejrzewasz... Nie sądzisz...

– Gdybym sądził, już byś nie żył. Wierzę ci. Nie naraziłbyś przecież życia Jaskra.

– Trzeba zawiadomić o tym króla. Obawiam się, że dla księcia Egmunda może to oznaczać poprawki i aneksy do aktu oskarżenia. Ropp żyje, zdaje mi się. Zezna...

– Wątpię, by zdołał.

Instygator przyjrzał się kapitanowi, który leżał, wyprężony, w kałuży moczu, ślinił się obficie i cały czas dygotał.

– Co mu jest?

– Odłamki kości nosowej w mózgu. I chyba kilka odprysków w gałkach ocznych.

– Uderzyłeś za mocno.

– Tak właśnie chciałem. – Geralt wytarł klingę miecza ściągniętą ze stolika serwetą. – Jaskier, jak tam? W porządku? Możesz wstać?

– W porządku, w porządku – bełkotnął Jaskier. – Już jest mi lepiej. Dużo lepiej...

– Nie wyglądasz na takiego, któremu lepiej.

– Do diabła, przecież ledwom śmierci uszedł! – Poeta wstał, przytrzymał się komódki. – Psiakrew, w życiu się tak nie bałem... Miałem wrażenie, że urywa mi się denko u dupy. I że zaraz wszystko ze mnie dołem wyleci, zęby wliczając. Ale gdy cię zobaczyłem, wiedziałem, że mnie ocalisz. Znaczy, nie wiedziałem, ale mocno na to liczyłem... Psiakrew, ile tu krwi... Jak tu śmierdzi! Chyba znowu się wyrzygam...

– Idziemy do króla – powiedział Ferrant de Lettenhove. – Daj mi twój miecz, wiedźminie... I oczyść się nieco. Ty, Julianie, zostań...

— Akurat. Nawet chwili nie zostanę tu sam. Wolę trzymać się Geralta.

Wejścia do królewskich antyszambrów strzegli gwardziści, ci jednak poznali i przepuścili instygatora. Z wejściem do właściwych komnat nie poszło tak łatwo. Barierą nie do pokonania okazali się herold, dwaj seneszale i ich złożona z czterech drabów asysta.

— Król — oświadczył herold — mierzy strój ślubny. Zabronił sobie przeszkadzać.

— Mamy sprawę ważną i nie cierpiącą zwłoki!

— Król kategorycznie zabronił sobie przeszkadzać. Zaś pan wiedźmin miał, jak się zdaje, nakazane opuścić pałac. Cóż więc tu jeszcze robi?

— Wyjaśnię to królowi. Proszę nas przepuścić!

Ferrant odepchnął herolda, popchnął seneszala. Geralt poszedł w ślad za nim. Ale i tak zdołali się dostać tylko na próg komnaty, za plecy kilku zgromadzonych tu dworaków. Dalszą drogę udaremnili drabi w skórzanych kabatach, na rozkaz herolda przypierając ich do ściany. Byli mało delikatni, Geralt poszedł jednak za przykładem instygatora i zaniechał oporu.

Król stał na niskim taborecie. Krawiec ze szpilkami w ustach poprawiał mu pludry. Obok stał marszałek dworu i ktoś odziany na czarno, jakby notariusz.

— Zaraz po ceremonii ślubnej — gadał Belohun — ogłoszę, że następcą tronu zostanie syn, którego urodzi mi dziś poślubiona żonka. Krok ten powinien zapewnić mi jej przychylność i powolność, he, he. Da mi to również trochę czasu i spokoju. Minie ze dwadzieścia lat, zanim gówniarz osiągnie wiek, w którym zaczyna się knuć.

– Ale – król wykrzywił się i mrugnął do marszałka – jeśli zechcę, to wszystko odwołam i wyznaczę następcą kogoś zupełnie innego. Jakby nie było, jest to małżeństwo morganatyczne, dzieci z takich małżeństw tytułów nie dziedziczą, no nie? I któż jest w stanie przewidzieć, ile z nią wytrzymam? Albo to nie ma innych dziewek na świecie, ładniejszych i młodszych? Trzeba będzie więc spisać stosowne dokumenty, jakąś intercyzę czy coś w tym stylu. Miej nadzieję na najlepsze, bądź gotów na najgorsze, he, he, he.

Pokojowiec podał królowi tacę, na której piętrzyły się kosztowności.

– Precz z tym – skrzywił się Belohun. – Nie będę obwieszał się błyskotkami jak jakiś fircyk albo nowobogacki. Tylko to założę. To dar od mej wybranki. Małe, ale gustowne. Medalion z godłem mego kraju, wypada, bym takie godło nosił. To jej słowa: godło kraju na szyi, dobro kraju na sercu.

Trochę potrwało, nim przyparty do ściany Geralt skojarzył.

Kot, uderzający łapką medalion. Złoty medalion na łańcuszku. Błękitna emalia, delfin. *D'or, dauphin nageant d'azur, lorré, peautré, oreillé, barbé et crêté de gueules.*

Było za późno, by mógł zareagować. Nie zdążył nawet krzyknąć, ostrzec. Zobaczył, jak złoty łańcuszek kurczy się nagle, zaciska na szyi króla jak garota. Belohun poczerwieniał, otworzył usta, nie zdołał ani zaczerpnąć tchu, ani wrzasnąć. Oburącz złapał się za szyję, usiłując zerwać medalion lub chociaż wcisnąć pod łańcuszek palce. Nie udało mu się, łańcuszek głęboko weżnął się w ciało. Król spadł z taboretu, zatańczył, potrącił krawca. Krawiec zatoczył się, zakrztusił, chyba połknął swe szpilki. Wpadł na notariusza, upadli obaj. Belohun tymczasem zsiniał, wybałuszył oczy, runął na ziemię, wierzgnął kilka razy nogami, wyprężył się. I znieruchomiał.

– Ratunku! Król zasłabł!

– Medyka! – zawołał marszałek. – Wezwać medyka!

– Bogowie! Co się stało? Co się stało królowi?

– Medyka! Żywo!

Ferrant de Lettenhove przyłożył dłonie do skroni. Miał dziwny wyraz twarzy. Wyraz twarzy kogoś, kto powoli zaczyna rozumieć.

Króla położono na kanapie. Wezwany medyk badał go długo. Geralta w pobliże nie dopuszczono, nie pozwolono się przyjrzeć. Mimo tego wiedział, że łańcuszek zdążył się rozkurczyć, nim jeszcze konsyliarz przybiegł.

– Apopleksja – orzekł, prostując się, medyk. – Wywołana dusznościami. Złe powietrzne wapory wdarły się do ciała i zatruły humory. Winne są te nieustanne burze, wzmagające gorącość krwi. Nauka jest bezsilna, nic uczynić nie mogę. Nasz dobry i miłościwy król nie żyje. Rozstał się z tym światem.

Marszałek krzyknął, zakrył twarz dłońmi. Herold chwycił się oburącz za beret. Któryś z dworaków załkał. Kilku uklękło.

Korytarz i westybul rozbrzmiały nagle echem ciężkich kroków. W drzwiach zjawił się olbrzym, chłop wzrostu siedmiu stóp jak obszył. W mundurze gwardzisty, ale z dystynkcjami wyższej szarży. Olbrzymowi towarzyszyli ludzie w chustach na głowach i z kolczykami w uszach.

– Panowie – przemówił wśród ciszy olbrzym – raczą pozwolić do sali tronowej. Natychmiast.

— Do jakiej znowu sali tronowej? — uniósł się marszałek. — I po co? Czy pan zdaje sobie sprawę, panie de Santis, co tu właśnie zaszło? Jakie nieszczęście się wydarzyło? Pan nie rozumie...

— Do sali tronowej. To rozkaz króla.

— Król nie żyje!

— Niech żyje król. Do sali tronowej, proszę. Wszyscy. Natychmiast.

W sali tronowej, pod morskim plafonem z trytonami, syrenami i hippokampami, zebrało się kilkunastu mężczyzn. Niektórzy mieli na głowach kolorowe chusty, niektórzy żeglarskie kapelusze ze wstążkami. Wszyscy byli ogorzali, wszyscy nosili w uszach kolczyki.

Najemnicy. Nietrudno było odgadnąć. Załoga fregaty „Acherontia".

Na tronie na podwyższeniu zasiadał ciemnowłosy i ciemnooki mężczyzna o wydatnym nosie. Też był ogorzały. Ale kolczyka w uchu nie nosił.

Obok niego, na dostawionym krześle, siedziała Ildiko Breckl, nadal w śnieżnobiałej sukni i nadal obwieszona brylantami. Niedawna królewska narzeczona i oblubienica wpatrywała się w ciemnowłosego mężczyznę wzrokiem pełnym uwielbienia. Geralt już od dłuższej chwili zgadywał zarówno rozwój wypadków, jak i ich przyczyny, kojarzył fakty i dodawał dwa do dwóch. Teraz jednak, w tej chwili nawet ktoś o bardzo ograniczonym pomyślunku musiał widzieć i rozumieć, że Ildiko Breckl i ciemnowłosy mężczyzna znają się, i to dobrze. I raczej od dawna.

— Królewicz Viraxas, książę Kerack, jeszcze przed chwilą dziedzic tronu i korony — ogłosił dudniącym barytonem olbrzym, de Santis. — W chwili obecnej król Kerack, prawowity władca kraju.

Pierwszy skłonił się, a potem ukłęknął na jedno kolano marszałek dworu. Za nim hołd złożył herold. W ich ślady poszli seneszale, nisko skłaniając głowy. Ostatnim, który się skłonił, był Ferrant de Lettenhove.

– Wasza Królewska Mość.

– Chwilowo wystarczy „Wasza Miłość" – skorygował Viraxas. – Pełny tytuł będzie mi przysługiwał po koronacji. Z którą zresztą zwlekać nie będziemy. Im rychlej, tym lepiej. Prawda, panie marszałku?

Było bardzo cicho. Słychać było, jak któremuś z dworaków burczy w brzuchu.

– Mój nieodżałowanej pamięci ojciec nie żyje – przemówił Viraxas. – Odszedł do swych sławnych przodków. Obaj moi młodsi bracia, co mnie nie dziwi, są oskarżeni o zdradę stanu. Proces odbędzie się zgodnie z wolą zmarłego króla, obaj bracia okażą się winnymi i z wyroku sądu opuszczą Kerack na zawsze. Na pokładzie fregaty „Acherontia", wynajętej przeze mnie... i przez mych możnych przyjaciół i protektorów. Zmarły król, wiem to, nie zostawił ważnego testamentu ani oficjalnych rozporządzeń względem sukcesji. Respektowałbym wolę króla, gdyby takie rozporządzenia były. Ale ich nie ma. Prawem dziedziczenia korona przynależy więc mnie. Czy wśród obecnych jest ktoś, kto chciałby temu zaprzeczyć?

Nikogo takiego wśród obecnych nie było. Wszyscy obecni w dostatecznym stopniu obdarzeni byli rozsądkiem i instynktem samozachowawczym.

– Proszę zatem rozpocząć przygotowania do koronacji, niechaj zajmą się tym ci, w czych kompetencjach to leży. Koronacja będzie połączona z zaślubinami. Postanowiłem bowiem wskrzesić starodawny obyczaj królów Kerack, prawo ustanowione przed wiekami. Głoszące, że jeśli oblubieniec zmarł przed ślubem, narzeczoną winien poślubić najbliższy nieżonaty krewny.

Ildiko Breckl, znać to było z jej promieniejącego oblicza, starodawnemu obyczajowi gotowa była poddać się choćby zaraz. Inni zgromadzeni milczeli, niezawodnie usiłując przypomnieć sobie, kto, kiedy i z jakiej okazji ów obyczaj ustanowił. I jakim sposobem mógł ów obyczaj być ustanowiony przed wiekami, skoro królestwo Kerack nie istniało nawet lat stu. Zmarszczone myślowym wysiłkiem czoła dworaków szybko się jednak wygładziły. Wszyscy jak jeden mąż doszli do właściwego wniosku. Że chociaż jeszcze nie było koronacji i chociaż tylko Jego Miłość, Viraxas to już praktycznie król, a król zawsze ma słuszność.

– Zniknij stąd, wiedźminie – szepnął Ferrant de Lettenhove, wciskając Geraltowi do rąk jego miecz. – Zabierz stąd Juliana. Znikajcie obaj. Nic nie widzieliście, nic nie słyszeliście. Niech nikt was z tym wszystkim nie kojarzy.

– Pojmuję – Viraxas zmierzył zebranych dworaków spojrzeniem – i mogę rozumieć, iż dla niektórych spośród tu obecnych sytuacja jest zaskakująca. Iż dla niektórych zmiany zachodzą zbyt niespodziewanie i raptownie, a wypadki toczą się zbyt szybko. Nie mogę też wykluczyć, że dla niektórych z tu obecnych dzieje się nie po ich myśli i że stan rzeczy im nie w smak. Pułkownik de Santis od razu zdeklarował się po właściwej stronie i przysiągł mi wierność. Oczekuję tego samego od pozostałych tu zebranych.

– Zaczniemy – skinął – od wiernego sługi mego nieodżałowanej pamięci ojca. Jak też wykonawcy rozkazów mego brata, który na życie ojca się targnął. Zaczniemy od królewskiego instygatora, pana Ferranta de Lettenhove.

Instygator skłonił się.

– Śledztwo cię nie minie – zapowiedział Viraxas. – I wyjawi, jaką rolę odegrałeś w spisku książąt. Spisek był fiaskiem, to zaś kwalifikuje spiskowców jako nieudolnych. Błąd mógłbym wybaczyć, nieudolności nie. Nie u instygatora, stróża prawa. Ale to później, rozpoczniemy zaś od rzeczy podstawowych. Zbliż się, Ferrant. Chcemy, byś pokazał i udowodnił, komu służysz. Chcemy, byś złożył nam należny hołd. Byś kląkł u stóp tronu. I pocałował naszą królewską rękę.

Instygator ruszył posłusznie w kierunku podwyższenia.

– Znikaj stąd – zdążył jeszcze szepnąć. – Znikaj jak najprędzej, wiedźminie.

•

Zabawa w ogrodach trwała w najlepsze.

Lytta Neyd natychmiast dostrzegła krew na mankiecie koszuli Geralta. Mozaïk też dostrzegła, w odróżnieniu od Lytty zbladła.

Jaskier porwał z tacy przechodzącego pazia dwa kielichy, wypił duszkiem jeden po drugim. Porwał dwa następne, zaoferował damom. Odmówiły. Jaskier wypił jeden, drugi z ociąganiem wręczył Geraltowi. Koral, mrużąc oczy, wpatrywała się w wiedźmina, wyraźnie spięta.

– Co się stało?

– Zaraz się dowiesz.

Dzwon na kampanili zaczął bić. Bił tak złowieszczo, tak grobowo i tak żałobnie, że ucztujący goście ucichli.

Na przypominające szafot podwyższenie weszli marszałek dworu i herold.

– Przepełniony żalem i strapieniem – przemówił w ciszy marszałek – wieść smutną waćpaństwu oznajmić muszę. Król Belohun Pierwszy, nasz uwielbiany, dobry i łaskawy władca, srogą ręką losu porażon umarł nagle, zszedł był z tego świata. Ale królowie Kerack nie umierają! Król umarł, niech żyje król! Niech żyje Jego Królewska Mość król Viraxas! Pierworodny syn zmarłego króla, prawy dziedzic tronu i korony! Król Viraxas Pierwszy! Po trzykroć niech żyje! Niech żyje! Niech żyje!

Chór pochlebców, wazeliniarzy i dupowłazów podchwycił okrzyk. Marszałek uciszył ich gestem.

– Król Viraxas pogrążył się w żałobie, podobnie cały dwór. Uczta jest odwołana, goście proszeni są o opuszczenie terenu pałacu. Król planuje rychłe własne zaślubiny, wtedy ucztę się powtórzy. By jadło się nie zmarnowało, król rozkazał, by przeniesiono je do miasta i wystawiono na rynku. Jadłem obdarzony zostanie także lud Palmyry. Dla Kerack nadchodzi czas szczęśliwości i dobrobytu!

– Cóż – oświadczyła Koral, poprawiając włosy. – Wiele jest prawdy w twierdzeniu, że śmierć pana młodego potrafi poważnie zakłócić uroczystości weselne. Belohun nie był bez wad, ale też i nie był najgorszy, niech spoczywa w spokoju, a ziemia niechaj będzie mu puchem. Chodźmy stąd. I tak zresztą zaczęło robić się nudno. A że dzień jest piękny, pójdziemy pospacerować po tarasach, popatrzymy na morze. Poeto, bądź miły i podaj ramię mojej uczennicy. Ja pójdę z Geraltem. Bo ma mi coś do opowiedzenia, jak mniemam.

Było wczesne popołudnie. Dopiero. Wierzyć się nie chciało, że tak wiele zaszło w tak krótkim czasie.

Wojownik nie umiera lekko. Śmierć, by go dopaść, musi sto- czyć z nim walkę. A wojownik łatwo śmierci nie ulega.

Carlos Castaneda, *The Wheel of Time*

Rozdział dziewiętnasty

— Hej! Patrzcie! — zawołał nagle Jaskier. — Szczur!

Geralt nie zareagował. Znał poetę, wiedział, że zwykł lękać się byle czego, zachwycać byle czym i szukać sensacji tam, gdzie zupełnie nic na nazwę sensacji nie zasługiwało.

— Szczur! — nie dawał za wygraną Jaskier. — O, drugi! Trzeci! Czwarty! Cholera! Geralt, spójrz!

Westchnął, spojrzał.

Podnóże urwiska pod tarasem roiło się od szczurów. Teren między Palmyrą a wzgórzem żył, poruszał się, falował i popiskiwał. Setki, a może tysiące gryzoni uciekało z rejonu portu i ujścia rzeki, mknęło pod górę, wzdłuż palisady, na wzgórza, w lasy. Inni przechodnie też zauważyli zjawisko, zewsząd rozbrzmiewały okrzyki zdumienia i strachu.

— Szczury uciekają z Palmyry i portu — orzekł Jaskier — bo są wystraszone! Wiem, co się stało! Pewnie przybił do brzegu statek szczurołapów!

Nikomu nie chciało się komentować. Geralt starł pot z powiek, upał był potworny, gorące powietrze tłumiło oddech. Spojrzał w niebo, przejrzyste, bez jednej chmurki.

— Idzie sztorm — Lytta powiedziała na głos to, co sam pomyślał. — Silny sztorm. Szczury to czują. I ja też to czuję. Czuję to w powietrzu.

I ja też, pomyślał wiedźmin.

– Burza – powtórzyła Koral. – Burza nadejdzie od morza.

– Jaka znowu burza? – Jaskier powachlował się kapelusikiem. – Skąd? Pogoda jak malowanie, niebo czyste, najmniejszego wiaterku. Szkoda, w tym upale przydałby się wiaterek. Morska bryza...

Nim dokończył zdanie, powiało. Lekka bryza niosła zapach morza, dawała przyjemną ulgę, orzeźwiała. I szybko przybierała na sile. Proporce na masztach, niedawno zwisające luźno i smętnie, poruszyły się, załopotały.

Niebo na horyzoncie pociemniało. Wiatr wzmagał się. Lekki poszum zmieniał się w szum, szum przechodził w świst.

Proporce na masztach zafurkotały i załopotały gwałtownie. Zaskrzypiały kurki na dachach i wieżach, zazgrzytały i zabrzęczały blaszane nasady na kominach. Załomotały okiennice. Wzleciały tumany kurzu.

Jaskier oburącz chwycił kapelusik, w ostatniej chwili, inaczej uleciałby z wiatrem.

Mozaïk chwyciła suknię, nagły powiew zadarł szyfon wysoko, do bioder niemal. Nim opanowała szarpaną wiatrem tkaninę, Geralt z przyjemnością przyjrzał się jej nogom. Dostrzegła jego wzrok. Nie odwróciła oczu.

– Burza... – Koral, by móc mówić, musiała się odwrócić, wiatr wiał już tak, że tłumił słowa. – Burza! Idzie sztorm!

– Bogowie! – krzyknął Jaskier, który w żadnych bogów nie wierzył. – Bogowie! Co się dzieje? Czy to koniec świata?

Niebo ciemniało szybko. A horyzont z granatowego stawał się czarny.

Wiatr rósł, świszcząc potępieńczo.

Na redzie za przylądkiem morze wzbierało grzywaczami, fale tłukły w falochron, rozbryzgiwała się biała piana. Szum morza narastał. Zrobiło się ciemno jak w nocy.

Wśród stojących na redzie jednostek dało się widzieć poruszenie. Kilka, w tym pocztowy kliper „Echo" i novigradzki szkuner „Pandora Parvi", w pośpiechu stawiały żagle, gotowe uciekać na pełne morze. Reszta statków żagle zrzucała, zostając na kotwicach. Geralt pamiętał niektóre, obserwował je z tarasu willi Koral. „Alke", koga z Cidaris. „Fuchsia", nie pamiętał, skąd. I galeony: „Chluba Cintry" pod flagą z błękitnym krzyżem. Trójmasztowy „Vertigo" z Lan Exeter. Mający sto dwadzieścia stóp między stewami redański „Albatros". Kilka innych. W tej liczbie fregata „Acherontia" pod czarnymi żaglami.

Wiatr już nie świszczał. Wył. Geralt zobaczył, jak z kompleksu Palmyry wzlatuje w niebo pierwsza strzecha, jak rozpada się w powietrzu. Nie trzeba było długo czekać na drugą. Trzecią. I czwartą. A wiatr wciąż się wzmagał. Łopotanie proporców przeszło w nieustanny łoskot, łomotały okiennice, gradem spadały dachówki i rynny, waliły się kominy, roztrzaskiwały o bruk donice. Poruszony wichrem zaczął bić dzwon na kampanili, urywanym, zalęknionym, złowróżącym dźwiękiem.

A wiatr wiał, wiał coraz silniej. I pędził ku brzegowi coraz większe fale. Szum morza narastał, stawał się coraz głośniejszy. Wkrótce nie był to już szum. Był to jednostajny i głuchy huk, jakby dudnienie jakiejś diabelskiej machiny. Fale rosły, zwieńczone białą pianą wały wtaczały się na brzeg. Ziemia drżała pod stopami. Wiatr wył.

„Echo" i „Pandora Parvi" nie zdołały uciec. Wróciły na redę, rzuciły kotwice.

Krzyki zgromadzonych na tarasach ludzi rozbrzmiały głośniej, pełne podziwu i przerażenia. Wyciągnięte ręce wskazywały morze.

Morzem szła wielka fala. Kolosalna ściana wody. Wznosząca się, wyglądało, tak wysoko, jak maszty galeonów.

Koral chwyciła wiedźmina za ramię. Mówiła coś, a raczej usiłowała mówić, wicher skutecznie ją kneblował.

– ...ciekać! Geralt! Musimy stąd uciekać!

Fala zwaliła się na port. Ludzie krzyczeli. Pod naporem mas wody w drzazgi i szczapki poszło molo, wzleciały belki i deski. Zawalił się dok, złamały i upadły żurawie i pylony dźwigów. Stojące przy nabrzeżu łodzie i barkasy frunęły w górę jak dziecięce zabawki, jak łódeczki z kory, puszczane przez uliczników w rynsztokach. Stojące bliżej plaży chałupy i szopy po prostu zmyło, nie zostało po nich śladu. Fala wdarła się w ujście rzeki, momentalnie zamieniając je w piekielną kipiel. Z zalewanej Palmyry uciekały tłumy ludzi, większość umykała ku Górnemu Miastu, ku strażnicy. Ci ocaleli. Część wybrała brzeg rzeki jako drogę ucieczki. Geralt widział, jak pochłania ich woda.

– Druga fala! – krzyczał Jaskier. – Druga fala!

Fakt, była druga. A potem trzecia. Czwarta. Piąta. I szósta. Ściany wody toczyły się na redę i port.

Fale z potężną siłą uderzyły w zakotwiczone statki, te dziko targnęły się na łańcuchach, Geralt zobaczył, jak z pokładów spadają ludzie.

Obrócone dziobami pod wiatr statki walczyły dzielnie. Jakiś czas. Traciły maszty, jeden po drugim. Potem fale zaczęły je nakrywać. Niknęły w pianie i wynurzały się, niknęły i wynurzały się.

Pierwszy przestał się wynurzać pocztowy kliper „Echo". Po prostu zniknął. Po chwili taki sam los spotkał „Fuchsię", galera zwyczajnie się rozpadła. Napięty łańcuch kotwiczny rozerwał kadłub „Alke", koga w okamgnieniu zniknęła w otchłani. Dziób i forkasztel „Albatrosa" urwały się pod naporem, rozłupany statek poszedł na dno jak kamień. Kotwica „Vertigo" zerwała się, galeon zatańczył na grzbiecie fali, obrócił się i roztrzaskał o falochron.

„Acherontia", „Chluba Cintry", „Pandora Parvi" i dwa nieznane Geraltowi galeony zrzuciły kotwice, fale uniosły je ku brzegowi. Zabieg tylko z pozoru był rozpaczliwie samobójczy. Kapitanowie mieli do wyboru pewną zagładę na kotwicowisku albo ryzykowny manewr wpłynięcia w ujście rzeki.

Nieznane galeony szans nie miały. Żaden nie zdołał nawet właściwie się ustawić. Oba roztrzaskały się o pirs.

„Chluba Cintry" i „Acherontia" też nie utrzymały sterowności. Wpadły na siebie, szczepiły się, fale cisnęły je na nabrzeże i rozniosły w strzępy. Szczątki poniosła woda.

„Pandora Parvi" tańczyła i skakała na falach jak delfin. Ale trzymała kurs, niesiona prościutko we wrzące jak kocioł ujście Adalatte. Geralt słyszał krzyki ludzi, dopingujące kapitana.

Koral krzyknęła, wskazując.

Szła siódma fala.

Poprzednie, równe masztom statków, Geralt oceniał na jakieś pięć, sześć sążni, trzydzieści do czterdziestu stóp. To, co teraz szło z morza, zakrywając sobą niebo, było dwukrotnie wyższe.

Uciekający z Palmyry ludzie, stłoczeni przy strażnicy, zaczęli krzyczeć. Wicher obalał ich, ciskał na ziemię, przytłaczał do ostrokołu.

Fala runęła na Palmyrę. I zwyczajnie starła ją, zmyła z powierzchni ziemi. Woda w okamgnieniu dosięgła palisady, pochłaniając ściśniętych tam ludzi. Niesiona falą masa drewna zwaliła się na ostrokół, wyłamując pale. Zawaliła się i popłynęła strażnica.

Niepohamowany wodny taran uderzył w urwisko. Wzgórze zatrzęsło się tak, że Jaskier i Mozaïk upadli, a Geralt z najwyższym trudem utrzymał równowagę.

– Musimy uciekać! – krzyknęła Koral, uczepiona balustrady. – Geralt! Uciekajmy stąd! Idą następne fale!

Fala runęła na nich, zalała. Ludzie z tarasu, ci, co nie pierzchnęli wcześniej, pierzchali teraz. Uciekali wśród krzyku, wyżej, byle wyżej, na wzgórze, w stronę królewskiego pałacu. Nieliczni zostali. Geralt rozpoznał wśród nich Ravengę i Anteę Derris.

Ludzie krzyczeli, wskazywali. Fale podmyły urwisko na prawo od nich, pod dzielnicą willową. Pierwsza z willi złożyła się jak domek z kart i osunęła po pochyłości, prosto w kipiel. Za pierwszą poszła druga, trzecia i czwarta.

– Miasto się rozpada! – zawył Jaskier. – Rozlatuje się!

Lytta Neyd uniosła ręce. Wyskandowała zaklęcie. I znikła.

Mozaïk wczepiła się w ramię Geralta. Jaskier wrzasnął.

Woda była już pod nimi, pod tarasem. A w wodzie byli ludzie. Z góry podawano im tyczki, bosaki, rzucano liny, wyciągano. Niedaleko nich potężnie zbudowany mężczyzna skoczył w kotłowisko, wpław rzucił się na ratunek tonącej kobiecie.

Mozaïk krzyknęła.

Zobaczył tańczący na fali fragment dachu chałupy. I uczepione dachu dzieci. Troje dzieci. Ściągnął miecz z pleców.

– Trzymaj, Jaskier!

Zrzucił kurtkę. I skoczył w wodę.

To nie było zwykłe pływanie i zwykłe pływackie umiejętności były tu na nic. Fale miotały nim w górę, w dół i na boki, tłukły w niego wirujące w kipieli belki, deski i meble, napierające masy drewna groziły zgnieceniem na miazgę. Gdy wreszcie dopłynął i złapał się dachu, był już mocno poobijany. Dach skakał i kręcił się na fali jak bąk. Dzieciaki darły się na różne głosy.

Troje, pomyślał. W żaden sposób nie zdołam unieść całej trójki.

Poczuł przy ramieniu ramię.

– Dwoje! – Antea Derris wypluła wodę, chwyciła jedno z dzieci. – Dwoje bierz!

Nie było to takie proste. Chłopczyka ściągnął, ścisnął pod pachą. Spanikowana dziewczynka uczepiła się krokwi tak mocno, że długo nie mógł rozewrzeć chwytu. Pomogła mu fala, zalewając ich i nakrywając. Przytopiona dziewczynka puściła krokiew, Geralt ścisnął ją pod drugą pachą. A potem wszyscy troje zaczęli tonąć. Dzieciaki bulgotały i szarpały się. Geralt walczył.

Nie wiedział, jakim sposobem, ale wynurkował. Fala cisnęła nim o mur tarasu, pozbawiając oddechu. Nie wypuścił dzieci. Ludzie z góry krzyczeli, usiłowali pomóc, podać coś, czego mogliby się uchwycić. Nie dali rady. Wir porwał ich i poniósł. Zderzył się z kimś, była to Antea Derris z dziewczynką w ramionach. Walczyła, ale widział, że i ona jest u kresu sił. Z trudem utrzymywała nad wodą głowę dziecka i swoją.

Obok plusk, rwący się oddech. Mozaïk. Wyrwała mu jedno z dzieci, popłynęła. Widział, jak uderzyła w nią niesiona falą belka. Krzyknęła, ale nie puściła dziecka.

Fala ponownie rzuciła ich na mur tarasu. Tym razem ludzie z góry byli przygotowani, przynieśli nawet drabiny, wisieli na nich z wyciągniętymi rękami. Odebrali od nich dzieci. Widział, jak Jaskier chwyta i wciąga na taras Mozaïk.

Antea Derris spojrzała na niego. Miała piękne oczy. Uśmiechnęła się.

Fala uderzyła w nich masą drewna. Wielkimi palami wyrwanymi z ostrokołu.

Jeden pal ugodził Anteę Derris i przytłukł ją do tarasu. Antea wypluła krew. Dużo krwi. Potem zwiesiła głowę na pierś i znikła pod wodą.

Geralta uderzyły dwa pale, jeden w bark, drugi w biodro. Uderzenia sparaliżowały go, zdrętwiły momentalnie i zupełnie. Zachłysnął się wodą i poszedł ku dnu.

Ktoś go chwycił, żelaznym, bolesnym chwytem, porwał w górę, ku jaśniejącej powierzchni. Sięgnął, namacał potężny, twardy jak skała biceps. Siłacz pracował nogami, pruł wodę jak tryton, wolną ręką odtrącał pływające wokół drewno i obracających się w odmęcie topielców. Wynurkowali tuż przy tarasie. Z góry krzyki, wiwaty. Wyciągnięte ręce.

Po chwili leżał w kałuży wody, kaszląc, plując i rzygając na kamienne płyty tarasu. Obok klęczał Jaskier, blady jak papier. Z drugiej strony Mozaïk.

Też bez rumieńców. Za to z dygocącymi dłońmi. Geralt usiadł z trudem.

– Antea?

Jaskier pokręcił głową, odwrócił twarz. Mozaïk opuściła głowę na kolana. Widział, jak wstrząsa nią płacz.

Obok siedział jego wybawca. Siłacz. Dokładniej, siłaczka. Nieporządna szczecina na ostrzyżonej na zero głowie. Brzuch jak zesznurowany baleron. Bary jak u zapaśnika. Łydki jak u dyskobola.

– Zawdzięczam ci życie.

– Ale tam... – Komendantka z kordegardy niedbale machnęła ręką. – Nie ma o czym gadać. A tak w ogóle to jesteś dupek i mamy do ciebie rankor, ja i dziewczyny, o tamtą drakę. Tedy lepiej nam w oczy nie leź, bo ci dokopiemy. Jasne?

– Jasne.

– Ale przyznać trza – komendantka splunęła siarczyście, wytrząsnęła wodę z ucha – że odważny z ciebie dupek. Odważny z ciebie dupek, Geralcie z Rivii.

– A ty? Jak masz na imię?

– Violetta – powiedziała komendantka i spochmurniała nagle. – A ona? Tamta...

– Antea Derris.

– Antea Derris – powtórzyła, krzywiąc wargi. – Żal.

– Żal.

Na tarasie przybyło ludzi, zrobiło się tłoczno. Nie było już groźnie, pojaśniało, wicher przestał dąć, proporce obwisły. Fale słabły, woda cofała się. Zostawiając pobojowisko i ruinę. I trupy, po których już łaziły kraby.

Geralt wstał z wysiłkiem. Każdy ruch i każdy głębszy oddech odzywały się w boku tępym bólem.

Wściekle bolało kolano. Oba rękawy koszuli były urwane, nie kojarzył, kiedy dokładnie je stracił. Skórę na lewym łokciu, prawym ramieniu i chyba na łopatce zdartą miał do żywego mięsa. Krwawił z wielu płytkich skaleczeń. W sumie nic poważnego, nic, czym należałoby się przejmować.

Słońce przedarło się przez chmury, zalśniły odblaski na spokojniejącym morzu. Błysnął dach latarni morskiej z krańca przylądka, latarni z białej i czerwonej cegły, reliktu z czasów elfich. Reliktu, który przetrwał już niejedną taką burzę. I niejedną, wyglądało, jeszcze przetrwa.

Pokonawszy spokojne już, choć mocno zawalone pływającym śmieciem ujście rzeki, na redę wychodził szkuner „Pandora Parvi", pod pełnymi żaglami, jak na paradzie. Tłum wiwatował.

Geralt pomógł wstać Mozaïk. Na dziewczynie też nie zostało wiele z odzieży. Jaskier podał jej płaszcz do okrycia. I zachrząkał znacząco.

Przed nimi stała Lytta Neyd. Z lekarską torbą na ramieniu.

– Wróciłam – powiedziała, patrząc na wiedźmina.

– Nie – zaprzeczył. – Odeszłaś.

Spojrzała na niego. Zimnymi, obcymi oczyma. A zaraz potem skoncentrowała wzrok na czymś bardzo dalekim, położonym bardzo daleko za prawym ramieniem wiedźmina.

– Tak więc chcesz to rozegrać – stwierdziła chłodno. – Takie wspomnienie pozostawić. Cóż, twoja wola, twój wybór. Choć styl mogłeś wybrać nieco mniej patetyczny. Bywaj więc. Idę udzielać pomocy rannym i potrzebującym. Ty najwyraźniej nie potrzebujesz mojej pomocy. Ani mnie samej. Mozaïk!

Mozaïk pokręciła głową. Ujęła Geralta pod ramię. Koral parsknęła.

– Więc tak? Tak chcesz? W ten sposób? Cóż, twoja wola. Twój wybór. Żegnam.

Odwróciła się i odeszła.

•

W tłumie, który zaczął gromadzić się na tarasie, zjawił się Febus Ravenga. Musiał brać udział w akcji ratunkowej, bo mokre ubranie wisiało na nim w strzępach. Jakiś usłużny totumfacki podszedł i podał mu kapelusz. A raczej to, co z niego zostało.

– Co teraz? – spytał ktoś z tłumu. – Co teraz, panie rajco?

– Co teraz? Co robić?

Ravenga spojrzał na nich. Patrzył długo. Potem wyprostował się, wyżął kapelusz i włożył go na głowę.

– Pochować zmarłych – powiedział. – Zatroszczyć się o żywych. I brać się za odbudowę.

•

Uderzył dzwon na kampanili. Jakby chciał zaznaczyć, że przetrwał. Że choć wiele się zmieniło, to pewne rzeczy są niezmienne.

– Chodźmy stąd. – Geralt wyciągnął zza kołnierza mokre wodorosty. – Jaskier? Gdzie mój miecz?

Jaskier zachłysnął się, wskazując puste miejsce pod murem.

– Przed chwilą... Przed chwilą tu były! Twój miecz i twoja kurtka! Ukradli! Kurwa ich mać! Ukradli! Hej, ludzie! Tu był miecz! Proszę oddać! Ludzie! Ach, wy skurwysyny! Żeby was pokręciło!

Wiedźmin nagle poczuł się źle. Mozaïk podtrzymała go. Kiepsko ze mną, pomyślał. Kiepsko ze mną, jeśli wspierać muszą mnie dziewczyny.

— Mam dość tego miasta — powiedział. — Dość wszystkiego, czym to miasto jest. I co sobą przedstawia. Chodźmy stąd. Jak najszybciej. I jak najdalej.

Interludium

Dwanaście dni później

Fontanna popluskiwała cichutko, cembrowina pachniała mokrym kamieniem. Pachniały kwiaty, pachniał bluszcz, pnący się po ścianach patio. Pachniały jabłka na paterze na marmurowym blacie stolika. Dwa kielichy potniały od schłodzonego wina.

Przy stoliku zasiadały dwie kobiety. Dwie czarodziejki. Gdyby trafunkiem znalazł się w pobliżu ktoś artystycznie wrażliwy, malarskiej wyobraźni pełen i do lirycznych alegorii zdolen, nie miałby ów ktoś problemu z przedstawieniem obu. Płomiennoruda Lytta Neyd w cynobrowo-zielonej sukni była jak zachód słońca we wrześniu. Yennefer z Vengerbergu, czarnowłosa, odziana w kompozycję czerni i bieli, przywodziła na myśl grudniowy poranek.

— Większość sąsiednich willi — przerwała milczenie Yennefer — leży w gruzach u stóp urwiska. A twoja nietknięta. Nie spadła nawet jedna dachówka. Szczęściara z ciebie, Koral. Rozważ, radzę, kupno losu na loterii.

— Kapłani — uśmiechnęła się Lytta Neyd — nie nazwaliby tego szczęściem. Powiedzieliby, że to protekcja bóstw i niebiańskich sił. Bóstwa roztaczają protekcję nad sprawiedliwymi i chronią cnotliwych. Nagradzają poczciwość i prawość.

– Jasne. Nagradzają. Jeśli zechcą i są akurat w pobliżu. Twoje zdrowie, przyjaciółko.

– Twoje zdrowie, przyjaciółko. Mozaïk! Nalej pani Yennefer. Jej kielich jest pusty.

– Zaś względem willi – Lytta odprowadziła Mozaïk wzrokiem – to jest ona do kupienia. Sprzedaję, bo... Bo muszę się wyprowadzić. Aura Kerack przestała mi służyć.

Yennefer uniosła brwi. Lytta nie kazała jej czekać.

– Król Viraxas – rzekła z ledwie słyszalnym przekąsem – rozpoczął panowanie od iście królewskich edyktów. *Primo*, dzień jego koronacji oznajmia się w królestwie Kerack świętem państwowym i dniem wolnym od pracy. *Secundo*, ogłasza się amnestię... dla kryminalnych, polityczni siedzą dalej i to bez prawa do widzeń tudzież korespondencji. *Tertio*, podnosi się o sto procent cła i opłaty portowe. *Quarto*, w terminie dwóch tygodni Kerack opuścić muszą wszyscy nieludzie i mieszańcy, szkodzący gospodarce państwa i pozbawiający pracy ludzi czystej krwi. *Quinto*, w Kerack zabrania się uprawiania jakiejkolwiek magii bez zgody króla i nie zezwala się magikom na posiadanie gruntów tudzież nieruchomości. Zamieszkujący Kerack czarodzieje muszą wyzbyć się nieruchomości i uzyskać licencję. Lub królestwo opuścić.

– Wspaniały dowód wdzięczności – parsknęła Yennefer. – A wieść niesie, że to czarodzieje wynieśli Viraxasa na tron. Że zorganizowali i sfinansowali jego powrót. I wspomogli w przejęciu władzy.

– Dobrze wieść niesie. Viraxas sowicie opłaci się za to Kapitule, w tym właśnie celu podnosi cła i liczy na konfiskaty majątków nieludzi. Edykt dotyczy mnie osobiście, żaden inny czarodziej nie ma w Kerack domu. To zemsta Ildiko Breckl. Oraz rewanż za pomoc medyczną, świadczoną tutejszym niewiastom, którą doradcy Viraxasa uznali za niemoralną. Kapituła mogłaby w mojej sprawie wywrzeć presję, ale tego nie uczyni. Kapitule mało uzyskanych od Viraxasa przywilejów handlowych, udziałów w stoczni i spółkach morskich. Negocjuje dalsze i nie myśli osłabiać swej pozycji. Tedy uznanej za *persona non grata* przyjdzie mi emigrować w poszukiwaniu pastwisk nowych.

– Co, jak jednak sądzę, uczynisz bez większego żalu. Pod obecnymi rządami Kerack nie ma, jak sądzę, większych szans w konkursie na najsympatyczniejsze miejsce pod słońcem. Tę willę sprzedasz, kupisz inną. Choćby w Lyrii, w górach. W modzie teraz lyrijskie góry. Sporo czarodziejów się tam przeniosło, bo i ładnie tam, i podatki rozsądne.

– Nie lubię gór. Wolę morze. Nie ma obawy, znajdę jakąś przystań bez większego trudu, przy mojej specjalności. Kobiety są wszędzie i wszystkie mnie potrzebują. Pij, Yennefer. Twoje zdrowie.

– Zachęcasz do picia, a sama ledwie moczysz usta. Czyżbyś była niezdrowa? Nie wyglądasz najlepiej.

Lytta westchnęła teatralnie.

– Ostatnie dni były ciężkie. Przewrót pałacowy, ta straszna burza, ach... Do tego te poranne nudności... Wiem, miną po pierwszym trymestrze. Ale to jeszcze całe dwa miesiące...

W ciszy, jaka zapadła, dało się słyszeć brzęczenie osy, krążącej nad jabłkiem.

– Ha, ha – przerwała ciszę Koral. – Żartowałam. Żałuj, że nie możesz zobaczyć własnej miny. Dałaś się nabrać! Ha, ha.

Yennefer spojrzała w górę, na obrośnięty bluszczem szczyt muru. I długo mu się przypatrywała.

– Dałaś się nabrać – podjęła Lytta. – I założę się, że od razu zapracowała wyobraźnia. Od razu skojarzyłaś, przyznaj, mój stan błogosławiony z... Nie rób min, nie rób min. Wieści musiały do ciebie dotrzeć, plotka wszak rozeszła się jak kręgi na wodzie. Ale bądź spokojna, nie ma w pogłoskach krztyny prawdy. Na zajście w ciążę szanse mam nie większe niż ty, nic się w tym względzie nie zmieniło. A z twoim wiedźminem łączyły mnie wyłącznie interesy. Sprawy zawodowe. Nic więcej.

– Ach.

– Pospólstwo jak to pospólstwo, kocha plotki. Zobaczą kobietę z mężczyzną, z miejsca robią z tego aferę miłosną. Wiedźmin, przyznaję, bywał u mnie wcale często. I owszem, widywano nas razem na mieście. Ale chodziło, powtarzam, tylko o interesy.

Yennefer odstawiła kielich, oparła łokcie o blat, złączyła czubki palców, składając dłonie w daszek. I spojrzała rudowłosej czarodziejce w oczy.

– *Primo* – Lytta kaszlnęła lekko, ale nie spuściła wzroku – nigdy nie zrobiłabym czegoś podobnego przyjaciółce. *Secundo*, twój wiedźmin zupełnie nie był mną zainteresowany.

– Nie był? – Yennefer uniosła brwi. – Doprawdy? Czym to wyjaśnić?

– Może – Koral uśmiechnęła się lekko – przestały go interesować kobiety w wieku podeszłym? Niezależnie od ich aktualnej prezencji? Może woli te prawdziwie młode? Mozaïk! Pozwól tu do nas. Tylko popatrz, Yennefer. Kwitnąca młodość. I do niedawna niewinność.

– Ona? – żachnęła się Yennefer. – On z nią? Z twoją uczennicą?

- No, Mozaïk. Prosimy. Opowiedz nam o twej miłosnej przygodzie. Ciekaweśmy posłuchać. Uwielbiamy romanse. Opowieści o nieszczęśliwych miłościach. Im nieszczęśliwszych, tym lepiej.

- Pani Lytto... - Dziewczyna, miast się zaczerwienić, zbladła jak trup. - Proszę... Już mnie przecież za to ukarałaś... Ile razy można karać za to samo przewinienie? Nie każ mi...

- Opowiadaj!

- Daj pokój, Koral - machnęła ręką Yennefer. - Nie dręcz jej. Nadto wcale nie ciekawam.

- W to akurat nie uwierzę. - Lytta Neyd uśmiechnęła się złośliwie. - Ale dobrze, dziewczynie daruję, faktycznie, karę już jej wymierzyłam, winę wybaczyłam i pozwoliłam kontynuować naukę. I przestały mnie już bawić jej mamrotane wyznania. Streszczę: zadurzyła się w wiedźminie i uciekła z nim. A on, gdy się znudził, zwyczajnie ją porzucił. Któregoś ranka obudziła się sama. Po kochanku ostygła pościel i przepadł ślad. Odszedł, bo musiał. Rozwiał się jak dym. Przeminęło z wiatrem.

Mozaïk, choć wydawało się to niemożliwe, zbladła jeszcze bardziej. Dłonie jej drżały.

- Zostawił kwiaty - powiedziała cicho Yennefer. - Bukiecik kwiatów. Prawda?

Mozaïk uniosła głowę. Ale nie odpowiedziała.

- Kwiaty i list - powtórzyła Yennefer.

Mozaïk milczała. Ale rumieńce powoli wracały na jej twarz.

- List - powiedziała Lytta Neyd, patrząc na dziewczynę badawczo. - O liście mi nie mówiłaś. Nie wspomniałaś o tym.

Mozaïk zacięła usta.

– A więc to dlatego – dokończyła pozornie spokojnie Lytta. – To dlatego wróciłaś, choć kary mogłaś spodziewać się surowej, dużo surowszej od tej, którą w rezultacie poniosłaś. To on nakazał ci wrócić. Gdyby nie to, nie wróciłabyś.

Mozaïk nie odpowiedziała. Yennefer milczała również, nakręcając na palec czarny lok. Nagle uniosła głowę, spojrzała w oczy dziewczyny. I uśmiechnęła się.

– Kazał ci wrócić do mnie – powiedziała Lytta Neyd. – Kazał ci wrócić, choć mógł imaginować, co cię może z mojej strony spotkać. Tego się po nim, przyznam, nie spodziewałam.

Fontanna popluskiwała, pachniała mokrym kamieniem. Pachniały kwiaty, pachniał bluszcz.

– Tym mnie zaskoczył – powtórzyła Lytta. – Nie spodziewałam się tego po nim.

– Bo go nie znałaś, Koral – odrzekła spokojnie Yennefer. – W ogóle go nie znałaś.

What you are I cannot say;
Only this I know full well –
When I touched your face to-day
Drifts of blossom flushed and fell.

Siegfried Sassoon

Rozdział dwudziesty

Chłopiec stajenny dostał pół korony już z wieczora, konie czekały osiodłane. Jaskier ziewał i drapał się w kark.

— Bogowie, Geralt... Naprawdę musimy tak wcześnie? Przecież jeszcze ciemno...

— Nie jest ciemno. Jest w sam raz. Słońce wzejdzie najdalej za godzinę.

— Dopiero za godzinę — Jaskier wgramolił się na siodło wałacha. — A tę godzinę pospałbym raczej...

Geralt wskoczył na kulbakę, po namyśle wręczył stajennemu drugą półkoronówkę.

— Jest sierpień — powiedział. — Od wschodu do zachodu jakieś czternaście godzin. Chciałbym przez ten czas ujechać jak najdalej.

Jaskier ziewnął. I jak gdyby dopiero teraz zobaczył nieosiodłaną jabłkowitą klacz, stojącą w boksie za przegrodą. Klacz machnęła łbem, jakby chcąc o sobie przypomnieć.

— Zaraz — zreflektował się poeta. — A ona? Mozaïk?

— Ona z nami dalej nie jedzie. Rozstajemy się.

— Jak to? Nie rozumiem... Czy możesz łaskawie wyjaśnić...

— Nie mogę. Nie teraz. W drogę, Jaskier.

— Czy ty na pewno wiesz, co robisz? Masz pełną świadomość?

— Nie. Pełnej nie mam. Ani słowa więcej, nie chcę o tym teraz mówić. Jedziemy.

Jaskier westchnął. Popędził wałacha. Obejrzał się. I westchnął jeszcze raz. Był poetą, miał więc prawo wzdychać, ile chciał.

Zajazd „Sekret i Szept" wcale ładnie prezentował się na tle zorzy, w mglistej poświacie przedświtu. Pomyślałbyś, tonący w malwach, otulony powojem i bluszczem dwór wróżki, leśna świątynia tajemnej miłości. Poeta zadumał się.

Westchnął, ziewnął, charknął, splunął, otulił się płaszczem, popędził konia. Przez te kilka chwil zadumy został w tyle. Geralta ledwie już było widać we mgle.

Wiedźmin jechał szybko. I nie oglądał się.

•

— Proszę, oto wino — oberżysta postawił na stole fajansowy dzban. — Jabłecznik z Rivii, wedle życzenia. Żona zaś prosiła spytać, jak też panowie znajdują wieprzowinkę.

— Znajdujemy ją wśród kaszy — odrzekł Jaskier. — Co jakiś czas. Nie tak często, jakbyśmy chcieli.

Oberża, do której dotarli pod koniec dnia, była, co obwieszczał barwny szyld, oberżą „Pod Dzikiem i Jeleniem". Ale to była jedyna oferowana przez przybytek dziczyzna, w jadłospisie jej nie uświadczyłeś. Tutejszym daniem firmowym była kasza z kawałkami tłustej wieprzowiny i zawiesistym cebulowym sosem. Jaskier dla zasady chyba pokręcił trochę nosem na nadto plebejskie jego zdaniem jadło. Geralt nie narzekał. Wieprzowinie niewiele można było zarzucić, sos był znośny, a kasza dogotowana — zwłaszcza to ostatnie zaś udawało się kucharkom w dalece nie każdej przydrożnej karczmie. Mogli trafić gorzej, zwłaszcza że wybór był ograniczony. Geralt uparł się, by za dnia pokonać jak największy dystans, i we wcześniej mijanych zajazdach zatrzymywać się nie chciał.

Nie tylko dla nich, jak się okazało, karczma „Pod Dzikiem i Jeleniem" okazała się metą ostatniego etapu dziennej wędrówki. Jedną z ław pod ścianą zajmowali przejezdni kupcy. Kupcy nowocześni, w odróżnieniu od tradycyjnych nie gardzący sługami i nie poczytujący sobie za ujmę siadania wraz z nimi do posiłków. Nowoczesność i tolerancja miały, rzecz jasna, swoje granice – kupcy zajmowali jeden kraniec stołu, słudzy drugi, linię demarkacyjną łatwo było zauważyć. Również wśród dań. Pachołcy jedli wieprzowinę w kaszy, specjalność lokalnej kuchni, popijali zaś cienkim piwem. Panowie kupcy dostali po kurczaku i kilka gąsiorków wina.

Przy stole przeciwległym, pod wypchanym łbem dzika, wieczerzała para: jasnowłosa dziewczyna i starszy mężczyzna. Dziewczyna odziana była bogato, bardzo poważnie, wcale nie po dziewczęcemu. Mężczyzna wyglądał na urzędnika i to nie najwyższego bynajmniej szczebla. Para wieczerzała pospołu, rozmowę wiodła dość ożywioną, ale była to znajomość niedawna i raczej przypadkowa, dało się to wywnioskować z zachowania urzędnika właśnie, uporczywie nadskakującego dziewczynie w ewidentnej nadziei na coś więcej, co dziewczyna przyjmowała z uprzejmą, acz wyraźnie ironiczną rezerwą.

Jedną z krótszych ław zajmowały cztery kapłanki. Wędrowne uzdrowicielki, co łatwo było poznać po szarych szatach i skrywających włosy obcisłych kapturkach. Posiłek, który spożywały, był, jak zauważył Geralt, więcej niż skromny, coś jakby pęczak bez omasty. Kapłanki nigdy nie żądały za leczenie zapłaty, leczyły wszystkich i za darmo, zwyczaj kazał w zamian za to udzielać im, gdy prosiły, gościny i noclegu. Oberżysta spod „Dzika i Jelenia" zwyczaj znał, ale najwyraźniej miał zamiar wykpić się zeń jak najtańszym kosztem.

Na ławie sąsiedniej, pod jelenim porożem, rozpierali się trzej miejscowi, zajęci flaszką żytniówki, ewidentnie nie pierwszą. Zaspokoiwszy bowiem już jako tako cowieczorne zapotrzebowanie, rozglądali się za rozrywką. Znaleźli szybko, ma się rozumieć. Kapłanki miały pecha. Choć zapewne już do takich rzeczy przywykły.

Stół w kącie izby zajmował tylko jeden gość. Podobnie jak stół skryty w cieniu. Gość, jak zauważył Geralt, nie jadł ani nie pił. Siedział nieruchomo, oparty plecami o ścianę.

Trzej miejscowi nie ustawali, ich kierowane pod adresem kapłanek zaczepki i żarty stawały się coraz bardziej wulgarne i obsceniczne. Kapłanki zachowywały stoicki spokój, zupełnie nie zwracały uwagi. Miejscowych najwyraźniej zaczynało to rozwścieczać, coraz bardziej w miarę ubywania żytniówki we flaszy. Geralt jął szybciej pracować łyżką. Postanowił obić gorzałkosiom mordy, a nie chciał, by mu przez to kasza wystygła.

— Wiedźmin Geralt z Rivii.

W kącie, w cieniu, rozbłysnął nagle ogień.

Siedzący za stołem samotny mężczyzna uniósł rękę nad blatem. Z jego palców wystrzeliły falujące języczki płomieni. Mężczyzna zbliżył dłoń do stojącego na stole świecznika, po kolei zapalił wszystkie trzy świece. Pozwolił, by dobrze go oświetliły.

Miał włosy szare jak popiół, na skroniach przety-
kane śnieżnobiałymi pasmami. Trupiobladą twarz.
Haczykowaty nos. I jasnożółte oczy z pionową źrenicą.

Na jego szyi, wyłuskany spod koszuli, błyszczał
w świetle świec srebrny medalion.

Głowa szczerzącego zęby kota.

— Wiedźmin Geralt z Rivii — powtórzył mężczyzna
w ciszy, jaka zapadła w izbie. — W drodze do Wyzimy, jak sądzę? Po nagrodę obiecaną przez króla Foltesta? Po dwa tysiące orenów? Dobrze zgaduję?

Geralt nie odpowiedział. Nie drgnął nawet.

— Nie pytam, czy wiesz, kim jestem. Bo zapewne
wiesz.

— Niewielu was zostało — odrzekł spokojnie Geralt. — Toteż doliczyć się łatwiej. Jesteś Brehen.
Zwany też Kotem z Iello.

— Proszę, proszę — parsknął mężczyzna z kocim medalionem. — Sławny Biały Wilk raczy znać moje miano. Prawdziwy zaszczyt. To, że zamierzasz ukraść
mi nagrodę, też mam sobie pewnie za zaszczyt po-
czytać? Mam może ustąpić pierwszeństwa, ukłonić
się i przeprosić? Jak w wilczym stadzie, odstąpić od
zdobyczy i czekać, merdając ogonem, aż przewodnik
stada się nasyci? Aż łaskawie raczy zostawić resztki?

Geralt milczał.

— Nie ustąpię ci pierwszeństwa — podjął Brehen,
zwany Kotem z Iello. — I nie podzielę się. Nie pojedziesz do Wyzimy, Biały Wilku. Nie ukradniesz mi
nagrody. Wieść niesie, że Vesemir wydał na mnie
wyrok. Masz okazję go wykonać. Wyjdź przed karcz-
mę. Na majdan.

— Nie będę z tobą walczył.

Mężczyzna z kocim medalionem zerwał się zza stołu ruchem tak szybkim, że zamazał się w oczach. Błysnął poderwany z blatu miecz. Mężczyzna chwycił jedną z kapłanek za kaptur, ściągnął ją z ławy, rzucił na kolana i przyłożył klingę do szyi.

– Będziesz ze mną walczył – powiedział zimno, patrząc na Geralta. – Wyjdziesz na majdan, nim doliczę do trzech. W przeciwnym razie krew kapłanki zbryzga ściany, sufit i meble. A potem będę zarzynał pozostałe. Po kolei. Niech nikt się nie rusza! Niech nikt nawet nie drgnie!

Cisza zapadła w karczmie, cisza głucha i zupełna. Wszyscy zamarli. I gapili się z otwartymi gębami.

– Nie będę z tobą walczył – powtórzył spokojnie Geralt. – Ale jeżeli skrzywdzisz tę kobietę, umrzesz.

– Jeden z nas umrze, to pewne. Tam, na majdanie. Ale to raczej nie będę ja. Skradziono, niesie wieść, twe słynne miecze. A w nowe, jak widzę, zaniedbałeś się zaopatrzyć. Zaiste, wielkiej trzeba pychy, by iść kraść komuś nagrodę, nie uzbroiwszy się wprzódy. A może słynny Biały Wilk jest tak dobry, że nie potrzebuje stali?

Chrobotnęło odsuwane krzesło. Jasnowłosa dziewczyna wstała. Podniosła spod stołu podłużny pakunek. Położyła go przed Geraltem i cofnęła się na miejsce, siadając obok urzędnika.

Wiedział, co to jest. Zanim jeszcze rozwiązał rzemień i rozwinął wojłok.

Miecz ze stali syderytowej, długość całkowita czterdzieści i pół cala, głownia długa na dwadzieścia siedem i ćwierć. Waga trzydzieści siedem uncji. Rękojeść i jelec proste, ale eleganckie.

Drugi miecz, podobnej długości i wagi, srebrny. Częściowo, oczywiście, czyste srebro jest za miękkie, by dobrze je naostrzyć. Na jelcu magiczne glify, na całej długości klingi wytrawione znaki runiczne.

Rzeczoznawcy Pyrala Pratta nie umieli ich odczytać, wystawiając tym samym kiepskie świadectwo swemu znawstwu. Prastare runy tworzyły napis. *Dubhenn haern am glândeal, morc'h am fhean aiesin.* Mój błysk przebije ciemności, moja jasność mroki rozproszy.

Geralt wstał. Wydobył stalowy miecz z pochwy. Wolnym i jednostajnym ruchem. Nie patrzył na Brehena. Patrzył na klingę.

– Puść kobietę – powiedział spokojnie. – Natychmiast. W przeciwnym razie umrzesz.

Ręka Brehena drgnęła, po szyi kapłanki pociekła strużka krwi. Kapłanka nawet nie jęknęła.

– Jestem w potrzebie – zasyczał Kot z Iello. – Ta nagroda musi być moja!

– Puść kobietę, powiedziałem. W przeciwnym razie cię zabiję. Nie na majdanie, lecz tu, na miejscu.

Brehen zgarbił się. Dyszał ciężko. Oczy błyszczały mu złowrogo, paskudnie krzywiły się wargi. Bielały knykcie zaciśniętych na rękojeści palców. Nagle puścił kapłankę, odepchnął ją. Ludzie w karczmie zadrżeli, jakby obudzeni z koszmarnego snu. Popłynęły westchnienia i głębokie oddechy.

– Zima przyjdzie – powiedział z wysiłkiem Brehen. – A ja w odróżnieniu od niektórych nie mam gdzie zimować. Przytulne i ciepłe Kaer Morhen nie dla mnie!

– Nie – odrzekł Geralt. – Nie dla ciebie. I dobrze wiesz, co jest powodem.

– Kaer Morhen tylko dla was, dobrych, prawych i sprawiedliwych, tak? Hipokryci zasrani. Jesteście takimi samymi mordercami jak my, niczym się od nas nie różnicie!

– Wyjdź – powiedział Geralt. – Opuść to miejsce i ruszaj w swoją drogę.

Brehen schował miecz. Wyprostował się. Gdy szedł przez izbę, jego oczy się zmieniały. Źrenice wypełniały całe tęczówki.

– Kłamstwem jest – powiedział Geralt, gdy Brehen go mijał – jakoby Vesemir wydał na ciebie wyrok. Wiedźmini nie walczą z wiedźminami, nie krzyżują z nimi mieczy. Ale jeśli kiedykolwiek powtórzy się to, co stało się w Iello, jeśli dojdzie do mnie wieść o czymś takim... Wtedy zrobię wyjątek. Odszukam cię i zabiję. Potraktuj ostrzeżenie poważnie.

Głucha cisza panowała w izbie karczemnej jeszcze dobrych kilka chwil po tym, jak za Brehenem zamknęły się drzwi. Pełne ulgi westchnienie Jaskra zdało się w tej ciszy całkiem donośnym. Krótko po tym zaczął się ruch. Miejscowi gorzałkosie zmyli się chyłkiem, nawet nie dopiwszy gorzałki do końca. Kupcy wytrwali, choć ścichli i pobledli, rozkazali jednak odejść od stołu czeladzi, ewidentnie z zadaniem pilnego stróżowania przy wozach i koniach, zagrożonych, gdy takie szemrane towarzystwo było w pobliżu. Kapłanki opatrzyły skaleczoną szyję towarzyszki, podziękowały Geraltowi milczącymi ukłonami i udały się na spoczynek, prawdopodobnie do stodoły, wątpliwym było, by karczmarz udostępnił im łóżka w izbie sypialnej.

Geralt ukłonem i gestem zaprosił do stołu jasnowłosą, za sprawą której odzyskał miecze. Skorzystała z zaproszenia wyraźnie chętnie, całkiem bez żalu porzuciła dotychczasowego towarzysza, owego urzędnika, zostawiając go z naburmuszoną miną.

– Jestem Tiziana Frevi – przedstawiła się, podając Geraltowi rękę i po męsku ją ściskając. – Miło cię poznać.

– Cała przyjemność po mojej stronie.

– Było trochę nerwowo, co? Wieczory w przydrożnych zajazdach bywają nudne, dziś było interesująco. W pewnym momencie nawet troszkę zaczęłam się bać. Ale, jak mi się zdaje, to były tylko takie męskie zawody? Pojedynek na testosteron? Albo wzajemne porównanie, czyj jest dłuższy? Realnego zagrożenia nie było?

– Nie było – skłamał. – Głównie dzięki mieczom, które za twoją sprawą odzyskałem. Dziękuję za nie. Ale w głowę zachodzę, jakim sposobem znalazły się w twoim posiadaniu.

– Miało to pozostać sekretem – wyjaśniła swobodnie. – Polecono mi podrzucić ci miecze cichcem i skrycie, po czym zniknąć. Ale warunki nagle uległy zmianie. Musiałam, bo tego żądała sytuacja, oddać ci broń jawnie, z odkrytą, że się tak wyrażę, przyłbicą. Odmówić wyjaśnień teraz byłoby nieuprzejmie. Dlatego wyjaśnień nie odmówię, przyjmując odpowiedzialność za zdradę tajemnicy. Miecze otrzymałam od Yennefer z Vengerbergu. Miało to miejsce w Novigradzie, dwa tygodnie temu. Jestem dwimveandrą. Spotkałam Yennefer przypadkiem, u mistrzyni, u której właśnie skończyłam praktykę. Gdy dowiedziała się, że ruszam na południe, i gdy moja mistrzyni poręczyła za mnie, pani Yennefer zleciła mi tę misję. I dała list polecający do znajomej magiczki z Mariboru, u której zamierzam teraz praktykować.

– Jak... – Geralt przełknął ślinę. – Jak ona się ma? Yennefer? Wszystko u niej w porządku?

– W jak najlepszym, sądzę. – Tiziana Frevi spojrzała na niego spod rzęs. – Ma się świetnie, wygląda tak, że pozazdrościć. I zazdroszczę, jeśli mam być szczera.

Geralt wstał. Podszedł do karczmarza, który ze strachu niemal nie zemdlał.

– Ależ nie trzeba było... – rzekła skromnie Tiziana, gdy po chwili karczmarz postawił przed nimi gąsior Est Est, najdroższego białego z Toussaint. I kilka dodatkowych świec, zatkniętych w szyjki starych butelek.

– Zbytek subiekcji, naprawdę – dodała, gdy za moment na stół wjechały półmiski, jeden z plasterkami surowej podsuszanej szynki, drugi z wędzonymi pstrągami, trzeci z asortymentem serów. – Nadto się wykosztujesz, wiedźminie.

– Jest okazja. I jest świetne towarzystwo.

Podziękowała skinieniem głowy. I uśmiechem. Ładnym uśmiechem.

Każda kończąca szkołę magii czarodziejka stawała przed wyborem. Mogła zostać w uczelni jako asystentka mistrzyń-preceptorek. Mogła prosić którąś z niezależnych mistrzyń o przyjęcie pod dach w charakterze stałej praktykantki. Lub mogła wybrać drogę dwimveandry.

System zapożyczony został od cechów. W wielu z nich wyzwalany na czeladnika uczeń miał obowiązek podjąć wędrówkę, podczas której imał się pracy dorywczej, w różnych warsztatach, u różnych mistrzów, to tu, to tam, wreszcie po kilku latach wracał, by ubiegać się o egzamin i promocję mistrzowską. Różnice jednak były. Zmuszonym do wędrówki, a nie znajdującym pracy czeladnikom nader często zaglądał w oczy głód, a wędrówka często stawała się tułaczką. Dwimveandrą zostawało się z własnej woli i ochoty, a Kapituła czarodziejów utworzyła dla wędrujących magiczek specjalny fundusz stypendialny, z tego, co Geralt słyszał, wcale niemały.

– Ten przerażający typ – włączył się do rozmowy poeta – nosił medalion podobny do twojego. To był jeden z Kotów, prawda?

– Prawda. Nie chcę o tym mówić, Jaskier.

– Osławione Koty – poeta zwrócił się do czarodziejki. – Wiedźmini, ale nieudani. Nieudane mutacje. Szaleńcy, psychopaci i sadyści. Kotami przezwali się sami, bo są faktycznie jak koty, agresywni, okrutni, nieprzewidywalni i nieobliczalni. A Geralt jak zwykle bagatelizuje, by nas uspokoić. Bo zagrożenie było, i to wielkie. Cud, że obyło się bez rąbaniny, krwi i trupów. Byłaby masakra, jak w Iello cztery lata temu. W każdej chwili oczekiwałem...

– Geralt prosił, by o tym nie mówić – ucięła Tiziana Frevi, grzecznie, ale stanowczo. – Uszanujmy to.

Spojrzał na nią z sympatią. Wydała mu się miła. I ładna. Nawet bardzo ładna.

Czarodziejkom, jak wiedział, urodę poprawiano, prestiż profesji wymagał, by magiczka budziła podziw. Ale upiększanie nigdy nie było perfekcyjne, zawsze coś zostawało. Tiziana Frevi nie była wyjątkiem. Jej czoło, tuż pod linią włosów, znaczyło kilka ledwo zauważalnych śladów po ospie, przechodzonej zapewne w dzieciństwie, gdy nie miała jeszcze immunitetu. Wykrój ładnych ust odrobinkę psuła mała falista blizna nad górną wargą. Geralt po raz nie wiadomo który poczuł złość, złość na swój wzrok, na oczy, każące dostrzegać tak niewiele znaczące szczegóły, detaliki, które wszak były niczym wobec faktu, że Tiziana siedziała z nim za jednym stołem, piła Est Est, jadła wędzonego pstrąga i uśmiechała się do niego. Wiedźmin widział i znał naprawdę niewiele kobiet, urodę których uznać można by za nieskazitelną, szanse zaś, by któraś z nich uśmiechnęła się do niego, miał podstawy kalkulować na równe zeru.

— Mówił o jakiejś nagrodzie... — Jaskra, gdy wsiadł na jakiś temat, trudno było zmusić do rezygnacji. — Któreś z was wie, o co chodziło? Geralt?

— Pojęcia nie mam.

— A ja wiem — pochwaliła się Tiziana Frevi. — I dziwię się, że nie słyszeliście, bo to głośna sprawa. Foltest, król Temerii, wyznaczył otóż nagrodę. Za zdjęcie uroku z córki, którą zaczarowano. Ukłuto wrzecionem i uśpiono snem wiecznym, biedulka, jak głosi plotka, leży w trumnie w kasztelu zarosłym głogami. Według innej plotki trumna jest szklana i umieszczono ją na szczycie szklanej góry. Według innej królewnę przemieniono w łabędzia. Według innej w straszliwego potwora, w strzygę. Skutkiem klątwy, bo królewna to owoc związku kazirodczego. Plotki te podobno wymyśla i rozsiewa Vizimir, król Redanii, który ma z Foltestem zatargi terytorialne, mocno jest z nim skłócony i ze skóry wyłazi, by mu dokuczyć.

— Faktycznie wygląda to na wymysł — ocenił Geralt. — Oparty na bajce czy też klechdzie. Zaklęta i przemieniona królewna, klątwa jako kara za kazirodztwo, nagroda za odczarowanie. Klasyka i banał. Ten, kto to wydumał, nie wysilił się zbytnio.

— Sprawa — dorzuciła dwimveandra — ma ewidentny podtekst polityczny, dlatego Kapituła zabroniła angażować się w nią czarodziejom.

— Bajka czy nie, ale ten cały Kot w to wierzył — orzekł Jaskier. — Ewidentnie spieszył do Wyzimy właśnie, do tej zaczarowanej królewny, by odczynić uroki i zgarnąć obiecaną przez króla Foltesta nagrodę. Nabrał podejrzeń, że Geralt też tam zmierza i chce go ubiec.

– Był w błędzie – odrzekł sucho Geralt. – Nie wybieram się do Wyzimy. Nie zamierzam pchać palców w ten polityczny kocioł. To robota w sam raz dla kogoś takiego jak Brehen, będący, jak sam mówił, w potrzebie. Ja w potrzebie nie jestem. Miecze odzyskałem, wykosztowywać się na nowe nie muszę. Środki utrzymania mam. Dzięki czarodziejom z Rissbergu...

– Wiedźmin Geralt z Rivii?

– Owszem. – Geralt zmierzył wzrokiem urzędnika, stojącego obok z naburmuszoną miną. – A kto pyta?

– To nieistotne. – Urzędnik zadarł głowę i wydął usta, usiłując wydać się ważnym. – Istotny jest pozew sądowy. Który niniejszym wam wręczam. Przy świadkach. Zgodnie z prawem.

Urzędnik wręczył wiedźminowi rulonik papieru. Po czym wyszedł, nie omieszkawszy obdarzyć Tiziany Frevi spojrzeniem pełnym pogardy.

Geralt zerwał pieczęć, rozwinął rulonik.

– *Datum ex Castello Rissberg, die 20 mens. Jul. anno 1245 post Resurrectionem* – odczytał. – Do Sądu Grodzkiego w Gors Velen. Powód: Kompleks Rissberg spółka cywilna. Pozwany: Geralt z Rivii, wiedźmin. Pozew o: zwrot kwoty tysiąca słownie tysiąca koron novigradzkich. Wnosimy o, *primo*: nakazanie pozwanemu Geraltowi z Rivii zwrotu kwoty tysiąca koron novigradzkich wraz z należnymi odsetkami. *Secundo*: zasądzenie od pozwanego na rzecz powoda kosztów procesu według norm przepisanych. *Tertio*: nadanie wyrokowi rygoru natychmiastowej wykonalności. Uzasadnienie: pozwany wyłudził od Kompleksu Rissberg spółka cywilna kwotę tysiąca koron novigradzkich. Dowód: kopie przekazów bankowych. Kwota stanowiła zapłatę awansem za usługę, której pozwany nigdy nie wykonał i w złej woli wykonać nie zamierzał... Świadkowie: Biruta Anna Marquette Icarti, Axel Miguel Esparza, Igo Tarvix Sandoval... Skurwysyny.

– Zwróciłam ci miecze – spuściła wzrok Tiziana. – A zarazem ściągnęłam na kark kłopoty. Ten woźny podszedł mnie. Dziś rano podsłuchał, jak wypytywałam o ciebie na przystani promowej. I zaraz potem uczepił się jak rzep psiego ogona. Teraz wiem, dlaczego. Ten pozew to moja wina.

– Potrzebny ci będzie adwokat – stwierdził ponuro Jaskier. – Ale nie polecam pani mecenas z Kerack. Ta sprawdza się raczej poza salą sądową.

– Adwokata mogę sobie darować. Zwróciłeś uwagę na datę pozwu? Założę się, że już jest po rozprawie i po wyroku zaocznym. I że już zajęli mi konto.

– Bardzo cię przepraszam – powiedziała Tiziana. – To moja wina. Wybacz mi.

– Nie ma czego wybaczać, niczemu nie jesteś winna. A oni niech się udławią, Rissberg razem z sądami. Panie gospodarzu! Gąsiorek Est Est, jeśli można prosić!

●

Wkrótce byli jedynymi gośćmi w izbie, wkrótce karczmarz demonstracyjnym ziewaniem dawał im znać, że pora kończyć. Pierwsza poszła do siebie Tiziana, za nią niebawem podążył Jaskier.

Geralt nie poszedł do izdebki, którą zajmowali wraz z poetą. Miast tego cichutko zapukał do drzwi Tiziany Frevi. Otworzyła natychmiast.

– Czekałam – mruknęła, wciągając go do środka. – Wiedziałam, że przyjdziesz. A gdybyś nie przyszedł, poszłabym cię szukać.

●

Musiała uśpić go magicznie, inaczej z pewnością zbudziłby się, gdy wychodziła. A wyjść musiała przed świtem, jeszcze w ciemnościach. Pozostał po niej zapach. Delikatna woń irysa i bergamotki. I czegoś jeszcze. Róży?

No stoliku, na jego mieczach, leżał kwiat. Róża. Jedna z białych róż z ustawionej przed karczmą donicy.

•

Nikt nie pamiętał, czym było to miejsce, kto je zbudował, komu i do czego służyło. Za karczmą, w kotlinie, ostały się ruiny starodawnej budowli, dużego niegdyś i zapewne bogatego kompleksu. Z budynków nie pozostało praktycznie nic, ostatki fundamentów, zakrzaczone doły, tu i ówdzie kamienny blok. Resztę rozebrano i rozgrabiono. Budulec był cenny, nic nie miało prawa się zmarnować.

Wstąpili pod szczątki strzaskanego portalu, niegdyś imponującego łuku, dziś wyglądającego jak szubienica; wrażenie potęgował bluszcz, zwisający jak odcięty stryczek. Szli alejką wytyczoną przez drzewa. Drzewa uschłe, kalekie i pokraczne, jakby przygięte ciężarem ciążącej nad tym miejscem klątwy. Alejka wiodła ku ogrodowi. A raczej ku temu, co niegdyś było ogrodem. Klomby berberysów, janowców i róż pnących, niegdyś zapewne ozdobnie przycinane, dziś były dziką i bezładną plątaniną gałęzi, kolczastych pnączy i suchych badyli. Z plątaniny wyzierały resztki posągów i rzeźb, w większości, wyglądało, pełnofigurowych. Resztki były tak znikome, że nie sposób było nawet w przybliżeniu określić, kogo – lub co – posągi przedstawiały. Nie miało to zresztą większego znaczenia. Posągi były przeszłością. Nie przetrwały, a więc przestały się liczyć. Została ruina i ta, wyglądało, trwać będzie długo, ruiny są wieczne.

Ruina. Pomnik zdruzgotanego świata.

– Jaskier.

– Tak?

– Ostatnimi czasy wszystko, co mogło pójść źle, poszło źle. I wydaje mi się, że to ja wszystko spieprzyłem. Czego się ostatnio tknąłem, zrobiłem nie tak.

– Tak ci się wydaje?

– Tak mi się wydaje.

– No to pewnie tak jest. Komentarzy nie oczekuj. Znudziło mi się komentować. A teraz pożalaj się nad sobą w ciszy, jeśli mogę prosić. Tworzę właśnie, twoje lamenty mnie dekoncentrują.

Jaskier usiadł na zwalonej kolumnie, odsunął kapelusik na tył głowy, założył nogę na nogę, podkręcił kołki lutni.

Migoce świeca, ogień zgasł
Wiatr powiał zimny wyczuwalnie...

Faktycznie powiał wiatr, nagle i gwałtownie. A Jaskier przestał grać. I westchnął głośno.

Wiedźmin odwrócił się.

Stała w wejściu do alejki, pomiędzy pękniętym cokołem nierozpoznawalnego posągu a splątanym gąszczem zeschłego derenia. Wysoka, w obcisłej sukni. Z głową o szarawym umaszczeniu, właściwym bardziej korsakom niż lisom srebrnym. Ze szpiczastymi uszami i wydłużonym pyskiem.

Geralt nie poruszył się.

– Zapowiedziałam, że przyjdę. – W pysku lisicy zalśniły rzędy kłów. – Pewnego dnia. Dziś jest ten dzień.

Geralt nie poruszył się. Na plecach czuł znajomy ciężar obu swych mieczy, ciężar, którego brakowało mu od miesiąca. Który zwykle dawał spokój i pewność. Dziś, w tej chwili, ciężar był tylko ciężarem.

– Przyszłam... – Aguara błysnęła kłami. – Sama nie wiem, po co przyszłam. By się pożegnać, może. Może by jej pozwolić pożegnać się z tobą.

Zza lisicy wyłoniła się szczupła dziewczynka w obcisłej sukience. Jej blada i nienaturalnie nieruchoma twarz wciąż jeszcze była na wpół ludzka. Ale chyba jednak już bardziej lisia niż ludzka. Zmiany zachodziły szybko.

Wiedźmin pokręcił głową.

– Wyleczyłaś... Ożywiłaś ją? Nie, to niemożliwe. A więc ona żyła tam, na statku. Żyła. Udawała martwą.

Aguara szczeknęła głośno. Potrzebował chwili, by pojąć, że to był śmiech. Że lisica się śmieje.

– Niegdyś mogłyśmy bardzo wiele! Iluzje magicznych wysp, tańczące na niebie smoki, wizje potężnej armii, zbliżającej się do murów miasta... Niegdyś, dawniej. Teraz świat się zmienił, nasze zdolności zmalały... a myśmy skarlały. Więcej w nas z lisic niż z aguar. Ale wciąż nawet najmniejsza, nawet najmłodsza lisica zdolna jest oszukać iluzją wasze prymitywne ludzkie zmysły.

– Po raz pierwszy w życiu – powiedział po chwili – rad jestem, że mnie oszukano.

– Nie jest prawdą, że wszystko zrobiłeś źle. A w nagrodę możesz dotknąć mojej twarzy.

Odchrząknął, patrząc na kończyste ząbce.

– Hmm...

– Iluzje są tym, o czym myślisz. Czego się lękasz. I o czym marzysz.

– Słucham?

Lisica szczeknęła cicho. I odmieniła się.

Ciemne, fiołkowe oczy, płonące w bladej, trójkątnej twarzy. Kruczoczarne, sfalowane jak burza loki kaskadą opadają na ramiona, lśnią, odbijają światło jak pawie pióra, wijąc się i falując przy każdym poruszeniu. Usta, cudownie wąskie i blade pod pomadką. Na szyi czarna aksamitka, na aksamitce obsydianowa gwiazda, skrząca się i śląca wokół tysięczne refleksy...

Yennefer uśmiechnęła się. A wiedźmin dotknął jej policzka.

A wtedy suchy dereń zakwitł.

A potem powiał wiatr, targnął krzakiem. Świat zniknął za zasłoną wirujących białych płateczków.

– Iluzja – usłyszał głos aguary. – Wszystko jest iluzją.

•

Jaskier skończył śpiewać. Ale nie odkładał lutni. Siedział na złomku zwalonej kolumny. Patrzył w niebo.

Geralt siedział obok. Rozważał różne rzeczy. Różne rzeczy układał w sobie. A raczej próbował ułożyć. Snuł plany. W większości zupełnie nierealne. Obiecywał sobie różne rzeczy. Wątpiąc mocno, czy którejkolwiek z obietnic zdoła dotrzymać.

– Że też ty – odezwał się nagle Jaskier – nigdy nie pogratulujesz mi ballady. Tyle ich przy tobie ułożyłem i zaśpiewałem. A ty nigdy mi nie powiedziałeś: „Ładne to było. Chciałbym, byś zagrał to jeszcze raz". Nigdy tego nie mówiłeś.

– Zgadza się. Nie mówiłem, że chciałbym. Chcesz wiedzieć, dlaczego?

– Dlaczego?

– Bo nie chciałem.

– To aż takie wyrzeczenie? – nie rezygnował bard.

– Aż taki trud? Powiedzieć: „Zagraj to jeszcze raz, Jaskier. Zagraj „Jak mija czas".

– Zagraj to jeszcze raz, Jaskier. Zagraj „Jak mija czas".

– Powiedziałeś to zupełnie bez przekonania.

– I co z tego? Przecież i tak zagrasz.

– A żebyś wiedział.

Migoce świeca, ogień zgasł
Wiatr powiał zimny wyczuwalnie
I płyną dni
I mija czas
W ciszy i niezauważalnie

Jesteś wciąż przy mnie i wciąż nas
Coś łączy, acz nie idealnie
Bo płyną dni
Bo mija czas
W ciszy i niezauważalnie

Pamięć przebytych dróg i tras
Zostanie w nas nieodwołalnie
Choć płyną dni
Choć mija czas
W ciszy i niezauważalnie

Dlatego, miła, jeszcze raz,
powtórzmy refren triumfalnie
Tak płyną dni
Tak mija czas
W ciszy i niezauważalnie

Geralt wstał.

– Czas w drogę, Jaskier.

– Tak? A dokąd?

– A nie wszystko jedno?

– W zasadzie tak. Jedźmy.

Epilog

Na wzgórku bielały resztki budowli, zamienionej w ruinę na tyle dawno, że całkiem już zarosła. Bluszcz spowił mury, młode drzewka przebijały się przez rozpękłe posadzki. Była to – Nimue wiedzieć tego nie mogła – niegdyś świątynia, siedziba kapłanów jakiegoś zapomnianego bóstwa. Dla Nimue była to tylko ruina. Kupa kamieni. I drogowskaz. Znak, że idzie właściwą drogą.

Zaraz za wzgórkiem i ruinami gościniec rozwidlał się bowiem. Jeden szlak wiódł na zachód, przez wrzosowiska. Drugi, idący na północ, znikał w gęstym i ciemnym lesie. Zagłębiał się w czarnym gąszczu, tonął w ponurym mroku, rozpływał się w nim.

I to była jej droga. Na północ. Poprzez osławiony Sójczy Las.

Opowieściami, którymi próbowano przerazić ją w Ivalo, Nimue niezbyt się przejęła, podczas wędrówki miała z czymś takim do czynienia wielokrotnie, każda okolica miała swój straszny folklor, lokalne grozy i horrory, służące do napędzania stracha przejezdnym. Nimue była już straszona wodnicami w jeziorach, brzeginiami w rzeczkach, wichtami na rozstajach i upiorami na cmentarzach. Co drugi mostek miał być kryjówką trolli, co druga kępa krzywych wierzb czatownią strzygi. Nimue w końcu przywykła, spowszedniałe strachy przestały być straszne. Ale nie było sposobu, by opanować dziwny niepokój, ogarniający przed wstąpieniem w ciemny las, na dróżkę między kurhany we mgle czy ścieżkę wśród osnutych oparem bagien.

Teraz, przed ciemną ścianą lasu, też czuła ten niepokój, łażący mrówkami po karku i wysuszający usta.

Droga jest wyjeżdżona, powtarzała w myśli, cała w koleinach od wozów, zdeptana kopytami koni i wołów. Co z tego, że ten las wygląda strasznie, to żaden dziki ostęp, to uczęszczany szlak do Dorian, wiodący przez ostatni skrawek puszczy, który ocalał od siekier i pił. Liczni tędy jeżdżą, liczni tędy chodzą. Ja też przejdę. Nie boję się.

Jestem Nimue verch Wledyr ap Gwyn.

Wyrwa, Guado, Sibell, Brugge, Casterfurt, Mortara, Ivalo, Dorian, Anchor, Gors Velen.

Obejrzała się, czy aby ktoś nie nadjeżdża. Byłoby, pomyślała, raźniej w kompanii. Ale gościniec, jak na złość, akurat dziś, akurat teraz, uczęszczany być nie chciał. Był wręcz wymarły.

Nie było wyjścia. Nimue odkaszlnęła, poprawiła węzełek na ramieniu, mocno ścisnęła kosturek. I wkroczyła w las.

W drzewostanie dominowały dęby, wiązy oraz stare, pozrastane ze sobą graby, były też sosny i modrzewie. Dołem zawładnął gęsty podszyt, splątane ze sobą głogi, leszczyny, czeremchy i wiciokrzewy. Taki podszyt roił się zwykle od leśnego ptactwa, w tym lesie jednak panowała złowroga cisza. Nimue szła ze wzrokiem wbitym w ziemię. Odetchnęła z ulgą, gdy w pewnej chwili gdzieś w głębi lasu zastukotał dzięcioł. Coś tu jednak żyje, pomyślała, nie jestem zupełnie sama.

Zatrzymała się i odwróciła gwałtownie. Nie dostrzegła nikogo ani niczego, a przez chwilę pewna była, że ktoś za nią podąża. Czuła, że jest obserwowana. Skrycie śledzona. Strach ścisnął jej gardło, dreszczem spłynął po plecach.

Przyspieszyła kroku. Las, jak się jej wydało, zaczął rzednąć, zrobiło się jaśniej i zieleniej, bo w drzewostanie jęła przeważać brzoza. Jeszcze zakręt, jeszcze dwa, pomyślała gorączkowo, jeszcze trochę i las się skończy. Zostawię ten las za sobą, wraz z tym, co się za mną skrada. A ja pójdę dalej.

Wyrwa, Guado, Sibell, Brugge...

Nie usłyszała nawet szelestu, ruch ułowiła kątem oka. Z gęstwy paproci wystrzelił szary, płaski, wielonożny i niewiarygodnie szybki kształt. Nimue wrzasnęła, widząc kłapiące szczypce, wielkie jak kosy. Najeżone kolcami i szczecinami łapy. Liczne oczy, otaczające łeb niby korona.

Poczuła silne szarpnięcie, które poderwało ją i gwałtownie odrzuciło. Runęła plecami na sprężynujące pędy leszczyny, uczepiła się ich, gotowa zerwać się i uciekać. Zamarła, patrząc na dziejący się na drodze dziki pląs.

Wielonożny stwór skakał i kręcił się, kręcił niesamowicie szybko, wymachując łapami i szczękając straszliwymi żuwaczkami. A wokół niego, jeszcze szybciej, tak szybko, że aż zamazywał się w oczach, tańczył człowiek. Uzbrojony w dwa miecze.

Na oczach skamieniałej ze strachu Nimue w powietrze wyleciała najpierw jedna, potem druga, potem trzecia odrąbana łapa. Cięcia mieczy spadły na płaski korpus, z którego siknęły strugi zielonej mazi. Potwór szamotał się i ciskał, wreszcie dzikim skokiem rzucił się w las, do ucieczki. Nie uciekł daleko. Człowiek z mieczami dopadł go, przydeptał, z rozmachem przygwoździł do ziemi sztychami obu kling naraz. Stwór długo młócił ziemię odnóżami, wreszcie znieruchomiał.

Nimue przycisnęła ręce do piersi, usiłując tym sposobem uspokoić tłukące serce. Widziała, jak jej wybawca klęka nad zabitym potworem, jak z pomocą noża odłupuje coś z jego pancerza. Jak wyciera klingi mieczy i chowa je do pochew na plecach.

– W porządku?

Trochę potrwało, zanim do Nimue dotarło, że to ją pytają. Ale i tak nie mogła ani dobyć głosu, ani wstać z leszczyny. Jej wybawca nie spieszył się, by ją z krzaka wyciągać, musiała wreszcie wydostać się sama. Nogi dygotały jej tak, że z trudem stała. Suchość w ustach za nic nie chciała ustąpić.

– Kiepski pomysł, taka samotna wędrówka przez las – powiedział wybawca, podchodząc bliżej.

Zdjął kaptur, śnieżnobiałe włosy aż zalśniły wśród leśnego półmroku. Nimue omal nie krzyknęła, bezwiednym ruchem przyłożyła pięści do ust. To niemożliwe, pomyślała, to absolutnie niemożliwe. To mi się chyba śni.

– Ale od teraz – podjął białowłosy, oglądając trzymaną w dłoni poczerniałą i zaśniedziałą metalową płytkę. – Od teraz można będzie tędy bezpiecznie chodzić. Bo co my tu mamy? IDR UL Ex IX 0008 BETA. Ha! Brakowało mi cię w rachunku, ósemko. Ale teraz rachunki się wyrównały. Jak się czujesz, dziewczyno? Ach, wybacz. Pustynia w ustach, co? Język jak kołek? Znam to, znam. Proszę, łyknij.

Przyjęła podaną manierkę w drżące ręce.

– Dokąd to wędrujemy?

– Do D... Do Do...

– Do?

– Do... Dorian. Co to było? To... tam?

– Arcydzieło. Majstersztyk numer ósmy. Nieważne zresztą, co to było. Ważne, że już być przestało. A ty kim jesteś? Dokąd zmierzasz?

Kiwnęła głową, przełknęła ślinę. I odważyła się. Sama zaskoczona swą odwagą.

– Jestem... Jestem Nimue verch Wledyr ap Gwyn. Z Dorian idę do Anchor, stamtąd do Gors Velen. Do Aretuzy, szkoły czarodziejek na wyspie Thanedd.

– Oho. A skąd wędrujesz?

– Z wioski Wyrwa. Przez Guado, Sibell, Brugge, Casterfurt...

– Znam tę trasę – przerwał jej. – Przewędrowałaś istne pół świata, Nimue córko Wledyra. W Aretuzie powinni przyznać ci za to punkty na egzaminie wstępnym. Ale raczej nie przyznają. Ambitny wytyczyłaś sobie cel, dziewczyno z wioski Wyrwa. Bardzo ambitny. Chodź ze mną.

– Dobry... – Nimue wciąż sztywno stawiała nogi. – Dobry panie...

– Tak?

– Dzięki za ratunek.

– To tobie należą się podziękowania. Od ładnych kilku dni wypatruję tu kogoś takiego jak ty. Co kto tędy szedł, to w licznych grupach, szumno i zbrojno, takich nasz majstersztyk numer osiem nie odważał się atakować, nie wystawiał nosa z kryjówki. Ty go z niej wywabiłaś. Nawet z dużej odległości umiał rozpoznać łatwą zdobycz. Kogoś wędrującego samotnie. I niedużego. Bez urazy.

Skraj lasu był, jak się okazało, tuż-tuż. Dalej, przy pojedynczej kępie drzew, czekał koń białowłosego. Gniada klacz.

– Do Dorian – powiedział białowłosy – jest stąd jakieś czterdzieści mil. Dla ciebie trzy dni drogi.

Trzy i pół, licząc resztę dzisiejszego. Jesteś tego
świadoma?

Nimue poczuła nagłą euforię, niwelującą otępienie
i inne skutki przerażenia. To sen, pomyślała. To mi
się chyba śni. Bo to nie może być jawa.

– Co ci jest? Dobrze się czujesz?

Nimue zebrała się na odwagę.

– Ta klacz... – z podniecenia ledwie zdołała arty-
kułować. – Ta klacz nazywa się Płotka. Bo każdy
twój koń się tak nazywa. Bo ty jesteś Geralt z Rivii.
Wiedźmin Geralt z Rivii.

Patrzył na nią długo. Milczał. Nimue też milczała,
ze wzrokiem wbitym w ziemię.

– Który mamy rok?

– Tysiąc trzysta... – podniosła zdumione oczy. –
Tysiąc trzysta siedemdziesiąty trzeci po Odrodzeniu.

– Jeśli tak – białowłosy przetarł twarz dłonią w rę-
kawicy – to Geralt z Rivii od dawna nie żyje. Umarł
sto pięć lat temu. Ale myślę, że byłby rad, gdyby...
Byłby rad, że po tych stu pięciu latach ludzie go pamiętają. Że pamiętają, kim był. Ba, pamiętają nawet
imię jego konia. Tak, myślę, że byłby rad... Gdyby
mógł o tym wiedzieć. Chodź. Odprowadzę cię.

Długo szli w milczeniu. Nimue gryzła wargi. Za-
wstydzona, postanowiła nie odzywać się więcej.

– Przed nami – przerwał napiętą ciszę białowłosy – rozstaje i trakt. Droga do Dorian. Dotrzesz bezpiecznie...

– Wiedźmin Geralt nie umarł! – wypaliła Nimue. –
Odszedł tylko, odszedł do Krainy Jabłoni. Ale powróci... Powróci, bo tak mówi legenda.

– Legendy. Klechdy. Baśnie. Bajania i opowieści.
Mogłem się domyślić, Nimue z wioski Wyrwa, która
idziesz do szkoły czarodziejek na wyspie Thanedd.

Nie odważyłabyś się na tak szaleńczą wyprawę, gdyby nie legendy i baśnie, na których wyrosłaś. Ale to tylko baśnie, Nimue. Tylko baśnie. Zbyt daleko już odeszłaś od domu, by tego nie pojmować.

– Wiedźmin wróci z zaświatów! – nie rezygnowała. – Wróci, by bronić ludzi, gdy znów rozpanoszy się Zło. Dopóki będzie istniała ciemność, dopóty będą potrzebni wiedźmini. A ciemność wciąż istnieje!

Milczał długo, patrząc w bok. Wreszcie odwrócił ku niej twarz. I uśmiechnął się.

– Ciemność wciąż istnieje – potwierdził. – Pomimo dokonującego się postępu, który, jak się nam każe wierzyć, ma rozjaśniać mroki, eliminować zagrożenia i odpędzać strachy. Jak dotąd, postęp większych sukcesów w tej materii nie odniósł. Jak dotąd, postęp tylko wmawia nam, że ciemność to wyłącznie ćmiący światło przesąd, że nie ma się czego bać. Ale to nieprawda. Jest się czego bać. Bo zawsze, zawsze będzie istniała ciemność. I zawsze będzie rozpanoszone w ciemności Zło, zawsze będą w ciemności kły i pazury, mord i krew. I zawsze będą potrzebni wiedźmini. I oby zawsze zjawiali się tam, gdzie właśnie są potrzebni. Tam, skąd dobiega wołanie o pomoc. Tam, skąd się ich przyzywa. Oby zjawiali się, wzywani, z mieczem w ręku. Mieczem, którego błysk przebije ciemności, którego jasność mroki rozproszy. Ładna bajka, prawda? I kończy się dobrze, jak każda bajka powinna.

– Ale... – zająknęła się. – Ale to przecież sto lat... Jak to możliwe, aby... Jak to możliwe?

– Takich pytań – przerwał jej, wciąż z uśmiechem – nie wolno zadawać przyszłej adeptce Aretuzy. Szkoły, w której uczą, że nie ma rzeczy niemożliwych. Bo wszystko, co dziś niemożliwe, jutro możliwym się uczyni. Takie hasło winno widnieć nad wejściem do uczelni, która wkrótce będzie twoją uczelnią. Szczęśliwej drogi, Nimue. Bywaj. Tu się rozstaniemy.

– Ale... – poczuła nagłą ulgę, a słowa popłynęły rzeką. – Ale ja chciałabym wiedzieć... Wiedzieć więcej. O Yennefer. O Ciri. O tym, jak się naprawdę skończyła tamta historia. Ja czytałam... Ja znam legendę. Wiem wszystko. O wiedźminach. O Kaer Morhen. Znam nawet nazwy wszystkich wiedźmińskich Znaków! Proszę, opowiedz mi...

– Tu się rozstaniemy – przerwał jej łagodnie. – Przed tobą droga ku twemu przeznaczeniu. Przede mną całkiem inny szlak. Opowieść trwa, historia nie kończy się nigdy. Co się zaś tyczy Znaków... Jest taki, którego nie znasz. Nosi nazwę Somne. Spójrz na moją dłoń.

Spojrzała.

– Iluzja – usłyszała jeszcze skądś, z bardzo daleka. – Wszystko jest iluzją.

– Hola, dziewczyno! Nie śpij, bo cię okradną!

Poderwała głowę. Przetarła oczy. I zerwała się z ziemi.

– Zasnęłam? Spałam?

– Jeszcze jak! – zaśmiała się z kozła powożąca wozem tęga kobieta. – Jak kamień! Jak zabita! Dwa razy cię okrzykałam, a ty nic. Jużem chciała z wozu leźć... Sama jesteś? Co się tak rozglądasz? Wypatrujesz kogoś?

– Człowieka... o białych włosach... Był tu... A może... Sama już nie wiem...

– Nikogom tu nie widziała – odparła kobieta. Zza jej pleców, zza plandeki, wyjrzały główki dwojga dzieci.

– Baczę, żeś w drodze. – Kobieta wskazała oczami węzełek i kosturek Nimue. – Ja ku Dorian jadę. Chcesz, podwiozę. Jeśli i ty w tę stronę.

– Dzięki – Nimue wdrapała się na kozioł. – Dzięki stokrotne.

– No! – Kobieta strzeliła lejcami. – Tedy jedziem! Wygodniej jechać, niż piechty drałować, nie? Oj, musiałażeś setnie się utrudzić, że cię tak śpik zmorzył, by się przy samej drodze pokłaść. Spałaś, powiadam ci...

– Jak kamień – westchnęła Nimue. – Wiem. Zmęczyłam się i zasnęłam. A do tego miałam...

– No? Co miałaś?

Obejrzała się. Za nią był czarny las. Przed nią droga wśród szpaleru wierzb. Droga ku przeznaczeniu.

Opowieść trwa, pomyślała. Historia nie kończy się nigdy.

– Miałam przedziwny sen.